VALÉRIE

BARBARA JULIANE VON KRÜDENER

VALÉRIE

ODER BRIEFE GUSTAVS VON LINAR
AN ERNST VON G...

Roman

In der Übersetzung der erweiterten Fassung
der Leipziger Ausgabe von 1804
mit einer Einleitung neu herausgegeben
von
Isolde Döbele-Carlesso

CARLESSO VERLAG

1. Auflage, April 2006

Alle Rechte vorbehalten

© 2006 beim Carlesso Verlag,
Schellinggasse 13, 74336 Brackenheim
www.carlesso.de

Umschlagbild:
Erbgroßherzogin Stephanie von Baden,
Gewandbüste in Gips
von Johann Heinrich Dannecker aus dem Jahre 1809;
Staatsgalerie Stuttgart;
Foto: Carlesso

Satz und Gestaltung:
Carlesso

Druck und buchbinderische Verarbeitung:
Georg Kohl GmbH, Brackenheim

Printed in Germany

ISBN 978-3-939333-03-6 (ab 1.1.2007)
ISBN 3-939333-03-4

INHALT

Einleitung
Seite VII

VALÉRIE
oder Briefe Gustavs von Linar
an Ernst von G…

Erster Teil
Seite 3

Zweiter Teil
Seite 123

Anmerkungen zum Roman
Seite 233

BARBARA JULIANE VON KRÜDENER
Weltdame, Schriftstellerin, Pietistin
von Isolde Döbele-Carlesso

Am 11. Februar des Jahres 1804 erhielt Sophie von La Roche ganz unerwartet Besuch. Sie saß mit ihrer Tochter, zwei Enkelinnen und einer Freundin in ihrem Haus in der Domstraße in Offenbach gerade beim Tee, als zwei unbekannte Frauen vor ihrer Zimmertür standen. Es war die Baronin Barbara Juliane von Krüdener mit ihrer Tochter Juliette, die, auf dem Weg von Paris nach Riga, bei der damals angesehendsten und bekanntesten deutschen Schriftstellerin vorbeischaute, um ihr für die anerkennenden Zeilen über ihren Roman *Valérie* zu danken.[1]

Sophie von La Roche war von Juliane von Krüdener hingerissen und sie hat den Abend mit der baltischen Baronin als einen der schönsten ihres ganzen Lebens empfunden. »Nun denken Sie, beste Fürstin, an den Schwall von Ideen und Gefühlen zwischen zwei Schreiberinnen. Sie freute sich, mir durch *Valérie* vergolten zu haben, was meine Schriften ihr seit Jahren gaben«, weiß sie ihrer Freundin Gräfin Elise zu Solms-Laubach über ihre Begegnung mit der Krüdener zu berichten und beschreibt sie ihr als »eine hagere, etwas kleine, aber schön gewachsene, graziöse, sehr weise Frau mit blauen Augen«.[2]

Der Roman *Valérie ou lettres de Gustave de Linar à Ernest de G...* war im Dezember 1803 anonym in zwei Bänden in Paris erschienen und hatte sofort reißenden Absatz gefunden.[3]

Sophie von La Roche zollte ihm überschwängliches Lob: Es sei das Schönste und Reinste, was sie je gelesen habe.[4]

In Juliane von Krüdeners Briefroman ist der Einfluss von Rousseaus *Nouvelle Héloise*, Goethes *Werther* und Bernardin de Saint-Pierres *Paul et Virginie* unverkennbar. Die Autorin spielt aber auch auf Werke anderer französischer und deutscher sowie englischer Schriftsteller an und lässt Gedankengut der deutschen Romantik in ihr Werk einfließen.⁵

In der Fiktion des Romans verbindet Juliane von Krüdener eine Vielzahl autobiographischer Elemente. So geht die Figur des Gustav von Linar auf einen jungen Sekretär ihres Gatten zurück. Der Valérie hat Juliane ihre eigenen Züge verliehen und der Ehemann Valéries, der Graf, trägt die ihres Gemahls Alexis von Krüdener.

Der Briefwechsel zwischen den beiden Jugendfreunden Gustav und Ernst, zwischen Ernst und dem Grafen und das Tagebuch der Mutter von Gustav sind fingiert. Die Autorin erklärt jedoch im Vorwort der ersten Ausgabe, sie habe die Briefe nur abgeschrieben und möchte so den Leser glauben lassen, dass die Briefe echt und somit die Geschichte wahr sei. In diesem Glauben ließ sie übrigens auch Sophie von La Roche, die ihrer Freundin über Juliane von Krüdener, in der sie Valérie zu erkennen glaubte, mitteilt: »[Sie] ... nimmt mich mit sich und sagt, indem sie an meinem Hals weint: ›Die Geschichte ist wahr, der Charakter des Grafen ist wahr, ich habe nur Auszüge aus Gustavs Briefen gemacht, nicht alles sagen können.‹ Ich war durchdrungen und fühlte, daß ich die Valérie in den Armen hatte.«⁶

Barbara Juliane von Krüdener, geb. von Vietinghoff, wurde, einer altadligen und begüterten Familie entstammend, 1764 in Riga geboren. 1782 heiratete sie den bereits zweimal geschiedenen und um 20 Jahre älteren Baron Burkhard Alexis von Krüdener, der seit 1779 das Amt eines russischen Ministers in Kurland bekleidete. Aus erster Ehe bringt der Baron die Tochter Sophie mit. 1784 wird der Sohn Paul geboren. Im Winter 1784/85 zieht die junge Familie nach Venedig, wo von Krüdener sein Amt als russischer Gesandter antritt. Im August 1785 verlassen die Krüdeners die Inselrepublik, reisen nach Rom und Neapel⁷ und treffen im Januar 1786 in Kopenhagen, der neuen Wirkungsstätte des Barons, ein. In das Jahr 1787 fällt die Geburt der Tochter Juliette.

In Dänemark entfremden sich die Eheleute mehr und mehr. Das in die höfisch-aristokratische Gesellschaft eingebundene und ganz im Dienste der Diplomatie stehende Leben, bei dem auf das häusliche und private Glück keinerlei Rücksicht genommen wird, kann die junge, äußerst sensible Frau nur schwer ertragen.[8] Es setzt ihr nervlich so zu, dass sie 1789 im Süden Erholung sucht. Mit den drei Kindern und der Gouvernante Antonie Piozet, der späteren Madame Armand, fährt sie über Paris nach Nîmes und weiter nach Montpellier. Dort hat sie eine leidenschaftliche Affaire mit dem Grafen Charles de Frégeville. Sie bittet ihren Gemahl um Scheidung, in die er jedoch nicht einwilligt. Und so lebt sie von nun an mit ihren Kindern von ihrem Ehemann getrennt.

Im Herbst 1793 lernt sie in Leipzig den jungen französischen Emigranten Claude Hippolyte Terray de Rozières kennen, mit dem sie mehrere Jahre in einer Art »mariage secret« liiert ist. Aus dieser Beziehung geht 1798 ein Sohn hervor, den Juliane ihrer Freundin Madame Armand in Genf anvertraut.

Im September 1800 wird Baron von Krüdener offiziell der neue Botschafter Russlands in Preußen. Die beiden Ehegatten wagen noch einmal das Zusammenleben. Doch der Versuch scheitert; auch jetzt kommt Juliane mit dem Leben am preußischen Hof in Berlin und mit ihrem Gatten, der sich ausschließlich seiner diplomatischen Karriere widmet, nicht zurecht. Sie verlässt nun endgültig ihren Mann, fährt im Sommer 1801 nach Teplitz, trifft im September in Genf ein, verbringt dort den Winter. Im Frühjahr 1802 zieht sie nach Paris, immer in Begleitung der Tochter Juliette, die ihr bis zum Ende ihres Lebens nicht mehr von der Seite weichen wird.

In Paris erfährt Juliane vom Tode ihres Gemahls. Voller Schuldgefühle, sie hatte auf die Warnungen ihrer Kinder hinsichtlich seines schlechten Gesundheitszustandes nicht reagiert, zieht sie sich für kurze Zeit nach Vanves bei Paris zurück.[9]

Der Roman, den sie im Spätsommer 1802 am Genfer See zu schreiben beginnt[10], ist ein Stück Erinnerungs- und Trauerarbeit zugleich. Zum einen ist er eine Hommage an den Gatten, zum andern die Darstellung des Ideals ehelicher Gemeinschaft, wie sie Juliane von Krüdener in der Realität nicht gekannt hat.

Mit dem Roman stilisiert sie aber auch ihre eigene Person. Die Figur der Valérie gerät ihr zum eigenen Idealbild, in dem sie sich widerspiegelt und mit dem sie sich von anderen nur zu gerne identifizieren lässt, wie ihr dies auch im Falle von Sophie von La Roche gelungen ist.

Das Niederschreiben von Gedanken und Erfahrungen war Juliane schon als junger Ehegattin ein Bedürfnis.[11] Neben ihrem Tagebuch führt sie eine intensive Korrespondenz mit Persönlichkeiten der hohen Aristokratie, der literarischen und der gelehrten Welt. Sie sucht die Nähe erfolgreicher Schriftsteller und Schriftstellerinnen, die ihr als Vorbild dienten. Von ihnen läßt sie sich in ihren literarischen Ambitionen bestärken.

Eine wichtige Bezugsperson ist für sie Jacques Henri Bernardin de Saint-Pierre, den sie während ihres Parisaufenthaltes 1789 zum ersten Mal aufsucht. Er hatte ihren Urgroßvater, den berühmten, in russischen Diensten stehenden Generalfeldmarschall Burchard Christoph von Münnich persönlich kennen gelernt.[12] Mit seinen vierbändigen *Études de la nature*, von denen 1788 der überaus erfolgreiche vierte Band *Paul et Virginie* erschien, war Bernardin einer der berühmtesten literarischen Persönlichkeiten seiner Zeit. In der Nachfolge Rousseaus entwarf er ein Gesellschaftsmodell, das auf den Idealen der Naturverbundenheit, der natürlichen Lebensführung, Reinheit und Tugend beruhte, Ideale, die auch Juliane von Krüdener als Gegenwelt zum Leben in höfisch-aristokratischen Kreisen vorschwebten.

Prägend wirkte auf Juliane auch Jean Paul, den sie im August 1796 in Hof erstmals besucht. Mit ihm steht sie über mehrere Jahre in Briefkontakt. Beeindruckt war sie von Madame de Staël, in deren berühmten literarischen Salon sie in Coppet verkehrt. Zu ihr hatte sie während ihres Genfer Aufenthaltes im Herbst 1801 Kontakt aufgenommen.

In den letzten Jahren des zu Ende gehenden Jahrhunderts beginnt Juliane an mehreren literarischen Projekten gleichzeitig zu arbeiten.[13] Um deren Veröffentlichung hat sie sich jedoch nicht weiter bemüht, abgesehen von ihren *Pensées et Maximes* (Gedanken und Maximen), einer Sammlung von Erfahrungen und Eindrücken jener Jahre, von denen François René Vicomte de Chateaubriand 1802 im *Mercure de France* einen von ihm ausgewählten Auszug herausgab.[14]

In die Entstehungszeit ihres Romans *Valérie* fällt die Bekanntschaft mit den Gebrüdern von Arnim, die sich gerade auf einer Bildungsreise durch Europa befanden. Seinem Freund Clemens Brentano schreibt Achim von Arnim aus Genf am 18. November 1802 über die Baronin: »Eine Frau von Krüdener und ihre Tochter sehe ich täglich, sie sind meine hiesigen Kunstfreunde; sie schreibt sehr gut französisch und arbeitet an einem Roman *Valérie*, der gut wird. Sie ist sehr heilig, hält viel auf äußere Religion, ist sehr romantisch durch den größten Theil von Europa gereist.«[15] Zwischen dem jungen Romantiker und der Frau von Krüdener entwickelt sich in jenen Genfer Tagen eine herzliche, auf gegenseitiger Wertschätzung beruhende Freundschaft, die auch durch die Ereignisse späterer Jahre nicht getrübt werden sollte.

In ihrem Roman erinnert sie an Arnim, indem sie zwei fiktive Orte »Arnam« und »Hollyn« nennt. Während »Arnam« eine Anspielung auf den Nachnamen des Dichters ist, verweist »Hollyn« auf *Hollins Liebeleben*, Arnims Erstlingswerk aus dem Jahre 1801.[16]

Den Winter 1802/03 verbringt Juliane in Lyon, wo sie mit ihrem Salon im Mittelpunkt des gesellschaftlichen Lebens steht. Von dort aus verfolgt sie das Geschehen um *Delphine*, dem Briefroman der Madame de Staël, der im Dezember 1802 in Paris erschienen war und der Autorin zu einem unerwünschten Skandalerfolg verholfen hatte. Von der Presse wurde das Werk als moralisch-ethisch anstößig abgelehnt und es war mit einer der Gründe für die Verbannung der Schriftstellerin aus Paris.

Der Skandal um *Delphine* verunsichert Juliane. Sie wendet sich im Hinblick auf das Erscheinen ihres Buches an Chateaubriand.

Der Vicomte beruhigt die Baronin; er ermutigt sie, *Valérie* in Paris zu veröffentlichen. Seiner Meinung nach hätten die in der Provinz gedruckten Bücher keinen Erfolg, denn es hafte ihnen ein Vorurteil an, das auch das beste Werk durchfallen lasse.[17]

Juliane lässt ihren Roman vorab in der Provinzhauptstadt lesen, wo er mit großer Begeisterung aufgenommen wird. Das Werk sei gut, es sei fromm, moralisch und voll von dem, was die Einbildungskraft anspreche, schreibt sie ihrer Stieftochter Sophie im April 1803. Sie ist überzeugt, dass *Valérie* eine Sensation werden wird.[18] Sie weiß um die Bedeutung der Presse und hofft, von ihren Schriftstellerfreunden in Paris gute Kritiken zu bekommen.[19] Denn es genüge nicht, erklärt sie Sophie, Esprit und Genialität zu besitzen, noch gute Absichten, denn alles habe seine »Marktschreierei«.[20] So ist ihr jedes Mittel recht, wenn es darum geht, Aufmerksamkeit auf sich und ihr Werk zu ziehen. Und mit unermüdlicher Energie setzt sie sich für den Erfolg ihres Romans ein.

Von Lyon aus bereitet sie ihre Ankunft in Paris vor. Sie bittet ihren Freund, den Arzt Dr. Gay, um die Veröffentlichung einer Elegie an Sidonie, der Hauptfigur ihres Romans *La Cabane des Lataniers*[21], in der sie sich selbst darstellt. In dieser Elegie beschreibt Gay, wie die Hauptstadt die Provinz um den Besitz der unvergleichlichen Frau beneidet und sie sehnlichst zurück wünscht. In Paris angekommen, nimmt Juliane sogleich Verbindung auf zu Jean François Michaud, einem der Verantwortlichen des *Mercure de France*, wo der Roman am 23. Juli 1803 angekündigt und ein Auszug aus dem 35. Brief abgedruckt wird.[22]

In der Hauptstadt führt Juliane einen Salon, in dem sie »musikalische Leistungen, Declamationen und mimische Darstellungen« miteinander verbindet, wie Helmina von Chézy in ihren Erinnerungen berichtet.[23] Helmina wohnte zu jener Zeit mit Friedrich und Dorothea Schlegel in Paris und besuchte sehr gerne die Gesellschaften der Krüdener, die mit ihrem »Shawl-Tanz«[24], den Madame de Staël in *Delphine* beschreibt und in höchsten Tönen preist[25], die Aufmerksamkeit auf sich zog.

In Paris bemüht sich Juliane von Krüdener um die Vorbereitung einer deutschen Ausgabe. Dorothea Schlegel und Helmina von Hastfer (später: von Chézy) kann sie als Übersetzerinnen gewinnen. In der letzten Lieferung der *Französischen Miscellen* von 1803 stellt Helmina den Roman dem deutschen Publikum vor und kündigt eine schon im Manuskript fertig gestellte, deutsche Übersetzung an.[26] Als Kostprobe sind ein Teil des 21. Briefes, in dem Gustav seinem Freund Ernst die Inselrepublik Venedig beschreibt, sowie Auszüge aus dem Tagebuch der Mutter wiedergegeben.

Nach Helminas eigenen Angaben ist diese Übersetzung jedoch nie erschienen. Während Dorothea den ersten Teil des Romans »mit aller ihrer Treue, Gediegenheit und Klarheit«, bearbeitete, habe sie den zweiten »mit großer Innigkeit, aber strafbarer Willkür« übersetzt, was Frau von Krüdener, die sie oft besuchen kam, nicht durchgehen ließ.[27] Tatsächlich sind die von Helmina publizierten Auszüge aus dem ersten und zweiten Teil des Romans nicht identisch mit der Leipziger Ausgabe, deren Übersetzung immer noch Dorothea Schlegel und Helmina von Chézy zugeschrieben wird.[28]

Valérie erschien in den ersten Dezembertagen 1803 und bekam, wie von der Autorin erhofft, überschwängliche Rezensionen; eine auch von Bernardin de Saint-Pierre, der ihr Werk gar in die Nähe von Young und Sterne stellt.[29]

Ihr Einsatz hatte sich gelohnt. Kein Buchhändler, so Juliane, erinnerte sich an einen solch reißenden Absatz. In kürzester Zeit waren in Paris fast 3000 Exemplare verkauft. In Wien war die Nachfrage so groß, dass für die wenig vorhandenen Exemplare außergewöhnlich hohe Preise bezahlt wurden. Auch die zweite Auflage vom Januar 1804 war in Paris sofort ausverkauft, weshalb es in Hamburg einen Nachdruck gab, von dem allein in Berlin in der Buchhandlung Metra in den ersten Tagen jeden Morgen über 100 Exemplare über den Ladentisch gingen.[30]

Um die Nachfrage nach ihrem Roman noch zu steigern, habe Juliane inkognito in den Geschäften nach Schals, Hüten und

Girlanden à la Valérie gefragt und alle, die noch nichts von *Valérie* wussten, auf ihr Werk hingewiesen, so jedenfalls berichtet der Genfer Historiker Charles Eynard in seiner Krüdener-Biographie von 1849.[31]

So gelang ihr, wenn auch wohl nur für kürzere Zeit, eine Valérie-Mode, ja geradezu eine Valérie-Euphorie anzufachen. »Die Mütter nannten ihre Kinder Gustav, die Frauen sogar in den Krämerläden lasen Valérie mit nassen Augen; ich wurde mit Briefen, Versen und lieben, rührenden Schreiben bestürmt. Die Modehändlerinnen machten Hüte, Guirlanden und Shawls à la Valérie, die Porzellan-Fabrikanten reiche Tassen und Teller mit Sujets, die Artisten komponierten Romanzen«, weiß sie Jean Paul zu berichten.[32]

Auch über den internationalen Erfolg macht sie sich Gedanken. Sie wünscht die Besprechung ihres Werkes in der Jenaischen Allgemeinen Literaturzeitung. Sie bittet deshalb Jean Paul um eine Kritik, der darauf jedoch nicht eingeht.[33]

Am 29. März 1804 erscheint in dieser Literaturzeitung eine Rezension aus der Feder des Juristen und Schriftstellers August von Hennings.[34] »*Valérie* gehört zu den wenigen Romanen, die wie Goethe's *Werther*, Rousseau's *Héloise*, die *Delphine* der Frau von Staël, den höchsten Gipfel der Dichtung erreichen; die ein Ideal aufstellen« beginnt Hennings seine Besprechung und erklärt: »Die Dichtung der *Valérie* ist das ganze Werk hindurch erhalten, und sinkt nicht einen Augenblick von ihrer ätherischen Höhe herab.« Er endet mit den Worten: »Aber göttlich mahlt Raphael seine Madonna und, wie er, dichten im hohen Ideal, Dichter, wie die Verfasserin der *Valérie*. Bekanntlich ist sie die Wittwe des in Berlin verstorbenen russischen Gesandten von Krüdener, geborenen Fräulein von Vittinghof, deren Vater Gouverneur in Riga war.«[35] Goethe hat sich umgehend bei dem Herausgeber der Zeitung über diesen Text beschwert: »... die Recension der *Valérie* ist die erste, die ich ungedruckt wünsche« und zu Krüdeners Werk festgestellt: »Das Buch ist null, ohne daß man sagen kann, es sei schlecht, doch die Nichtigkeit erweckt gerade bei vielen Menschen Gunst.«[36]

Julianes Roman fand Anklang bei einer internationalen Leserschaft. 1804 erschienen in Deutschland gleich zwei Übersetzungen, die eine in Hamburg von dem Feldprediger und Schriftsteller August Heinrich Müller, die andere, wie schon erwähnt, in Leipzig. Ebenfalls 1804 wurde in Amsterdam eine niederländische Ausgabe gedruckt und 1807 eine russische in Moskau.[37] Ein Jahr später kam in London eine englische unter dem Titel *The Sorrows of Gustavus, or the History of a Young Swede*[38] in Anspielung auf Goethes *Werther* heraus.

In Leipzig gab der Verleger Johann Conrad Hinrichs den Roman in einer Übersetzung, die sich sehr eng an das französische Original anlehnt, mit dem Untertitel *Ein Gegenstück zur Delphine* in zwei Bänden heraus. Noch im gleichen Jahr lässt er eine »neue vermehrte Auflage« folgen, die ebenfalls noch 1804 in der *Bibliothek für die gebildete Lesewelt*[39] erschien. Hinrichs Neuauflage, die hier wieder neu herausgegeben wurde, entspricht der französischen dritten Auflage[40], bei der es sich um eine erweiterte Fassung des Romans handelt.[41]

Da kein Manuskript vorhanden ist, lässt sich nicht mehr klären, wie umfangreich der Roman ursprünglich war. Achim von Arnim war eine Fassung bekannt, die im ersten Teil Briefe mit Szenen aus dem gesellschaftlichen Leben enthielt, die Juliane von Krüdener jedoch nicht drucken ließ.[42] Arnim hat dies sehr bedauert und auch Juliane gegenüber zum Ausdruck gebracht: »Es hat mir leid gethan«, schreibt er, »daß Sie einige lebhafte Briefe über Gesellschaften ausgelassen, wahrscheinlich auf den Rath einiger alten grämligen Franzosen, man kann wohl in der Welt zuviel weinen aber nie zuviel lachen. Ihr Gustav ist jetzt zu früh finster und weinend.«[43]

Ohne sich von ihren Freunden zu verabschieden, verlässt Juliane von Krüdener auf dem Höhepunkt ihres Erfolges völlig überstürzt Paris und begibt sich nach Riga.[44] Sophie von La Roche teilte sie mit, dass sie zu ihrer kranken Mutter gehe.[45] Jean Paul gibt sie als Erklärung die Befreiung ihrer Bauern an.[46] Vielleicht waren es finanzielle Sorgen, die sie nach Riga trieben.[47] Es könnte auch sein, dass sie die Reaktion Napoleons fürchtete, hatte sie sich doch im 35. Brief ihres Romans eindeutig gegen ihn, »den neuen Alexander«, ausgesprochen.[48]

Während ihrer Zeit in Riga (Juni 1804 bis Oktober 1806) wendet sie sich unter dem Einfluss der dortigen Brüdergemeine ganz bewusst dem christlichen Glauben zu. In pietistischen Glaubenskreisen wird sie beschrieben als erfüllt von einer »heißen Liebe gegen Gott und die Menschen und einem unwiderstehlichen Trieb, dem Herrn auf alle Weise zu dienen«.[49]

Juliane von Krüdeners starker Hang zum Religiösen war schon Achim von Arnim aufgefallen. Sie hatte schon vor ihrer Bekehrung den Erfolg ihres, von ihr selbst als »fromm« bezeichneten Romans nicht ihrem eigenen Einsatz, sondern der ihrem Werk innewohnenden Moral und Religiosität zugeschrieben.[50]

Im Oktober 1806 verlässt Juliane Riga. Von der französischen Invasion in Königsberg zurückgehalten, trifft sie dort auf den preußischen Hof, der vor der heranrückenden französischen Armee aus Berlin geflohen war. Nach der Schlacht bei Eylau am 7. und 8. Februar 1807, die auf beiden, der französischen und russischen Seite mit großen Verlusten geführt worden war, widmet sich Juliane voller Hingabe der Pflege Verwundeter. Ihren selbstlosen Einsatz rühmt Achim von Arnim in seinem Bericht *Frau von Krüdener in Königsberg*[51], den er in der Zeitschrift *Vesta*[52] ohne ihr Wissen veröffentlichte. Darin erwähnt er auch ihr »neues sehr charakteristisches Werk *Les gens du monde*«[53], das sie schon bald nach ihrer Ankunft in Riga begonnen hatte.[54]

In Königsberg und im böhmischen Badeort Teplitz, wo sie den Sommer verbringt, ist Juliane die berühmte Autorin der *Valérie*. Die Tochter notierte in ihrem Tagebuch die Anerkennung, die man ihrer Mutter als Schriftstellerin entgegenbrachte. So empfängt Königin Louise von Preußen, voll des Lobes für *Valérie*, Juliane in Königsberg und lässt sich von ihr Teile ihres neuen Romans vorlesen.[55]

In Teplitz führen Juliane und Juliette von Krüdener einen Salon zusammen mit dem österreichischen Feldmarschall Charles Joseph Fürst von Ligne, dessen Tochter und der Prinzessin Friederike zu Solms-Braunfels, der Schwester der preußischen Königin. In diesem Kreis liest Juliane, beide Damen zu Tränen rührend, Passagen aus *Mathilde* vor, dem neuen Roman, an dem sie gerade arbeitet.[56] Den Reaktionen auf *Mathilde* nach zu schließen, stattete sie auch diesen Roman mit einer starken, dem heutigen Leser allzu sentimental erscheinenden Rühr- und Tränenseligkeit aus, die auch bei *Valérie* sehr ausgeprägt ist.[57]

Im November 1807 sind Frau von Krüdener und ihre Tochter in Dresden. Von dort aus besuchen sie die Brüdergemeinen Herrnhut und Klein-Welk. Anfang Februar 1808 begeben sie sich nach Leipzig, anschließend nach Weimar, Frankfurt und Heidelberg, wo sie Ende des Monats im Goldenen Hecht absteigen.[58]

In Heidelberg treffen sie bei einem Spaziergang durch die Stadt zufälligerweise Arnim, der ihnen eine Menge alter Ritterbücher als Material für *Mathilde* besorgt.[59] Der Romantiker schilderte Bettine Brentano die Begegnung: »Gestern war auch eine Schriftstellerin hier, Frau von Krüdener, ich zeigte ihr so viel von der Gegend, als der schamhafte Winter zuließ. Sie hat eine Geschichte der Gräfin von Westerburg bearbeitet, aus dem vierzehnten Jahrhundert. ... Ich habe nichts davon gelesen, es kann aber recht schön sein nach der Gemüthsart der Krüdener; ich mußte ihr allerlei Bücher aus dem Mittelalter zusammentrommeln, die sie zum Gerüste der Zeit beifügend benutzen will. Ein deutscher Aesthetiker hätte erst alle Werke durchgelesen, ehe er sein Werk angefangen, und darüber seine drei Ideen allesammt verloren und vergessen.«[60] Noch am gleichen Tag schreibt Arnim wegen des *Wunderhorns*[61] an Clemens Brentano und merkt zu Juliane an: »Sie geht nach Karlsruhe, eigentlich weiß ich nicht warum, ich glaube, sie hält den alten Großherzog für einen Heiligen.«[62]

Julianes Ziel war jedoch nicht der badische Großherzog Karl Friedrich, sondern dessen Berater Heinrich Jung-Stilling, von dessen Erweckungstheologie und Erlösungshoffnungen sie sich angezogen fühlt. Der »Patriarch der Erweckungsbewegung« ist auch von ihr angetan. Er nimmt sie mit ihren Töchtern in seine Hausgemeinschaft auf.[63] Über Jung-Stilling lernt sie den Straßburger Buchhändler, Verleger und theologischen Publizisten Friedrich Rudolf Salzmann kennen.[64] Ihm zeigt sie ihren neuen Roman *Mathilde*, den sie jetzt *Othilde*[65] nennt, wohl in der Absicht, ihn als Verleger für ihr Werk zu gewinnen.[66]

Im Juni 1808 zieht es Juliane in das elsässische, in den Vogesen gelegene Markirch (Sainte-Marie-aux-Mines). Sie hatte von dem dort wirkenden deutsch-reformierten Pfarrer Friedrich Fontaines gehört, der für seinen starken Hang zum Mystischen und Übersinnlichen bekannt war.[67] Fontaines empfing Juliane mit den Worten in Anlehnung an die Frage Johannes des Täufers im Matthäusevangelium: »Bist du, die da kommen soll, oder sollen wir einer andern warten?«[68] Schon seit drei Jahren warte er auf sie; es sei ihm verkündet worden, dass Werkzeuge Gottes ihn aufsuchen würden.[69]

Der Aufenthalt im Hause Fontaines wird für Juliane zu einem prägenden Erlebnis: In den Vogesen habe sie den Willen Gottes über sich kennen gelernt, schreibt sie Zar Alexander I. gegen Ende ihres Lebens im Rückblick auf die Zeit in Markirch.[70]

Zum Markircher Pfarrhaushalt gehörte auch Maria Gottliebin Kummer aus dem württembergischen Unterland.[71] Fontaines hatte sie als Dienstmagd ins Pfarrhaus geholt. Der Pfarrer stellte sie als eine Person vor, die Engel sehe.[72] Juliette von Krüdener berichtet, dass sie mit Aufmerksamkeit und Neugierde der Seherin begegnet sei, doch hätten ihr deren Ekstasen Schrecken eingejagt. Ihre Mutter hingegen sei vor Bewunderung und Erstaunen ganz ergriffen gewesen. Den Visionen und Ekstasen der Kummerin schenkte Juliane von Krüdener vollstes Vertrauen. Sie verstärkten ihren Hang zum Schwärmerischen, ja sie kamen ihrer extremen Sensibilität, ihrer Tendenz zur Übertreibung und Exaltiertheit entgegen.[73] Ihrer Freundin Madame Armand berichtet sie nach Genf: »Denken Sie, ich habe im wahrsten Sinn des Wortes Wunder erlebt, ich bin in die tiefsten Mysterien der Ewigkeit eingeführt worden.«[74]

Im Juli und August 1808 hatte Maria Gottliebin Kummer zwei Visionen, in denen sie Württemberg als Sammelplatz aller Gläubigen in Erwartung der Wiederkunft des Herrn und den

Umzug der Bewohner des Markircher Pfarrhauses ins Württembergische »erschaute«.[75]

Juliane lässt sich trotz Warnungen von Seiten Jung-Stillings und dessen Freunden vorbehaltlos auf die Eingebung der Kummerin ein. Zunächst war Schloss Hohenstein bei Bönnigheim als zukünftiger Wohnsitz gedacht.[76] Als sich dies jedoch nicht verwirklichen lässt, mietet sie für ein Jahr das zwischen Bönnigheim und Cleebronn gelegene Hofgut Katharinenplaisir.[77] Fontaines, der zur Regelung dieser Angelegenheit von Juliane nach Württemberg geschickt worden war, beschaffte für alle eine unbefristete Aufenthaltserlaubnis.[78]

Ende März 1809 fand der Einzug in das neue Domizil statt. Die Bewohner des Katharinenplaisirs lebten an diesem »Bergungsort«, von Eynard als »eine Art christliche Kolonie«[79] bezeichnet, sehr zurückgezogen. Fontaines hatte der Kummerin den Umgang mit Leuten aus der Gegend strikt verboten, eine Vorsichtsmaßnahme, um Aufsehen zu vermeiden.[80]

Fontaines, der sich nun als Verwalter der Baronin um das Hofgut kümmerte, hielt jeden Tag vor dem Nachtessen eine Bet- und Singstunde, sonntags eine Erbauungsstunde.[81]

Für Juliane glich der Aufenthalt auf Katharinenplaisir einer Idylle. Sie konnte sich erneut ihrem alten Traum vom natürlichen Leben hingeben und die Zeit in aller Zurückgezogenheit mit Spaziergängen und Schreiben verbringen.[82]

Dieses Glück währte nur kurze Zeit, da die Anwesenheit der Maria Gottliebin Kummer auf dem Hofgut recht schnell nach außen bekannt wurde. Es war der Besigheimer Stadtschreiber Laux, der sie denunzierte. Aufgrund seiner Anzeige wurde Frau von Krüdener am 1. Mai 1809 aus dem Land ausgewiesen und die Kummerin verhaftet, angeblich wegen suspekter Umtriebe. Die Ausweisung traf Juliane völlig unerwartet. Sie fühlte sich sehr gedemütigt. Vor allem erschütterte sie die Verhaftung ihrer prophetischen Freundin. Augenzeugen waren erstaunt, wie sehr sie an ihr hing. Als Maria Gottliebin Kummer abgeführt wird, versichert ihr Juliane unter vielen Umarmungen und Küssen, dass sie sie bald wieder sehen und sie nie mehr verlassen werde.[83] Juliane wollte sogar 500 Louisdor bezahlen, wenn man sie statt der Kummerin verhaftete. Sie soll gesagt haben, die Kummerin müsse eben wie alle Heiligen, Propheten und Apostel Verfolgung erleiden.[84]

Die Baronin und Fontaines hatten Württemberg innerhalb von zehn Tagen zu verlassen. Juliane begibt sich mit Juliette in das Großherzogtum Baden. Erbgroßherzogin Stephanie von Baden, und ihre Kusine Königin Hortense, die damals gerade in Baden-Baden weilte, empfangen die Schriftstellerin herzlich und fordern sie zum Bleiben auf.[85]

Juliane wird gebeten, aus *Othilde* vorzulesen. Der Roman war in den aristokratischen Kreisen bereits so bekannt, dass man seine Veröffentlichung schon mit Ungeduld erwartete, auch am russischen Hof, wo die Verzögerung des Drucks mit der Ausweisung Julianes aus Württemberg in Verbindung gebracht wurde.[86]

Am badischen Hof verkehrte damals – mit diplomatischen Aufgaben betraut – auch Baron de Norvins, ein Freund der Madame de Staël. Der Historiker und Verfasser einer bekannten und geschätzten Geschichte Napoleons[87] ist von Juliane von Krüdener überaus fasziniert. Er schlägt ihr vor, mit ihm zusammen im Briefwechsel einen Roman oder »irgendein anderes literarisches Werk« zu schreiben.[88] Juliane geht auf Norvins Angebot jedoch nicht ein. Sie erklärt ihm, dass sie eine Pflicht zu erfüllen habe, von der sie sich von Gott berufen glaube. Sie ziehe es vor, sich für die Unterdrückten und Verfolgten einzusetzen, und wenn es sein muss, ihnen sogar ihr Ansehen, ihr Vermögen und ihr Leben zu opfern.[89]

Die Ausweisung aus Württemberg und die Verhaftung der Maria Gottliebin Kummer bestärkten Juliane in ihrer pietistisch-mystischen Neigung noch mehr. Sie ließen sie in ihrem ganzen Verhalten noch exaltierter und radikaler werden und gaben wohl den Ausschlag, dass Juliane ihre Karriere als Romanschriftstellerin aufgibt: Madame de Staël, die sich nach ihrem neuen Roman erkundigt hatte, teilt sie im September 1809 mit, sie habe überhaupt nicht mehr geschrieben und habe auch nicht mehr nötig, es zu tun.⁹⁰ Obwohl *Les gens du monde* und *Othilde* vollendete Werke waren, die als Manuskripte zirkulierten, hat Juliane auf ihre Veröffentlichung verzichtet.⁹¹

Bei *Othilde* handelt es sich um eine fromme Darstellung der letzten Kreuzzugskämpfe des 15. Jahrhunderts.⁹² Es war ein Werk im Stil der *Martyrs*⁹³, dem 1809 erschienen Prosaepos Chateaubriands über die Frühzeit des Christentums, welches Juliane auf Katharinenplaisir druckfrisch aus Straßburg bekommen hatte.⁹⁴ Von *Othilde* ist das Manuskriptfragment *Histoire d'un solitaire*⁹⁵ erhalten, welches 1818 in deutscher Übersetzung in Leipzig herausgegeben wurde.⁹⁶

In politischen Dingen sei sie eine Unschuldstaube, schreibt Juliane von Krüdener noch 1809 an Prinzessin Friedericke zu Solms-Braunfels anlässlich ihrer Ausweisung aus Württemberg.⁹⁷ Doch bald betritt sie die große politische Bühne. Als geistige Freundin des Zaren Alexander I. und mitbeteiligt am Zustandekommen der Heiligen Allianz 1815, mischt sie für einige Augenblicke in der Weltgeschichte mit.

Während ihrer Erweckungsreisen durch die Schweiz 1816 und 1817 wird ihr erneut größte öffentliche und politische Aufmerksamkeit zuteil. Dort führt sie während der großen Hungersnot auf eigene Kosten Armenspeisungen durch, wirbt für die Auswanderung nach Russland und hält Erbauungsstunden, in die sie religiöse Gerichtspredigten einbaut, vermischt mit sozialpolitischen Elementen.

Ihre offene Kritik an den Reichen musste von den Vertretern der bestehenden Ordnung als umstürzlerisch empfunden werden. Im August 1817 wurde Juliane von Krüdener gezwungen, die Schweiz zu verlassen. Sie kehrte nach Russland zurück, wo sie 1824 auf der Halbinsel Krim in Karasu Bazar starb.

Schon zu ihren Lebzeiten wurde das Bild der erfolgreichen Schriftstellerin mehr und mehr verdrängt durch das der Mystikerin und Prophetin, die von ihren Anhängern zur Heiligen stilisiert wurde. Ihre Gegner sahen in ihr eine religiös-politische

Agitatorin und warfen ihr ihren früheren Lebenswandel und ihre Eitelkeit vor. Unter den Zeitgenossen lehnten vor allem Intellektuelle und Schriftsteller die Krüdener entschieden ab. Sie hielten es für nötig, dies auch öffentlich kund zu tun. So machte der konservative Philosoph und Staatstheoretiker Vicomte de Bonald die Autorin in der Tageszeitung *Journal des Débats* vom 28. Mai 1817 in einem Pasquill lächerlich.[98]

Goethe, der ebenfalls eine große Aversion gegen sie hegte, hat diese immerhin für sich behalten. Seine Invektive vom 4. April 1818 wurde erst später aus seinem Nachlass veröffentlicht. Sie lautet:

»Junge Huren, alte Nonnen
Hatten sonst schon viel gewonnen,
Wenn, von Pfaffen wohlberaten,
Sie im Kloster Wunder taten.
Jetzt geht's über Land und Leute
Durch Europens edle Weite!
Hofgemäße Löwen schranzen,
Affen, Hund' und Bären tanzen –
Neue leid'ge Zauberflöten –
Hurenpack, zuletzt Propheten!«[99]

Auch nach ihrem Tod äußert sich Goethe sehr negativ über die Schriftstellerin: »So ein Leben ist wie Hobelspäne; kaum ein Häufchen Asche ist daraus zu gewinnen zum Seifensieden.« Dennoch rät er seinem Gesprächspartner *Valérie* zu lesen.[100]

In Frankreich wurde Juliane von Krüdener von den Romantikern wieder entdeckt. Es war vor allem der französischer Schriftsteller und Literaturkritiker Charles-Augustin de Sainte-Beuve, der sich um den Roman bemühte und ihn 1837 neu herausgab zusammen mit einem Vorwort, in dem er sich für das Verständnis der Schriftstellerin einsetzte.[101]

In Deutschland entstand im Laufe des 19. Jahrhunderts ein Krüdener-Bild voller Vorurteile, Unterstellungen und Verdrehungen, welches mitverantwortlich ist für die zum Teil bis heute andauernde unsachliche Beurteilung der Autorin und ihres Werkes.[102] Dabei wurden ihr immer wieder Eitelkeit und der Wunsch nach Selbstdarstellung vorgehalten. So gesteht der Autor des Krüdener-Beitrags in der Allgemeinen Deutschen Biographie 1883 dem Roman wohl »Herzensgluth, Schwung des Gedankens, warme Naturempfindung, graziöse Darstellung auch der schwierigsten Situationen« zu, beim Lesen der *Valérie* habe man aber den Eindruck, dass der Roman nur zur Selbstverherrlichung der Autorin geschrieben sei, während im Vergleich dazu bei Goethes *Werther* »das Erlebnis des Einzelnen die Gesamtstimmung einer Zeit in vollendeter Individualisierung« dargestellt sei.[103]

Hartnäckig hält sich auch das Vorurteil, *Valérie* sei nur eine schlechte französische Wertheriade, »ein dünner Aufguß des Goetheschen *Werther*-Stoffes«, wie der Roman erst unlängst charakterisiert wurde.[104]

Victor Klemperer hat in Deutschland als erster die Bedeutung dieses Werks innerhalb der französischen Frauenliteratur jener Zeit erkannt und es entsprechend gewürdigt.[105] Der Romanist Walter Pabst, der sich eingehender mit dem Roman beschäftigte und feststellte, dass selten die Kritik »so ungerecht und fahrlässig umgesprungen« sei wie mit *Valérie*[106], sieht in Juliane von Krüdener »eine bescheidene Vorläuferin von Marcel Prousts ›unfreiwilliger Erinnerung‹ in *À la recherche du temps perdu*«.[107]

Was die Originalität des Werkes ausmacht und worin auch der Schlüssel seines Verständnisses liegt, ist die Art und Weise, wie die Autorin mit den verschiedenen Formen des Erinnerns umgeht. Die abwesende Vergangenheit versucht die Autorin wieder präsent zu machen, indem sie über erinnerte Empfindungen das Erlebte sinnlich rekonstruiert. Ein Experiment, das ihr an einigen Stellen des Romans mit viel Charme gelungen ist. Und gerade an diesen Stellen wird Sainte-Beuves Aussage: »Sa plume, comme sa personne, avait de la magie« verständlich.[108]

Juliane von Krüdener war eine faszinierende, widersprüchliche Persönlichkeit, eine Grenzgängerin, die sich, von innerer Unruhe getrieben, in verschiedenen Welten bewegte auf der Suche nach dem Sinn des Lebens, den sie schließlich in der Hinwendung zu Gott gefunden zu haben glaubte.

Die vorliegende Neuausgabe lädt dazu ein, sich wieder unvoreingenommen mit der Schriftstellerin und ihrem Roman auseinanderzusetzen.

Anmerkungen

1 La Roche, S. 66-69 und Brief an Elise zu Solms-Laubach, 27.2.1804; Kampf, S. 97.
2 Brief an Elise zu Solms-Laubach, 27.2.1804; Kampf, S. 97.
3 In der *Zeitung für die elegante Welt* war am 31. Dezember 1803 von dem sensationellen Erfolg des Romans in Paris berichtet worden; Ley S. 177.
4 Siehe Anm. 2.
5 So im 35. Brief, wo sie Kapitel IV und V des ersten Abschnittes aus Ludwig Tiecks *Phantasien über die Kunst* zusammengefasst wiedergibt. *Phantasien über die Kunst, für Freunde der Kunst*. Herausgegeben von Ludwig Tieck. Hamburg 1799.
6 Siehe Anm. 2.
7 Baron von Krüdener hat über diese Reise einen Bericht verfasst, der von Francis Ley herausgegeben wurde: Baron Alexis de Krüdener: *Voyage en Italie en 1786*. Traduction, présentation et notes de Francis Ley. Paris 1983.
8 In ihrem *Journal de Venise* von 1785 geht Juliane von Krüdener auf ihre Sensibilität ein; siehe *Écrits intimes et prophétiques*, S. 45f.
9 Ley, S. 147.
10 Zur Datierung vgl. Mercier, S. 48f.
11 In ihr *Journal de Venise* notiert sie: »Je sens que je deviens plus calme, je soulage mon cœur; en développant mes pensées, en les couchant sur le papier, il semble que je me délivre d'un poids que je ne pouvais porter seule«; *Écrits intimes et prophétiques*, S. 46.
12 Münnich hatte Bernardin 1763 in Sankt Petersburg empfangen; siehe Ley, S. 54.
13 Ende November 1796 bis Januar 1798 schreibt sie an der Erzählung *Alexis ou Histoire d'un soldat russe*. Diese Erzählung erschien 1834 in Odessa; Ley, S. 436. 1798 beginnt sie *Les malheurs de l'Helvétie*, worin sie auf die Kämpfe der Franzosen gegen die Schweizer im März jenes Jahres Bezug nimmt. Das Manuskript schickt sie im Juni 1801 Jean Paul zur Bearbeitung; siehe Berger, S. 45. Ein Fragment der *Malheurs* erschien 1829 in Stuttgart unter dem Titel *Albert und Clara, eine Erzählung, frei bearbeitet nach der französischen, noch ungedruckten Urschrift der Frau von Krüdener, in: Pantheon. Eine Sammlung vorzüglicher Novellen und Erzählungen der Lieblingsdichter Europa's. Herausgegeben von mehreren Literaturfreunden. Siebenter Band. Stuttgart bei Carl Hoffmann 1829*, S. 129-210. Ebenfalls noch 1798 beginnt sie den Roman *La Cabane des Lataniers*, den sie 1802 zugunsten von *Valérie* aufgibt; siehe Ley, S. 163, Anm. 33. 1799 bis 1803 arbeitet sie an *Elisa ou l'éducation d'une jeune*

fille. Zur zeitlichen Einordnung dieser Texte siehe Mercier, S. 16-18 u. S. 127ff.

[14] *Pensées et Maximes,* in: *Mercure de France,* cahier du 10 vendémiaire, An XI (2.10.1802), S. 80-84.

[15] Brief an Clemens Brentano, Genf, 18.11.1802; Steig, Bd. 1, S. 55.

[16] Am 1. Mai 1804 schreibt Achim von Arnim der Baronin aus London einen Brief, in dem er an die angenehme gemeinsame Zeit in der Schweiz erinnert und sich auf liebenswürdige Weise für die ihm dargebrachte Aufmerksamkeit im Roman bedankt: »Erst heute erhielt ich Valérie, Ihre Tochter aus Secheron, ich habe sie empfangen mit Freude; der Montblanc sah einmal wieder hervor aus den rothen Wolken, ich dachte im grünenden Frühling mit Lust eines vergangenen Herbstes. Jede Erinnerung hat einen Vollglanz wie wir sie am liebsten sehen, ich vergesse gern die abnehmenden Viertel in Lyon und Paris und denke Sie lieber am Fenster der einsamen Burg in Secheron über den Schiffen, über dem See in lebendiger Seele das Schicksal des armen Gustav abwägend. ... vieles habe ich gethan um mich zu erfrischen, aber frischer blieb mir Vergangenheit und ich kehre mit Wonne in mein Vaterland zurück wie zu ihrer Valérie, weil diese mir ein neues Vaterland gegeben, zu den beyden neuerbauten Städten Arnam und Hollyn. Bei einer zweyten Auflage hoffe ich Aufschluß über die Lage dieser Orte über ihre Länge und Breite zu hören, aber noch lieber in einem Briefe von Ihnen«; zitiert nach Burger, S. 363.

[17] Brief Chateaubriands an Juliane von Krüdener, Paris, 17.1.1803; Ley, S. 154.

[18] Brief an Sophie von Krüdener, Lyon, 17.4.1803; Ley, S. 162f.

[19] Ebd. Sie denkt dabei an Bernardin de Saint-Pierre, Ducis, Chateaubriand und Geoffroy.

[20] »Tout a son charlatanisme«; siehe Anm. 18.

[21] Vgl. Anm. 13.

[22] Ley, S. 166f. u. Mercier, S. 18 u. S. 33-35.

[23] Chézy, Unvergessenes, Bd. 1, S. 253.

[24] Zu dem mit einem großen Schal als Requisit ausgeführten »Shawl-Tanz« der Krüdener schreibt Helmina von Chézy in ihren Erinnerungen: »Ihr Tanz war nur die freudige Entfaltung des innern Aufblühens, das im gewöhnlichen Leben ruhig in der Knospe blieb. ... und so war die Krüdener Madonna, Mater dolorosa, oder was immer sonst Holdseliges, Großes, Inniges in Schmerz und Liebe verklärt hienieden geblüht, jedes Bild ein neues vollendetes Meisterwerk«; Chézy, Unvergessenes, Bd. 1, S. 152. In ihrem Roman erklärt Juliane die Herkunft des »Shawl-Tanzes« wie folgt: »Mylady Hamilton, welche mit diesen herrlichen Vorzügen begabt war, gab zuerst den Gedanken zu dieser echt dra-

matischen Tanzart, wenn man es so nennen kann. Der Shawl, welcher zu gleicher Zeit so antik, und so geschickt, auf so viele verschiedene Arten gezeichnet zu werden, bekleidet, verschleiert, verbirgt abwechselnd die Gestalt, und paßt für die verführendsten Darstellungen«; *Valérie*, 18. Brief. Zu dieser Tanzform siehe Kirsten Gram Holmström: *Monodrama. Attitudes. Tableaux Vivants. Studies on some Trends of Theatrical Fashion 1770–1815* (Stockholm Studies in Theatrical History 1). Uppsala 1967, S. 110ff., insbesondere S. 140-144 u. S. 150f.

25 Und zwar im Brief XXVII des ersten Teils, in welchem Madame de Staël Delphines Tanz auf dem Ball der Mme de Vernon mit folgenden Worten einführt: »Jamais la grace et la beauté n'ont produit sur une assemblée nombreuse un effet plus extraordinaire; cette danse étrangère a un charme, dont rien de ce que nous avons vu ne peut donner l'idée«; Madame de Staël: *Delphine*. Edition critique par Simone Balayé / Lucia Omacini. Tome 1. Genève 1987, S. 205.
Mme de Staël selbst teilte Juliane von Krüdener mit, dass sie sich bei der Beschreibung des Tanzes der Delphine von ihrem Tanz und dem ihrer Tochter Juliette habe inspirieren lassen: »Il est très vrai que c'est votre danse et celle de Juliette, qui m'a donné celle de Delphine«; Madame de Staël: *Delphine*. Edition critique. Bd. 1. Genève 1987, S. 31 u. Ley, S. 156f.

26 Helmina von Chézy: »Valérie«, in: *Französische Miscellen*. Vierter Band. Drittes Stück. Tübingen 1803, S. 150-157.

27 Chézy, *Unvergessenes*, Bd. 1, S. 253.

28 So z. B. von Barbara Becker-Cantarino: *Schriftstellerinnen der Romantik. Epoche – Werke – Wirkung*. München 2000, S. 285.

29 Brief an Jean Paul, Bötzow bei Berlin, 10.3.1804; Berger, S. 55 u. Ley, S. 167.

30 Brief an Madame Armand, 15.1.1804; Ley, S. 173 u. in ihrem Brief an Jean Paul, Bötzow bei Berlin, 10.3.1804; Berger, S. 54.

31 Eynard, Bd. 1, S. 136.

32 Brief an Jean Paul, Bötzow bei Berlin, 10.3.1804; Berger, S. 52.

33 Er antwortet ihr erst im Juni 1804. Zu ihrem Roman bemerkt er: »Gustavs Tod ist ein Sonnenuntergang, und in französischer Sprache ist noch niemand so schön gestorben«; Brief an Juliane von Krüdener, Coburg, 7.7.1804; Berger, S. 57.

34 Siehe Berger, S. 71, Anm. 49.

35 Allgemeine Jenaische Literaturzeitung, 29. März 1804, Sp. 606f. (Kritik mit der Chiffre GDZ).

36 Zitiert nach Berger, S. 58 und S. 71f., Anm. 49.

37 Siehe Mercier, S. 627.

38 Siehe www.british-fiction.cf.ac.uk.

[39] Als erster und zweiter Band des zweiten Jahrgangs der *Bibliothek für die gebildete Lesewelt. Eine Sammlung gewählter Schriften der vorzüglichsten Schriftsteller Deutschlands zur angenehmen und nützlichen Unterhaltung.* Leipzig 1804.

[40] Die dritte französische Auflage erschien 1804, »corrigée et augumentée«, in Paris und Straßburg bei Levrault und in Darmstadt in der Hofbuchhandlung, immer noch ohne Namensangabe der Autorin. Julianes Vorwort wurde ersetzt durch ein Vorwort des Herausgebers, gefolgt von einem Brief einer Frau, die ihrer Freundin auf dem Land über *Valérie* berichtet; Mercier, S. 625. (In der deutschen Übersetzung sind Vorwort und Brief weggelassen.)

[41] Diese ist gegenüber der Erstausgabe ergänzt um fünf Briefe Valéries an ihre Schwester Amalie und um ein Brieffragment am Ende des Romans. Hinzu kommen Erweiterungen und Zusätze im ersten, vierten, fünften und letzten Brief sowie im Tagebuch der Mutter. Der 48. und letzte Brief der ersten Auflage wurde geteilt und der fünfte Brief Valéries eingeschoben, so dass die neue vermehrte Auflage nunmehr 54 gegenüber den ursprünglichen 48 Briefen aufweist.

[42] Laurent-Pierre Berenger, Verfasser des vielfach aufgelegten Werks *La Morale en action* von 1783, Direktor der École centrale und Inspektor der Akademie in Lyon, hatte ihr zu diesen Kürzungen geraten; vgl. Julianes Brief an Berenger, Paris, 27.10.1803; Ley, S. 167.

[43] Brief Achim von Arnims an Frau von Krüdener, London, 1.5.1803; Burger, S. 363.

[44] Siehe ihren Brief an Camille Jordan, Dormans-sur-Marne, 28.1.1804; Ley, S. 175.

[45] Siehe Anm. 1.

[46] Brief an Jean Paul, Bötzow bei Berlin, 10.3.1804: »Ich hoffe, allmählich meinen Bauern Freiheit zu verschaffen, wenigstens ihnen nützlich zu sein«; Berger, S. 53.

[47] So die These von Petra Hieber, die auf die finanzielle Abhängigkeit der Krüdener von ihrer Mutter hinweist; siehe Hieber, S. 27. Ihrer Freundin Armand berichtete Juliane, dass die Buchhändler viel verdienten und nur langsam bezahlten, sodass der Gewinn nicht groß sei; Brief an Madame Armand, 15.1.1804; Ley, S. 173.

[48] Napoleon hat ihren Roman abgelehnt. Er soll gesagt haben: »Il paraît que la baronne de Staël a trouvé son sosie; après *Delphine*, *Valérie*! L'un vaut l'autre: même pathos, même bavardage. Les femmes se pâmeront d'aise à lire ces extravagances sentimentales. Conseillez, de ma part, à cette folle de Mme de Krüdener, d'écrire dorénavant ses ouvrages en russe ou bien en allemand, afin que nous soyons délivrés de cette insupportable littérature«; zitiert nach Ley, S. 174.

⁴⁹ Zitiert aus dem Brief der Gräfin Henriette von Hohenthal vom 8.12.1807 an Heinrich Jung-Stilling; Geiger, S. 267.
⁵⁰ Jean Paul erklärt sie, dass »echte Moralität und teutsche Gedanken, die wahre religiöse Philosophie enthalten«, das Aufsehen ihres Buches erregten. Sein Erfolg habe gezeigt, dass auch in Frankreich viele Menschen »Sinn für wahre Religion und Tugend« hätten; Brief an Jean Paul, Bötzow bei Berlin, 10.3.1804. In diesem Brief hat sie Jean Paul die Entstehungsgeschichte ihrer *Valérie* wie folgt geschildert: »Hier ist die Geschichte meines Romans. Ich lebte am Ufer des Genfer Sees ein ruhiges, entzückendes Leben in der Natur. Gegenüber mir war der Montblanc, dem die untergehende Sonne täglich ihren Rosenschleier zuwarf; um mich die entzückenden Ufer des Sees, hohe Bäume und Alpenluft. Tausendmal irrte ich berauscht von diesen Szenen, umher, verloren im Entzücken der Natur. Oft bat ich den Himmel um das Glück, ihm zu gefallen und meinen Nebenmenschen nützlich sein zu können, um den Unendlichen, wie Sie so schön sagen, ins Endliche zu lieben. Da entstand auch unter tausend Gedanken einer an den Roman, den ich nachher schrieb; ich betete als ein Kind in Einfalt der Seele, daß ich was Gutes und Nützliches machen könnte, und so entstand allmählich meine Valérie. Fremd kann sie Ihnen nicht sein; Ihre Seele, Ihre Schriften, Ihre Liebe zur Natur beseelten mich oft, ich schicke Ihnen, Freund, dieses Buch. Einfach und gut, hoffe ich, wird es Ihnen scheinen; es strömte so aus meiner Seele heraus, daß ich fast nicht weiß, ob es ein Hauch oder eine Schrift ist«; Berger, S. 52f.
⁵¹ Arnim, Achim von: »Frau von Krüdener in Königsberg«, in: *Werke in sechs Bänden*. Bd. 6: *Schriften* (Bibliothek deutscher Klassiker 72). Frankfurt a.M. 1992, S. 216-223 u. S. 1157-1159.
⁵² *Vesta. Für Freunde der Wissenschaft und Kunst.* Zeitschrift, die Arnims Freund Max von Schenkenburg herausgab.
⁵³ Siehe Anm. 51, S. 222.
⁵⁴ Brief an Camille Jordan, Riga, 8.9.1804; Ley, S. 184.
⁵⁵ Tagebucheintrag der Juliette von Krüdener, 15. April 1807; Ley, S. 199 und Brief der Königin Louise, Königsberg, 4.5.1807; Ley, S. 200.
⁵⁶ Tagebucheintrag der Juliette von Krüdener, 16.10.1807; Ley, S. 249.
⁵⁷ Sie reizte den Fürst von Ligne zu einer Parodie der *Valérie;* siehe Mercier, S. 418-420.
⁵⁸ Siehe Mercier, S. 19 u. Steig, Bd. 2, S. 93, Anm. 1.
⁵⁹ Tagebucheintrag der Juliette von Krüdener; Ley, S. 208.
⁶⁰ Arnims Brief an Bettine Brentano, Heidelberg, 24.2.1808; Steig, Bd. 2, S. 93.
⁶¹ 1808 erschienen Band 2 u. Band 3 der von Arnim und Brentano herausgegebenen ersten umfassenden Sammlung deutscher lyrischer Volks-

dichtung der letzten drei Jahrhunderten mit dem Titel *Des Knaben Wunderhorn*.

[62] Arnims Brief an Clemens Brentano, Heidelberg, 24.2.1808; Steig, Bd. 1, S. 242.

[63] Zu Jung-Stilling und Frau von Krüdener siehe Geiger, S. 253-282.

[64] Geiger, S. 203-205 u. Ley, S. 249.

[65] Wahrscheinlich um Verwechslungen mit dem 1805 erschienenen, sehr erfolgreichen Roman *Mathilde* der Schriftstellerin Madame Cottin zu vermeiden; vgl. Ley, S. 248.

[66] Zu diesem Zeitpunkt ist es noch nicht fertig gestellt. Juliane arbeitete den Sommer über noch daran, wie aus ihrem Brief an Achim von Arnim vom 2. August 1808 hervorgeht; Burger, S. 364f. Abgeschlossen ist *Othilde* im November 1808: Am 17. November beginnt Juliette den fertigen und korrigierten Roman zu kopieren; Ley, S. 249.

[67] Friedrich Fontaines hatte ein bewegtes, abenteuerliches Leben hinter sich. Als Anhänger des Straßburger Jakobiners Eulogius Schmied war er in die Wirren der französischen Revolution hineingeraten. Er kam 1805 nach Markirch, nachdem er Pfarrer in Oberseebach, Ilbesheim und Neuhofen gewesen war; zu Fontaines siehe E. Muhlenbeck: *Études sur les origines de la Sainte-Alliance*. Paris/Strasbourg 1887, S. 324-327.

[68] Bericht der Juliette von Krüdener; Ley, S. 211.

[69] »Le pasteur nous dit alors que depuis trois ans il nous attendait. Il lui avait été annoncé qu'il viendrait des ›instruments de Dieu‹«; Bericht der Juliette von Krüdener; Ley, S. 211.

[70] Brief an den Zar Alexander I, 2. Mai 1822; Ley, S. 407: »Il y a quatorze ans que je fus appelée dans les Vosges à connaître la volonté du Seigneur sur moi: ce fut l'année 1808.«

[71] Maria Gottliebin Kummer, Tochter eines Weingärtners und Stundenhalter aus dem württembergischen Cleebronn, war ebenfalls 1805 mit ihrer Schwester und ihrem Schwager nach Markirch gekommen, nachdem sie nach einem gescheiterten Auswanderungsversuch in das Gelobte Land nicht mehr nach Württemberg zurückgekehrt war, sondern an mehreren Orten versucht hatte, ein Auskommen zu finden. 1791 war sie in dem in der Nähe ihres Geburtsortes befindlichen Meimsheim erstmals öffentlich als Prophetin aufgetreten. Wegen Verführung des dort amtierenden Pfarrers, mit dem sie 1796 den »zweiten Zeugen der Welt« (vgl. Offenbarung 11,3-4) zeugte, war sie als Betrügerin zu einer dreijährigen Haftstrafe verurteilt worden; siehe Lippoth, S. 302ff.

[72] Bericht der Juliette von Krüdener; Ley, S. 211.

[73] Schon in den Pariser Literatenkreisen waren diese Seiten ihres Charakters aufgefallen. Interessant sind die Bemerkungen von Joubert und Chênedollé, zwei Freunde Chateaubriands und der Madame de Staël,

die die Krüdener am 12. Mai 1802 im literarischen Salon der Madame Beaumont erlebt hatten. Nach Joseph Joubert hatte sie »quelque chose d'allumé« an sich und Charles-Julien Chênedollé konstatierte bei ihr eine Natürlichkeit in der Übertreibung und eine extreme Sensibilität, die ohne Exaltiertheit nicht möglich sei; Ley, S. 141f.

74 Brief an Madame Armand, 21.6.1808; Ley, S. 211.
75 Ley, S. 221 u. Lippoth, S. 331.
76 Tagebucheintrag der Juliette von Krüdener; Ley, S. 221.
77 Zur Geschichte des Hofguts Katharinenplaisir siehe *Beschreibung des Oberamts Brackenheim*, hg. von dem Königlichen statistisch-topographischen Bureau. Stuttgart 1873, S. 203f.
78 Tagebuch der Juliette von Krüdener; Ley, S. 221 u. Lippoth, S. 335.
79 »une sorte de colonie chrétienne«; Eynard, Bd. 1, S. 188.
80 Lippoth, S. 337.
81 Ebd., S. 337f.
82 Dem Fürst von Ligne schreibt sie: »Je suis touchante d'innocence vivant comme dans une idylle au milieu des bois, des troupeaux; faisant mes romans comme toujours, me promenant regardant des chateaux du moyen age qui ont la bonté de meubler les environs de ma campagne«; Brief an Charles de Ligne, Katharinenplaisir, 6.6.1809; Württembergische Landesbibliothek Stuttgart, Cod. hist. qt. 333a, 273.
83 Bericht des Kreisamtsverwesers; Lippoth, S. 345.
84 Bericht von Stadtschreiber Laux aus Besigheim, der die Kummer denunziert hatte und bei der Festnahme dabei war; Lippoth, S. 345f.
85 Siehe die Tagebucheinträge der Juliane von Krüdener, 20. und 21.5.1809; Ley, S. 229f. Hortense Beauharnais hatte 1802 Napoleons Bruder Louis geheiratet und mit ihm den Königsthron in Holland erhalten. Stephanie Beauharnais wurde 1806 von Napoleon adoptiert und mit Erbprinz Carl von Baden verheiratet. Anfang Juni 1809 – also genau zu der Zeit, als Juliane von Krüdener sich bei ihr in Baden-Baden aufhielt – modellierte Johann Heinrich Dannecker die zwanzigjährige Erbgroßherzogin. Die Gewandbüste in Gips befindet sich in der Staatsgalerie Stuttgart und ist auf dem Umschlag dieser Valérie-Ausgabe abgebildet. Zu dieser Büste siehe Christian von Holst: *Johann Heinrich Dannecker*. Bd. 1. Stuttgart 1987, S. 330-334.
86 Brief der Zarin Elisabeth an ihre Mutter, die Markgräfin von Baden, Peterhof, 3./15. August 1809: »Je suis bien curieuse et impatiente de voir paraître le nouvel ouvrage de Mme de Krüdener, mais je crains que les persécutions du roi de Wurtemberg n'en retardent la sortie«; Ley S. 250.
87 Zu Norvins siehe Ley, S. 233ff. Seine *Histoire de Napoléon* aus dem Jahre 1827 erschien in 22 Auflagen.

[88] »Savez-vous que j'ai une bien impertinente idée, qui pourtant n'est pas neuve; c'est d'écrire avec vous un roman, ou un ouvrage quelconque, par lettre«; Brief Norvins an Juliane von Krüdener, Karlsruhe, 6.7.1809; zitiert nach Mercier, S. 454. Vgl. Ley, S. 235.

[89] »Je préfère servir ceux qu'on opprime, m'exposer pour ceux qu'on poursuit, donner même ma réputation et ma fortune, et ma vie s'il le faut, pour remplir un devoir auquel je me croirais appelée par Dieu!«; Brief an Norvins, 7.9.1809; Ley, S. 243.

[90] Brief an Mme de Staël, Baden, 17.9.1809; Ley, S. 250 u. Mercier, S. 455.

[91] Vgl. Mercier, S. 452f.

[92] Ley, S. 239, Anm. 1: »pieux récit des derniers combats de croisade du XVe siècle, dans le style des Martyrs.«

[93] *Les Martyrs ou le triomphe de la religion chrétienne.*

[94] Sie fand darin so viele Ähnlichkeiten mit *Othilde*, dass sie Angst hatte, man könne ihr unterstellen, sie habe von Chateaubriand abgeschrieben. Gleichzeitig war sie aber auch von der Schönheit und dem Wert ihrer *Othilde* überzeugt. Tagebucheintrag der Juliane von Krüdener, 21.4.1809; Ley, S. 249f.

[95] Ley, S. 250, Anm. 15.

[96] *Der Einsiedler. Ein Fragment. Von der Frau von Krüdener. Herausgegeben und mit einer Biographie dieser merkwürdigen Frau begleitet von K. S. Leipzig, 1818. In Commission in der Weygandschen Buchhandlung.* Aus dem Vorwort geht hervor, dass der Herausgeber das französische Manuskript, das er bei einem Freund vorfand, selbst übersetzt und die Übersetzung ohne Wissen und Einwilligung der Baronin veröffentlicht hatte. Die dem Fragment beigefügte Biographie basiert größtenteils auf mündlichen Mitteilungen eines Bekannten der Krüdener, die in den *Weimarischen Zeitschwingen* von 1817, Nr. 29, veröffentlicht worden waren.

[97] »En politique je suis une tourterelle d'innoncence«; Brief an Prinzessin Friedericke zu Solms-Braunfels; Württembergische Landesbibliothek Stuttgart, Cod. hist. qt. 333a, 274. Siehe auch Ley, S. 245.

[98] Ley, S. 366.

[99] Johann Wolfgang Goethe: *Sämtliche Werke. Briefe, Tagebücher und Gespräche.* Bd. 2: *Gedichte 1800–1832.* Hg. von Karl Eibl (Bibliothek deutscher Klassiker 34). Frankfurt a.M. 1988, S. 763 u. S. 1264f.

[100] Gespräch Goethes mit Kanzler Friedrich von Mueller am Mittwoch, den 29. Juni 1825. Goethe bezog sich dabei auf den Nekrolog Frau von Krüdeners in der Nr. 174 der Beilage zur *Allgemeinen Zeitung* vom 23.6.1825; siehe *Unterhaltungen mit Goethe*/Kanzler Friedrich von Mueller. Mit Anm. versehen und hrsg. von Renate Grumach. 2. Aufl. München 1982, S. 149 u. S. 328.

[101] Abgedruckt in Charles-Augustin de Sainte-Beuve: »Madame de Krüdner« (Portraits de Femmes), in: *Oeuvres* II, Bibliothèque de la Pléiade 1960, S. 1327-1352.

[102] Als typisches Beispiel sei der Historiker und Literaturwissenschaftler Gervinus zitiert: »Die Frau von Krüdener war von Jugend auf in den Eitelkeiten der großen Welt, der Bälle und Liebhabertheater zerstreut gewesen. Der geistigen und sinnlichen Reizungen einmal bedürftig, hatte sie sich in einem Durste nach Erregungen frühe über die Vorurtheile des Anstands und die Zweifel der Sittlichkeit hinweggesetzt. Wie dann ihre Jugendreize nicht mehr fesselten, hatte sich ihre Gefallsucht auf gezwungenere Künste geworfen, auf phantastische Trachten, auf Shawltänze, auf schriftstellerischen Ruhm. Als ihre Valérie (1804) erschien, hatten aber die plumpsten Kunststücke der Eitelkeit, mit denen die Verfasserin das öffentliche Urtheil zu fälschen und die Tracht ihrer Heldin (wie Werthers) zu einer Mode zu machen suchte, dem Romane keinen großen Beifall gewinnen können. Unbefriedigt von ihrem Ruhme auf diesem Felde, war sie dann von dem geistigen auf das geistliche Gebiet übergegangen, hatte im 41. Jahre (1805) in ihrer Geburtsstadt Riga ihren Tag von Damascus erlebt und lernte nun ihre blasirte Einbildungskraft neu zu electrisiren, auf einem Boden, wo auch mit Armuth des Geistes zu glänzen und mit der Demuth selbst die Eitelkeit zu befriedigen war Denn in ihrem frommen Bekehrungs- und Wohlthätigkeitsdrange suchte sie sich nicht die verborgene Wirksamkeit die dem Weibe wohlstand, vergessend, daß der Apostel ›einem Weibe nicht gestattete, daß sie lehre, sondern daß sie lerne in der Stille‹«; Georg Gottfried Gervinus: *Geschichte des neunzehnten Jahrhunderts seit den Wiener Verträgen.* 8 Bände. 1855–1866. Bd. 2. Leipzig 1856, S. 719. Leider hat man im deutschsprachigen Raum die für die Krüdener-Forschung so bedeutenden Arbeiten des Historikers Francis Ley zum Teil immer noch nicht wahrgenommen. Von Leys frühen Studien seien genannt: *Madame de Krüdener et son temps. 1764-1824.* Paris 1961 und *Bernardin de Saint-Pierre, Mme de Staël, Chateaubriand, Benjamin Constant et Mme de Krüdener.* Paris 1967.

[103] Baur, S. 199.

[104] So von Peter Haigis in: Peter Haigis / Gert Hummel: *Schwäbische Spuren im Kaukasus. Auswandererschicksale.* Metzingen 2002, S. 128.

[105] Klemperer, S. 26-29.

[106] Pabst, S. 167.

[107] Walter Pabst: »Barbara Juliane Freiin von Krüdener«, in: *Kindlers Neues Literatur Lexikon.* Bd. 9. München 1990, S. 808f.

[108] »Ihre Feder hatte wie ihre Person etwas Zauberhaftes«; Sainte-Beuve, *Oeuvres* II, S. 776.

Literatur

ARNIM, ACHIM VON: »Frau von Krüdener in Königsberg«, in: *Werke in sechs Bänden*. Bd. 6: *Schriften* (Bibliothek deutscher Klassiker 72). Frankfurt a. M. 1992, S. 216-223 u. S. 1157-1159.

BAUR, WILHELM: »Krüdener: Barbara Julie von K. geb. von Wietinghoff«, in: *Allgemeine Deutsche Biographie*. Bd. 17. Leipzig 1883, S. 196-212.

BERGER, DOROTHEA: *Jean Paul und Frau von Krüdener im Spiegel ihres Briefwechsels*. Wiesbaden 1957.

BURGER, ROSE: »Frau von Krüdener und Achim von Arnim«, in: *Euphorion* 28. 1927, S. 362-364.

CHÉZY, HELMINA VON: *Unvergessenes. Denkwürdigkeiten aus dem Leben von Helmina von Chézy. Von ihr selbst erzählt*. 2 Bde. Leipzig 1858.

EYNARD, CHARLES: *Vie de Madame de Krudener*. 2 Bde. Paris 1849.

GEIGER, MAX: *Aufklärung und Erweckung. Beiträge zur Erforschung Johann Heinrich Jung-Stillings und der Erweckungstheologie*. Zürich 1963.

HIEBER, PETRA: *Auf der Suche nach dem Glück: Juliane von Krüdener-Vietinghoff (1764–1824): Selbstwahrnehmung im Spannungsfeld gesellschaftlichen Wandels*. (Menschen und Strukturen. Historisch-sozialwissenschaftliche Studien, 8). Frankfurt am Main 1995.

KAMPF, KURT: *Sophie La Roche. Ihre Briefe an die Gräfin Elise zu Solms-Laubach 1787–1807*. Offenbach: Offenbacher Geschichtsverein 1965.

KLEMPERER, VICTOR: *Geschichte der französischen Literatur im 19. und 20. Jahrhundert 1800–1925*. Bd. 1. Berlin 1956.

LA ROCHE, SOPHIE VON: *Herbsttage*. Leipzig 1805.

LEY, FRANCIS: *Madame de Krüdener 1764–1824. Romantisme et Sainte-Alliance*. Paris 1994.

LIPPOTH, ROLF: »Maria Gottliebin Kummer aus Cleebronn – eine Prophetin im Umkreis der Frau von Krüdener«, in: Dietrich Blaufuß (Hg.), *Pietismus-Forschungen: zu Philipp Jacob Spener und zum spiritualistisch-radikalpietistischen Umfeld*. Frankfurt am Main 1986, S. 295-383.

MADAME DE KRÜDENER: *Valérie avec une introduction, des notes et commentaires de Michel Mercier*. Paris 1974.

MADAME DE KRÜDENER: *Écrits intimes et prophétiques*. Ière Partie: 1785–1807. Textes établis d'après les manuscrits, avec introduction et notes, par les membres de l'Equipe de Recherche Associée, n° 447. Lyon 1975.

MERCIER, MICHEL: *Valérie. Origine et destinée d'un roman*. Thèse présentée devant l'université de Paris IV – le 13 mai 1972. Service de reproduction des thèses. Université de Lille III 1974.

PABST, WALTER: »Juliane von Krüdener, Jacques Delille und die „Mémoire involontaire"«, in: *Germanisch-Romanische Monatsschrift*. NF 14. 1964, S. 139-170.

SAINTE-BEUVE, CHARLES-AUGUSTIN DE: »Madame de Krüdener« (Portraits de Femmes), in: *Oeuvres* II (Bibliothèque de la Pléiade) 1960, S. 1327-1352. (Es handelt sich um das Vorwort der von Sainte-Beuve besorgten Neuausgabe von 1837, erschienen auch in der *Revue des Deux Mondes*, 1. Juli 1837.)

SAINTE-BEUVE, CHARLES-AUGUSTIN DE: »Madame de Krüdener et ce qu'en aurait dit Saint-Évremond. Vie de Madame de Krüdener par M. Charles Eynard« (Portraits Littéraires), in: *Oeuvres* II (Bibliothèque de la Pléiade) 1960, S. 764-784. (Zuerst in *Revue des deux Mondes*, 15. September 1849.)

STEIG, REINHOLD: *Achim von Arnim und die ihm nahe standen.* 3 Bde. Stuttgart 1894-1913.

Zum Text

Der einfacheren Lesbarkeit halber wurde die Orthographie behutsam modernisiert. Eingriffe in die Zeichensetzung erfolgten da, wo es für das bessere Verständnis des Textes notwendig schien. Ältere Deklinationsformen sind den heutigen angepasst. Die Übersetzung wurde mit der französischen Ausgabe verglichen und offensichtliche Druck- und Übersetzungsfehler behoben. Die Schreibweise der Eigennamen ist der heute üblichen angeglichen. Auch wurden bei geographischen Bezeichnungen Artikel und Präpositionen dem heutigen Sprachgebrauch angepasst.

*Les âmes froides n'ont que de la mémoire;
les âmes tendres ont des souvenirs,
et le passé pour elles n'est point mort,
il n'est qu'absent.*

Barbara Juliane von Krüdener,
Pensées et Maximes (1802)

VALÉRIE

ODER BRIEFE GUSTAVS VON LINAR
AN ERNST VON G…

Erster Teil

Erster Brief.

Eichstadt, am 10. März.

Du mußt alle meine Briefe erhalten haben, Ernst; seitdem ich Stockholm verließ, habe ich Dir mehrere Male geschrieben. Du kannst mir auf dieser Reise folgen, welche bezaubernd sein würde, wenn ich mich nicht von Dir trennte.

O! warum konnten wir jene ergötzende Träume unserer Jugend nicht zur Wirklichkeit bringen, als unsre Einbildung einen Flug in jenes große Weltall tat, andre Himmel schweben sah, weit schrecklichere Stürme toben hörte! – als wir auf jenem Felsen beisammen saßen, welcher von den andern sich trennte und welcher in uns den Begriff von Unabhängigkeit und Stolz erregte – wo unsre Herzen bald von tausend dunkeln Ahndungen klopften, bald in das düstere Altertum sich zurückversetzten und aus diesen Finsternissen unsre Lieblingshelden hervortreten sahen! Wo sind sie? jene Tage, welche von starken und sanften Gefühlen strahlten.

Ich habe Dich verlassen, liebenswürdiger Gefährte meiner Jugend, weiser Freund! Welcher die allzu ungeordneten Bewegungen meines Herzens lenkte und meine ungestümen Begierden bei dem Wohlklang Deiner begeisterten und gedankenreichen Seele einschläferte! Doch bin ich, Ernst, zuweilen fast glücklich; es findet sich ein berauschender Zauber auf dieser Reise, welcher mich oft entzückt; alles steht in vollem Einklang mit meinem Herzen und selbst mit meiner Phantasie. Du weißt, wie sehr ich dieses schönen Talents nötig habe, welches aus der Zukunft schöpft, um die gegenwärtige Glückseligkeit noch zu vermehren – dieser Zauberin, welche sich eines jeden Alters und eines jeden Stands des Lebens bemächtigt, welche Spielwerke für die Kinder hat, und welche den höhern Geistern die Schlüssel des Himmels reicht, damit ihre Blicke sich mit erhabenern Glückseligkeiten berauschen können.

Doch – wohin verirre ich mich? Ich habe Dir noch nichts vom Grafen gesagt. Er hat alle seine Anweisungen erhalten; er geht bestimmt nach Venedig, und eben dieser Ort ist es, welchen er wünschte; er freut sich bei dem Gedanken, daß wir uns nicht trennen werden, daß er selbst mich auf dieser neuen Bahn führen können wird, welche er von mir betreten zu sehen wünschte, und daß er bei seiner Vollendung meiner Erziehung, die heilige Pflicht zu erfüllen im Stande sein wird, zu welcher er sich verbindlich machte, als er mich zum Sohn annahm. Welcher Freund, Ernst, ist dieser zweite Vater! Welcher vortreffliche Mann! Bloß der Tod konnte jene Freundschaft unterbrechen, welche mich an jenen band, welchen ich verloren habe; und der Graf macht es sich zur Freude, sie gewissenhaft gegen mich fortzusetzen. Er betrachtet mich oft; ich sehe bisweilen Tränen in seinen Augen; er findet, daß ich meinem Vater sehr ähnlich bin, daß ich die nämliche Schwermut in meinem Blick habe; er tadelt mich, daß ich bin wie er, fast wild, und allzu menschenscheu.

Ich weiß es selbst nicht, was mich zu dieser Stimmung gebracht hat. Fast bleibt mir nichts anders übrig, als den Grund in dem schnellen Eintritt in so unerwartete, höchst sonderbare Verhältnisse zu suchen. Valérie, das schöne nachbarliche Mädchen, das so oft in der Knabenzeit unsere Vergnügungen teilte, das in ruhigeren Stunden die zügellose Lenkkraft unsers Geistes zu gutmütigern, zartern Empfindungen leitete, dem unsre jugendlichen Tränen folgten, als der väterliche Eigensinn es uns entriß, und nach Deutschland führte – dieses reine edle Geschöpf ist nun – meine Mutter.

Wer hätte es geglaubt, daß ich die traute Genossin meiner Jugendfreuden auf diese Art und unter diesen Umständen wiedersehen werde.

Wer hätte es geglaubt, daß ich das harmlose Geschöpf, welches mit mir zugleich Arm in Arm für die Welt reifte, dessen höhere Freundschaft mich bei männlicherer Denkkraft stufenweise und ahnend zum Vorgenuß einer seligen Zukunft emporschwang, einst in den Armen jenes edlen Mannes finden werde, der so großmütig die Pflichten der Freundschaft auch nach dem Tode meines Vaters zu schätzen wußte und mich für seinen Sohn annahm, um mich als Lehrer und Wohltäter zu dem Zwecke meiner Bestimmung zu führen.

Erinnerst Du Dich noch Ernst! wie manchen Blumenstrauß Valérie mir gewunden hatte, wie manches Liedchen ich ihr schrieb, wie gewöhnlich bei unsern jugendlichen Erholungen ihre Wahl auf mich fiel, und wie oft mein Vater bedenklich lächelte, wenn er uns einsam im Garten, in die Allee des Parkes, im leichten Kahne auf dem Teiche oder im Zimmer bei dem Pianoforte traf?

Damals wußte ich es selbst nicht, was mir ihren Umgang so teuer machte, wiewohl sie mir öfters beteuerte, daß sie mir sehr gut sei. Das Mädchen war ja kaum fünfzehn Jahre, als es uns entrissen wurde, und nach und nach verwaiste ich auch von meinem Vater und von Dir.

Ich kann es Dir kaum beschreiben, auf welche rührende Art mich der Graf seiner Gemahlin vorstellte, und wie es mich angriff, die zeitliche Freundin in ihr zu erkennen. Valérie ist fast noch so, als sie in der väterlichen Heimat war. Zuvorkommend zog sie mich aus meiner Verlegenheit und umarmte leidenschaftlich ihren edlen Gemahl, als sie bemerkte, daß meine Blicke ihn beurteilten, und daß mein Geist nach der Auflösung des Rätsels von ihrer unerwarteten Vereinigung rang.

»Sie werden sich wundern, Herr von Linar!« begann sie mit freundschaftlicher Gefälligkeit, »mich als die Gemahlin des edlen Mannes zu sehen, den Sie für ihren Vater anerkannt haben. Ich bin jedoch davon weit entfernt«, fuhr sie fort, »mir gewisse Rechte bei diesen neuen Verhältnissen anzumaßen, und freue mich vielmehr, den treuen Gefährten meiner Jugend in so naher Verbindung wiedererhalten zu haben, dessen Freundschaft mir die süßen Bilder der Vergangenheit angenehm in mein Gedächtnis zurückführen wird, und von dem ich es mir für die ganze Zukunft vorausbedinge, mich bloß als seine zärtliche Schwester anzusehen.«

O mein Freund! ich glaube es, hätte der Zwang ihres nunmehr bestimmten Standes sie nicht in die Schranken des Anstands gedrängt, sie würde unter freien Umständen mir vielleicht mit offenen Armen entgegengeeilt sein, aber itzt mußte ich mich begnügen, durch einen gefälligen Blick von ihr empfangen zu werden.

Ich küßte ihr sehr ehrerbietig die Hand, ich weiß selbst nicht, welches unnennbare Gefühl mich zur Ehrfurcht gegen sie hinzog. Es war mir, als sähe ich all die Bilder der früheren Jugend vor mir vorüberschweben, und es wurde mir schwer, den überzeugenden Gedanken von Valériens Vermählung mit dem Grafen meiner Seele aufzudrängen.

Ich bin mir in diesen Verhältnissen ganz fremd, mein Gefühl will sich der Wirklichkeit nicht fügen, und ich habe Zwang nötig, mich an alles, was mich umgibt, zu gewöhnen. Valérie täuscht mich weniger als der Graf; sie hat eine so kindliche Miene! sie ist sehr lebhaft; aber ihre Güte ist grenzenlos. Valérie scheint ihren Gatten sehr zu lieben; ich erstaune darüber nicht; wiewohl eine große Verschiedenheit des Alters zwischen ihnen stattfindet, wird doch niemals daran gedacht. Man könnte Valérie bisweilen zu jung finden; man kann sich kaum überreden, daß sie eine so ernsthafte Verbindung geschlossen habe; aber niemals erscheint der Graf zu alt. Er ist schon über die Vierzig hinaus; aber er hat nicht das Ansehen, als ob er diese Jahre hätte. Man weiß zuerst nicht, was man am meisten an ihm lieben soll, sein edles und erhabenes Äußeres oder seinen Geist, welcher immer angenehm ist, welcher noch durch eine starke Phantasie und durch eine außerordentliche Ausbildung unterstützt wird; aber wenn man ihn genauer kennt, bleibt man nicht unentschieden; was er aus seinem Herzen nimmt, das ist es, welchem man den Vorzug gibt; dann, wenn er sich ganz entdeckt und hingibt, dann findet man ihn so erhaben. Er sagt uns bisweilen, er könne unter den Leuten nicht so jung sein, wie er es bei uns ist, und Geistesschwung mache schlechtes Glück bei einer Gesandtschaft.

Wenn Du wüßtest, Ernst, wie angenehm unsre Reise ist! Der Graf weiß alles, kennt alles; und das Wissen hat bei ihm die

Empfindsamkeit nicht abgestumpft. Von Herzen genießen, lieben, und fremdes Glück zu seinem eignen machen, darin besteht sein Leben; auch fällt er keinem beschwerlich. Wir haben mehrere Wagen, von welchen der eine offen ist; gewöhnlich geschieht es abends, daß wir in diesem ausfahren. Die Jahreszeit ist sehr schön. Wir haben beim Eintritt in Deutschland große Wälder durchquert. Es fand sich dort manches von unserm Mutterland, welches uns viel Vergnügen machte. Vorzüglich erinnerte der Untergang der Sonne uns alle an verschiedene Ereignisse, welche wir einander bisweilen mitteilten; aber am häufigsten beobachteten wir alsdann ein Stillschweigen. Die schönen Tage sind gleichsam Festtage, welche der Welt gegeben werden. Aber das Ende eines schönen Tags hat, wie das Ende des Lebens, etwas Rührendes und Feierliches. Es ist ein Rahmen, worin alle Erinnerungen ihren natürlichen Platz einnehmen, und wo alles, was mit den Gefühlen zusammenhängt, lebhafter erscheint, so wie beim Untergang der Sonne alle Farben wärmer erscheinen. Wie oft versetzt sich dann meine Einbildung in unsre Gebirge! ich erblicke zu ihren Füßen unsre alte Wohnung; jene Zinnen, jene Graben, welche so lange Zeit mit Eis bedeckt sind, auf welchen wir mit der Lanze in der Hand in kriegerischen Spielen uns übten, indem wir über dieses Eis wie über unsere Tage hingleiteten, welche wir nicht bemerkten. Der Frühling kehrte zurück, wir erstiegen den Fels; wir zählten dann jene Schiffe, welche von neuem unsre Meere befuhren; wir bemühten uns, ihre Flagge zu erraten; wir verfolgten ihren schnellen Flug; wir hätten auf ihren Masten zu sein gewünscht wie die Seevögel, um ihnen in die entfernten Gegenden zu folgen.

Erinnerst Du Dich jenes schönen Untergangs der Sonne, wo wir ein großes Ereignis zusammen feierten? Es war bald nach der Nachtgleiche. Wir hatten abends vorher einen Zug von Wolken fortrücken gesehen, welche den Sturm weissagten; er war schrecklich; wir alle beide zitterten für ein Schiff, welches wir entdeckt hatten; das Meer war empört, und drohte alle jene Gestade zu verschlingen. Mitternachts hörten wir die Unglücksanzeigen. Weil wir vermuteten, daß das Schiff auf einer von den Bänken gescheitert sein müßte, ließ mein Vater auf das Geschwindeste Schaluppen in See setzen; in dem Augenblick, wo er die an den Küsten fahrenden Lotsen ermunterte, widerstand er unsern dringenden Bitten nicht und erlaubte uns, ihn zu begleiten. O! wie schlugen unsre Herzen! wie wünschten wir, überall zugleich zu sein! wie sehr hätten wir gewünscht, jedem auf dem Schiffe zu helfen! Damals war es, als Du so großmütig Dein Leben für mich in Gefahr setztest. Doch, ich muß meinem Versprechen treu bleiben; ich darf nicht mit Dir von einer Sache reden, welche Dir so einfach, so natürlich erscheint; laß mir aber wenigstens meine Erkenntlichkeit als eine meiner ersten Freuden, wenn nicht als eine meiner ersten Pflichten; und nie wollen wir den Fels vergessen, wohin wir nach jener Nacht zurückkehrten, und von wo wir das Meer betrachteten, indem wir dem Himmel für unsre Freundschaft dankten.

Lebe wohl, Ernst; es ist spät; und wir reisen sehr früh ab. –

Zweiter Brief.

Lüben, am 20. März.

Ernst, mehr als jemals ist sie in meinem Herzen, jene geheime Unruhe, welche meine Tritte bald gegen die steilen Gipfel von Kullen, bald in unsere sandigen Wüsten führte. Ach! Du weißt es, ich war dort nicht allein; die Einsamkeit der Meere, ihre ungeheure Stille oder ihre stürmende Tätigkeit, der unsichre Flug des Eisvogels, das schwermütige Geschrei des Vogels, welcher unsre Gegenden liebt, die traurige und sanfte Helle unsrer Nordlichter, alles nährte die schwankende und entzückende Unruhe meiner Jugend. Wie oft hatte ich, von dem Fieber meines Herzens verzehrt, gewünscht, mich wie der Adler der Berge in ein Gewölk zu ersäufen und mein Leben zu erneuern! Wie oft hatte ich gewünscht, mich in den Abgrund jener verschlingenden Meere zu stürzen und aus allen Elementen und aus allen Erschütterungen, eine neue Tatkraft zu schöpfen, wenn ich die meinige mitten unter den Feuern, welche mich verzehrten, erloschen fühlte!

Ernst, ich habe alle jene Zeugen meines unruhigen Daseins verlassen; aber überall finde ich andre wieder; ich habe die Gegend verändert; aber ich habe meine schwärmerischen Träume und meine ungemäßigten Wünsche mit mir genommen. Wenn alles um mich herum schläft, wache ich mit ihnen; und in jenen Nächten der Liebe und der Schwermut, welche der Frühling mit so vielen Ergötzlichkeiten umduftet und anfüllt, empfinde ich überall jene geheime Wollust der Natur, welche für die Einbildung so gefährlich ist, eben wegen des Schleiers, welcher sie deckt; sie berauscht und stürzt mich abwechselnd; sie gibt mir Leben und tötet mich; sie dringt zu mir durch alle Gegenstände und läßt mich nach einem einzigen schmachten. Ich höre den Wind der Nacht; er schläft auf den Blättern; und ich glaube noch immer ungewisse und schüchterne Tritte zu hören; meine Einbildung schildert mir jenes Gedankenwesen, nach welchem ich seufze, und ich überlasse mich ganz jener Ahndung von Liebe und Entzücken, welche die Leere meines Herzens füllen muß. Ach! werde ich jemals geliebt sein? werde ich jemals diese brennenden und strebenden Wünsche erhört sehen? werde ich einen Augenblick, einen einzigen Augenblick das ganze Glück erteilen, welches ich empfinden werde? werde ich von jenem glänzenden Geschenk leben, wobei man den Himmel berührt? Ach! geben ist nicht alles, Ernst; man muß annehmen können; viel wert sein, ist nicht alles; man muß dafür gehalten werden. Um die Dattel zur Reife zu bringen, wird Afrikas Boden erfordert; um jene starken und tiefen Gefühle wachsen zu lassen, welche uns vom Himmel kommen, muß man auf der Erde solche glühende und seltene Seelen finden, welche die süße und vielleicht die unglückliche Kraft empfangen haben, wie ich zu lieben. –

Dritter Brief.

B..., am 21. März.

Mein Freund, ich überlas am heutigen Morgen meinen gestrigen Brief; beinahe fand ich Bedenken, ihn Dir zu schicken; nicht als ob ich Dir jemals etwas verbergen wollte, sondern weil ich fühle, weil Du mit Recht mich tadeln wirst, daß ich nicht, wie ich Dir versprochen hatte, das allzu Leidenschaftliche in meiner Seele ein wenig zu unterdrücken suche. Muß ich nicht überdem jene Seele wie ein Geheimnis vor dem größern Teil derjenigen verbergen, mit welchen ich in der Welt zu leben Beruf haben werde? Weiß ich denn nicht, daß in den Augen dieser Leute nichts natürlicher ist, als dasjenige, was uns von der Natur entfernt? – und daß ich ihnen als ein Unsinniger erscheinen werde, wenn ich ihnen nicht gleiche? Laß mich also mit meinen süßen Erinnerungen mitten in den Wäldern, am Ufer der Gewässer umherirren, wo ich mir Wesen schaffe, wie ich bin, wo ich die dichterischen Schatten derjenigen um mich herum versammle, welche alles besangen, was den Menschen erhebt, und welche stark zu lieben wußten. Dort glaube ich noch den Tasso zu sehen, wie er seine unsterblichen Verse und seine brennende Liebe herausseufzet; dort erscheint mir Petrarca, mitten unter den geweihten Gewölben, welche seine dauernde Zärtlichkeit für Laura entstehen sahen; dort glaube ich die erhabenen Akkorde des zärtlichen und einsamen Pergolesi zu hören; überall glaube ich den Genius und den Amor zu sehen, diese Kinder des Himmels, welche den großen Haufen fliehen und ihre Wohltaten wie ihre unschuldigen Freuden verbergen.

Ach! wenn ich nicht begabt worden bin wie die Söhne des Genius, wenn ich nicht wie sie die Nachwelt bezaubern kann, habe ich wenigstens wie diese etwas von jener Begeisterung geatmet, von jener erhabenen Liebe zum Schönen, welches vielleicht mehr als der Ruhm selbst wert ist.

Doch, glaube nicht, Ernst, daß ich mich ohne Zurückhaltung meinen Träumereien überlasse. Wiewohl der Graf zu jenen Menschen gehört, deren Seele die meiste Jugend beibehalten hat, wenn ich mich so ausdrücken kann, so täuscht er mich dennoch zu sehr, als daß ich ihm nicht einen Teil meiner Seele verbergen sollte.

Besonders suche ich vor Valérie nicht außerordentlich zu erscheinen, welche bei ihrer Jugend, bei ihrer Stille mir wie ein Morgenstrahl vorkommt, welcher nur auf Blumen fällt, und welchem nur ihr ruhiges und sanftes Wachstum bekannt ist.

Ich kann Dir Valérie nach ihrer itzigen Beschaffenheit nicht besser schildern, als wenn ich Dir die junge Ida, Deine Cousine, nenne. Sie hat mit ihr viel Ähnliches; jedoch hat sie etwas Eigentümliches, welches ich noch bei keinem weiblichen Geschöpfe bemerkt habe. Man kann ebensoviel Anmut, viel mehr Schönheit besitzen und gleichwohl weit von ihr entfernt sein. Man bewundert sie vielleicht nicht; aber sie hat etwas Idealisches und Bezauberndes, wodurch man gezwungen wird, sich mit ihr zu beschäftigen. Wenn man sieht, wie sie so zart, so kühn ist, möchte man sagen, sie sei ein Gedanke. Schön fand ich sie jedoch das erste Mal, als ich sie wiedersah, nicht; sie ist sehr blaß; und das Abstechende ihrer Munterkeit, selbst ihrer Übereilungen und ihrer Gestalt, welche bloß für Empfindsamkeit und Ernst gemacht ist, machte auf mich einen besondern Eindruck.

Seitdem habe ich gesehen, daß jene Augenblicke, wo sie mir nur als ein liebenswürdiges Kind erschien, sehr selten waren; ihr gewöhnlicher Charakter hat eher etwas Schwermütiges; und sie überläßt sich bisweilen einer übertriebenen Fröhlichkeit so wie die äußerst empfindsamen Personen, welche sehr bewegliche Nerven haben, in Lagen übergehen, welche ihren gewöhnlichen Zuständen ganz fremd sind.

Die Witterung ist schön; wir spazieren viel; abends machen wir bisweilen Musik; ich habe meine Geige bei mir; Valérie spielt auf der Gitarre; wir lesen auch; ein wahres Fest ist diese Reise. –

Vierter Brief.

Stollen, am 4. April.

Mein Freund, erst seit heute kenne ich Valérie ganz. Bisher erschien sie meinen Augen wie eine jener anmutigen und reinen Gestalten, deren Umriß die Griechen uns zeichneten, und welche wir so gern unsern Träumen geben; aber ich hielt ihre Seele für zu jung, für zu wenig gebildet, als daß sie die Leidenschaften erraten oder empfinden könnte; auch wagten meine schüchternen Blicke nicht, ihre Züge zu erforschen. Für mich war sie bloß ein Weib mit der Herrschaft, welche ihr Geschlecht und meine Einbildung ihr geben könnte; es war ein Wesen außer den Grenzen meines Denkens; Valérie war mit jenem Schleier von Ehrfurcht und Hochachtung umhüllt, welche ich für den Grafen habe; und ich wagte nicht, ihn aufzuheben, um bloß ein gewöhnliches Weib zu sehen. Aber heute, ja, eben heute, lernte ein besonderer Umstand mich dieses Weib kennen und zeigte mir, daß sie auch eine warme und tief fühlende Seele empfangen hat. Ja, Ernst, die Natur hat ihr Werk vollendet; und gleich jenen geheiligten Gefäßen des Altertums, deren Weiße und Feinheit den Blick in Erstaunen setzt, bewahrt sie in ihrem Busen eine zarte und stets lebendige Flamme.

Höre, Ernst, und urteile selbst, ob ich Valérien bisher gekannt habe. Sie hatte heute Neigung bei guter Zeit zur Mittagsmahlzeit zurückzukommen; der Graf hatte Neigung weiterzugehen; aber er gab nach; anstatt den Läufer zu schicken, stieg er selbst zu Pferde, um alles bereiten zu lassen. Als wir ankamen, dankte ihm Valérie mit einer bezaubernden Anmut; sie spazierten einen Augenblick zusammen, und plötzlich kam der Graf allein zurück und mit einer ziemlich verlegenen Miene. Er sagte zu mir: »Wir speisen heute allein; Valérie will noch nicht essen.«

Ich war sehr erstaunt über diesen Eigensinn, und schon glaubte ich bemerkt zu haben, daß sie einen ungleichen Charakter besitze. Wir eilten, um mit der Mahlzeit fertig zu werden. Der Graf bat mich, Früchte aus dem Wagen zu nehmen; weil er glaubte, daß dieses seiner Gemahlin Vergnügen machen würde. Ich trat aus dem Flecken und fand die Gräfin mit Marie, dem Kammermädchen, welches mit ihr erzogen worden war, und welche von ihr sehr geliebt wird; sie waren alle beide bei einem Gesträuch. Ich näherte mich der Valérie und bot ihr Früchte, indem ich nicht recht wußte, was ich ihr sagen wollte; sie errötete; sie schien geweint zu haben, und ich merkte, daß ich weiter nichts mit ihr zu tun hatte. Sie hatte so etwas Anziehendes in der Gestalt, ihre Stimme war so sanft, als sie mir dankte, daß ich sehr gerührt war.

»Sie werden sich gewundert haben«, sagte sie mit einer Art von Schüchternheit zu mir, »da Sie mich bei der Mahlzeit nicht sahen.«

»Ganz und gar nicht!« antwortete ich ihr in der äußersten Verwirrung. Sie lächelte.

»Da wir oft beisammen sein müssen«, fuhr sie fort, »so ist es gut, daß Sie sich an mein kindisches Wesen gewöhnen.«

Ich wußte nichts zu antworten; ich bot ihr meinen Arm, um zurückzukehren; denn sie war aufgestanden.

»Sind Sie unpaß, Madam?« fragte ich endlich, »der Graf befürchtet es.«

»Hat er erfahren, wo ich war?« fragte sie mich eilig.

»Ich glaube, er sucht Sie!« war meine Antwort.

»Ihre Mahlzeit hat indessen ziemlich lange gedauert.«

Ich versicherte ihr, daß wir kurze Zeit bei der Tafel gewesen wären.

Sie blickte sehr oft um sich, um zu sehen, ob sie nicht den Grafen bemerkte, als einer von den Leuten meldete, daß die Pferde vorgespannt wären.

»Und mein Mann, hat er gefragt, wo ich wäre?«

»Der Herr Graf sind zu Fuß vorausgegangen«, antwortete jener Mensch, »nachdem Sie befohlen hatten, daß man erscheinen sollte, damit die Frau Gräfin nicht bei Nacht ankämen wegen der schlimmen Wege.«

»Es ist gut!« sagte Valérie mit einer Stimme, welche sie zu beherrschen suchte. Aber ich bemerkte ihre ganze Unruhe. Wir stiegen in den Wagen; ich setzte mich ihr gegenüber. Anfangs war sie gedankenvoll; hernach suchte sie zu verbergen, was sie quälte; dann schien sie vergessen zu haben, was vorgefallen war; sie sprach mit mir von gleichgültigen Dingen; sie bemühte sich, munter zu sein, indem sie mir verschiedene sehr anmutige Bemerkungen über V... erzählte, wohin wir bald kommen sollten.

Ich merkte, daß sie oft den Kopf an den Kutschenschlag hielt, um zu sehen, ob sie nicht den Grafen gewahr wurde; sie hieß den Postillion geschwind zu fahren, weil sie befürchtete, er möchte sich durch das viele Gehen ermüden. Je weiter wir kamen, desto weniger sprach sie und wurde wieder gedankenvoll; sie erstaunte darüber, daß wir mit ihrem Gemahl nicht zusammentrafen.

»Er geht sehr geschwind!« antwortete ich ihr; aber ich erstaunte auch darüber.

Wir fuhren durch einen großen Wald. Valériens Unruhe wurde immer größer; sie stieg auf das Äußerste. Endlich war sie abgestiegen; sie ging den Wagen voraus, weil sie sich durch ein schnelles Gehen zu zerstreuen glaubte; sie lehnte sich an mich, stand still, wollte wieder umkehren; zuletzt litt sie schrecklich. Ich litt fast ebensosehr wie sie. Ich sagte ihr, wir würden gewiß den Grafen schon bei der Post finden, er werde einen andern Weg genommen haben; und ich dachte es. Unglücklicherweise hatte man ihr von einer Räuberbande gesagt, welche vor vierzehn Tagen einen öffentlichen Wagen angegriffen hatte. Ich fühlte, wie sehr meine Teilnahme an ihr zunahm, je größer ihre Unruhe wurde; ich wagte, sie zu betrachten, – ihre Gesichtszüge zu befragen; unsere Lage erlaubte es mir. Ich sah, wie sehr sie zu lieben wußte, und ich empfand die Herrschaft, welche über andere Seelen solche Seelen erhalten müssen, welche leidenschaftlich werden können. Ich erfuhr eine Art von Angst, welche mir durch ihre Angst verursacht wurde; und zu gleicher Zeit, Ernst, fühlte ich etwas Wonnevolles, wenn sie mich mit einem rührenden Ausdruck ansah, gleichsam, um mir für meine Sorgfalt zu danken.

Wir kamen an die Post; der Graf war nicht da. Valérie befand sich übel; sie hatte einen Nervenzufall, welcher mich zitternd machte. Ihre weiblichen Bedienten liefen nach Tee und nach Orangenblumen; ich war außer mir. Valériens Zustand, die Abwesenheit des Grafen – eine unaussprechliche Unruhe, welche ich niemals empfunden hatte – alles machte mir den Kopf schwindelnd. Ich hielt Valériens eiskalte Hände; ich beschwor sie, sich zu beruhigen; ich sagte zu ihr, um sie in Fassung zu bringen, daß alle Reisende ein Schloß zu besuchen pflegten, welches sehr nahe an der Heerstraße läge und dessen Lage merkwürdig wäre. Sobald, als ich sie etwas minder leiden sah, nahm ich zwei Landleute mit mir, und wir verteilten uns, um ihn zu suchen. Nach einem Gang von einer halben Stunde fand ich ihn in der größten Eile, an Ort und Stelle zu kommen; er hatte sich verirrt. Ich sagte ihm, wie sehr Valérie gelitten habe; er war darüber sehr unruhig. Als wir bald an das Posthaus gekommen waren, lief ich aus allen meinen Kräften voraus, um den Grafen zu melden, und um der erste zu sein, welcher diese gute Nachricht brächte. Ich hatte einen sehr glücklichen Augenblick, als ich Valériens ganzes Glück sah. Jetzt kehrte ich zum Grafen zurück, und wir traten zusammen herein. Valérie warf sich ihm um den Hals; sie weinte vor Freuden; aber einen Augenblick später, als sie sich an alles, was sie gelitten hatte, zu erinnern schien, machte sie dem Grafen Vorwürfe; sie sagte ihm, es sei unverzeihlich, daß er sie allen diesen Unruhen ausgesetzt, daß er sie verlassen habe, ohne ihr etwas zu melden; sie hielt ihren Gemahl zurück, welcher sie umarmen wollte.

»Ja, es ist unverzeihlich«, sagte sie, »seiner Empfindlichkeit Gehör zu geben.«

»Aber ich war nicht unwillig«, sagte er zu ihr.

»Wie? Du warst nicht unwillig?«

»Nein, meine teure Valérie, sei dessen versichert; ich wollte einer Erklärung ausweichen; ich weiß, daß Du lebhaft bist, und daß es Dir schadet; auch weiß ich, wie leicht Du Dich beruhigst;

Du bist so gut, Valérie!« Ihr standen die Tränen in den Augen; sie nahm seine Hand auf eine rührende Art.

»Ich habe unrecht«, sagte sie, »ich bitte Dich um Verzeihung! wie konnte ich wegen eines Wortes böse werden, welches gewiß nicht gesagt war, um mir Verdruß zu machen. O! wieviel bist Du besser als ich!«

Ich hätte mich ihr zu Füßen werfen und ihr sagen mögen, daß sie ein Engel ist. Der Graf schien mir nicht genug erkenntlich.

Und wenn ich Valériens Wesen bei kälterem Blute durchforsche, sammle ich mir nur die untröstliche Überzeugung, daß ich in der Kenntnis des menschlichen Herzens höchst unerfahren bin. Ergründe mir diese Valérie, ergründe mir den Grafen, von dessen Edelmute ich hinlängliche Proben schon gesehen habe. Valérie gab sich die Schuld, daß sie wegen eines Wortes böse geworden sei, und der Graf entschuldigte sich, daß er dieses Wort gewiß nicht gesagt habe, um ihr Verdruß zu machen.

Es war daher dennoch ein Verdruß – ein kleiner Zwist – oder vielmehr eine sogenannte Disharmonie zwischen beiden vorgefallen, der ich in der Tat nicht die geringste Ursache aufzufinden weiß. Der Graf so nachgiebig, Valérie so sanft und gut, was konnte beide zu dem kleinen Unwillen führen? Ich wollte, ich hätte jenes bedeutende Wort gehört, um mir über Valériens Charakter Licht zu verschaffen. Noch nie war ich mit der Beurteilung ihrer so sehr im Widerspruch als itzt. Ich finde sie oft so sehr unruhig, und oft wieder so sehr duldend und seelenvoll. Es ist ein Gemische von Sanftmut und Verwirrung, sie schreckt mit kalter Miene ab, wenn man sie anlächelt, und schmiegt sich zuvorkommend freundlich an mich, wenn mein menschenscheues Wesen mich verschlossen zurückhält.

Ernst! mehrmals schon befiel mich der ängstigende Gedanke, daß Valérie nicht jenes Glück in ihrer Ehe finde, welches sie sich mag geträumt haben, daß sie sich vielleicht in die Tage ihrer unbeschränkten fesselfreien Jugend zurückwünsche, wo wir nur bloß unter lachenden Freuden dem Vergnügen lebten und keine Bekümmernisse der Zukunft kannten. Wenn ich die männliche Würde des Grafen beherzige, scheint mir diese Vermutung nicht ungegründet, und ich zittere für das weiche Gefühl meiner teuern Freundin. – Aber nein! sie scheint den Abstand ihres zarten Alters nicht zu kennen, der Graf schätzt sie mit der vollkommenen Hochachtung eines überlegenden Mannes und liebt sie mit dem Feuer einer hingebenden und doch so bescheidenen Leidenschaft. Auch sie weiß die hohe Würde ihres unvergleichlichen Gemahls zu ehren, auch sie hängt an dem Erhabenen mit der Heftigkeit eines herzlichsten Gefühls. Sie lieben einander, davon zeugt die gegenseitige Sorgfalt, davon zeugt das unermüdete Bestreben zur Gefälligkeit. Ich zürne dann über mich selbst, und mache mir bittere Vorwürfe über meinen Zweifelsinn.

Benimmt sich die Gräfin nicht gleichermaßen gegen alle die anderen, die sie umgeben; finde ich diese unerklärbaren Wendungen ihres Charakters nicht auch im Umgange mit mir? Warum bemühe ich mich also, dieser scheinbaren Unbeständigkeit Ursachen und Absichten zu unterlegen?

Sieh mein Freund! oft, wenn wir allein sind, verlieren wir uns hinter dem Horizont der Gegenwart und träumen uns in den kalten Norden hinüber, um unsre Empfindungen im Rückblicke zur Vergangenheit zu verjüngen. Mit schwärmerischer Hast durchirren wir dann die heimatlichen Fluren, denken Deiner, denken der verlebten reinen Freuden, der schuldlosen Spiele, der frohen Vereinigung unsrer Gemüter, und Valérie hört auf, die Gemahlin des Grafen zu sein – ist dann wieder jenes unbefangene liebevolle Mädchen mit dem Herzen voll Offenheit, dem freundschaftlichen Gefühl des Vertrauens, und ihre Hand drücket oft die meinige, ihre Locken spielen oft an meinen Wangen, und aus ihren Blicken strahlt die frohe Heiterkeit jener Zeit hervor.

Hat sich dann meine geweckte Empfindung im Rausche eines solchen seligen Augenblicks zu tief verloren, ist meine ehrfurchtsvolle Bescheidenheit zum Erguß eines herzlichen Mitgefühls übergegangen, wie schnell schwindet dann der Zauber dieses zwanglosen Vertrauens von ihrer Miene, wie unerwartet schreckt mich dann die gleichmütige Stimme zurück und der gebietende Blick, in dem ich deutlich den Ausdruck lesen kann, diese Zeit ist nicht mehr. Ja, Ernst! Valérie gleicht einer herrschenden Gottheit, deren geringste Bewegung anlocken und entfernen kann. Sie scheint sich selbst in diesem Vollgewicht ihrer Kraft zu kennen, und dennoch beleidigt sie nie, dennoch leuchtet selbst durch ihren Unwillen die edelste Güte.

Ja, mein Freund! wenn ich einst Herz und Hand vergeben sollte, so möge mir Gott ein solches Weib bescheren, wie Valérie ist! –

Fünfter Brief.

Ollheim, am 6. April.

Ich habe Dir gesagt, daß wir einige Tage hier verbringen müssen, damit Valérie ausruhen könne; diese Tage waren die angenehmsten meines Lebens. Es scheint, als ob sie mehr Vertrauen zu mir habe, seitdem ich sie besser kenne; vermutlich denkt sie, daß ich über gewisse kleine Ungleichheiten von Laune mich nicht mehr wundere, deren Ursache mir jetzt bekannt sein müsse. Eine sehr starke Empfindsamkeit verhindert die beständige Aufmerksamkeit auf sich selbst. Kalte Seelen haben nur den Genuß der Eigenliebe; sie glauben, daß die Ruhe und das Förmliche, welches sie bei allen ihren Handlungen und bei allen ihren Reden zeigen, ihnen die Achtung derjenigen verschaffen werde, welche sie beobachten; dennoch können sie ebensogut zürnen und sich freuen, aber über ein Nichts und immer in sich selbst; sie fürchten sogar ihre Gesichtszüge als Angeber, welche erzählen mochten, was zu Hause vorgeht. Widersinnige Anmaßung! welche für Weisheit hält, was eine Folge der Leere des Herzens ist!

Niemals erschien mir Valérie liebenswürdiger, rührender, als wenn ihre Lebhaftigkeit sie für einen Augenblick fortgerissen hatte, und wenn sie ein Unrecht wiedergutzumachen sucht. Und welches Unrecht? das Unrecht, zu lieben, wie man in der

Welt nicht zu lieben weiß. Ich beobachtete sie am andern Tage, als sie einen Brief von ihrer Mutter erhielt; ich las ihn mit ihr, indem ich den Ausdruck ihrer Mienen verfolgte. Und wenn sie nach diesem traurig oder für etwas eingenommen ist, wenn sie nicht mit der vollkommenen Kunst der Verstellung, alles billigen kann, was man ihr vorträgt; wenn sie nicht lächelt zu dem, was ihr Langeweile macht – will man dieses Eigensinn nennen? Und gleichwohl will sie wie ein Unrecht jenen Augenblick wiedergutmachen, wo sie nur dem Gedanken angehören kann, welcher ihre Seele beherrscht! Die Beste unter den Mädchen, die Liebevollste unter den Weibern, wünscht zugleich äußerst gefühlvoll und immer aufmerksam zu sein, um den andern nicht zuwiderzuhandeln. Und wenn man mir sagen würde: »Man findet vollkommenere Weiber!« so werde ich antworten: »Valérie ist noch sehr jung! O, möchte sie sich niemals ändern! möchte sie immer das bezaubernde Wesen bleiben, welches ich bis jetzt nur in meinen Gedanken gesehen habe.« –

Am 7. April.

Ich wollte, ich hätte nie dem Vorschlage meines zweiten Vaters Gehör gegeben und wäre daheim geblieben in den vertrauten Fluren, wo alles in meinem Herzen in einer bestimmtern Eingewohntheit harmonierte, wo ich mich mit seinen sonderbarsten Empfindungen auskannte und Herr über meine Freuden war.

Mit der Menge von Erfahrungen, die ich mir auf dieser merkwürdigen Reise sammle, sinkt in meiner Seele der hohe Schwung der flugreichen Phantasie, und mein Herz empfängt nicht so warm den Reiz des Anlockenden, als es sich darnach im Bilde einer schärfern Vorstellung sehnte. – Ich bin fast düster; auch weiß ich es nicht, was mich so freudenlos macht. Ich sehe oft kalt die schönsten Wunder der Natur, mein Blick fällt zurück auf die Vernichtung, und dann nur erhebt sich mein Gefühl zur Bewunderung, wenn Valérie mich auf dieses oder jenes aufmerksam macht.

Freund! was soll diese seltene Wendung meines Gefühls? warum erwacht meine Vorliebe für das, was Valérie ihres Lobes, ihrer Bewunderung würdig findet? warum bleibe ich gegen jedes andere so fürchterlich gleichmütig? Ist sie es bloß, die meinen Empfindungen Schwung und Stimmung gibt? belebt sie allein nur meinen Geist? – Ach ja! ich fühle es, daß die zarte Jugendfreundin noch immer großen Einfluß auf meine Vergnügungen hat, ich fühle es, daß ich ihr mit brüderlicher Neigung ergeben bin, und daß nun bei ihrem Mitgenuß die Freuden meines Lebens mir teurer werden!

Besorge nichts, Ernst! mein Bewußtsein ist rein, der Graf selbst hat mich ja zu dem glücklichen Kleeblatte verbrüdert; mit edler Unbefangenheit nährt er unsre gemeinschaftliche, schuldlose Freundschaft und lächelt wohlgefällig, wenn er mich an Valériens Seite heiterer sieht.

O mein teurer Freund! ich möchte vor mir selbst fliehen, wenn ich überlege, daß meine fortwährende Beklemmung eine Ursache haben müsse. Auf welche Gedanken verfalle ich dann! Ich zittere, wenn ich Valériens zärtliches Benehmen gegen mich ausforsche, denn ich besorge dann, daß sie in mir nicht bloß den Spielgenossen ihrer Kindheit, sondern wohl gar den Liebling ihres Herzens schätzt.

Ernst! Ernst! welcher Abgrund von fürchterlicher Angst, von schrecklichen Blicken in die Zukunft! O! ich mag mir das jammervolle Bild nicht ausdenken, wenn ich, ohne Mitschuld und Absicht, ein Störer der glücklichsten Ehe würde, ein Undankbarer, dessen Andenken der edle Mann, der mein zweiter Vater zu sein sich bemüht, einst fluchen würde.

Nein, nein! es kann nicht sein; Valérie ist viel zu edel und zu tugendhaft, um sich selbst nicht beherrschen zu können. Sind wir Menschen nicht alle einer schwächlichen Eitelkeit und Eigenliebe unterworfen? Berechnen wir nicht vieles nach der Stimmung unsers eigenen Herzens. Ich schätze mich glücklich in der Neigung Valériens, ich wäre untröstlich, wenn sie mich geringschätzen sollte – ja, mein Ernst, ich verfalle oft in den gefährlichen Wunsch, Valérie möchte noch frei sein! – Ach! welch schöne Bilder reihen sich dann an diesen Gedanken. Doch weg mit ihnen! ist es nicht sträflich von mir, daß ich diesen Vorstellungen Raum gebe? ist es nicht tadelnswürdig, daß ich Valérien in die schwärmerische Vergangenheit zurückführe und ihre Liebe für jene frohen Stunden wecke? Sollte die Edle je den geschehenen Schritte bereuen, so wäre wohl niemand schuld an dieser Verirrung als ich.

Nein! Ich will jede süße Rückerinnerung abtöten, will von den schönen Vorzügen ihres edlen Gemahls sprechen und mich bemühen, sie im Zwange ihrer Verhältnisse zu behalten.

Ach Ernst! warum fällt mir hier der beklemmende Gedanke bei, daß sie einst so gut wie meine Verlobte war. Ich würde die Wendung ihres zarten Gefühls mißbilligen und kann doch selbst nicht jener schönen frohen Zeit vergessen. –

Sechster Brief.

Am 8. April.

Ich wandelte am heutigen Morgen mit Valérie in einem Garten am Ufer eines Flusses. Sie verlangte das Frühstück; man brachte uns Erdbeeren, von welchen sie wollte, daß ich sie nach der Art unsers Landes genießen möchte, denn sie hatte mich sagen gehört, daß mich dieses an diejenigen Mahlzeiten erinnerte, welche ich mit meiner Schwester zu machen pflegte; und wir schickten nach dicker Milch. Wir hatten bei uns einige Bruchstücke aus dem Gedicht ›Die Phantasie‹, welche wir beim Frühstück lasen. Du weißt, wie sehr ich die schönen Verse liebe; aber die schönen Verse mit Valérie gelesen, mit ihrer reizenden Stimme gesprochen, neben ihr sitzend, umringt von all den zauberischen Stimmen des Frühlings, welche mit mir sowohl in jenem fließenden Wasser als in jenen Blättern, welche sanft bewegt waren wie meine Gedanken, mit mir zu reden schienen! Freund, ich war sehr glücklich, vielleicht zu glücklich! Ernst, dieser Gedanke wäre schrecklich; er würde Tod in meine Seele bringen, welche jetzt von Glückseligkeit bewahrt wird; ich wage nicht, es zu ergründen.

Valérie war gerührt beim Lesen des bezaubernden Zwischenstücks von Amelie und Volnis, und als sie zu diesen Versen kam:

»In langen und schwarzen Ringen
[sammelten sich seine Haare,
Seine schwarzen Augen, voll des Feuers,
[welches von seinem Übel kaum gedämpft wird,
Funkelten noch unter zwei Augenbrauen,
[schwarz wie Ebenholz.«

so lächelte sie, blickte mich an und sagte zu mir: »Wissen Sie, daß dieses Ihnen sehr ähnelt?«

Ich errötete vor Verwirrung und dachte hernach: »Ach! wenn Du meine Amelie wärest!« Aber plötzlich tadelte ich mich wegen dieses Gedankens wie über ein Verbrechen; und gewiß war es eins. Ich stand auf; ich flüchtete; ich vertiefte mich in den benachbarten Wald, als ob ich von jenem strafbaren Gedanken mich entfernen gekonnt hätte.

Nach einer ziemlich schnellen Streiferei und als ich überlegte, was Valérie von mir denken würde, welche ich auf eine so lächerliche Art verlassen hatte, entschloß ich mich, zu dem Hause zurückzukehren, und sie um Verzeihung zu bitten.

Als ich in meinem Kopfe eine Entschuldigung suchte und keine fand, pflückte ich unterwegs Tausendschön, um ihr diese zu bringen; und ohne daran zu denken, fing ich an, sie zu befragen, indem ich sie entblätterte, wie wir so oft in unserer Kindheit getan hatten. Ich sagte bei mir: »Wie liebt mich Valérie!« Ich riß die Blätter eins nach dem andern ab, bis zu dem letzten. Es sagte: »Gar nicht!« Solltest Du es glauben? Mich kränkte es.

Auch wollte ich wissen, wie ich Valérie liebte. Ah! ich wußte es wohl; aber ich erschrak, als ich anstatt »von Herzen« – »mit Schmerzen« fand; dieses entsetzte mich. Ernst, ich glaube, ich wurde blaß. Ich wollte wieder anfangen, und nochmals sagte das Blatt: »Mit Schmerzen.« Freund, war es mein Gewissen, welches diesem Blatte eine Stimme gab? Wußte mein Gewissen schon, was mir selbst unbekannt war? wovon ich in meinem ganzen Leben nichts wissen will? Was Du niemals glauben würdest, wenn man es Dir sagte, – Du, der Du mich so gut kennst – Du, dem es bekannt ist, daß ich niemals leicht war, daß das Weib eines andern für mich stets ein geheiligter Gegenstand war – und ich sollte Valérie lieben! Nein! Nein!

Geringe Verbrechen sind immer Vorläufer der großen.

Sei ruhig, Ernst, Du sollst nicht nötig haben, mich von Dir zu verstoßen. –

Siebenter Brief.

Bludenz, am 20. April.

Ich bin ganz sicher, mein Freund, daß die bloße Furcht, diejenige zu lieben, welche ich zu nennen nicht wage, denn ich muß sie zu sehr achten, als daß ich ihren Namen mit einem Gedanken verbände, welcher mir verwehrt ist, mich zu glauben veranlaßt hat, daß ... Ich kann es Dir nicht ausdrücken, was ich empfinde; es muß für Dich dunkel bleiben; hier hast Du etwas Helleres.

Als wir an diesem Abend in ein österreichisches Dorf kamen und fanden, daß es später war, als man glaubte, entschloß sich der Graf, die Nacht an diesem Orte zu verbringen. Man bereitete Valériens Bett; und während man ihr Zimmer einrichtete, verweilten wir alle in einem niedlichen Saal, welchen man mit ziemlicher Feinheit gemalt und zurechtgemacht hatte. Hier waren einige Bergleute, welche Walzer spielten. Du weißt, wie sehr die Musik in Deutschland getrieben wird. Einige Mädchen, welche zum Besuch bei der Wirtin waren, walzten; sie waren fast alle ganz artig, und wir sahen mit Vergnügen ihre Fröhlichkeit und ihre kleinen ländlichen Neckereien. Mit ihrer gewöhnlichen Lebhaftigkeit rief Valérie ihre beiden Kammerfrauen; sie wollte auch ihnen das Vergnügen des Tanzes gewähren. Bald hatte der Tanz ein Ende; bloß die Musiker blieben zurück. Der Graf nahm Valérie und ließ sie walzen, wiewohl sie sich dagegen wehrte, weil sie eine Art von Abneigung gegen diesen Tanz hat, welchen ihre Mutter nicht liebte. Als er zwei- oder dreimal die Runde im Saal gemacht hatte, blieb er vor mir stehen.

»Jetzt werde ich Zuschauer sein, Gustav«, sagte er, »Valérie erlaubt Dir, den Tanz mit ihr zu endigen.«

Mein Herz schlug gewaltsam; ich zitterte wie ein Verbrecher; ich bedachte mich lange Zeit, ob ich meinen Arm um ihren Leib legen sollte. Sie lächelte über mein linkisches Wesen. Ich zitterte vor Glück und vor Furcht; dieses letzte Gefühl blieb in meinem Herzen zurück; es verfolgte mich, bis ich mich wieder völlig beruhigt hatte. Auf folgende Art wurde ich ruhiger.

Der Abend war so schön, daß der Graf uns einen Spaziergang vorschlug. Er hatte Valérie den Arm gereicht; ich ging neben ihm; es war ziemlich dunkel, bloß die Sterne leuchteten uns. Das Gespräch gleicht immer den Eindrücken, welche die Phantasie empfängt; die unsrige war ernsthaft und selbst schwermütig, wie die uns umgebende Nacht.

Wir sprachen von meinem Vater; wir erinnerten uns, der Graf und ich, an verschiedene Züge aus seinem Leben, welche bekanntgemacht zu werden verdienten, um bei denen, welche das Schöne zu empfinden und zu lieben wissen, Bewunderung zu erregen. Wir vermischten damit unsere betrübten und tiefen Klagen und sprachen von jener schönen Hoffnung, welche das höchste Wesen vorzüglich dem Schmerz zurückließ, denn bloß diejenigen, welche viel verloren haben, wissen auch, wie sehr der Mensch zu hoffen nötig hat.

So, wie der Graf sprach, fühlte ich, wie meine Zuneigung für ihn um die ganze Zärtlichkeit für meinen Vater sich verstärkte. »Welche süße Unsterblichkeit«, dachte ich, »ist diejenige, welche schon hienieden in den Herzen derjenigen anfängt, welche uns beklagen!«

Wie liebte ich diesen so guten Mann, welcher die Freundschaft so zu erkennen weiß! Die Freundschaft, welche so viele Menschen zu hegen glauben, und welche so wenige in allen ihren Pflichten zu ehren wissen! Wie sehr empfand damals mein Herz diese Gesinnung gegen den Grafen! Ich verband damit, was sie auf immer heilig macht, die Erkenntlichkeit. Mir war es, als ob mein geläutertes Herz nichts enthielt als diese glücklichen Gefühle, deren Wärme sanft auf Valérie zurückstrahlte. Wir hatten uns gesetzt; der Mond war aufgegangen; die Lichter verlöschten allmählich im Dorfe; einige Pferde weideten um uns herum; und die versilberten und schnellen Gewässer eines Bachs trennten uns von der Wiese.

»Ich habe zu jeder Zeit«, sagte der Graf, »eine schöne Nacht leidenschaftlich geliebt; mir dünkt, als habe sie immer tausend Geheimnisse den ernsthaften und zarten Seelen zu sagen; auch glaube ich, diese Vorliebe für die Nacht behalten zu haben, weil man am Tage mich quälte.«

»Du warst nicht glücklich in Deiner Kindheit?«

»Auch nicht in meinem Jünglingsalter, meine teure Valérie«, seufzte er, »aber das Kostbarste habe ich gerettet, was zu retten war, eine Seele, welche niemals am Glück verzweifelte; die Vergangenheit ist für mich gleichsam eine dunkle Leinwand, welche ein schönes Gemälde erwartet, welches nur desto mehr hervortreten wird. Jetzt ist es Eurer beider Sache, meine Freunde«, sagte er, indem er seine Arme gegen uns hinstreckte, »Eure Sache ist es, meine Tage sanft zu leiten.«

Valérie umarmte ihn mit Zärtlichkeit; auch ich warf mich ihm um den Hals; ich konnte kein einziges Wort hervorbringen. Welcher Eid konnte soviel wert sein wie die Tränen, welche ich vergoß? Nie werde ich diesen Augenblick vergessen; er gab mir die Stille und den Mut wieder. –

Achter Brief.

Baden, am 1. Mai.

Ich glaube, durch eine schnelle und feste Entschlossenheit mit meinem Herzen wieder ins Reine gekommen zu sein und Mut genug zu besitzen, über meine Schwäche den Helden spielen zu können, aber je länger ich um Valérien bin, desto mehr fühle ich das Drückende meines Verhältnisses und das Gefährliche ihrer Nähe. Mein teurer Ernst! was soll aus diesem Drange meiner Wünsche und meines Wankelmuts werden? Wohin wird mich die ewige Angst, dieser innere Schauder, das leise Beben in ihrer Gegenwart, die Schüchternheit gegen den Grafen führen?

O! ich fühle es, eine wilde zügellose Leidenschaft wurzelt sich in meinem Herzen fest, welche mich unter unnennbaren Martern am Gängelbande der Hoffnung und des Zweifels zum unvermeidlichen Jammer hinleiten wird.

Freund, die sorglose Unbefangenheit meiner Seele schmiedet; ich werde schamrot, wenn ich die Stimme des Grafen höre, ich fliehe seinen Blick und scheue seine Gegenwart. Ich zittere, wenn Valérie sich zu mir setzt, und dennoch bin ich so gern bei ihr, dennoch entfällt ein großer Teil von Beklemmung meiner Brust, wenn sie mich mit himmlischer Milde anlächelt und meinem düstern schwermütigen Betragen Vorwürfe macht.

Ach ja! ich liebe sie, die Einzige, die Herrliche, die ich schon in ihrer zarten Jugend liebte, die in den Kranz meiner frühern Jahre schon die schönsten Blüten wand. – O Ernst! verdamme mich nicht, kann ich dafür, daß mein Herz Empfänglichkeit für das Schöne und Gute hat; kann ich dem heftigen Drange widerstehen, der mich mit unüberwindlicher Kraft zu ihr hinzieht? Du Guter! sei der Vertraute meines Kummers, Du allein der Teilnehmer an meinem Geheimnisse. Ich will mein Gefühl in mich selbst verschließen und mich in meinem eigenen Gram verzehren.

Die Welt soll es nicht erfahren, daß ich so leichtsinnig gewesen bin, einem unerlaubten Gefühle in meinem Herzen Raum zu lassen, einem Gefühle, daß meine innere Ruhe, den Frieden meines Herzens getötet hat.

Oder ist es nur törichte Schwärmerei, die mich grundlos beängstigt? Ist dieses Gefühl weniger verdammungswürdig, als ich selbst glaube? darf ich Valérien als das Eigentum eines andern noch schön, vortrefflich und liebenswürdig finden? Würde ich nicht heucheln, wenn ich das Gegenteil behaupten wollte? O! legt mir alle Marter der Welt auf, und ich kann die Herrliche dennoch nicht hassen.

Hassen! verabscheuungswürdiges Wort! Der Ewige selbst schuf uns ja zur Liebe, wer will seinen großen Zweck tadeln? Nein, nein! mein reines Gefühl ist kein Verbrechen, aber nie soll Valérie das Geringste davon erfahren, nie soll der edle Graf Stoff und Ursache erhalten, mich eines schändlichen Undanks zu zeihen! Ich werde mich selbst verleugnen; ich werde Gleichmut gegen sie heucheln, um ihrem Gemahl ihre Liebe zu erhalten. Und wenn ihr verachtender Blick mich trifft. O Ernst! was ist aus mir geworden! ich werde diesen Blick nicht ertragen, ich muß fliehen, muß der Gefahr ausweichen, die nicht nur mir, sondern auch dem edlen Paare Verderben droht.

Es ist beschlossen! gelingt es mir nicht, diese unbegreifliche Unruhe aus meinem Herzen zu verbannen, so werde ich zu Dir fliehen. An Deiner Brust kann ich ja über meinen Kummer klagen, in Deinem Arme werde ich Trost finden.

Mein Vorsatz ist, mich soviel wie möglich von der Gräfin entfernt zu halten. Ich habe den Grafen um Erlaubnis gebeten, in einem andern Wagen bisweilen wenigstens zu fahren, und zum Vorwande nahm ich meine Neigung zur Erlernung des Italienischen, um etwas von dieser Sprache zu verstehen, wenn wir nach Venedig kommen würden. Ich sah wohl, daß Valérie wie auch ihr Gemahl diesen Vorschlag sonderbar fanden; endlich aber hinderten sie mich nicht, meinen neuen Plan zu befolgen. Auch vermeide ich, Spaziergänge mit ihr allein zu machen. Es ist ein so hinreißender Zauber in dieser schönen Jahreszeit, bei einem so liebenswürdigen Gegenstand – diese Luft atmen – auf diesen Rasen lustwandeln – sich darauf setzen – sich mit der Stille der Wälder umgeben – Valérie sehen – so lebhaft empfinden, was mir schon ohne sie soviel Glückseligkeit gewähren würde – sag', mein Freund, hieße dies nicht der Liebe trotzen?

Ich fühle es und handle dennoch so wenig nach diesen Überlegungen. Der Mensch ist oft trotz seines besten Willens schwach und leidenschaftlich. Abends, wenn wir ankamen, und wenn sie, von der Reise ermüdet, sich auf ein Ruhebett legte, nahm ich immer mit dem Grafen meinen Platz neben ihr; oder er begab sich in einen Winkel, um zu schreiben; und ich half der Marie den Tee zu machen; ich war es, welcher ihn der Valérie brachte; und mir machte sie Vorwürfe, wenn er nicht gut war. Hernach stimmte ich ihr die Gitarre. Ich spiele sie besser als Valérie; es traf sich, daß ich bei einer schwierigen Stelle ihr die Finger auf die Saiten setzen mußte; oder aber ich zeichnete mit ihr; ich machte ihr Vergnügen, wenn ich ihr alle Arten von Ähnlichkeiten entwarf. Begegnete mir es nicht, daß ich sie selbst gezeichnet hätte? Kannst Du Dir eine solche Unklugheit denken? Ja, ich entwarf ihre reizenden Gestalten; sie richtete gegen mich ihre Augen voller Sanftmut, und ich beging die Torheit, daß ich sie faßte, daß ich mich, gleich einem Unsinnigen, ihrer gefährlichen Gewalt überließ.

Jawohl, Ernst, ich bin weiser geworden; wahr ist's, daß es mir teuer zu stehen kommt; ich verliere nicht nur das ganze Glück, welches ich bei jener süßen Vertraulichkeit empfand; ich sollte es nicht beklagen, weil es mich zu Gewissensvorwürfen bringen konnte, aber ich würde vielleicht Valériens Zutrauen verlieren; sie machte den Anfang, mir Freundschaft zu bezeugen.

Als wir gestern in der Stadt ankamen, wo wir übernachten sollten, fragte ich schnell nach meinem Zimmer.

»Wollen Sie sich denn wieder einschließen?« sagte sie zu mir, »aus Ihnen wird noch ein Wilder werden.« Sie hatte eine unzufriedene Miene, als sie dieses sagte; ich folgte ihr; ich brachte das

Feuer in Ordnung, trug Pakete, schnitt Federn für den Grafen, um die Verlegenheit zu verbergen, welche eine ganz neue Lage mir verursachte. Ich glaubte, durch die zuvorkommende Aufmerksamkeit, welche mich an die Höflichkeit erinnerte, alle jene Herzensbegeisterungen zu ersetzen, welche gar nicht berechnet werden. Auch bemerkte dieses Valérie.

»Man sollte glauben«, sagte sie, »wir hätten Ihnen vorgeworfen, daß Sie sich nicht hinlänglich mit uns beschäftigen, und Sie wollten uns verbergen, daß Sie Langeweile haben.«

Ich schwieg; mir war es gleich unmöglich, sie aus ihrem Irrtume zu ziehen oder ihr bloß einige Redensarten vorzusagen, welche nur angenehm gewesen wären. Ich hatte gewiß eine sehr traurige Miene; denn sie reichte mir gütig die Hand und fragte mich, ob ich verdrießlich wäre. Ich machte ein Zeichen mit dem Kopfe, als ob ich »Ja« sagen wollte, und die Tränen traten mir in die Augen.

Ernst, ich bin traurig und will mich nur mit meiner Traurigkeit beschäftigen. Ich verlasse Dich; verzeihe mir diese ewigen Wiederholungen. –

Neunter Brief.

Arnam, am 4. Mai.

Ich bin äußerst unruhig, mein Freund! ich weiß nicht, was aus dem allen werden wird. Ohne daß ich es gewollt hatte, hat Valérie bemerkt, daß etwas Außerordentliches und Trauriges in meinem Herzen vorging. Sie ließ mich an dem heutigen Abend rufen, um Papiere aus einer Kapsel zu nehmen, welche Marie nicht öffnen konnte. Der Graf war ausgegangen, um einen Spaziergang zu machen. Weil ich nicht plötzlich hinausgehen wollte, nahm ich ein Buch, und fragte sie, ob ich ihr etwas vorlesen solle. Sie dankte mir und sagte, sie wolle zu Bett gehen.

»Ich bin nicht wohl«, setzte sie hinzu; hernach reichte sie mir die Hand, und fuhr fort: »Ich habe vermutlich das Fieber.«

Ich mußte ihre Hand berühren; ich erschauderte; ich zitterte so sehr, daß sie es bemerkte. – »Sonderbar ist es«, sagte sie, »Sie haben eine solche Kälte, und ich eine solche Hitze!«

Ich stand eilig auf, als ich sah, daß sie vor mir stand; ich sagte ihr, ich hätte wirklich starken Frost und heftigen Kopfschmerz.

»Und Sie wollten sich Gewalt antun und hierbleiben, um mir vorzulesen?«

»Ich habe das Glück, bei Ihnen zu sein!« sagte ich schüchtern.

»Sie haben sich seit einiger Zeit verändert; und ich befürchte sehr, Sie möchten bisweilen Langeweile haben; Sie sehnen sich vielleicht nach ihrem Vaterland? nach Ihren alten Freunden? Das wäre sehr natürlich. Aber warum fürchten Sie uns? warum tun Sie sich Gewalt?«

Statt aller Antwort hob ich die Augen gegen den Himmel und seufzte.

»Aber was haben Sie denn?« fragte sie mit erschrockner Miene. Ich lehnte mich an den Kamin, ohne zu antworten; sie richtete mir den Kopf in die Höhe; und mit einer Miene, welche mich wieder zu mir brachte, sagte sie zu mir: »Quälen Sie mich nicht; reden Sie, ich bitte Sie darum.«

Ihre Unruhe gab mir Erleichterung; sie befragte mich immer; ich legte meine Hand auf mein beklemmtes Herz und sagte mit leiser Stimme zu ihr: »Fragen Sie mich nichts; verlassen Sie einen Unglücklichen.«

Meine Augen waren ohne Zweifel so verstört, daß sie zu mir sagte: »Sie machen mich zitternd.«

Sie machte eine Bewegung, als wollte sie ihre Hand mir auf die Augen legen.

»Sie müssen durchaus mit meinem Manne reden«, sagte sie, »er wird Sie trösten.«

Diese Worte brachten mich wieder zu mir; ich legte die Hände zusammen und sagte mit einem Ausdruck von Schrecken: »Nein, nein, sagen Sie ihm nichts; um Gottes willen sagen Sie ihm nichts.«

Sie unterbrach mich: »Sie kennen ihn schlecht, wenn Sie ihn fürchten; überdem hat er gemerkt, daß Sie verdrießlich sind; wir haben zusammen davon gesprochen; er glaubt, Sie lieben ...«

Ich unterbrach sie mit Lebhaftigkeit; es war als ob ein Lichtstrahl mir zu Hülfe geschickt worden wäre, um mich aus dieser fürchterlichen Lage zu befreien.

»Ja, ich liebe«, sagte ich ihr, indem ich die Augen senkte und mein Gesicht in meinen Händen verbarg, damit sie nicht die Wahrheit sähe, »ich liebe ein junges Geschöpf in Stockholm.«

»Ist es Ida?« fragte sie mich.

Ich schüttelte den Kopf unwillkürlich, indem ich »Nein« sagen wollte.

»Aber wenn es eine junge Person ist, können Sie sie denn nicht heiraten?«

»Sie ist verheiratet!« sagte ich, indem ich meine Augen zur Erde heftete und tief seufzte.

»Das ist schlimm!« erwiderte sie lebhaft.

»Ich weiß es wohl!« sagte ich traurig.

Sie bereute sichtbar, daß sie mich betrübt hatte, und setzte hinzu: »Das ist noch unglücklicher; man sagt, die Leidenschaften verursachen so schreckliche Qualen; ich werde Sie nicht mehr schelten, wenn Sie zum Wilden werden; ich werde Sie beklagen; aber versprechen Sie mir, alle Ihre Kräfte aufzubieten, um sich zu besiegen.«

»Ich schwöre es!« sagte ich, kühn gemacht durch den Antrieb, welcher mich leitete; ich faßte ihre Hand und sagte: »Ich schwöre es der Valérie, welche ich wie die Tugend ehre, welche ich wie das Glück liebe, welches fern von mir geflohen ist.«

Ich glaubte einen Engel zu sehen, welcher mich mit mir selbst wieder aussöhnte; und ich verließ sie. –

ZEHNTER BRIEF.

Schönbrunn, am ...

Als wir heute zu Wagen stiegen, blieb ich einen Augenblick mit Valérie allein; sie erkundigte sich nach meinem Befinden so teilnehmend, daß ich tief davon gerührt war. – »Ich habe meinem Manne nichts von unserer Unterredung gesagt; ich wußte nicht, ob es Ihnen nicht ungelegen sein möchte; es gibt Dinge, welche einem entfahren, und welche man nicht anvertrauen würde; Ihr Geheimnis soll in meinem Herzen bleiben, bis Sie selbst mir davon zu sprechen heißen werden. Doch kann ich nicht umhin, Ihnen zu sagen, daß ich an Ihrer Stelle mich von einem Freunde wie der Graf leiten lassen würde; wenn Sie nur wüßten, wie gut und gefühlvoll er ist!« – »Ach! ich weiß es«, sagte ich zu ihr, »ich weiß es.« Aber ich fühlte bei mir, daß ich Valérie täuschen und selbst auf meine List stolz sein konnte, und daß es mir unmöglich war, den Grafen freiwillig zu täuschen. – »Auch besinne ich mich«, fuhr Valérie fort, »daß ich vielleicht gestern Sie bei unserm Gespräche zu einem Irrtum verleitet haben könnte; ich sagte Ihnen, Ihr Freund habe bemerkt, daß Sie verdrießlich wären. Es ist wahr, setzte ich hinzu, er glaubt, Sie lieben ... Ich wollte ausreden, und Sie unterbrachen mich mit Lebhaftigkeit, weil Sie glaubten, ich spräche mit Ihnen von Ihrer Liebschaft; so leicht überredet sich das Herz, daß man sich mit demjenigen beschäftige, womit es selbst beschäftigt ist! Ich hatte ganz etwas anders Ihnen zu sagen ... Aber ich sehe den Grafen kommen; beruhigen Sie sich; er weiß nichts.« Ernst, hat man wohl jemals eine engelmäßigere Güte gesehen? und nicht zu wagen, ihr alles zu sagen, was sie einflößt! sie glauben zu lassen, sie zu bereden, man könne eine andere lieben, wenn man sie einmal kennengelernt hat! O! Freund, das kostet viel Anstrengung! –

Elfter Brief.

Wien, am ...

Wir sind in Wien angekommen. Der Graf bat mich, mit ihm in die Gesellschaft zu gehen; ich war dazu entschlossen. Ich muß mich so sehr wie möglich von Valérie entfernen; sie hat sich vorgenommen, hier keine Bekanntschaft zu machen, sondern zu Haus zu bleiben und nur ein junges Frauenzimmer zu sprechen, mit welcher sie einige Zeit in Stockholm zugebracht hatte.

Der Graf betrachtete mich gestern auf eine Art, welche mich sehr in Verlegenheit setzte; er machte mir einen gelinden Vorwurf darüber, daß ich keine Gleichheit in meinem Charakter hätte, daß ich ein Sonderling wäre. Ich errötete.

»Dein Vater, mein lieber Gustav, hatte das nämliche Bedürfnis nach Einsamkeit; seine zarte Gesundheit machte ihn gegen die große Welt furchtsam; aber in Deinem Alter, mein Freund, muß man mit den Leuten leben lernen. Und was würde einst aus Dir werden, wenn Du mit zwanzig Jahren Deine besten Freunde fliehen wolltest?«

Seit acht Tagen habe ich keinen Augenblick gehabt, wo ich nicht mich selbst zu meiden gesucht hätte; ich fühlte die ganze Beschwerlichkeit, welche mit dem Verlangen, sich zu vergnügen, verbunden ist. Ich habe Bälle, Mahlzeiten, Schauspiele, Spaziergänge gesehen; und hundert Mal habe ich gesagt, daß ich die Pracht dieser Stadt bewunderte, welche von den Fremden so gerühmt wird. Dennoch habe ich nicht hier einen Augenblick Vergnügen gehabt. Die Einsamkeit der Feste ist so unfruchtbar, die Einsamkeit der Natur ist uns immer behülflich, etwas Befriedigendes aus unsrer Seele zu schöpfen; die Einsamkeit der Welt zeigt uns eine Menge von Gegenständen, welche uns verhindern, uns selbst anzugehören, und uns nichts geben.

Könnte ich beobachten, meinen Verstand bilden, mich an Lächerlichkeiten vergnügen; aber mein Gefühl ist zu lebhaft, als daß mir dieses möglich sein sollte. Wenn ich mit dem Gegenstand mich zu beschäftigen wagte, welchen ich fliehe, würde ich mitten unter diesen Zusammenkünften mich nicht länger allein befinden. Ich würde mit der abwesenden Valérie sprechen und keinen weiter hören; aber ich darf mir dieses gefährliche Vergnügen nicht erlauben, und ich suche unaufhörlich, den Gedanken daran zu entfernen. –

Zwölfter Brief.
Ernst an Gustav.

Hollyn, am ...

Dieser Brief, lieber Gustav, bringt Dir mitten in den schönen Ländern, welche Du jetzt bewohnst, die Wohlgerüche unseres Frühlings und das Andenken an Dein Vaterland. Ja, mein Freund, die Himmel haben sich geöffnet; Tausende von Blumen erscheinen wieder auf Hollyns Wiesen, welche so oft von unsern Füßen gemeinschaftlich betreten wurden.

Warum sind wir nicht noch jetzt beisammen! wir würden jene großen Forste durchstreichen; wir würden das Elendtier bis in seine verborgensten Schlupfwinkel verfolgen; aber, ohne es zu verwunden, würden wir es seiner wilden Freiheit überlassen; und entzückt von Einsamkeit und Stille würden wir, wie wir so oft taten, von unsern Streifereien ausruhen. Dieses Bedürfnis, ohne Plan, ohne Absicht herumzuirren, benahm Dir etwas von Deinen allzu tätigen, allzu verzehrenden Kräften. O, warum bist Du nicht noch hier! warum stillst Du nicht jene Unruhe Deiner Seele, welche Dich jetzt in Gefahren setzt, wegen welcher ich für Dich besorgt bin. Du weißt es, Gustav, ich habe niemals die Liebe gefürchtet; entwaffnet ist sie für mich durch die Ruhe meiner Phantasie, durch eine Menge angenehmer Fertigkeiten, durch manche vielleicht einförmige Gefühle, welche aber eben deswegen eine beständige Herrschaft erlangt haben. Mein Leben besteht in einem sanften Wohlsein; und ich gleiche jenen indischen Pflanzen, welche von der Natur bestimmt sind, gegen den Sturm zu schützen, weil der Sturm sie niemals trifft. Daher halte ich mich für geschickter als viele andere, um die allzu heftigen Bewegungen Deiner Seele zu stillen und etwas zu leiten. Nicht bloß Deine Abwesenheit ist es, was mir Kummer macht; es ist jene Leidenschaft, welche täglich mit Valériens Reizen und vorzüglich mit ihren Tugenden zunehmen muß; ja, Gustav, wachsen wird sie bei diesen gefährlichen Begleiterinnen; verzehren wird sie jene Kräfte, mit welchen Du noch kämpfest. O, glaube mir, kehre zurück! entreiße Dich diesen traurigen Gewohnheiten. Öffne Deine Seele jenem Freund, für welchen Du mich mit Hochachtung erfüllt hast; kehre zurück; hat er nicht Dein Glück zur Absicht und seine Pflichten zur Richtschnur? Deine große und viel umfassende Seele war ihm auffallend; er hielt Dich der glänzendsten Entwicklung fähig; und selbst durch Erfahrung gereift, berufen zu jener herrlichen Vaterstelle durch die Freundschaft, wollte er Dir Vater sein und in dem Vaterland der Künste jene bereits so glücklich angefangene Erziehung vollenden. Sähe er aber eben diese Seele verwildert, jene großen Fähigkeiten vernichtet, sähe er Dein Glück in einem schrecklichen Schiffbruch verschlungen werden. Sage mir, würde er nicht selbst untröstlich sein? Noch einmal kehre zurück! vertausche verzehrendes und wonnevolles Fieber gegen mehr Ruhe! Was sage ich? Dein wonnevolles Fieber! Nein, nein; Gustav hat keinen Rausch; für ihn hat die Liebe bloß Qualen, und ihr Glück erreicht seinen Busen nur wie zerstörende Dolche.

Lebe wohl, Freund; ich gedenke bald an Dich zu schreiben und mit Dir von Ida zu sprechen, welche ungeachtet des Hangs zu verliebten Neckereien, welchen Du ihr zum Vorwurfe machst, und bei ihren kleinen Unvollkommenheiten gleichwohl sehr gut und sehr liebenswürdig bleibt. –
(Die Antwort auf diesen Brief hat sich nicht gefunden.)

DREIZEHNTER BRIEF.

Wien, am ...

Ja, Ernst, ich bin der Unglücklichste unter den Menschen! Valérie ist krank; sie ist vielleicht in Gefahr; ich kann Dir nicht schreiben; ich habe das Fieber; ich fühle alle Schläge meines Herzens an dem Tische, worauf ich mich stütze; ich kann die Foltern nicht zählen, welche ich seit dem heutigen Morgen erdulde.

Abends um 6 Uhr.

Sie befindet sich besser; sie ist ruhig. O, Valérie! Valérie! hatte ich diese Furcht nötig, um zu wissen, daß keine Hülfe mehr für mich ist? – Daß ich sie liebe, wie ein Unsinniger? – Es ist geschehen; es ist vergeblich, wider diese unglückliche Leidenschaft zu kämpfen. O, Ernst, Du weißt nicht, wie unglücklich ich bin. Aber kann ich klagen? sie ist besser, sie ist außer Gefahr. Du weißt nicht, wie krank sie geworden ist; es ist ein Fall; aber dieser Fall wäre nichts gewesen, wenn...

Welche Unruhe ist bei mir zurückgeblieben! – Welche Marter; mir schwindelt der Kopf; aber ich will durchaus an Dich schreiben; ich will, daß Du weißt, wie schwach und unglücklich ich bin.

Der Graf meldete mir vor einigen Tagen, daß wir in kurzem abreisen würden, um Venedig zu erreichen, wo wir uns einrichten wollen; er setzte hinzu, Valérie habe Ruhe nötig; ihr Zustand erfordere es. Ihr Zustand! – Ernst – diese Worte waren mir auffallend, und als der Graf mir sagte, daß sie Mutter werden würde, als er es mir mit Freuden sagte, glaubst Du, daß ich, anstatt ihm darüber Glück zu wünschen, in einer Art von Betäubung blieb? Anstatt daß meine Arme den Grafen suchen sollten, um ihm meine Freude zu bezeigen, um ihn zu umarmen, kreuzten sie sich unwillkürlich über mir; ich fand es sehr grausam, diese junge und reizende Valérie in Gefahr zu setzen. Ich litt viel, und der Graf bemerkte es. Er sagte mit vieler Güte zu mir: »Du hörst mich nicht.« Und als er sah, daß ich die Hand gegen meinen Kopf führte, fragte er mich, ob ich krank sei.

»Ich finde Dich ganz verändert.«

»Ich, ich bin krank«, antwortete ich ihm, und schob die Ursache der Kopfschmerzen, welche ich wirklich fühlte, auf die deutschen Öfen, welche von gegossenem Eisen sind; ich dankte dem Grafen für seine stets aufmerksame Güte gegen mich; ich sagte ihm, sein Glück wäre mir tausend Mal teurer als das meinige; und ich sprach die Wahrheit.

Zur Mittagsmahlzeit wagte ich nicht, in meinem Zimmer zurückzubleiben, aus Besorgnis, den Grafen zu mir kommen zu sehen, und mich befragen zu lassen; und gleichwohl empfand ich eine außerordentliche Verlegenheit; es folterte mich der Gedanke, Valérie wiederzusehen. Es war mir, als hätte sich alles um mich herum verändert – eine sonderbare Folge der Veränderung meiner Vernunft. Seit einiger Zeit werde ich wirklich närrisch; die zärtliche Aufmerksamkeit des Grafen für Valérie hatte mich immer an die Zärtlichkeit eines Bruders, eines Freundes erinnert; er ist so ruhig! er hat soviel Würde in seiner Art zu lieben! Valérie ist so jung!

Als ich in das Zimmer der Gräfin trat, sah ich einen Mann von ihr herauskommen; er hatte eine sehr ernsthafte Miene; es schien mir, als ob er den Kopf schüttelte, während er eine Art von Überrock anzog, welcher über einen Stuhl geworfen war; mein Herz klopfte heftig; ich glaubte, es wäre ein Arzt, und Valérie befände sich nicht wohl; ich wollte mit ihm sprechen; ich wagte nicht die Stimme zu erheben, so sehr glaubte ich, daß sie verworren sein würde. Ich trat in Valériens Zimmer; sie stand vor einem Spiegel; weil ich aber noch zu unruhig war, bemerkte ich nicht, was sie machte. Doch freute ich mich, sie aufgestanden zu sehen; ich trat näher; ich fand sie sehr rot.

»Sind Sie krank, Frau Gräfin?« fragte ich mit einer Art von Unruhe und Ernsthaftigkeit.

»Nein, Herr von Linar!« sagte sie zu mir in dem nämlichen Tone und fing an zu lachen; hernach setzte sie hinzu: »Sie finden mich sehr rot; das kommt daher, weil ich eine Tanzstunde gehalten habe.«

»Eine Tanzstunde?« rief ich.

»Ja!« sagte sie zu mir noch immer mit Lachen, »finden Sie mich zu alt zum Tanzen?«

Sie lachte beständig. Einen Augenblick später erhob sie die Arme, um einen Vorhang herunterzulassen, und plötzlich tat sie einen Schrei, indem sie ihre Hand auf die Hüfte hielt.

»Valérie!« rief ich, »Sie werden mich töten! Sie werden uns alle durch Ihre Unbesonnenheit töten!« setzte ich hinzu, »können Sie sich so in Gefahr setzen? Sie werden sich Schaden tun.«

Sie betrachtete mich mit Erstaunen; sie errötete.

»Verzeihen Sie, Madam!« setzte ich hinzu, »verzeihen Sie der lebhaften Teilnahme...« Ich hielt inne.

»Ich darf also nicht mehr springen? nicht mehr die Arme aufheben?«

»Ja!« erwiderte ich schüchtern, »aber jetzt...«

Sie verstand mich; sie errötete nochmals und ging hinaus. Als der Graf kam, nahm er sie auf die Seite und machte ihr darüber Vorwürfe.

Zwei Tage später ging Valérie aus, um ein Frauenzimmer von ihrer Bekanntschaft zu besuchen. Als sie vom Wagen stieg, tat sie einen unbesonnenen Sprung; sie fiel auf eine solche Art, daß sie sich großen Schaden tat; man mußte sie sogleich wieder nach Hause führen; die ganze Nacht war das Fieber stark gewesen; man öffnete ihr eine Ader, denn man befürchtete eine Fehlgeburt. Zum Glück ist sie außer aller Gefahr.

In wenigen Tagen werden wir abgehen; ich gedenke, Dir unterwegs zu schreiben. –

Vierzehnter Brief.

R..., am ...

Wir haben Tirol verlassen; wir haben Italien betreten; wir haben an dem heutigen Morgen vor Aufgang der Sonne uns auf den Weg gemacht. Während man die von einem dreistündigen Zuge ermüdeten Pferde erfrischen ließ, tat der Graf seiner Gemahlin den Vorschlag, vorauszugehen; und wir machten einen der angenehmsten Spaziergänge; wir freuten uns, Italiens Boden mit den Füßen zu betreten; wir hefteten unsere Blicke an jenen dichterischen Himmel, an jenes Land alter Wunderwerke, welches der Frühling mit allen seinen Farben und mit allen seinen Wohlgerüchen begrüßte. Als wir einige Zeit lang gegangen waren, bemerkten wir Häuser, welche hier und dort in Gruppen auf einem Hügel lagen – und die ungestüme Etsch, welche mitten zwischen diesen stillen Fluren hinstürzte. Eine Gruppe von Zypressen und halb verfallner Säulen heftete unsere Aufmerksamkeit. Der Graf sagte uns, es sei zuverlässig irgendein alter Tempel.

Dieses mit großen Trümmern bedeckte Land wird durch diese Schutthaufen verschönert; und Jahrhunderte verschwinden nach der Reihe in diesen Denkmalen in der Mitte einer stets lebenden Natur. Wir entfernten uns von der Heerstraße, um diesen Tempel zu besehen, dessen korinthische Baukunst uns noch schön erschien. Sichtbar liebten die Bewohner des Dorfes diesen einsamen Ort, welcher von den Zypressen und von der Stille dem Tode geweiht zu sein schien. Wir sahen seinen Bezirk mit Kreuzen angefüllt, welche einen Begräbnisplatz anzeigten; einige Fruchtbäume und wilde Feigenbäume vermischten sich mit dem schwärzlichsten Grün der Zypressen. Ein alter Storch zeigte sich auf dem Gipfel einer der höchsten Säulen; und das einsame und scharfe Geschrei dieses Vogels verlor sich in die brüllende Stimme der Etsch. Dieses religiöse und zugleich wilde Gemälde machte auf uns einen besondern Eindruck. Valérie, welche ermüdet oder von ihrer Phantasie hingerissen war, tat uns den Vorschlag, auszuruhen. Niemals sah ich sie so reizend; die Morgenluft hatte ihre Farbe belebt! ihre reine und leichte Kleidung gab ihr etwas Ätherisches; und man konnte sagen, man sähe einen schöneren, noch jüngeren Frühling, als der erste war, welcher sich vom Himmel auf diese Freistätte des Todes herabgesenkt hatte. Sie hatte sich auf eines der Gräber gesetzt; es wehte ein ziemlich frischer Wind, und in einem Augenblicke war sie mit einem Blütenregen von den benachbarten Pflaumenbäumen bedeckt, welche mit ihrem Flaum und mit ihren sanften Farben sie zu liebkosen schienen. Sie lächelte, indem sie diese um sich herum sammelte; und als ich sie so schön, so rein sah, fühlte ich, daß ich wie ihre Blumen zu sterben gewünscht hätte, wenn nur für einen Augenblick ihr Hauch mich berühren sollte. Aber mitten in der wonnevollen Unruhe einer ersten Liebe – mitten in diesem Hochgenuß eines italienischen Morgens und Frühlings, ergriff mich eine traurige Ahndung. Valérie bemerkte es und sagte zu mir, ich sähe so gedankenvoll aus.

»Ich denke an die Blätter des Herbstes, welche, verwelkt und vertrocknet, abfallen und diese Blumen bedecken werden.«

»Und wir auch«, sagte sie.

Jetzt rief uns der Graf, um uns eine Inschrift zu zeigen; aber Valérie nahm bald ihren Platz wieder. Ein großer und schöner Schmetterling vom Geschlecht der Sphinxe bezauberte Valérie durch seine Farben; er saß auf einem der Feigenbäume; der Graf wollte ihn greifen, um ihn seiner Gemahlin zu bringen, aber wie der Sphinx in der Fabel setzte er sich auf die Schwelle des Tempels; ich lief, um mich seiner zu bemächtigen; mein Fuß gleitete und ich fiel; bald war ich wieder aufgestanden, und ich hatte Zeit, den Schmetterling wieder zu greifen, welchen ich der Gräfin brachte. Ganz erschrocken über meinen Fall, war sie bleich, und der Graf bemerkte es.

»Ich wette«, sagte er, »Valérie hat den Aberglauben ihrer Mutter und vieler Personen in ihrem Vaterlande.«

»Ja«, erwiderte sie, »ich schäme mich, es zu gestehen.«

»Und worin besteht dieser Aberglaube?« fragte ich mit gerührter Stimme.

Lächelnd antwortete mir der Graf: »Irgendein großes Unglück wird Dir begegnen. Du bist auf einem Begräbnisplatze gefallen; und Du wirst sehen, daß Valérie Deine Widerwärtigkeiten sich zuschreiben wird.«

Ernst, ich kann Dir nicht sagen, was ich fühlte; ich fuhr zusammen. »Vielleicht«, dachte ich, »will er mich wegen meines Schicksals warnen und mit einer freundschaftlichen Hand hindern, daß ich nicht in den Abgrund falle, welchen mir eine unsinnige Leidenschaft gräbt.«

»Setzt Euch alle beide hieher«, sagte Valérie zu uns, »und spottet meiner nicht weiter.«

»Erinnerst Du Dich, mein Freund«, sagte sie zum Grafen, »an die schöne Sammlung von Schmetterlingen, welche mein Vater besaß? O, wie sehr liebt man diese Erinnerungen der Kindheit! Wie niedlich war jenes Landhaus!«

»Rede mir nicht von jenen traurigen Tannen«, sagte der Graf, »ich habe Leidenschaft für schöne Länder.«

»Und ich«, erwiderte Valérie, »ich würde so viele Dinge geschrieben haben, so einfach, daß sie an sich selbst nichts sind, und welche gleichwohl mich so stark an jene Tannen binden, an jene Seen, an jene Sitten, in deren Mitte ich fühlen- und liebengelernt habe. Ich wollte, man könnte sich alles mitteilen, was man empfunden hat; man vergäße nichts von jenem Glück der Kindheit, und man könnte seine Freunde gleichsam an der Hand zu den ungezwungenen Auftritten dieses Alters hinführen. Es war eine Scheune neben dem Hause, wohin immer eine Schwalbe wiederkam, mit welcher ich mich durch Freundschaft verbunden hatte; es war, als ob sie mich kennte; wenn die Abreise aufs Land verzögert wurde, zitterte ich vor Furcht, meine Schwalbe nicht wiederzufinden; ich schützte ihr Nest, wenn meine jungen Gespielinnen sich dessen bemächtigen wollten.«

»Da sieht man«, sagte der Graf, »wie sehr Valérie schon damals ein gutes Mamachen zu werden versprach.«

»Ich war nicht immer so billig«, fuhr Valérie fort, »bisweilen machte es mir Vergnügen meine Schwestern zu quälen; ich war die einzige, welche eine kleine Barke gut zu führen wußte, welche wir hatten, und welche sehr leicht war; ich entfernte sie vom Ufer, stolz auf meine Kühnheit und ohne auf ihre Drohungen zu hören; bloß wenn sie mich baten und mich ihre teure Valérie nannten, wußte ich recht geschwind und geschickt in den Hafen zurückzukehren. Wie reizend war jener kleine See, auf welchen der Wind bisweilen die Tannzapfen aus dem Walde hinwarf, jener See, an dessen Ufer Eschenbäume mit ihren roten Trauben wuchsen, welche ich für meine Vögel pflückte, während auf den Zweigen der Tannen junge Eichhörnchen schaukelten, welche sich in den Gewässern spiegelten!«

Wir wurden durch das Geräusch von Wagen unterbrochen, welche uns jenen süßen Erinnerungen aus Valériens Kindheit entrissen, wo ich sie noch jünger, noch zarter, unter den Tannen laufen sah, wie sie ihre dunkelblauen Augen mit ihren so zärtlichen Blicken auf die kleine Familie heftete, deren Beschützerin sie war; es war als ob ich sie nicht anders als wie eine Schwester liebte.

So führten die Auftritte der Unschuld für einen Augenblick in mein Herz die Empfindung zurück, welche ich für sie haben darf. – Wir bestiegen wieder unsre Reisekutsche, welche langsam an der Etsch fortfuhr; die Kammerfrauen der Gräfin folgten uns in dem andern Wagen.

Auf solche Art machte ich diese Reise, indem ich mich allmählich an Valériens süße Gegenwart gewöhnte und immer unter ihrem Blicke lebte.

Es ist sehr spät; ich werde meinen Brief an dem ersten Orte, wo wir uns aufhalten werden, wieder vornehmen. –

Fünfzehnter Brief.

Padua, am ...

Padua ist der Ort, von wo aus ich Dir schreibe. Du siehst, daß wir mit starken Schritten nach Venedig fortrücken. Diese alte Stadt, welche von mehreren Gelehrten bewohnt wird, erschien uns schrecklich traurig; indessen hatte Valérie Ruhe nötig. Bei der Nachricht, daß bei dem heutigen Abende Davide und die Banti singen würden, bekam die Gräfin Neigung, in die Oper zu gehen. Der Graf, welcher Briefe zu schreiben hatte, konnte uns nicht dahin begleiten. Valérie wollte sich nicht förmlich ankleiden; und wir nahmen eine vergitterte Loge. O! Ernst, unter allen Gefahren konnte keine schrecklichere für Deinen Freund sein! Denke Dir, was ich empfinden mußte; es war als ob alle Vergnügungen diesen traurigen Saal bewohnten; das Abstechende der Lichter, des Schmucks jener blendenden Frauenzimmer, mit dieser schwach erleuchteten Loge, wo es mir war, als ob Valérie nur für mich lebte; Davides bezaubernde Stimme, welche uns leidenschaftliche Töne zuschickte; jene Liebe, von Stimmen besungen, welche man sich nicht denken kann, welche man gehört haben muß, und welche noch tausendmal heißer in meinem Herzen brannte; Valérie – von dieser Musik hingerissen und ich ihr so nah, so nah, daß ich fast ihre Haare mit meinen Lippen berührte; selbst die Rose, welche ihre Haare durchduftete, brachte mich jetzt vollends in Verwirrung.

O! Ernst; welche Stürme! welche Kämpfe! um mich nicht zu verraten! Und noch gegenwärtig, da ich seit drei Tagen dieses Schauspiel verlassen habe, kann ich nicht schlafen. Ich schreibe Dir von einer Terrasse, wohin Valérie mit dem Grafen gegangen war, und welche sie seit einer Stunde verlassen hat. Die Luft ist so sanft, daß mein Licht nicht verlöscht; und ich verbrachte die

Nacht auf dieser Terrasse. Wie rein ist der Himmel! Eine Nachtigall seufzt in der Ferne ihre klagende Liebe. Alles ist also Liebe in der Natur? Davides Töne und das Klagen des Vogels des Frühlings – und die Luft, welche ich atme, noch voll von Valériens Hauch – und meine Seele, ohnmächtig von Wollust!

Ernst, ich bin verloren! ich hatte dieses Italien nicht nötig, welches so gefährlich für mich ist. Hier nennen die entnervten Menschen alles Liebe, was ihre Sinne bewegt; und sie schmachten in stets erneuerten Vergnügungen, welche aber durch die Gewohnheit abgestumpft werden; welche für jenen Drang der Seele unempfänglich sind, der das Vergnügen zur Schwärmerei und jeden Gedanken zum Gefühl macht; aber ich, ich, zu starken Leidenschaften bestimmt und ebensowenig imstande, ihnen zu entgehen, als ich dem Tode entgehen kann, was wird aus mir in diesem Lande werden? Ach! weil diejenigen, welche bloß Vergnügungen nötig haben, eben deswegen nicht stark empfinden, so bin ich, der ich eine neue und glühende Seele mitbringe, der ich aus einer rauhen Gegend hervortrete, um so empfindsamer für die Schönheiten dieses bezaubernden Himmels, für die Ergötzlichkeiten der Wohlgerüche und der Musik, da ich die Ergötzlichkeiten mit meiner Phantasie geschaffen habe, ohne daß sie durch die Gewohnheit geschwächt würden.

Ernst, was machtest Du, als Du mich gehen ließest? Man müßte mich in die Wellen des baltischen Meeres stürzen, wie Mentor den Telemach hinabstürzte. –

Sechzehnter Brief.
Ernst an Gustav.

H..., am ...

Gustav, ich habe in meinem Kopfe eine Reihe von Gemälden und Erinnerungen, welche ich Dir mitteilen muß; Dein Bild ist unaufhörlich damit vermischt, und das Vergnügen, welches ich empfinde, wenn ich mit Dir spreche, muß mich entschuldigen, wenn ich mich in zu große Umständlichkeiten einlasse. Ich wollte das Johannisfest bei Idas Eltern verbringen, wo man sich immer munterer befindet als anderswo. Du weißt, wie oft wir diese Reise zusammen gemacht haben; auch wollte ich sie zu Fuße machen. Ich ging in der Nacht ab mit meiner Flinte; denn ich hatte mir vorgenommen, auf meinem Wege zu jagen. Es war am Tage so warm gewesen, daß die Kühle mir erquickend vorkam. Ich ging zuerst in das Gebüsch der Nymphen, wie wir es genannt haben, weil wir dort den Theokrit gern lasen. Ein frischer Wind bewegte die geschmeidigen und leichten Birken; diese Bäume hauchten einen starken Rosengeruch; dieser Wohlgeruch erinnerte mich lebhaft an unsern ersten Gang; in der nämlichen Jahreszeit, zu der nämlichen Stunde und mit dem nämlichen Vorhaben waren wir zusammen abgegangen. Ich setzte mich an dem Eingange in das Gebüsch auf einen der großen Steine, welche am Rande der Quelle liegen, und wo noch immer die Kühe des Dorfs getränkt werden.

Alles war still; ich hörte von fern bloß das Gebell der Hunde des Landguts, welches gegen Westen liegt. Ich hörte die Schloßuhr elf schlagen; und gleichwohl war es noch hell genug, um ohne Schwierigkeiten Deinen letzten Brief lesen zu können. Die Ausdrücke Deiner Zärtlichkeit rührten mich lebhaft und die Unruhe Deiner unglücklichen Liebe erregte in mir unaussprechliche Gefühle, mitten in dieser ruhigen Nacht und mitten auf diesen ruhigen Gefilden. Ein warmer Wind hauchte in die Blätter; mir war es, als käme er aus Italien, um mir etwas von Dir mitzubringen. Ich wurde aus meinem Gedankentraume durch einen jungen Knaben geweckt, welcher einige Ochsen vor sich her trieb, welche er in die nächste Stadt führte; er sang eintönig einige Worte nach der Gebirgsmelodie; er verweilte bei der Quelle, um auszuruhen; ich setzte meinen Weg fort; junge Birkhähne flatterten in ihren Nestern und schienen den Tag durch ihre Gesänge oder vielmehr durch ihr Morgengemurmel zu rufen; endlich kam ich an den Ullenersee. Die Kühle, welche der Morgenröte vorangeht, wurde allmählich merklich; ich sah an diesen Ufern einige wilden Enten auffliegen, welche bei meiner Annäherung ihre Flügel und ihre vom Schlaf noch schweren Köpfe schüttelten. Anfangs wollte ich auf sie schießen; hernach ließ ich sie ruhig den weiten See erreichen. Ich ging bei dem kleinen Vorgebirge vorüber und vertiefte mich in den Wald.

Ich ging unter den hohen Tannen und hörte nichts als das Rauschen meiner Tritte, welche bisweilen an den Nadeln der Äste gleiteten, womit der Boden bedeckt war. Unterdessen war die kurze Zeit zwischen der Nacht und der Morgenröte vergangen. Ich kam zur Hütte des guten Andres; ich trat in den Bezirk dieses kleinen Gehöfts, wohin wir so oft miteinander gegangen waren; alles schlief noch; bloß die Tiere erwachten allmählich; sie schienen mich mit Freuden zu bewillkommen. Ich setzte mich einen Augenblick, und ich atmete die reine Luft des Morgens. Ich betrachtete um mich herum jene so einfachen, so schicklichen Gerätschaften; und ich dachte an den Frieden, welcher diesen Sitz bewohnt.

Ich verbrachte einen Teil des Tages auf diesem Landgute; und während der stärksten Hitze saß ich unter jener alten dicken Eiche, wo die Sonne in ihrer ganzen Kraft keine Strahlen durch die Äste schicken konnte, als um einige Blätter zu vergolden, welche hier und dort hinfielen; Feldtauben schwebten über meinem Kopf; die Erinnerung an unsere Jugend umgaben mich, und als ich wegging und nichts als meinen einsamen Schatten sah, fühlte ich mein Herz sich verengen; ich fühlte, wie fern Du von mir warst, teurer Gefährte meiner glücklichen Kindheit.

Abends kam ich an das niedliche Haus, welches von Idas Eltern bewohnt wird. Es war am Abend vor dem Johannistage; jedermann fragte mich um Nachrichten von Dir und war wegen Deiner Abwesenheit bekümmert. Als ich am folgenden Morgen zum Frühstück herunterging, fand ich Ida mit einem Ährenkranze, welchen ihr junge Landmädchen auf die Haare gesetzt hatten. Sie stand unter jener großen Tanne neben dem Brunnen, welcher sich im Hofe befindet; eine Menge junger Mädchen und Knaben umringten sie; jedes hatte ihr sein Geschenk gebracht; einige hatten Erdbeeren in Körben von Birkenrinde auf den Brunnen gesetzt; andere hatten wie die israelitischen Mädchen große Krüge mit Milch hingestellt, und noch andere reichten ihr Honigkuchen. Ida dankte einer jeden von ihnen mit einer bezaubernden Anmut und brachte bisweilen ihre zarten Finger auf die roten Wangen der Bauernmädchen. Verschiedene Kinder brachten ihr Vögel, welche sie aufgezogen hatten; eines derselben hielt in seinen kleinen Händchen ein ganzes Nest von Nachtigallen; aber Ida verlangte, daß man sie dahin zurückbrächte, woher man sie genommen hatte, weil sie der Mutter nicht ihre Jungen und den Wäldern nicht ihre liebenswürdigsten Sänger rauben wollte. Ich bemerkte einen jungen Knaben von sechzehn bis achtzehn Jahren; er hielt in seinen Armen einen kleinen, ganz weißen Hermelin, welchen er zahm gemacht hatte, und welchen er mit Erröten ihr reichte.

Abends war der ganze Hof mit Landleuten angefüllt. Du erinnerst Dich des alten Gebrauchs am Johannistage; alle Weiber hatten einen Kranz von Laub auf dem Kopfe, und ihre Schürzen waren mit wohlriechenden Blumen angefüllt, womit sie alle diejenigen bestreuten, welche ihnen nahe kamen. Man hatte große Tische in dem Walde aufgestellt, welcher an den Hof stößt; man hatte die Johannisfeuer angezündet; man speiste, und hernach tanzte man während der ganzen Nacht.

Hier hast Du, lieber Gustav, die Erzählung von diesem kleinen Feste, wovon ich Dir alle Umstände melden wollte, damit

Deine Phantasie sie alle verfolgen und Dich den Auftritten näher bringen könne, wohin die meinige Dich ohne Aufhören rief, und wo sie sich beständig mit Dir beschäftigte.

Lebe wohl, lieber Gustav, lebe wohl! wann werde ich Dich sehen? teurer Freund! –

Siebzehnter Brief.

Venedig, am ...

Wir sind seit einem Monate in Venedig, lieber Ernst. Ich bin sehr mit dem Grafen beschäftigt gewesen; und auf diese Art mußte mir soviel Zeit vergehen, ohne an Dich zu schreiben; und hernach bin ich so unzufrieden mit mir selbst, daß mich dieses oft mutlos macht. Ich fühle, es ist mir ebenso unmöglich, Dich zu täuschen, als von jener grausamen Krankheit zu genesen, welche mein Gewissen und meine Vernunft beunruhigt.

Ich schämte mich, mit Dir von mir zu sprechen; zwanzig Mal wollte ich mich dem Grafen zu Füßen werfen, ihm alles gestehen, ihn hernach verlassen; gewiß ist dieses meine Schuldigkeit; ich fühle es deutlich. Alles sagt mir, ich sollte dieser innern Stimme folgen, welche uns nicht täuscht, und welche mir unaufhörlich zuruft: »Gehe, kehre zurück; es bleibt dir noch eine andere Freundschaft übrig, und noch ein Vaterland wirst du außer diesem wiederfinden, deren eines in Ernsts Herzen ist, wo du deine ersten glücklichen Tage zähltest; du kannst in diesem großen und edlen Herzen Valériens Bild niederlegen, welches du in dem deinigen zu bewahren nicht wagst; du wirst es dort wiederfinden, nicht so wie deine strafbare Phantasie dir es schildert, sondern als die Freundin, welche an dem Glück des Grafen arbeiten muß.« – Und dennoch reise ich nicht ab; und schändlich suche ich mich zu täuschen; und noch immer glaube ich, genesen zu können. Vor einigen Tagen war ich entschlossen, den

Grafen zu bitten, mich zur Florenzer Gesandtschaft gehen zu lassen, um dort ein Jahr zu verbringen. Ich hatte einen glaubhaften Grund dazu gefunden; ich sagte bei mir: »Wenigstens werde ich unter dem nämlichen Himmel sein wie Valérie.« Aber ich sah sie wieder; sie sprach mit mir von einer Reise, welche der Graf in acht Monaten sie machen lassen würde; und ich beschloß, nur zwei Monate vor ihr abzureisen, um so mich nach und nach von ihrer Gegenwart zu entwöhnen, da ich sie auf ihrem Wege nach Florenz wiederzusehen hoffte.

Ernst, mehr als jemals habe ich Deine Nachsicht nötig. Ich lese Deine Briefe zu wiederholten Malen; ich höre Deine Stimme mich zur Tugend zurückrufen; und ich bin der Schwächste der Menschen. –

Achtzehnter Brief.

Venedig, am …

An Dich schreiben, Dir alles sagen, heißt in jedem Augenblick von dem neuen Dasein wiederaufleben, welches sie mir gegeben hat. Hebe meine Briefe gut auf, Ernst, ich beschwöre Dich; einst werden wir vielleicht am Ufer unserer einsamen Teiche oder auf unsern kalten Felsen sie wieder lesen, wenn nämlich Dein Freund sich aus dem Schiffbruch rettet, welcher ihn bedroht, wenn die Liebe ihn nicht verzehrt, wie die Sonne hier die Pflanze verzehrt, welche einen Morgen glänzte. Noch gestern ereignete sich ein an sich ganz einfacher Umstand, welcher mir ein Beweis von ihrem Zutrauen war. Alles bestärkt ihre wachsende Freundschaft; alles nährt meine verzehrende Leidenschaft; sie setzt ihre Unschuld zwischen uns beide; und die ganze Welt bleibt für sie, was sie ist; da hingegen für mich alles sich verändert hat.

Seit langer Zeit hatte der spanische Gesandte ihr einen Ball versprochen; diese Zusammenkunft sollte eine der glänzendsten sein wegen der Menge von Fremden, welche in Venedig sind; denn die adeligen Venezianer können die Häuser der Gesandten nicht besuchen. Valérie machte sich ein Fest daraus. Abends um acht Uhr ging ich zu ihr, um ihr einen Brief zu überreichen; ich fand sie mit ihrem Anzuge beschäftigt. Ihr Kopfputz war reizend, ihr einfaches, geschmackvolles Gewand stand ihr ganz entzückend.

»Sagen Sie mir ohne Schmeichelei, wie Sie mich finden«, fragte mich Valérie, »ich weiß, daß ich nicht schön bin; ich wünschte bloß, nicht allzu schlecht auszusehen; es werden so viele angenehme Frauenzimmer dort sein.«

»Ach! fürchten Sie nichts«, erwiderte ich, »immer werden Sie die einzige sein, deren Reize man zu zählen nicht wagen wird; Sie allein werden in Ihnen eine Kraft fühlen lassen, welche höher ist als der Zauber selbst.«

»Ich weiß nicht«, sagte sie mit Lächeln, »warum Sie aus mir eine furchtbare Person machen wollen, da ich mich doch begnüge, keine Furcht erregen zu wollen. Ja«, fuhr sie fort, »ich habe eine Blässe, welche mich selbst erschreckt, mich, die ich mich alle Tage sehe; und ich will durchaus Rot auflegen; Sie müssen mir einen Dienst erzeigen, Linar; mein Mann will aus einem sonderbaren Begriffe schlechterdings nicht, daß ich Rot auflege; ich habe keins. Aber heute Abend beim Ball mit einer Miene des Leidens mitten an einem Feste zu erscheinen, das kann ich nicht; ich bin entschlossen, eine ganz leichte Farbe aufzutragen. Ich werde zuerst abgehen, ich werde tanzen, er wird nichts sehen. Tun Sie mir den Gefallen, zur Marquise von Ricci zu gehen; ihr Landsitz ist zwei Schritte von hier; lassen Sie sich Rot von ihr geben; eilen Sie, mein lieber Linar, Sie werden mir einen großen Gefallen tun. Gehen Sie durch den Garten, damit man Sie nicht hinausgehen sehe.«

Indem Sie diese Worte sagte, stieß sie mich leicht zur Tür hinaus. Ich lief zur Marquise; ich kam nach einigen Minuten zurück; Valérie erwartete mich mit der Ungeduld eines Kindes; eine leichte Unruhe färbte ihre Gesichtszüge; sie näherte sich dem Spiegel, legte ein wenig Rot auf; hernach hielt sie an, um nachzudenken; es war mir, als ob ich hörte, was sie bei sich sagte. Dann sah sie mich an und sagte: »Es ist lächerlich; ich zittre, als ob ich eine schlechte Handlung beginge, weil ich nämlich versprochen habe... doch das Übel ist nicht sehr groß. Oh! wie schrecklich muß es sein, etwas wirklich Tadelnswürdiges zu begehen!«

Indem sie dieses sagte, näherte sie sich mir und sprach: »Sie werden blaß!« Sie faßte mich bei der Hand und sprach weiter: »Was fehlt Ihnen, Linar? Sie sind sehr blaß!«

Wirklich fühlte ich eine Art von Ohnmacht; jene Worte »wie schrecklich muß es sein, etwas wirklich Tadelnswürdiges zu begehen« drangen in mein Gewissen wie ein Dolchstich. Diese Furcht der Valérie wegen eines so leichten Fehlers erinnerte mich wieder schrecklich an meine sträfliche Leidenschaft und an meine Undankbarkeit gegen den Grafen. Valérie hatte Kölner-Wasser genommen; sie wollte, ich sollte daran riechen. Ich bemerkte, daß sie mit der einen Hand das Fläschchen hielt und mit der andern ihr Rot wegnahm, indem sie mit ihren schönen Fingern sich über die Wangen fuhr. Einen Augenblick später gingen wir aus, und sie stieg zu Wagen. Ich ging an das Ufer der Brenta, um meinen Gedanken nachzuhängen; die Nacht überfiel mich; sie war still und düster; ich verfolgte das Gestade, welches zu dieser Stunde verlassen war, und ich hörte nichts als in der Entfernung den Gesang einiger Schiffsleute, welche nach Fusina fuhren, um wieder die Lagune zu erreichen. Einige Leuchtwürmer funkelten auf den Buchshecken wie Diamanten. Unvermerkt befand ich mich bei der stolzen Villa Pisani, welche der spanische Gesandte gemietet hatte, und ich hörte die Musik des Balls. Ich näherte mich; man tanzte in einem Pavillon, dessen große Glastüren nach dem Garten zu gingen. Viele Personen sahen zu, welche außerhalb bei diesen Türen standen. Ich erreichte ein Fenster und stieg auf ein großes Blumengefäß. Ich befand mich in gleicher Höhe mit dem Saale. Die Dunkelheit der Nacht und der Glanz der Wachslichter erlaubten mir, Valérie zu suchen, ohne bemerkt zu werden. Ich erkannte sie bald; sie sprach mit einem Engländer, welcher oft den Grafen besuchte.

Sie hatte eine niedergeschlagene Miene; sie wendete die Augen nach der Seite des Fensters, und mir klopfte das Herz; ich zog mich zurück, als hätte sie mich sehen können. Einen Augenblick hernach sah ich sie von mehreren Personen umringt, welche etwas von ihr verlangten; sie schien es zu verweigern und mischte in ihre Weigerung ihr bezauberndes Lächeln, als ob man es ihr verzeihen solle. Sie zeigte mit der Hand um sich herum, und ich sagte bei mir: »Sie weigert sich, den Shawl-Tanz zu tanzen; sie sagt, es wären zu viele Menschen da; recht! Valérie! recht! zeige ihnen nicht diesen reizenden Tanz; er bleibe bloß für diejenigen, welche nur Deine Seele darin sehen können; oder vielmehr, er werde niemals gesehen als von mir; er locke zu Deinen Füßen mit jener Wollust, wodurch die Liebe erhöht und die Sinnen schüchtern gemacht werden.«

Man fuhr fort, in Valérie zu dringen, welche sich immer noch wehrte und nach ihrem Kopf wies, wahrscheinlich um zu sagen, daß sie da Schmerz fühlte. Endlich entfernte sich der Haufen; man ging zur Abendmahlzeit; Valérie blieb zurück; es waren nicht mehr als zwanzig Personen in dem Saale. Jetzt sah ich den Grafen mit einem Frauenzimmer, welche mit Diamanten und mit Rot bedeckt war, auf Valérie zukommen; ich sah, daß er ihr zuredete, daß er sie flehentlich bat, sie möchte tanzen; die Mannspersonen fielen auf ihre Knie, die Frauenzimmer umringten sie; ich sah, wie sie nachgab; ich selbst, von der allgemeinen Bewegung fortgerissen, mischte mich endlich unter die andern, um sie zu bitten, als ob sie mich hören gekonnt hätte; und als sie den dringenden Bitten nachgab, empfand ich eine Anwandlung von Unwillen. Man verschloß die Türen, damit niemand in den Saal treten sollte; Lord Mery nahm eine Geige; Valérie verlangte ihren Shawl von dunkelblauem Musselin! sie entfernte ihre Haare von der Stirne; sie legte ihren Shawl über ihren Kopf; er fiel längs ihren Schläfen und ihren Schultern herab; ihre Stirne war nach Art der Alten gezeichnet, ihre Haare verschwanden, ihre Augenlieder senkten sich, ihr gewöhnliches Lächeln verlöschte allmählich, ihr Kopf neigte sich, ihr Shawl fiel weich auf ihre über die Brust gekreuzten Arme; und jenes blaue Gewand, jene sanfte und reine Gestalt schien von einem Correggio gezeichnet zu sein, um die ruhige Erhebung auszudrücken; und wenn ihre Augen sich emporhoben, wenn ihre Lippen ein Lächeln versuchten, hätte man glauben mögen, man sähe Shakespeares Schilderung, die Geduld, wie sie dem Schmerz bei einem Grabmahl zulächelt.

Diese verschiedenen Stellungen, welche bald schreckliche, bald rührende Lagen schilderten, sind eine beredte Sprache, welche aus den Bewegungen der Seele und der Leidenschaften geschöpft ist. Wenn sie durch reine und antike Formen dargestellt werden, wenn ausdrucksvolle Gesichtszüge ihre Kraft erhöhen, ist ihre Wirkung unaussprechlich. Mylady Hamilton, welche mit diesen herrlichen Vorzügen begabt war, gab zuerst den Gedanken zu dieser echt dramatischen Tanzart, wenn man es so nennen kann. Der Shawl, welcher zu gleicher Zeit so antik und so geschickt auf so viele verschiedene Arten gezeichnet zu werden, bekleidet, verschleiert, verbirgt abwechselnd die Gestalt und paßt für die verführendsten Darstellungen.

Aber Valérie muß man sehen; sie ist es, welche zugleich anständig, schüchtern, edel, tief empfindsam beunruhigt, hinreißt, rührt, Tränen erpreßt und das Herz klopfen läßt, wie es klopft, wenn es von einer großen Kraft beherrscht wird; sie ist es, welche jene reizende Anmut besitzt, welche nicht erlernt werden kann, sondern welche die Natur bloß einigen höheren Wesen als ein Geheimnis entdeckt hat; sie ist nicht der Erfolg von Belehrungen der Kunst; sie kam vom Himmel mit den Tugenden; sie ist es, welche in den Gedanken des Künstlers war, welcher uns die verschämte Venus gab, und in dem Pinsel eines Raffaels; sie wohnte besonders in Valérie; Sittsamkeit und Bescheidenheit sind ihre Gefährten; sie entdeckt die Seele, indem sie die Schönheiten des Körpers zu verschleiern sucht.

Diejenigen, welche nichts gesehen haben als jenen schwierigen und wirklich erstaunenswürdigen Mechanismus, jene Anmut des Anstandes, welche mehr oder weniger einem Volk oder einer Nation angehört – diese, sage ich – haben keinen Begriff von Valériens Tanz.

Bald entriß sie als Niobe meiner von ihrem Schmerz verwundeten Seele ein ersticktes Geschrei, bald floh sie wie Galatea; und mein ganzes Wesen wurde auf ihren leichten Tritten gleichsam mit fortgerissen. – Nein, ich kann Dir meine ganze Verwirrung nicht schildern, als sie bei diesem zauberischen Tanz einen Augenblick vorher, als er zu Ende ging, die ganze Runde des Saals machte, indem sie über das Parkett flüchtete oder vielmehr flog, rückwärts sah, halb erschrocken, halb schüchtern, als ob sie von Amor verfolgt würde. Ich öffnete die Arme – ich rief ihr; ich schrie mit einer erstickten Stimme: »Valérie! ach! komm! komm! um Gottes Willen! Hier ist der Ort, wohin Du flüchten mußt; an dem Busen desjenigen, welcher für Dich stirbt, mußt Du ausruhen.« Und ich schloß die Arme mit einer leidenschaftlichen Bewegung; und der Schmerz, welchen ich mir selbst verursachte, weckte mich; und gleichwohl hatte ich nur das Leere umarmt! Was sage ich? das Leere? Nein, nein: so lange als meine Augen Valériens Bild verschlangen, war Glückseligkeit bei dieser Täuschung.

Der Tanz war geendigt; Valérie von Müdigkeit erschöpft, vom Zuruf des Beifalls verfolgt, eilte zu dem Fenster, wo ich mich befand. Sie wollte es öffnen, indem sie es nach außen stieß; ich hielt es mit allen meinen Kräften zurück aus Furcht, sie möchte sich erkälten. Sie setzte sich, lehnte ihren Kopf gegen die Scheiben; niemals war ich ihr so nah gewesen; ein blasses Fensterglas trennte uns. Ich ruhte mit meinen Lippen auf ihrem Arm; es war als ob ich Feuerströme atmete; und Du Valérie, Du empfandest nichts; Du wirst niemals etwas für mich empfinden! –

Neunzehnter Brief.

Venedig, am ...

Es sind nur acht Tage, daß ich Dir nicht geschrieben habe; und wie viele Dinge habe ich Dir zu sagen! Wie sehr belebt uns das Herz, wenn man alles auf ein herrschendes Gefühl zurückführt! Ich muß Dir von einem kleinen Balle etwas sagen, welchen ich der Valérie gegeben habe. Ihr Fest näherte sich; ich bat den Grafen um Erlaubnis, es mit ihm zu feiern. Wir verabredeten uns, er möchte die Morgenzeit benutzen, um der Gräfin ein Frühstück in Sala zu geben, ein Landsitz, vier Meilen von Venedig, wo er mehrere Frauenzimmer von ihrer Bekanntschaft zusammenbringen sollte. Nach dem Frühstück sollte man tanzen und hernach in den schönen Gärten des Parks lustwandeln, welchen Valérie leidenschaftlich liebt.

Ich konnte keinen bezaubernderen Ort finden, um meine Entwürfe zu begünstigen. Daher bat ich um Erlaubnis, den einen Saal für den Abend ordnen zu dürfen, welches man mir bewilligte. Es machte mir ein außerordentliches Vergnügen, mich mit demjenigen zu beschäftigen, was ihr Freude machen sollte; ich sagte bei mir, dieses Vergnügen sei unschuldig, und ich überließ mich ihm; ich war ruhiger, seitdem ich an weiter nichts dachte, als zu laufen, Blumen zu kaufen, den Saal zu schmücken und zu ordnen, wie ich ihn haben wollte.

Gestern gingen wir also ziemlich früh ab, um vor der Hitze nach Sala zu kommen. Valérie rechnete bloß auf ein Frühstück und glaubte, abends wieder in Venedig zu sein. Es wurde ein Pferderennen von Mylord E... veranstaltet, welcher oft zum Grafen kommt, und welcher sehr teilnehmend gegen Valérie ist, ohne daß sie selbst es gewahr wird. Man frühstückte in Gebüschen, welche den Strahlen der Sonne undurchdringlich waren.

Der Morgen zog sich in die Länge; man wollte tanzen; aber die Frauenzimmer, welche benachrichtigt waren, daß abends ein Ball stattfinden würde, zogen den Spaziergang vor; und Valérie schmollte ein wenig. Darüber wurde es ziemlich spät. Die Marquise von Ricci, welche von unserm Vorhaben unterrichtet war, tat der Gräfin den Vorschlag, nicht in Venedig zu schlafen, sondern den übrigen Teil des Tages und die Nacht bei ihr zu verbringen; man ging sehr vergnügt ab.

Wir waren die letzten, welche bei der Marquise ankamen. Die Frauenzimmer hatten sich andere Kleider besorgt, und sie erschienen alle sehr geschmackvoll gekleidet. Valérie hatte einen unruhigen Augenblick; ihr Gewand war in Unordnung geraten; sie war in den Gebüschen umhergelaufen; und wiewohl sie mir tausendmal artiger vorkam, bemerkte ich doch, daß sie sich mit unruhigen Blicken betrachtete. Der eine Ärmel war ein wenig zerrissen; sie steckte eine Nadel hinein; ihr Hut schien sie zu drücken; sie nahm ihn ab; setzte ihn wieder auf; ich sah all dies von der Seite. Die Marquise ließ sie für einen Augenblick in der Unruhe; hernach rief sie die Gräfin zu sich, und Valérie fand eins der schönsten Kleider; es war von Paris angekommen; es war ein Geschenk vom Grafen. Ihr Haarkräusler befand sich auch dort; man legte über ihre Haare einen Kranz von blauen Malven, deren Farben außerordentlich gut zu ihren blonden Haaren paßte. Sie legte ein mit Diamanten reich besetztes Armband an, mit dem Bildnis ihrer Mutter, welches der Graf ihr gegeben hatte. Man rief mich, um mir all dies zu zeigen; und ich dachte bei mir, als ich die Gräfin von einem Spiegel zum andern gehen und auf einen Stuhl steigen sah, um den untern Teil ihres Gewandes zu betrachten: »Sie hat doch etwas mehr Eitelkeit, als ich glaubte«; aber ich entschuldigte diese kleine Unvollkommenheit wegen des Vergnügens, welches sie ihr gewährte. Vorzüglich bezaubert war sie von dem Erstaunen, welches sie verursachte, weil sie sich wegen der Unordnung ihres Anzugs beklagt hatte.

In dem Augenblick, wo sie ihren Triumph genießen wollte, hustete Marie, welche sie ankleidete; das Blut stieg ihr nach dem Kopfe; sie strengte sich an, um sich von etwas zu befreien, was sie in dem Schlunde quälte. Ganz erschrocken fragte Valérie sie, was ihr fehle; Marie sagte ihr, sie spüre eine Nadel, welche sie aus Unvorsichtigkeit in den Mund genommen hätte, sie hoffe aber, es werde nichts zu bedeuten haben. Die Gräfin erbleichte und umarmte sie, um ihren Schrecken ihr zu verbergen. Ich lief nach einem Wundarzt; aber Valérie, welche vor Besorgnis zitterte, daß er nicht geschwind genug kommen möchte, und weil sie keinen Wagen hatte, hatte ihren Blumenkranz weggeworfen, ihren Hut wieder aufgesetzt, ein Halstuch umgenommen; sie schleppte Marie in vollem Laufe mit sich und hatte mich eingeholt, als ich an die Türe des Wundarztes klopfte, welcher bei Dolo, einem kleinen benachbarten Flecken, wohnte.

Wie unwiderstehlich erschien sie mir! Ernst! ihre Gesichtszüge waren der Ausdruck einer so rührenden Unruhe! ihre ganze Seele lag auf ihrem reizenden Gesichte. Es war nicht mehr jene Valérie, welche von ihrem Schmuck bezaubert war und mit Ungeduld einen kleinen Triumph erwartete; es war die gefühlvolle Valérie mit ihrer ganzen Güte, mit ihrer ganzen Phantasie, welche das zärtlichste Teilnehmen und alle Bekümmernisse einer für lebhafte Gefühle empfänglichen Seele für den Gegenstand äußerte, welchen sie liebte, und welchen sie geliebt haben würde, ohne ihn in diesem Augenblicke zu kennen, weil er in Gefahr war. Zum Glück litt Marie nicht sehr, und es gelang, die Nadel herauszuziehen. Die Gräfin erhob ihre schönen, mit Tränen erfüllten Augen gen Himmel und dankte ihm mit der lebhaftesten Erkenntlichkeit. Nachdem sie der Marie das Versprechen abgenommen hatte, daß sie niemals die nämliche Unvorsichtigkeit begehen wolle, kehrten wir nach dem Landsitz der Marquise zurück; sie selbst kam uns entgegen.

Als wir ankamen, waren alle Augen auf uns gerichtet; die Frauenzimmer flüsterten; einige beklagten Valérie, daß ihr so warm wäre; die andern jammerten über jenes schöne Kleid, welches die Dornen verdorben hatten, und welches mehr Schonung verdiente. Valérie geriet allmählich in Verlegenheit; ihre Jugend und ihre Schüchternheit hinderten sie, den Ton anzunehmen, welcher ihr zukam; sie schien zu erwarten, daß der Graf reden sollte, um sie aus ihrer gezwängte Lage zu befreien; aber, o! seltsame Herrschaft der Menge über die edelsten und schönsten Seelen! selbst der Graf beobachtete ein Stillschweigen. Ich wollte reden; er sah mich kalt an; ein geheimer Trieb sagte mir, ich würde der Gräfin schaden, und ich schwieg.

Die Marquise trat wieder herein. Jetzt stand der Graf auf und näherte sich einem Fenster. Valérie ging auf ihn zu. Ich hörte, daß er zu ihr sagte: »Meine Liebe, Du hättest mich rufen sollen; Du bist so lebhaft; alle Welt hat auf Dich mit der Mahlzeit gewartet.«

Ich sah, daß sie sich zu rechtfertigen suchte. Ich zitterte vor Besorgnis, daß ihr Gemahl ihr etwas Unangenehmes sagen möchte; denn er konnte weiter nichts wissen, als was die andern ihm vielleicht falsch vorgetragen hatten. Ich sah einen Knaben vom Hause neben mir.

»Mein Freund«, sagte ich zu ihm, »gehe geschwind, und wünsche der Frau Gräfin von M... zu ihrem Feste; jener artigen Dame dort, und Du sollst etwas zu naschen bekommen.«

»Ist ihr Fest heute?« – »Ja, ja, geh' nur!« Er ging und mit seiner kindlichen Anmut machte er ein kleines Kompliment der Valérie, welche, schon gerührt, ihn in die Höhe hob und ihn umarmte. Dieses Mittel glückte mir. Wie hätte der Graf bei der Erinnerung an Valériens Fest ihr an diesem Tage Verdruß machen können. Ich sah, wie er seiner Gemahlin die Hand küßte; ich hörte nicht, was er ihr gesagt, aber sie lächelte mit einer gerührten Miene.

Sie ging in ein anstoßendes Zimmer, um ihre heruntergefallenen Haare in Ordnung zu bringen; ich blieb an der Türe zurück, ohne das Herz zu haben, ihr zu folgen. Das Kind ging mit und sagte zu ihr: »Wollen Sie mir auch etwas zu naschen geben wie dieser Herr, weil ich Ihnen zu Ihrem Feste Glück gewünscht habe?« – »Welcher Herr, mein kleiner Freund?« – »Nun, der dort, sehen Sie.« Sie erblickte mich; sie schien mich zu erraten, und ihre Augen verweilten auf mir mit Erkenntlichkeit; nochmals umarmte sie das Kind und sagte zu ihm: »Ja, ich will Dir auch etwas zu naschen geben, aber zuerst gehe hin und umarme diesen guten Herrn.« Mit welchem Entzücken nahm ich diesen geliebten Knaben in meine Arme! Wie legte ich meine Lippen an die Stelle, wohin Valérie die ihrigen gelegt hatte! Ernst, was empfand ich, als ich eine Träne auf der Wange des Knaben fand! als ich fühlte, wie sie sich mit meinem ganzen Wesen vermischte! Auch war es mir, als ob mein ganzes Schicksal nochmals vor mir vorüberginge; diese Träne schien es ganz zu enthalten. Ja, Valérie, Du kannst mir nichts schicken, nichts geben als Tränen; aber auf diese Beweise Deines Mitleids soll sich von jetzt an mein süßester Genuß einschränken.

Ich breche meinen Brief hier ab; ich bin zu gerührt, um fortzufahren. –

ZWANZIGSTER BRIEF.

Venedig, am ...

Noch habe ich Dir, mein lieber Ernst, alle die Umstände des kleinen Festes zu erzählen, welches ich der Gräfin gab; es ist mir ein Andenken davon zurückgeblieben, welches niemals erlöschen wird. Ich verließ Dich mit allen den Erschütterungen, welche Valériens kleiner Bote mir verursacht hatte. Abends gegen neun Uhr, nachdem man die Tafel verlassen, und Valérie ein wenig ausgeruht hatte, wurde ein Spaziergang vorgeschlagen; es wurden Fackeln genommen, und alle Wagen fuhren ab. Nichts Schöneres konnte man sehen, als diese Reihe von Equipagen und diese Fackeln, welche eine lebhafte Helle auf das Grün der Hecken und auf die Bäume warfen. Valérie wußte nicht, wohin sie fuhr; und ihr Erstaunen war außerordentlich, als man sie vor Sala absteigen ließ; sie fand die Gärten erleuchtet; eine herrliche Musik empfing sie. Ich befand mich an dem Eingange des Gartens, denn ich war ihm vorangegangen; und ich reichte ihr die Hand, um sie in den Ballsaal zu führen.

»Was bedeutet denn all dies?« fragte sie mich.

»Man wünschte der Valérie ein Fest zu geben: aber wem kann es gelingen, alles auszudrücken, was sie einflößt? und welche Zunge könnte ihr alles sagen, was man für sie empfindet?«

Die Gräfin sah mit Entzücken um sich.

Wir kamen an den Saal; er war geräumig, und jeder war entzückt, als er jene von Lampen blendenden Gärten durch ein Mondlicht, nach Volero, vertauscht sah. Die Musik schwieg; die Türen schlossen sich; es entstand eine unwillkürliche Stille von allen Seiten; und Valérie unterbrach sie, indem sie ausrief: »Ach! das ist Dronnigor!«

Ich sah mit Wonne, daß mein Gedanke mir gelungen war. Ein geschickter Dekorateur hatte mich vollkommen verstanden; gestochene Ansichten von dem Landsitz, wo Valérie ihre Kindheit verbracht hatte, und die Ratschläge des Grafen waren uns beförderlich gewesen, meinen Plan auszuführen; gemalt hatte man jenen See, jene Barke, worin sie ihre Schwestern führte; jene Tannen mit ihren pyramidenförmigen Gestalten, auf welchen junge Eichhörnchen sich schaukelten; jene Eschen, Freunde der jungen Valérie, und jenes glückliche von den Bäumen halb verdeckte Haus, wo sie ihre ersten Tage der Glückseligkeit verbracht hatte; all dies war durch den Mond erleuchtet, welcher seine ruhige Helle und lange Strahlen von Licht auf junge Birken goß, auf die Binsen des Sees, welche zu rauschen und zu murmeln schienen, und auf gewürzhaften Kalmus. Du hast keinen Begriff, mit welcher Vollkommenheit Volero das Mondlicht nachgeahmt hatte; man sah es mit den Mysterien der Nacht kämpfen; auch hörte man in der Ferne die Melodien unserer Hirten; ich hatte ihre Schalmeien nachahmen lassen; und diese irrenden Töne, welche bald stärker, bald schwächer wurden, hatten etwas Unstetes, Zärtliches und Schwermütiges.

Längs des Saals waren Rasenbänke und breite Blumenstreifen; alle diese Blumen waren weiß; mir schien es, als ob diese jungfräuliche Farbe die Person schilderte, welcher sie gewidmet waren; spanischer Jasmin, weiße Rosen, Nelken, Lilien, rein wie Valérie, erhoben sich überall in Behältnissen, welche unter dem mit Rasen belegten Parkett verborgen waren; und ihr Namenszug, mit dem Namenszuge des Grafen einfach durchflochten, hing an einer natürlichen Tanne, welche an den Ort des Sees gepflanzt war, wo Valérie zum ersten Male dem Grafen gesagt hatte, sie sei willig, sein Weib zu werden. Sag, Ernst, sag es nur, ob ich sie nicht mit jener Ergebung zu lieben weiß, welche allein vielleicht jene traurige Liebe etwas entschuldigt.

Aber ich habe Dir noch umständlich zu erzählen, was auf diesen ersten Teil des Festes folgte. Kaum waren wir zehn Minuten in diesem Saale, wo einige mitten unter Blumen saßen, andere mit leiser Stimme sprachen, wo alle diesen stillen Auftritt zu lieben schienen, welcher jedem einige angenehme Erinnerungen darzubieten schien, erhob sich die Leinwand des Hintergrundes; ein Silberschleier aus Gaze füllte den ganzen Raum von oben nach unten; er glich vollkommen einem Spiegel; der Mond verschwand, und man sah durch den Schleier ein sehr einfach besetztes Zimmer, aber hinlänglich erleuchtet, um alles bemerken zu können; und ein Dutzend junger Mädchen saßen an ihren Rädern oder mit der Spindel in der Hand, und alle arbeiteten; ihr Anzug glich der Tracht der Bäuerinnen unseres Landes; Korsette von dunkelblauem Tuch; ein Tuch von feiner und weißer Leinwand wie eine Binde zusammengerollt, umhüllte malerisch ihren Kopf und senkte sich auf ihre Schultern mit Flechten von Haaren, welche fast zur Erde fielen.

Dieses Gemälde war reizend. Eines der jungen Mädchen schien sich von ihren Gesellschafterinnen zu trennen; sie war jünger, ungezwungener, ihre Arme waren zarter, die andern schienen da zu sein, um sie zu umringen; auch diese spann; aber sie war so gestellt, daß man ihre Gesichtszüge nicht sehen konnte; halb verdeckt durch ihren Kopfputz, war sie gekleidet wie die andern und erschien gleichwohl ausgezeichneter. Valérie erkannte sich in diesem ungekünstelten Auftritte ihrer Jugend, wo sie ein Vergnügen fand, mitten unter mehreren jungen Mädchen zu arbeiten, welche man bei ihren Eltern erzog, welche bei ihrem Reichtum und bei ihrer Wohltätigkeit arme Kinder aufnahmen, sie erzogen und sie hernach ausstatteten. Sie begriff, daß ich ihr den Tag erneuen wollte, an welchem der Graf sie zum ersten Male sah und sie mitten in diesem liebenswürdigen und ungekünstelten Auftritte überraschte. Seitdem liebte er sie zärtlich, entzückt über ihre Aufrichtigkeit und Anmut.

Doch, wir müssen auf diesen zauberischen Spiegel zurückkommen, welcher Valérie an das Vergangene erinnerte. Junge Mädchen, welche in dem Mendikantenkloster erzogen wurden, bildeten eine Gruppe, gekleidet wie unsre schwedischen Bäuerinnen; sie sangen besser als diese, und anstatt ihrer Romanzen hörten wir Couplets, welche für die Gräfin verfertigt waren, unter der Begleitung des Friedrich und Ponto, welche so standen, daß sie nicht bemerkt werden konnten. Die entzückenden Stimmen der Mendikantenmädchen, das Talent jener berühmten Künstler, Valériens Empfindsamkeit, welche ansteckend für die andern war – alles machte aus diesem Augenblick einen wonnevollen Augenblick; und die Italiener, welche gewohnt sind, stark auszudrücken, was sie empfinden, mischten ihr Beifallsrufen mit der sanften Freude, welche mich Valériens Glück fühlen ließ.

Der Ball nahm seinen Anfang in einem der anstoßenden Säle; alles stürzte hin. Als der Vorhang gefallen war, sah man das Mondlicht wieder erscheinen.

Valérie blieb mit ihrem Gemahl zurück; alle beide sprachen mit Zärtlichkeit von der Erinnerung, welche dieses Fest bei ihnen erneuert hatte. Der Graf sagte mir das Liebreichste, was sich nur denken läßt; seine Gemahlin reichte mir die Hand und rief: »Guter Gustav! niemals werde ich diesen reizenden Abend und den Erinnerungssaal vergessen.«

Sie kam hernach mit dem Grafen wieder zum Ball. Ich ging hinaus, um freie Luft zu atmen, und mich während einiger Augenblicke meinen Gedanken zu überlassen. Als ich wieder hereintrat, suchte ich mit den Augen die Gräfin mitten unter dem Haufen; und als ich sie nicht fand, vermutete ich, sie habe die Einsamkeit in dem Erinnerungssaal gesucht.

Wirklich fand ich sie in der Vertiefung eines Fensters. Ich näherte mich ihr mit Schüchternheit; sie verlangte, ich sollte mich neben sie setzen. Ich sah, daß sie geweint hatte; noch hatte sie die Tränen in den Augen, und ich glaubte, sie hätte sich an den kleinen Zwist am heutigen Morgen erinnert. Ich wußte, wie tief die Eindrücke waren, welche sie aufnahm, und sagte zu ihr: »Wie? Sie sind traurig? heute, da wir vorzüglich Sie vergnügt zu sehen wünschen.«

»Nein!« erwiderte sie, »die Tränen, welche ich vergossen habe, sind nicht bitter; ich habe mich an jenes Alter zurückerinnert, welches Sie mir so herrlich zurückzurufen wußten; ich dachte an meine Mutter, an meine Schwestern, an jenen glücklichen Tag, mit welchem die Anhänglichkeit des Grafen für mich anfing; ich dachte mit Rührung an jenen mir so teuren Zeitpunkt; aber ich liebe auch Italien; ich liebe es sehr.«

Ich hielt immer noch ihre Hand; und meine Augen waren unbeweglich auf jene Hand geheftet, welche vor zwei Jahren frei war; ich berührte jenen Ring, welcher mich auf immer von ihr trennte, und welcher mein Herz vor Furcht und Schrecken klopfend machte; ich starrte betäubt hin. »Wie?« dachte ich bei mir, »auch ich konnte Anspruch auf sie machen! Ich lebte in dem nämlichen Lande, in der nämlichen Provinz; mein Name, mein Alter, mein Vermögen, alles näherte mich ihr; was hinderte mich, dieses unermeßliche Glück zu erreichen?« Das Herz wurde mir enge, und einige Tränen, schmerzhaft wie meine Gedanken, fielen auf ihre Hand.

»Was ist Ihnen? Gustav! sagen Sie mir, was Sie beunruhigt!« Sie wollte ihre Hand zurückziehen; aber ihre Stimme war so rührend; ich wagte sie zurückzuhalten. Ich wollte ihr sagen... was weiß ich? Aber ich fühlte jenen Ring, meine Strafe und meinen Richter; ich fühlte meine Zunge erstarren. Ich ließ Valériens Hand und seufzte tief.

»Warum immer so traurig?« sagte sie zu mir, »ich bin gewiß, Sie denken an jenes Frauenzimmer; ich weiß wohl, daß ihr Bild Sie heute mehr als jemals beunruhigt hat; dieser ganze Abend hat Sie wieder nach Schweden versetzt.«

»Ja«, sagte ich, indem ich kaum atmen konnte.

»Sie hat also viele Reize«, fuhr sie fort, »weil nichts imstande ist, Sie von ihr loszureißen.« – »Ach! sie hat alles, alles was starke

Leidenschaften hervorbringt: Anmut, Schüchternheit, Anständigkeit und eine Hoheit jener Seelen, welche für das Gute leidenschaftlich sind, welche lieben, weil sie leben, und welche für die Tugend leben, endlich hat sie in dem reizendsten Kontrast alles, was Schwäche und Abhängigkeit verkündigt – alles, was auf Unterstützung Anspruch macht; ihr zarter Körper ist eine Blume, welche von dem leichtesten Hauche gebeugt wird, und ihre standhafte und mutvolle Seele würde dem Tod für Tugend und Liebe trotzen.«

Ich sprach diese letzten Worte mit Zittern, erschöpft von der Wärme, mit welcher ich gesprochen hatte, ohne selbst zu ahnden, wie weit mich meine Begeisterung geführt hatte. Ich zitterte vor Besorgnis, sie möchte mich erraten haben; und ich lehnte meinen Kopf gegen eine Scheibe des Fensters, indem ich mit Ängstlichkeit auf den ersten Ton ihrer Stimme wartete.

»Weiß sie, daß sie von Ihnen geliebt wird?« fragte mich Valérie mit einer Unbefangenheit, welche unmöglich verstellt sein konnte.

»O! nein, nein!« rief ich, »hoffentlich doch nicht; sie würde es mir nicht verzeihen.«

»Haben Sie es ihr niemals gesagt?« fuhr sie fort, »es muß schrecklich sein, eine Leidenschaft zu veranlassen, welche so unglücklich macht; wenn ich jemals eine solche einflößen könnte, würde ich untröstlich sein; aber ich befürchte es nicht; und dieses tröstet mich über meinen Mangel an Schönheit.«

Ich hatte mich von meiner Unruhe erholt.

»Glauben Sie, Frau Gräfin, daß bloß die Schönheit so gefährlich ist? Betrachten Sie Mylady Erwin, die Marquise von Ponti; ich glaube nicht, daß ein Bildhauer sich ein schöneres Muster erdenken kann, und gleichwohl sagte man Ihnen noch gestern, daß sie niemals ein lebhaftes oder dauerhaftes Gefühl erregt hätten. Nein«, fuhr ich fort, »die Schönheit ist nur dann wahrhaft unwiderstehlich, wenn sie uns etwas sagt, was minder vergänglich ist als sie, wenn sie uns an etwas denken läßt, was den Reiz des Lebens noch jenseits des flüchtigen Augenblicks ausmacht, in welchem wir verführt werden; die Seele muß sich wiederfinden, wenn die Sinne sie hinlänglich bemerkt haben. Die Seele ermüdet niemals; je mehr sie bewundert, desto höher steigt sie; und eben dann, wenn man sie stark zu rühren weiß, dann ist bloß Anmut nötig, um die stärkste Leidenschaft hervorzubringen. Ein Blick, einige Töne von einer Stimme, welche verführender Beugungen fähig ist, enthalten dann alles, was zur Schwärmerei führt. Wer besitzt mehr von dieser Anmut als Sie?« fuhr ich fort, hingerissen von dem Zauber ihres Blicks, ihres Benehmens. »O! Valérie!« ich faßte ihre Hand. »Valérie!« rief ich mit einem leidenschaftlichen Tone.

Bloß ihre äußerste Unschuld konnte ihr verbergen, was ich empfand. Gleichwohl zitterte ich vor Besorgnis, ihr Mißfallen erregt zu haben; und da man in diesem Augenblick einen sehr lebhaften Walzer spielte, bat ich sie mit der Lebhaftigkeit, welche durch die Musik erweckt wurde, mit mir zu tanzen; und ohne ihr Zeit zum Nachdenken zu lassen, riß ich sie fort. Ich tanzte mit einer Art von Wahnsinn, wobei ich die ganze Welt vergaß, indem ich wie berauscht Valérie beinahe in meinen Armen fühlte und gleichwohl meine Raserei verabscheute. Ich war ganz verwirrt, und bloß die Stimme des geliebten Gegenstandes konnte mich wieder zu mir bringen. Sie litt an der Schnelligkeit des Walzens und machte mir darüber Vorwürfe. Ich setzte sie auf einen Armstuhl; ich beschwor sie, sie möchte mir verzeihen. Sie war blaß, ich zitterte vor Schrecken; ich hatte ein so zerstreutes Ansehen, daß es ihr auffiel. Mit Güte sagte sie zu mir: »Das geht besser; aber ein ander Mal werden Sie vorsichtiger sein; Sie haben mich sehr erschreckt; Sie hörten mich ganz und gar nicht. O! Gustav!« setzte sie mit einem sehr bedeutenden Tone hinzu, »wie sehr haben Sie sich verändert.« Ich antwortete nichts.

»Versprechen Sie mir«, fuhr sie fort, »daß Sie wieder vernünftig werden wollen; versprechen Sie es mir«, setzte sie mit gerührter Stimme hinzu, »heute, an diesem Tage, wo Sie mir soviel Teilnahme gezeigt haben.«

Sie stand auf, weil sie sah, daß man sich uns näherte; ich reichte ihr die Hand, als ob ich ihr zum Gehen behülflich sein wollte, und indem ich diese Hand mit Ehrfurcht und Zärtlichkeit drückte, sagte ich zu ihr: »Ich will Ihrer Teilnahme würdig sein, oder ich will sterben.«

Ich vertiefte mich in die Gärten, wo ich lange Zeit wandelte, und tausend Qualen ausgesetzt war, welche mir die Gewissensunruhe verursachte, wovon ich verzehrt wurde. –

Einundzwanzigster Brief.

Venedig, am …

Ich habe Dir noch nichts von dieser stolzen Stadt gesagt, welche sich aus dem Schoße des Meers erhebt und den Wellen gebietet, sich an ihren Dämmen zu brechen, ihren Gesetzen zu gehorchen, ihr die Reichtümer von Europa und Asien zuzuführen, ihr zu dienen, indem sie ihr täglich die Produkte reichen, welche sie nötig hat, und ohne welche sie mitten in ihrer Pracht und in ihrem Stolz umkommen müßte. Der Ort, welchen diese Stadt einnimmt, und welcher ehemals von armen Fischern bedeckt war, sah ihre Nachen furchtsam an jenen Gewässern hinfahren, wo jetzt die Galeeren des Senats schwimmen. Allmählich bemächtigte sich der Handel dieser Fahrt, welcher den Osten so leicht mit Europa verband; und Venedig wurde die Kette, welche die Sitten eines andern Weltteils mit Italiens Sitten vereinigte. Daher jene so mannigfaltigen Farben, jenes Gemisch von Kleidungen, Gebräuchen, Sprachen, welche dieser Stadt ein so besonderes Ansehen geben, und die eigentümlichen Farben des Orts mit dem sonderbaren Gemisch von zwanzig verschiedenen Völkern verschmelzen. Allmählich erhob sich auch jene Regierung, welche weise und gelind für die unbekannte und friedliche Klasse der Republik, aber unversöhnlich und grausam gegen den Großen, welcher ihr trotzen oder Gefahr bringen könnte; gleich jenem Tarquinius, dessen Schwert jede Blume köpfte, welche über ihresgleichen sich zu erheben wagte. In Venedig muß jeder stolze

Kopf sich beugen oder fallen, wenn er sich nicht unter die Gewalt der Regierung schmiegen will, welche auf zehn Jahrhunderte von Macht sich stützt und in den traurigen Prunk der Inquisition und der Todesstrafe sich einhüllt. Auch erschreckt nichts so sehr die Phantasie wie dieser Gerichtshof; alles erregt Furcht: jene Schlünde, welche unaufhörlich den heimlichen Angebern offen stehen; jene fürchterlichen Gefängnisse, wo, gekrümmt unter bleiernen Gewölben, welche die Sonne in Glut setzt, der Schuldige langsam hinstirbt; die Stille, welche jene ungeheure Gänge bewohnt, wo man selbst den Widerhall fürchtet, welcher einen unvorsichtigen Ton wiederholen dürfte. Und um eben diesen Bezirk, welchen das Schrecken bewohnt, und welchen so oft die Trauer umflort, summet das Volk wie ein Bienenschwarm am Tage und schläft auf den Stufen jener Paläste, wo seine Beherrscher wohnen. Glücklich bei Trägheit und Sorglosigkeit lebt der Venezianer von seiner Sonne und von seinen Muscheln, badet sich in seinen Kanälen, folgt seinen Prozessionen, besingt seine Liebschaften unter einem stillen und günstigen Himmel und hält seinen Karneval für ein Wunder der Welt.

Die Künste haben die Pracht der Denkmale verschönert; der Genius eines Tizian, Paolo Veronese und eines Tintoretto haben Venedig verherrlicht; ein Palladio verschaffte einen unsterblichen Glanz den Palästen der Cornaro, der Pisani; und der Geschmack und die Phantasie haben mit Schönheiten bekleidet, was ohne sie tot geblieben wäre.

Venedig ist der Aufenthalt der Weichlichkeit und des Müßiggangs. Man ruht auf Gondeln, welche über die gefesselten Wellen hingleiten; man ruht in jenen Logen, wohin die bezaubernden Töne der schönsten Stimmen Italiens gelangen.

Man verschläft einen Teil des Tages; man bringt die Nacht entweder in der Oper oder in dem hier sogenannten Casino zu. Der Markusplatz ist der Hauptort von Venedig, der Saal für gute Gesellschaft bei Nacht und der Ort der Zusammenkunft des Volks bei Tag. Hier drängen Schauspiele aufeinander; die Kaffeehäuser öffnen und schließen sich ohne Aufhören; die Gewölbe legen ihre Üppigkeit zur Schau aus; der Armenier raucht in finstrer Stille seine Zigarre, während verschleiert und mit leichten Tritten das Weib des adeligen Venezianers, welche zur Hälfte ihre Schönheit verbirgt und gleichwohl künstlich sie zeigt, über diesen Platz hingeht, welcher ihr zum Spaziergange am Morgen dient; und der Abend sieht sie, von Diamanten strahlend, die Kaffeehäuser durchlaufen, die Theater besuchen und sich endlich in ihr Casino flüchten, um hier die Sonne zu erwarten. Nimm zu diesem allen, Ernst, das Geräusch des Gestades, welches mit dem Markusplatz grenzt, jene Gruppen von Dalmatiern und Slavoniern, jene Barken, welche alle Früchte der Inseln auf das Ufer werfen, jene Gebäude, wo die Majestät herrscht, jene Säulen, auf welchen jene Pferde leben, welche stolz auf ihre Kühnheit und auf ihre ehemalige Schönheit sind; betrachte Italiens Himmel, wie er seine milden Farben mit der alten Schwärze der Denkmale verwäscht; höre den Ton der Glocken, wie er sich mit den Gesängen der Schiffer vermischt; in einem Augenblick sind alle Knie gebeugt, alle Köpfe senken sich andächtig, es geht eine Prozession vorüber. Beobachte jene zauberische Ferne; es sind die Tiroler Alpen, welche diesen Vorhang bilden, den die Sonne vergoldet. Welcher stolze Gürtel umfaßt das weiche Venedig! Es ist das adriatische Meer; aber seine verengten Wellen sind nichtsdestoweniger Töchter des Meers; und wenn sie um jene schönen Inseln herumspielen, von welchen düstere Zypressen sich herausheben, schnauben sie auch, sie toben auch und drohen jene herrlichen Zufluchtsorte zu verschlingen.

Ich wandle oft an diesen Gestaden, Ernst; ich verliere mich unter den Haufen dieses Volks; ich schwinge mich über dieses Meer; aber ich fliehe mich nicht selbst. Doch wollte ich heute mit Dir nichts von mir reden. Ich suche mich zu betäuben; und ich schildre Dir alles, was mich umgibt, um Dir nichts von meiner Leidenschaft zu sagen, welche ich nicht bezwingen kann.

Lebe wohl, Ernst; ich merke, daß ich von Valérie mit Dir reden müßte. –

Zweiundzwanzigster Brief.

Venedig, am …

Nein, Ernst, nein; niemals werde ich mich an die Welt gewöhnen; das Wenige, was ich hier davon gesehen habe, erfüllt mich schon mit der nämlichen Abneigung, mit dem nämlichen Widerwillen, welcher mich immer verfolgt, seitdem ich in der großen Gesellschaft zu leben gezwungen bin. Du hast leicht wünschen, ich solle dadurch Valérie zu vergessen suchen oder mich schwächer mit ihr beschäftigen; kann ich es jemals dahin bringen? und muß ich nochmals meinen Charakter ändern? ihn verschlimmern? muß ich suchen, auf Kosten der tröstenden Gedanken die Ruhe zu gewinnen? Du weißt es, mein Freund, mir ist es Bedürfnis, die Menschen zu lieben; ich halte sie im Allgemeinen für achtungswürdig; und wenn dieses nicht wäre, würde die Gesellschaft nicht seit langer Zeit zerstört sein? Die Ordnung besteht in dem Weltall; die Tugend hat also die Oberhand. Aber die große Welt, jene Klasse, welche durch Ehrgeiz, durch Größe und Reichtum so sehr von der übrigen Menschheit getrennt wird, die große Welt erscheint mir immer wie ein mit Lanzen besetzter Kampfplatz, wo man bei jedem Tritt verwundet zu werden fürchtet; das Mißtrauen, die Selbstsucht und die Eigenliebe, diese gebornen Feinde all dessen, was groß und schön ist, wachen unaufhörlich an dem Eingange dieses Kampfplatzes und geben dort Gesetze, welche jene edlen und liebenswürdigen Empfindungen ersticken, durch welche die Seele sich erhebt, besser und folglich glücklicher wird.

Ich habe oft über die Ursachen nachgedacht, welche machen, daß alle diejenigen, welche in der großen Welt leben, sich endlich einander verabscheuen und fast immer unter Verwünschungen des Lebens sterben. Man findet wenige Böse; diejenigen, welche nicht durch das Gewissen zurückgehalten werden, werden es durch die Gesellschaft; die Ehre, diese stolze und zarte Geburt der Tugend, die Ehre bewacht die Zugänge des Herzens und hindert die schlechten und niedrigen Handlungen, wie der Naturtrieb die grausamen Handlungen zurückstößt. Hat nicht jeder dieser Menschen, einzeln betrachtet, fast immer manche gute Eigenschaften? manche Tugenden? Was ist also die Ursache, welche jenen Haufen von Lastern erzeugt, wodurch wir unaufhörlich gekränkt werden? Die Gleichgültigkeit gegen das Gute ist die gefährlichste unter allen Unsittlichkeiten; bloß die großen Fehler erschrecken, weil sie das Gewissen mit Schauder füllen. Aber man hält es nicht der Mühe wert, sich nur mit dem Unrecht zu beschäftigen, welches unaufhörlich wiederkommt, welches unaufhörlich die Ruhe, die Achtung, das Glück derjenigen, mit welchen man lebt, angreift und dadurch täglich die Gesellschaft beunruhigt.

Wir sprachen noch gestern davon, Valérie und ich; und ich machte ihr bei diesen glänzenden Zusammenkünften, mitten in diesem Haufen von Menschen aus allen Ländern, welche hieher kommen, um sich zu vergnügen; ich machte ihr jenen einförmigen Anstrich von Kälte und Langweiligkeit bemerklich, welcher auf allen Gesichtern verbreitet war. Die kleinen Leidenschaften, sagte ich zu ihr, fangen damit an, daß sie jene ursprünglichen Züge von Offenheit und Güte verlöschen, welche wir so gern an den Kindern sehen; die Eitelkeit unterwirft alles einem allgemeinen Herkommen; alles muß diese Farben annehmen, die Furcht vor Spott raubt der Stimme ihre liebenswürdigsten Beugungen; wacht sogar über den Blick, gebietet der Sprache und unterwirft alle Eindrücke der Seele ihrem Despotismus.

»O! Valérie!« sagte ich zu ihr, »wenn Sie so liebenswürdig sind, sind sie es deswegen, weil Sie fern von dieser Welt erzogen wurden, welche alles entstellt; wenn Sie glücklich sind, sind Sie es, weil Sie das Glück dort gesucht haben, wo es der Himmel finden läßt. Vergebens sucht man es anderswo als in der Rechtschaffenheit und in der rührenden Güte, in den lebhaften und reinen Gefühlen, kurz, in allem, was die große Welt Überspanntheit und

Torheit nennt, und was Ihnen ohne Aufhören die glücklichsten Empfindungen gewährt.«

Ernst, ich fühlte, daß, wenn ich sie so liebte, es deswegen geschah, weil sie bei der Natur geblieben war; ich hörte ihre Stimme, welche niemals etwas verheimlicht; ich sah ihre Augen, welche beim Unglück gerührt werden, und welche nichts kennen als die himmlischen Ausdrücke; ich verließ sie schnell; Ernst, ich verließ sie; ich fürchtete mich zu verraten. –

Dreiundzwanzigster Brief.

Venedig, am …

Ich erfahre, daß alle meine seit zwei Monaten geschriebenen Briefe in Hamburg bei dem Bankier Martin zurückgeblieben sind. Der von dem Grafen abgefertigte Eilbote hatte Befehl, seine Depeschen unserm Konsul in Hamburg einzuhändigen und sich selbst nach Berlin zu begeben. Unglücklicherweise hat er vergessen, das Päckchen von Briefen unter Deiner Adresse abzuliefern.

Doch, was würdest Du erfahren haben? Ich bin immer noch der nämliche; bisweilen reuig; und immer der schwächste der Menschen. Mein unglückliches Geheimnis ist der Valérie immer noch verborgen; aber mein Verhältnis gegen den Grafen ist wirklich traurig. Ich sah ihn bisweilen auf dem Punkt, mich zu befragen; er sagte mir, er fände mich traurig, ich würde niemals einen bessern Freund haben. Hieß dieses nicht, mir sagen, daß er auf mein Zutrauen rechnete? Und ich, ich floh ihn, ich vermied seine Blicke; ich erschien ihm mißtrauisch, vielleicht undankbar! Ernst, wie foltert mich dieser Gedanke! Mehr kann ich Dir nicht sagen; der Graf erwartet mich. –

Vierundzwanzigster Brief.

Venedig, am ...

Ich weiß nicht, wie bei den gewaltsamen Erschütterungen, welche ich unaufhörlich fühle, ich noch lebe – noch leben kann. Mußte ich denn lieben? Welche Seele habe ich denn empfangen? Die empfindsamsten, selbst die Seele des Grafen, wie entfernt ist sie von einem Leiden, wie die meinige leidet! und gleichwohl liebt er eben jenes Weib sehr, welche meine Vernunft, mein Glück und mein Leben verzehrte, und welche, sich ihrer Herrschaft ganz unbewußt, mich vielleicht sterben sehen wird, ohne die Ursache meines traurigen Schicksals zu erraten. – Grausamer Gedanke! Ach! verzeih, Valérie, nicht über dich klage ich; mich, mich muß ich verabscheuen. Die Schwäche allein kann so unglücklich sein; immer abhängig, hat sie Qualen, welche nur sie treffen; ich schleppe tausendfache Unruhe mit mir, welche andern unbekannt ist.

Doch ich vergesse, daß Du noch nichts weißt; nein, Du kannst Dir nicht vorstellen, was ich gelitten habe, Ernst; ich habe so wenig Vernunft, so wenig Herrschaft über mich selbst! Höre dann, Freund, wenn es mir nämlich möglich ist, einige Ordnung in meine Erzählung zu bringen.

Wiewohl Valérie erst im siebenten Monat ihrer Schwangerschaft ist, hatte man dennoch vorgestern ihre Niederkunft befürchtet. Ihre außerordentliche Jugend macht sie so zärtlich, daß man immer vermutete, sie werde den von der Natur vorgeschriebene Zeitpunkt nicht erreichen. Wir hatten später als gewöhnlich zu Mittage gespeist, weil Valérie sich nicht wohl befunden hatte. Gegen das Ende der Mahlzeit sah ich sie bald bleich, bald rot werden; sie sah mich an und gab mir ein Zeichen, ich möchte schweigen; aber nach einigen Minuten war sie genötigt, aufzustehen; wir begleiteten sie in den Saal, wo sie sich auf eine Ottomane legte; der beunruhigte Graf wollte sogleich nach einem Arzte schicken.

Als Valérie in ihr Zimmer gegangen war, wagte ich es nicht, sie dahin zu begleiten, sondern ich ging in eine kleine anstoßende Bibliothek, wo ich bleiben konnte, ohne gesehen zu werden. Hier hörte ich, wie Valérie sich beklagte, indes sie ihre Klagen zu ersticken suchte. Ich weiß nicht mehr, was ich empfunden habe; denn glücklicherweise hat die Betrübnis eine Unruhe bei sich, welche verhindert, daß man sich in allen ihren Umständen wiederfindet; da hingegen das Glück ruhige Augenblicke hat, wo die Seele sich selbst genießt, wo sie ihre Empfindungen gleichsam aufzeichnet und sie für die Zukunft bewahrt.

Mir blieben bloß undeutliche und schmerzhafte Vorstellungen von diesen grausamen Augenblicken übrig. Als Valérie viel zu leiden schien, stieg mein ganzes Blut mir gegen den Kopf, und ich fühlte dessen Pulsadern gewaltsam schlagen. Ich stand gegen eine Zwischentüre gelehnt, welche in das Zimmer der Gräfin führte; ich hörte sie bisweilen ganz ruhig sprechen, und dann kehrte auch die Stille in meine Seele zurück. Aber wie wurde mir, als ich sie sagen hörte, sie habe eine Schwester bei deren Niederkunft mit ihrem ersten Kinde verloren! – Ich zitterte vor Schrecken; mein Blut schien in meinen Adern zu stocken; und ich mußte mich längs dem Getäfel hinschleppen, um einen Stuhl zu erreichen.

Die Gräfin rief Marie und sagte ihr, sie solle mich aufsuchen. Ich trat aus der Bibliothek, ging ihr entgegen und folgte ihr zu Valérie.

»Ich habe nach Ihnen geschickt, Gustav«, sagte sie zu mir, indem sie eine fast fröhliche Miene annahm; aber die Spuren des Leidens, welche noch auf ihrem Gesichte waren, entgingen mir nicht. »Ich wollte Sie auf einen Augenblick sehen und Ihnen sagen, daß es nichts zu bedeuten habe; meine Schmerzen gehen vorüber; ich glaubte, es würde Ihnen angenehm sein, hierüber Gewißheit zu haben; ich weiß, wie teilnehmend Sie gegen Ihre Freunde sind.«

Mit welcher Güte sagte sie mir dies! Meine Augen zeigten, wie sehr ich davon gerührt war, daß sie mich erraten hatte.

»Sie sollten Musik machen, Gustav«, sagte sie zu mir, »aber nicht im Saal, ich würde Sie nicht hören; hier zur Seite finden Sie das kleine Piano, das wird mich zerstreuen.«

Wußte sie, Ernst, daß ich mich selbst zerstreuen und beruhigen mußte? Ich fand das Piano offen; es lag eine Romanze darauf, welche sie selbst abgeschrieben hatte; diese nahm ich; sie war mir unbekannt; ich fing an, sie zu singen; ich will Dir das letzte Couplet hersetzen, damit Du siehest, wie durch eine unbegreifliche Verbindung diese Romanze mich in alle meine Qualen und in die schrecklichste Angst zurückstürzte. Der Anfang war folgender: »J'aimois une jeune bergère.«*

Die Melodie und die Worte sind, glaube ich, von Rousseau; ich bin vielleicht der einzige, welchem diese Romanze nicht bekannt ist. Es schien mir, als ob Valérie sich wieder zu beklagen anfinge; gleichwohl fuhr ich fort. Ich kam an das letzte Couplet:

»Après neuf mois de mariage,
Instants trop courts!
Elle alloit me donner un gage
De nos amours,
Quand la Parque, qui tout ravage,
Trancha ses jours.«**

Meine veränderte Stimme konnte es nicht vollenden; ein kalter Schweiß machte mich unbeweglich; Valérie tat einen Schrei; ich wollte aufstehen, zu ihr fliegen; ich fiel auf meinen Stuhl zurück, und ich glaubte, ich würde ganz mein Bewußtsein verlieren. Doch erholte ich mich hinlänglich, um an die Türe des Zimmers der Gräfin zu eilen. Der Geburtshelfer trat in diesem Augenblick heraus.

* Ich liebte eine junge Schäferin.
** Nach neun Monaten der Ehe – zu kurze Augenblicke! – sollte sie mir ein Pfand unserer Liebe schenken, als die Parze, welche alles verheert, ihre Tage verkürzte.

»Im Namen des Himmels!« sagte ich, indem ich seine Hand faßte und aus allen meinen Kräften zitterte; »sagen Sie mir, ob Gefahr vorhanden ist?«

Er zuckte die Achseln und sagte zu mir: »Ich hoffe, daß keine ist; aber ihr Körperbau ist so zart, daß man für nichts stehen kann; und sie wird viel leiden.«

Es war mir, als ob die Hölle und alle ihre Qualen in dem Worte »ich hoffe« vereinigt wären. Warum sagte er nicht zu mir, daß keine Gefahr vorhanden sei.

»Aber Sie selbst scheinen mir nicht wohl zu sein«, sagte er zu mir. In jedem andern Augenblick wäre ich vielleicht unruhig bei seiner Bemerkung geworden; aber ich war so unglücklich, daß jeder andere Gedanke in diesem Augenblick verschwand. Ich fing an, das ganze Haus zu durchlaufen, weil meine Bekümmernis mir keine Ruhe ließ; ich weiß nichts von allem, was vorging; aber ich befand mich, bei der Abnahme des Tages, auf den Straßen von Venedig und lief, ohne mich aufzuhalten; ich wollte mir ein Glas Wasser in einem Kaffeehause geben lassen; ich sah einen Mann von meiner Bekanntschaft auf mich zukommen; die Besorgnis, er möchte mich anreden, machte, daß ich sehr geschwind mich nach der entgegengesetzten Seite wieder auf den Weg machte; meine Kräfte waren ganz erschöpft. Ich kam an eine Kirche; sie war offen; ich ging hinein, um auszuruhen; es war nur eine einzige bejahrte Frau zugegen, welche betete; sie befand sich vor einem Altar, auf welchem ein Kreuz stand; und bei der schwachen Erleuchtung von einigen Wachskerzen sah ich ihr Gesicht, auf welchem eine sanfte Heiterkeit verbreitet war. Ihre Hände waren gefaltet; ihre Augen schickten zum Himmel Blicke, in welchen eine mit himmlischer Freude gemischte Hingebung gemalt war. Ich lehnte mich gegen einen Pfeiler der Kirche, als meine Augen auf diesem Frauenzimmer verweilten; dieser Anblick beruhigte mich sehr; es war mir, als ob die um mich herum herrschende Frömmigkeit und Stille den Sturm meiner beunruhigten Seele dämpfte. Die Frau stand sachte auf, ging an mir vorbei, betrachtete mich einen Augenblick mit Wohlwollen; nachher betrachtete sie den Platz, wo sie gebetet hatte und wendete ihre Augen wieder gegen mich; hierauf senkte sie ihren Schleier und ging hinaus. Ich näherte mich diesem Platze; ich fiel auf meine Knie; ich wollte beten; aber die außerordentliche Unruhe, welche ich eben empfunden hatte, erlaubte mir nicht, meine Gedanken zu sammeln. Gleichwohl litt ich weniger; es war mir, als ob in der Gegenwart des Ewigen, ohne ihn auch nur anrufen zu können, mein Kummer schon dadurch gemildert wurde, daß ich ihn in seinem Schoß mitten in dieser Zufluchtsstätte niederlegte, wo so viele meinesgleichen ihn anzurufen pflegten. Ich tat nichts, als daß ich diese Worte wiederholte: »Gott der Barmherzigkeit! Erbarmen! Valérie!« Hernach schwieg ich und fühlte Tränen, welche mich erleichterten.

Ich weiß nicht, wie lange Zeit ich hier blieb; als ich aufstand, war es mir, als ob mein Leben sich erneuert hätte; ich atmete frei; ich befand mich neben einem der schönsten Gemälde in Venedig, einer heiligen Jungfrau von Solimena; verschiedene Wachskerzen erhellten sie; ganz frische und der Madonna neu geopferte Blumen vermischten ihre sanften Farben und ihre Wohlgerüche mit dem in der Kirche brennenden Weihrauch. »Es ist vielleicht die Liebe«, dachte ich bei mir, »welche die heilige Jungfrau anflehte; es sind zwei schüchterne und reine Herzen, welche vor Verlangen brennen, sich durch gesetzmäßige Bande miteinander zu vereinigen.« Ich seufzte tief; ich betrachtete die Madonna; es war mir, als ob ein himmlischer Blick, rein wie der Himmel, erhaben und zärtlich zugleich, sich in mein Herz senkte; es war, als ob in diesem Blicke etwas von Valérie gewesen wäre. Ich fühlte mich ruhig. »Sie leidet nicht mehr«, dachte ich bei mir, »bald wird sie sich erholt haben; ihre Gesichtszüge werden ihren sanften Ausdruck wiedererlangt haben; sie wird mich beklagen; sie wird mich vielleicht lieben.«

Unvermerkt erhob sich mein Kopf; ich fiel auf meine Knie. O, Schimpf! O, Schande meines verworfenen Herzens! Solltest Du es glauben, Ernst? ich wagte, den Gott des Himmels und der Tugend anzurufen, welcher nur die Tugend schützen kann, welcher sie der Erde gab, damit sie uns an ihn zu denken veranlassen sollte. Ich wagte, ihn an diesem heiligen Orte zu bitten, mir Valériens Herz zu schenken! Ich sah nur sie; die Blumen, ihr Wohlgeruch, die Schwermütigkeit der Stille, welche um mich herum herrschte, alles brachte endlich mein Herz auf diese strafbaren Gedanken. Ich wurde durch einen Chorknaben darin gestört; wahrscheinlich hatte er mich mehrere Male gerufen, denn er schüttelte mich am Arme und sagte: »Signore, man will die Türe schließen.« Er hielt eine Wachskerze in der Hand; ich betrachtete ihn mit einer erstaunten Miene; vertieft in meinen Gedankentraum, hatte ich den geheiligten Ort vergessen, wo ich mich befand; die gesenkte Kerze des Chorknaben zeigte mir den Ort, wo ich gekniet hatte; – es war ein Grab; ich las auf demselben den Namen Euphrosyne; und dieser Name schien dort zu sein, um mein Gewissen vor den Richterstuhl des höchsten Richters zu fordern. Du weißt, Ernst, dieses war der Name meiner Mutter – meiner Mutter, welche ebenfalls in das Grab hinabgestiegen war, und welche meinen Schwur für die Tugend annahm; es war mir, als ob ich ihre eiskalten Hände fühlte, wie sie diese zum letzten Mal auf meine Stirn legte, um mich zu segnen; noch jetzt glaubte ich, sie zu fühlen, aber um mich zu verstoßen. Mit einer verworrenen Miene stand ich auf; ich wagte nicht, zu beten; ich wagte nicht mehr, den Ewigen anzurufen; und ich sah wieder die sterbende Valérie; meine Phantasie zeigte mir sie bleich, und mit dem Tode kämpfend. Ich rang meine Hände; ich verbarg mein Haupt, indem ich einen der Pfeiler mit einer unaussprechlichen Angst umfaßte.

»O, Signore!« rief der erschrockene Knabe, »was ist Ihnen?«
Ich sah ihn an; er wollte sich von mir entfernen.
»Fürchte nichts«, sagte ich zu ihm, und meine veränderte Stimme rief ihn wieder zurück. »Ich bin unglücklich, mein Freund; folge mir nicht.«
Er näherte sich mir. – »Sind Sie arm?« fragte er mich, »aber Sie haben ein schönes Kleid.«
»Nein, ich bin nicht arm; aber ich bin unglücklich.« Er reichte mir seine kleine Hand und drückte mir die meinige.
»Nun gut«, sagte er, »Sie können ja Wachskerzen für die Madonna kaufen, und ich will für Sie beten.«

»Nein, nicht für mich«, sagte ich lebhaft, »sondern für eine gute Dame, gut wie Du. O, komm!« sagte ich zu ihm, indem ich ihn an mein Herz drückte und meine Tränen auf sein Gesicht fallen ließ; »komm, reines und unschuldiges Wesen! Du der Du Gott wohlgefällig bist und ihn nicht beleidigest, bete Du für Valérie!«

»Sie heißt Valérie?« – »Ja!«

»Und was soll ich von Gott bitten?«

»Daß er sie erhalte; sie leidet Schmerzen; sie ist krank.«

»Meine Mutter ist auch krank und sie ist arm; ist Valérie auch arm?« – »Nein, mein Freund; sieh, dieses schickt sie Deiner Mutter.« Ich zog meinen Beutel, worin zum Glück Gold war; er betrachtete mich mit Erstaunen und sagte: »O, wie gut sind Sie! wie will ich Gott und die heilige Jungfrau alle Tage für Sie bitten und zuerst für – für – wie heißt sie?«

»Valérie.« – »Ach ja, für Valérie!«

Seine Hände falteten sich, er fiel auf seine Knie. Auch ich, ohne ein einziges lautes Wort zu wagen, auch ich erhob meine Hände; ich senkte meine Blicke gegen das Grab; mein Herz war zermalmt, zerrissen; und es war mir, als ob ich meine Reue und ihre Qualen an den Fuß des Kreuzes niederlegte, auf welchem Carracci die Größe des sterbenden Christus auszudrücken versucht hatte; ich sah vor mir dieses herrliche Gemälde, schwach von der Kerze des Knaben erleuchtet. –

Fünfundzwanzigster Brief.

Venedig, am …

Alle meine Besorgnisse haben ein Ende; ich zittre nicht mehr für sie, welche freilich nur für einen Augenblick die glücklichste der Mütter war, welche aber lebt, welche sich wohl befindet. Ja, Ernst, ich habe die empfindsame Valérie tausendmal schöner, rührender gesehen als jemals. Ich sah sie die sanftesten Tränen über ihren Sohn vergießen, wie sie mir ihn aufgewacht, eingeschlafen zeigte, wie sie mich fragte, ob ich alle seine Züge bemerkt hätte, wie sie vorausfühlte, er werde das Lächeln seines Vaters haben, wie sie niemals müde wurde, ihn zu bewundern und ihn zu liebkosen.

Aber kurze Zeit nachher mußten eben diese Augen Tränen der Trauer und der bittersten Betrübnis vergießen; der junge Adolph lebte nur einige Augenblicke, und seine Mutter beweint ihn täglich. Gleichwohl ist sie gefaßt; aber sie hat jene sanfte Fröhlichkeit verloren, welche ihr erstes Entzücken bei ihrem Glück begleitete; die tiefste Schwermut ist ihren Gesichtszügen eingeprägt; sie haben immer einen Ausdruck von Betrübnis. Vergebens sucht der Graf, sie zu zerstreuen; was sie beruhigt, ist gerade dasjenige, was sie an Adolph zurückerinnert. Sie hat ein kleines Grundstück gekauft, welches Nonnen gehört; dieses Grundstück ist auf dem Lido, einer reizenden Insel bei Venedig; dort hat man Valériens Sohn beerdigt. Der Graf war über seinen Verlust tief gerührt; ich hatte ihn während seines Kummers nicht verlassen. Meine so aufrichtige Betrübnis, die Art, wie ich sie äußerte, meine unermüdete Sorgfalt haben diesen vortrefflichen Mann gerührt. Er bezeigte mir eine lebhafte Zärtlichkeit. Ich sah, wie er mir es Dank wußte, daß ich meine einsame Lebensart verlassen hatte. Ach! er wird niemals wissen, wieviel Mut ich nötig hatte, um sie zu fliehen, um jene langen Gewohnheiten meines Herzens zu bekämpfen, welche so süß, so teuer waren. Ich werde nie verstanden werden. Du allein, Ernst, wirst imstande sein, mich zu beklagen, meinen Jammer zu fassen und über mich zu weinen. –

Sechsundzwanzigster Brief.

Venedig, am ...

Erkläre mir, Ernst, wie es möglich ist, Valérien nur so zu lieben, wie man jedes andere Frauenzimmer lieben würde. Gestern machte ich mit dem Grafen einen Spaziergang; wir begegneten einem Frauenzimmer, welches vor einem Kramladen auf der Rialtobrücke stehengeblieben war.

»Das ist eine sehr artige Person«, sagte der Graf zu mir.

Ich habe sie betrachtet, und ihr Wuchs und ihre Haare erinnerten mich an Valérie; ich hatte Lust zu sagen, daß sie der Gräfin ähnlich wäre; aber ich fürchtete, meine Stimme möchte mich verraten. Weil jedoch viel Geräusch auf der Brücke war, und weil er mich nicht beobachtete, sagte ich es ihm.

»Keineswegs«, antwortete er mir, »dieses Frauenzimmer ist sehr schön; Valérie hat Jugend, Gesichtsausdruck, aber man wird sie niemals bemerken.«

Ich fühlte etwas Schmerzhaftes; nicht, weil ich nötig gehabt hätte, daß andre außer mir sie reizend fänden; sondern weil ich dachte, daß ich sie mit einer so heftigen Leidenschaft liebe, daß sie für mich das Muster aller Reize ist, und daß ich ihr niemals nur in einem einzigen Augenblick meines Lebens werde erklären können, was ich empfinde. Ich wagte nicht, dem Grafen zu sagen, wie ungerecht ich ihn fände.

»Wenigstens«, sagte ich zu ihm, »wenigstens kann man der Gräfin den Wert der Tugenden und der Schönheit der Seele nicht absprechen.« – »Ach! unstreitig ist sie ein vortreffliches Weib; und hat sie nur erst länger in der Welt gelebt, wird sie sogar äußerst liebenswürdig sein.«

Wie? Valérie! Du solltest mehr Ausbildung nötig haben, um äußerst liebenswürdig zu sein? Dein Geist, dein gefühlvolles Wesen, deine bezaubernde Anmut, bestimmen sie dir nicht schon jetzt die erste unter jenen Stellen, welche dir flüchtige Weiber abzustreiten suchen, die sich mit einigen Mienen, mit einer gekünstelten Anmut, und bei frostigen Nachahmungen jenes höchsten Zaubers, welchen nur die wahre Güte gibt, für liebenswürdig halten? Wie kannst du besser werden! Du, die du für nichts als für fremdes Glück atmest! Die du, in den Kreis deiner Pflichten eingeschlossen, deine Vergnügungen nur nach deinen Tugenden zählst, jeden Augenblick deines Lebens benutzest, anstatt es zu zerstreuen! Dein Haus regierst und es mit der reinsten Glückseligkeit anfüllst! Ich allein sollte also bestimmt sein, dich zu begreifen, dich zu würdigen? Und dieses Vermögen sollte ich nur gehabt haben, um so unglücklich zu werden?

Diese traurigen Gedanken hatten meine Aufmerksamkeit verschlungen; ich ging in finstrer Stille neben dem Grafen her und dachte bei mir: »Der Mensch kann also niemals das Glück genießen, welches der Himmel ihm gibt?« Und dieser so ausgezeichnete Mann, welcher ganz dazu gemacht ist, um mit Valérie glücklich zu sein, sollte sich wirklich nicht beneidenswürdiger, nicht glücklicher fühlen als ein andrer? Aber warum muß das Glück ein Rausch sein? Selbst dieser Taumel, womit die Liebe es beurteilt, tut er nicht seiner Würde Abbruch? Und sehe ich nicht, wie der Graf mit jedem Tag seiner Valérie das schönste Opfer bringt? Wie er ihr seine Zukunft anvertraut? ihr sagt, daß sie sein Leben verschönert? wie er ihrer ebensosehr bedarf als der reinen Luft zum Atmen? Aber ich mochte immerhin dieses bei mir denken; das letzte war doch immer der Gedanke: »O, wieviel stärker würde ich sie lieben!« –

Siebenundzwanzigster Brief.

Venedig, am ...

Der Graf fürchtet, wie Du weißt, für Valérie die Streifereien, welche sie zum Lido macht; aber endlich gibt er doch immer nach; seine Arbeiten beschäftigen ihn, und ich hatte sie seither mit Marien begleitet. Wir gingen in der vorigen Woche dahin ab. Ihr sanftes Zutrauen bezaubert mich. Sie ist so sicher, daß ihre Wünsche niemals Widerspruch von meiner Seite finden werden, daß sie niemals fragt: »Können Sie mitkommen?«, sondern sie sagt immer zu mir: »Nicht wahr, Gustav, Sie kommen mit?«

Ich war während ihrer Abwesenheit auf dem Lido gewesen; ich hatte Gesträuche mit mir hingebracht, welche ich mit Sorgfalt aus einem Garten genommen hatte, welche fortgeblüht hatten; ich hatte amerikanische Weiden und weiße Rosen um Adolphs Grab gepflanzt. Valérie war sehr traurig an dem Tage, an welchem wir zusammen dahin abgehen sollten. Als wir am Lido ausschifften, sah ich sie äußerst beklemmt; sie schien viel zu leiden; ihre Augen waren schwermütig gegen die Erde gesenkt. Wir kamen an den Bezirk des Klosters; wir gingen durch einen großen verlassenen Hof, wo das hohe und von der Dürre verwelkte Unkraut uns am Gehen hinderte. Der Tag war noch sehr warm, wiewohl wir schon am Ende des Oktobers waren. Eine Klosterschwester öffnete uns die Türe nach dem kleinen Grundstücke zu, welches Valérie gekauft hatte; Valérie dankte ihr; sie faßte sie gerührt bei der Hand und sagte zu ihr: »Meine Schwester, Sie sollten dem einen meiner Gondelführer einen Schlüssel einhändigen; ich werde Ihnen zu oft die Mühe machen, diese Türe zu öffnen. – Ist es schon lange, daß Sie in diesem Kloster sind?« setzte sie hinzu.

»Seit meiner Kindheit.«

»Und es wird Ihnen nicht langweilig?«

»O, niemals; der Tag scheint mir nicht lang genug; unser Orden ist nicht streng; wir haben sehr schöne Stimmen in unserm Kloster; daher kommt es, daß wir von vielen Leuten besucht werden.«

»Aber Sie sehen ja diese Leute nicht!«

»Verzeihen Sie; wir haben weit mehr Freiheit als anderswo; und mit Erlaubnis der Äbtissin können wir diejenigen Personen sprechen, welche sie hereinläßt. An den Festtagen schmücken wir die Kirche mit Blumen; wir ziehen deren sehr schöne; auch wird uns der Unterricht der Kinder aufgetragen.«

»Lieben Sie die Kinder?« fragte Valérie lebhaft.

»Sehr!« antwortete die Schwester.

In diesem Augenblick wurde die Nonne durch die Glocke abgerufen. Valérie war an dem Orte zurückgeblieben, wo sie uns verlassen hatte; ihre Augen folgten ihr.

»Niemals«, sagte sie, »wird sie den Schmerz kennen, einen sehr geliebten Sohn zu verlieren!«

»Aber auch nicht den Kummer der unglücklichen Liebe!« setzte ich seufzend hinzu. – Sie erschien so ruhig.

»Aber sie kennt auch nicht die ganze Wonne, welche mit dem Glück, zu lieben, verbunden ist; und doch ist diese so groß! Und dann, Gustav, werden wir die Wesen wiedersehen, welche wir hienieden geliebt und verloren haben. Die unschuldige Liebe, die treue Freundschaft, die mütterliche Zärtlichkeit, werden sie nicht in jenem andern Leben fortdauern? Glauben Sie es nicht? Gustav!« fragte sie mich gerührt.

»Ich glaube es«, gab ich zur Antwort und war ebenfalls tief gerührt; ich faßte ihre Hand, legte sie auf meine Brust und fuhr fort: »Vielleicht werden alsdann Gefühle, welche hier getadelt wurden, sich in ihrer ganzen Reinheit zeigen dürfen; vielleicht werden Herzen, welche auf dieser Erde getrennt waren, sich dort vereinigen. Ja, ich glaube an diese Vereinigungen, wie ich an die Unsterblichkeit glaube. Weder Belohnungen noch Strafen können ohne Erinnerungen stattfinden; nichts von uns würde ohne dieses Vermögen fortdauern. Sie werden sich des Guten erinnern, welches Sie getan haben, Valérie, und Sie werden in Ihrer Erinnerung diejenigen wiederfinden, welche Ihre Wohltätigkeit auf dieser Erde suchte; Sie werden immer diejenigen lieben, welche Sie geliebt haben. Warum sollten Sie durch ihre Abwesenheit gestraft werden? O, Valérie! die himmlische Güte ist so erhaben!«

Die Sonne warf in diesem Augenblick ihre Strahlen auf uns. Das Meer wurde davon gerötet so wie die Tiroler Alpen, und die Erde schien unsern Augen wie verjüngt und schön wie die Hoffnung, welche uns erfüllt hatte. Wir kamen an den Ort des Grabes; die Gesträuche verbargen es. Erstaunt über diese Veränderung, vermutete Valérie bald, daß ich sie gepflanzt haben möchte; sie dankte mir mit gerührter Stimme, indem sie mir sagte, ich hätte ihre Gedanken zur Wirklichkeit gebracht. Wir entfernten einige buschige Zweige von Stauden, welche zum zweiten Mal in diesem Herbste geblüht hatten, und einige Äste von Weiden und Akazien. Valérie heftete ihre Blicke auf Adolphs Grab; Tränen entquollen ihren Augen; sie erhob ihre Blicke gegen den Himmel; ich sah, wie ihre Lippen sich sanft bewegten, wie ihr Gesicht sich durch Religionsgefühle verschönerte; sie betete für ihren Sohn. Himmlische Stimmen vermischten sich in diesem Augenblick voll Rührung; die Nonnen sangen heilige Lieder, welche bei der Stille bis zu uns gelangten, in dem Augenblick, wo die Sonne sich langsam zurückzog, die Erde verließ und in der Mitte der Wogen verlöschte wie das Leben des Menschen, welcher verlöscht, welcher in den Abgrund der Finsternis zu fallen scheint, um schöner und glänzender wieder hervorzutreten. –

ACHTUNDZWANZIGSTER BRIEF.

Venedig, am ...

Der Graf will Valérie wegen ihrer Betrübnis zerstreuen; er fürchtet für ihre Gesundheit; er findet, daß sie abgenommen hat; er will, sagt man, seine Reise nach Rom und Neapel beschleunigen. Es scheint, als ob er mit seiner Gemahlin noch nicht davon gesprochen habe. Mein alter Erich erfuhr von dem Kammerdiener des Grafen, daß man im geheimen die Anstalten zur Reise macht, um Valérie desto angenehmer zu überraschen. Ernst, ich habe oft in voller Begeisterung mit dem Grafen von diesem schönen Teile Italiens gesprochen, von meinem Verlangen, dieses Land zu sehen; aber gewiß, wenn er mir den Vorschlag täte, die Reise mitzumachen, ich würde es abschlagen; abschlagen würde ich es, dazu bin ich entschlossen. Soll ich seine unerschöpfliche Güte mißbrauchen? Wenn ich durch ein Wunder noch nicht der Verächtlichste unter den Menschen geworden bin, wenn mein Geheimnis noch in meinem Busen wohnt, wenn Valériens äußerste Unschuld mir mehr gedient hat als meine hinfällige Tugend, sollte ich es, dieses unglückliche Geheimnis, der Gefahr einer neuen Reise aussetzen? dieser beständigen Gegenwart? dieser gefährlichen Vertraulichkeit? – Nein, nein Ernst; ich werde es abschlagen; und wenn ich es nicht tun könnte, nachdem ich so deutlich meine Pflicht gefühlt habe, dürfte man mich nicht mehr lieben.

O, meine Mutter! wirf von der Höhe deiner himmlischen Wohnung einen Blick auf deinen Sohn! er ist sehr schwach; er hat sich in viele Betrübnis versenkt; aber er liebt noch jene Tugend, jene ernsthafte und große Schönheit der sittlichen Welt, welche dein Unterricht und dein Beispiel in sein Herz gruben. –

Neunundzwanzigster Brief.

Venedig, am ...

Du allein, Du bist gütig, bist nachsichtig genug, um zu lesen, was ich Dir schreibe, und nicht aus Mitleid zu lächeln, wie diejenigen, welche sich weise dünken, und welche ich verabscheue.

Gestern, in dem düstern Gedankentraum, welcher alle meine Tage umschleiert und mich an nichts als an Valérie und an die Unmöglichkeit denken läßt, jemals glücklich zu sein, folgte ich dem Getümmel des Markusplatzes. Der Tag neigte sich. Der weite Kanal der Giudecca war noch rot von den letzten Strahlen der Sonne, und die Wellen murmelten leise; ich betrachtete sie mit unverändertem Blicke, während ich unbeweglich am Kai stand, als plötzlich das Rauschen eines seidenen Gewandes mich aus meinem Gedankentraume riß. Sie war so nahe neben mir vorbeigegangen, daß meine Aufmerksamkeit erweckt wurde. Ich erhob die Augen, und mein Herz klopfte gewaltsam; das Frauenzimmer, welches neben mir vorbeigegangen war, dessen Gesichtszüge ich nicht sehen konnte, aber dessen Wuchs, dessen Haare ich noch sah, hielt ich – hielt ich für sie. Die Unruhe, welche sie mir einflößte, hielt mich an meinem Platze zurück; ich wagte nicht, dieser Person zu folgen und meine Zweifel aufzuklären. Sie hatte noch die Morgenkleidung, den Zendale, den geheimnisvollen Zendale, welcher die ganze Gestalt bald verschleiert, bald verbirgt, das lange Kleid von schwarzem Atlas, den Leibrock von Lila-Atlas, gerade so, wie Valérie ihn trägt, wie ich ihn noch am heutigen Morgen an ihr gesehen hatte; ein schwarzer Schleier umhüllte ihr Haupt und ließ eine Locke von lichtbraunen Haaren sehen, von jenen Haaren, welche nur der Valérie gehören können. »Ist es die Gräfin?« fragte ich mich, »aber allein? ohne jemand von ihren Leuten? an diesem Gestade?

zu dieser Stunde? – Es ist unmöglich; und wenn sie, wie sie oft zu tun pflegt, die Dürftigkeit aufsucht, würde doch Marie, ihre teure Marie bei ihr sein.« Indem ich so diese Dame beobachtete, folgte ich ihr unwillkürlich. Endlich blieb sie vor einem ziemlich unansehnlichen Hause stehen. Sie tat einen starken Hammerschlag. Der Tag hatte sich ganz gesenkt.

»Wer ist da?« rief eine matte Stimme. »Ach! Du bist es, Bianca!« Zu gleicher Zeit öffnete sich die Tür, und ich sah dieses Frauenzimmer verschwinden. Ich blieb vor Erstaunen vernichtet an diesem Platze, an welchen mich noch immer Überraschung, Neugierde und ein geheimer Zauber fesselte. »Ich muß dieses Frauenzimmer wiedersehen«, dachte ich bei mir. »Welche erstaunliche Ähnlichkeit! Es lebt also noch ein Wesen, welches die Gewalt hat, mein Herz zum Klopfen zu bringen?« Tausend verworrene Gedanken vereinigten sich mit diesem; wenn ich Valérie von Venedig abreisen sähe, wenn ich mich von ihr entfernen sollte, wie ein strenges Gesetz mir es befiehlt, dann würde mir irgend etwas übrig bleiben, was meine Erinnerungen lebhafter machen würde, ein Wesen, welches die Kraft hätte, Valériens Bild mir zu erneuern. – Ach! unstreitig nie, nie könnte ich auch nur auf einen einzigen Augenblick untreu werden. Aber, so wie man den Schatten eines geliebten Gegenstandes zu halten wünscht, wenn man ihn nicht selbst halten kann, ebenso wird dieses Frauenzimmer mich wieder an sie erinnern.

Die Nacht war gekommen; sie war düster; ich setzte mich unter die Fenster des Erdgeschosses; ich dachte an Valérie, als ich eine von den Jalousien öffnen hörte; ich blickte auf und sah Licht; ein Frauenzimmer näherte sich und setzte sich auf das Fenster; ich vermutete, es wäre Bianca; und meine ganze Neugierde war wieder geweckt. Nach einigen Minuten fühlte ich etwas zu meinen Füßen fallen; es waren Orangenschalen, welche Bianca herausgeworfen hatte. Solltest Du es glauben? Ernst! die Schale einer Orange, der Wohlgeruch einer Frucht, womit ganz Italien bedeckt ist, welche ich täglich sehe, genieße, versetzte mich in ein süßes Beben, berauschte alle meine Sinnen mit einer unaussprechlichen Wollust.

Es war vor vierzehn Tagen, als ich neben Valérie auf dem Balkon saß, welcher nach dem großen Kanal hin sieht, als sie mit mir von ihrer Abreise nach Neapel und von dem Vorhaben des Grafen sprach, mich mitzunehmen; ich fühlte, wie meine Wangen glühten, und mein Herz abwechselnd klopfte und ermattete; bald versetzten mich entzückende Hoffnungen an den Rand dieses bezaubernden Gestades; Valérie war an meiner Seite, und Glück des Himmels umringte mich; aber bald seufzte ich, weil ich mich diesen Bildern von Glückseligkeit zu überlassen nicht wagte – gezwungen, mich unter das schreckliche Gesetz zu beugen, welches mir von der Pflicht vorgeschrieben wurde – entschlossen, diese Reise abzulehnen, ohne die Kraft zu haben, mein eigenes Urteil zu sprechen. Valérie hatte die andern veranlaßt, zur Abendmahlzeit zu gehen, weil sie über einen leichten Kopfschmerz klagte und nur einige Orangen speisen wollte, welche ich ihr bringen sollte; wir waren allein geblieben; ich saß zu ihren Füßen auf einem Kissen ihrer Ottomane; ich überließ mich dem Vergnügen, ihre Stimme zu hören, wie sie mir alle die Vergnügungen schilderte, welche sie sich von dieser Reise versprach; meine Phantasie folgte unstet ihren Schritten; und der Augenblick, wo ich sie von mir entfernen sah, warf einen traurigen Schleier über alle diese Bilder.

»Bald werden wir«, sagte sie, »Posillipo sehen und jenen schönen Himmel, welchen Sie so sehr lieben.«

Voll Ungeduld darüber, daß ich nicht ebenso lebhaft Teil an demjenigen nahm, was sie bezauberte, warf sie mir einige Orangenschalen zu. Ich bemerkte eine, welche ihre Lippen berührt hatten; ich näherte sie den meinigen; ein wonnevolles Schaudern durchbebte mich; ich sammelte diese Schalen; ich atmete ihren Wohlgeruch; es war mir, als ob die Zukunft sich in meinen gegenwärtigen Wonnegenuß mischte; Valériens sanfte Vertraulichkeit, ihre Güte – der Gedanke, sie nur auf kurze Zeit zu verlassen, alles machte diesen Augenblick zu einem entzückenden Augenblicke. Ich dachte bei mir, daß ich, mitten im Mangel, zu einem ewigen Schweigen verdammt, immer noch glücklich sein würde, weil ich jene Liebe empfinden könnte, deren geringste

Vergünstigungen allen Zauber der übrigen Empfindungen aufwogen.

Dieses, mein Freund, dieses waren die Erinnerungen, welche an dem heutigen Abend sich mit so vieler Wonne bei mir erneuerten; und als ich unter dem nämlichen Himmel saß, welcher Valérie und mich bedeckt hatte, umflossen von Dunkelheit und von Italiens lauer und angenehmer Luft, das Herz immer voll von ihr, als ich den nämlichen Wohlgeruch atmete, als alles sich vereinigte, um meine Täuschung zu begünstigen und mir jenen zauberischen Augenblick zu vergegenwärtigen – sage mir, Ernst, ob denn meine Schwärmerei so befremdend sein konnte?

DREISSIGSTER BRIEF.

Venedig, am ...

Sie ist abgereist, ich habe es Dir schon gesagt; ich wiederhole es Dir, weil dieser Gedanke immer da ist, um mein Dasein zu belästigen. Es ist mir, als ob ich Jahrhunderte in jene Zeiträume mit mir schleppe, welche man Tage nennt. Ich leide bloß von jener Langeweile, welche ein schreckliches Übel ist, von jener unüberwindlichen Langeweile, welche alle Augenblicke sowie alle Gegenstände in eine ungeheure Einförmigkeit bannt. Nichts rührt mich, nicht einmal der Gedanke an sie. Ich denke bei mir: »Sie ist nicht mehr da«, aber kaum habe ich die Kraft, mich nach ihr zu sehnen; ich fühle mich tot in meinem Innern, wiewohl ich noch gehe und atme.

Was ist denn jene schreckliche Krankheit, jene Mattigkeit, welche mich glauben läßt, daß ich keiner Leidenschaft, nicht einmal einer lebhaften Teilnahme fähig bin? welche mich veranlassen könnte, die gemeinsten Menschen zu beneiden, bloß weil sie das Ansehen haben, als ob sie einen Wert auf Dinge setzten, welche keinen haben! Als die Natur und ihre Größe und ihre

Stille zu mir sprachen, war sie anders, als sie jetzt ist? Wo sind sie, die Stimme der Berge, der Ströme, der Wälder? Sind sie verhallt? oder hat vielmehr der Mensch bei dem Vermögen, die Größe zu messen, auch die Kraft, unaussprechliche Harmonien zu träumen? – Ach! zuverlässig gibt es eine Sprache, welche in unserm eigenen Innern lebt, welche uns alle jene geheimen Sprachen verständlich macht. – Die Wellen werden malerisch, wenn sie schöne Landschaften zurückstrahlen; aber, um sie zurückzustrahlen, müssen sie rein sein.

Es ist, als ob ein Orkan in meinem Innern getobt und alles darin verwüstet hätte; und jene Liebe, welche Bezauberungen schafft, hat für mich bloß eine Einöde zurückgelassen.

Ich fühle, daß ich mich selbst vergesse. Als ich sie sah, war ich oft unglücklich. Gezwungen, ihr meine Liebe zu verbergen, wie man ein Verbrechen verbirgt, sah ich einen andern von ihr geliebt, ihrem Glücke genügen; und dieser andere war ein Wohltäter, ein Vater, welchen ich zu beleidigen fürchtete. Und ich spürte in mir eine andere Herrschaft, eine Gewalt der Leidenschaft, welche mich in einen sträflichen Schwindel stürzte. Gezwungen also, sie alle beide zu lieben, außerstande, irgendeiner dieser höheren Mächte zu widerstehen, war mein Leben ein unaufhörlicher Kampf; aber mitten unter den Wellen strebte ich noch, das eine oder das andre Ufer zu erreichen. Das eine schreckte mich durch sein steiles und ernsthaftes Ansehen; aber ich sah die Tugend, wie sie mir die Hand reichte; und es war irgend etwas in mir, welches seit meinen frühesten Jahren mich für sie belebte.

Das andere Ufer war wie eine jener schönen Inseln, welche auf entfernte Meere hingeworfen sind, deren Wohlgerüche den Reisenden umduften, ehe er es selbst gewahr wird. Ich schloß die Augen; ich verlor den Atem; und die Wollust schleppte mich wie ein schwaches Kind nach sich; aber in diesen kurzen Augenblicken hatte ich wenigstens das Glück des Rausches, welcher mit der Vernunft nicht abrechnet. Freilich erwachte ich wieder, und zwar um zu leiden; aber in diesen Tagen der Gefahr und oft der Betrübnis wurde ich durch eine Tätigkeit, durch ein Fieber von Leidenschaft, durch Augenblicke von Stolz, durch schönere Augenblicke des Mißtrauens, welche die Tugend forderte, aufrechterhalten; mein Dasein bestand aus starken Erschütterungen; und – was auch geschehen mochte – Valériens Hauch umwehte mich und verhinderte, daß ich nicht, wie jetzt, verlöschte. –

Einunddreissigster Brief.

Venedig, am ...

Es ist lange her, mein Freund, daß ich nicht an Dich geschrieben habe: aber was hatte ich Dir zu sagen? Spricht man wohl von einem verlassenen Ufer, wo alles traurig macht, von welchem sich die frischen Gewässer zurückgezogen haben, und über welches der Wind des Verderbens gestrichen ist, welcher alles ausgetrocknet hat? Aber jetzt, da die Hoffnung, weniger unglücklich zu sein, von neuem in meine Seele zu strahlen anfängt, jetzt denke ich an Dich – an Dich, dessen Freundschaft so manche Blumen auf den Pfad meines Lebens streute, an Dich, welchen ich in jenem Alter liebte, welches zu daurenden Gefühlen vorbereitet, in der Kindheit, wo das Herz noch durch nichts verengt war.

Ernst, ich bin minder unglücklich; was sage ich? ich bin es nicht mehr. Ich lebe; ich atme freier; ich denke, ich fühle, ich handle für sie; und wenn Du wüßtest, was diese erstaunliche Veränderung hervorgebracht hat! Ein Gedanke von ihr aus einer Entfernung von hundert Meilen hat mich gerührt. Es war mir, als ob sie die verlassenen Zügel wieder aufnähme, als ob sie sich um mein Verhalten bekümmerte; und ich erhob mein Haupt; das Blut strömte heißer in meinen Adern; ein sanfter Stolz richtete meinen zur Erde gesenkten Blick auf.

Gestern waren es zwei Monate, daß sie abgereist ist. Man hat im Gasthofe nach mir gefragt, um mir zu sagen, es wären auf dem Zollhause Kisten von Florenz mit einem Briefe von der Gräfin angekommen, welche ich selbst in Empfang nehmen möchte.

Bei diesen Worten fühlte ich den Rest meines Blutes in schnellen und ungleichen Schlägen nach meinem Herzen zudrängen; ich empfand eine Ungeduld, welche gegen meinen Zustand sehr abstach; ich war so schwach, daß ich kaum mich ankleiden konnte, und meine Augen sahen alle Gegenstände doppelt. Endlich folgte ich meinem Führer.

Ich fand den Brief; aber ich wagte es nicht, ihn zu lesen, aus Besorgnis, unpaß zu werden; ich drückte ihn krampfhaft zwischen meinen Fingern, und als ich mich dem Blicke der Zollbedienten entziehen konnte, drückte ich ihn gegen meine Lippen. Ich nahm eine Gondel und schiffte die Kisten ein; ging darauf in einen nahegelegenen, einsamen Garten und streckte mich unter einen Lorbeerbaume hin; schon empfänglich für sanfte Gefühle, ließ ich die Strahlen der Sonne, welche sich in das Meer senken wollte, auf mein Haupt fallen; schon wollte ich mit der Freude abrechnen; und weil ich seit zwei Augenblicken wieder lebte, wollte ich schon glücklich leben.

So ist der Mensch! Und was war es, was mich aus diesem Zustande von Betäubung gerissen hatte? Ein Blatt Papier. Ich wußte noch nicht, was es enthielt; gleichviel; mit ihm kehrten alle meine Erinnerungen, meine ganze Phantasie zurück; Valérie war es, welche ihn berührt hatte; sie war es, welche an mich gedacht hatte. Lange Zeit konnte ich nicht lesen; dicke Wolken verhüllten meine Augen; bisweilen schauderte ich zusammen und dachte bei mir: »Vielleicht ist der Graf zurückberufen worden und kommt nicht wieder nach Venedig.« Als ich lesen konnte, suchte ich die letzten Zeilen, um zu sehen, ob nichts Außerordentliches darin stünde, ob sie nicht ein längeres Lebewohl sagten. Ich fand: »Lassen Sie mein Bild in dem kleinen gelben Saal aufhängen, wo wir den Tee zu trinken pflegen.«

O, welche Augenblicke berauschender Entzückung! Valérie! ich werde deine geliebten Züge wiedersehen! ich werde sie zu jeder Stunde sehen können! früh, wenn die noch ungewisse Morgenröte nur für mich erschienen sein wird, werde ich zu diesem geliebten Saal eilen; oder vielmehr, ich werde, verborgen vor den übrigen Bewohnern des Hauses, die Nächte dort verbringen;

ich werde deinen Blick auf mich fallen zu sehen glauben; und du wirst wieder, wie ein wohltätiger Geist, in meinen Träumen erscheinen. Freund, wider meinen Willen muß ich endigen; ich bin zu schwach, um lange Briefe zu schreiben. –

Zweiunddreissigster Brief.

Venedig, am …

Hier hast Du die Abschrift von Valériens Brief; weil ich nicht schlafen konnte, habe ich ihn für Dich, mein Freund, abgeschrieben. Welche wonnevolle Nacht habe ich verbracht! – Ich habe mich in dem kleinen gelben Saale eingerichtet; ich habe Valériens Bild dahin bringen lassen; aber Du weißt noch nicht, was für mich Bezauberndes in diesem Gemälde von dem Pinsel der Angelika ist; ich will, daß Du es selbst aus Valériens unbefangenen und fast zärtlichen Worten erfahren sollst. Komm mit mir in den Saal zurück, Ernst. Unter dem Gemälde, welches einen großen Platz einnimmt, steht eine Ottomanne von indischer Leinwand; ich setzte mich darauf; ich machte Feuer; ich stellte neben die Ottomanne einen großen Orangenbaum, welchen Valérie sehr liebte; ich brachte den Teetisch in Ordnung; ich trank Tee wie ich ihn mit ihr zu trinken pflegte; denn sie liebt ihn leidenschaftlich. Der Wohlgeruch des Tees und des Orangenbaums, der Ort, wo sie gewöhnlich saß, und wohin ich absichtlich mich nicht setzte, weil ich ihn von ihr besetzt zu sehen glaubte, alles erneuerte mir jene Zeit der entzückendsten Vergnügungen. So blieb ich bis früh um zwei Uhr, und hernach schrieb ich langsam ihren Brief ab, indem ich bei jeder Zeile verweilte wie einer, der nach einer langen Abwesenheit seinen Geburtsort wiedersieht, an jedem Platz verweilt, welcher von der Vergangenheit zu ihm spricht. –

Abschrift von Valériens Brief.

»Sie haben nicht geglaubt, guter und liebenswürdiger Gustav, daß Ihre Freunde mitten in ihrem Glücke Sie vergessen könnten. Wenn ich so lange Zeit gezögert habe, an Sie zu schreiben, geschah es deswegen, weil ich Ihnen mehr als ein einziges Vergnügen zugleich machen wollte; und ich wußte, daß mein Bild Ihnen eins machen würde, besonders weil es Sie an Augenblicke erinnern würde, welche Ihnen lieb waren. Ich habe daher meinen Brief verzögert, und Sie erhalten heute Valériens Züge; Sie erhalten die Erinnerungen an den Lido und diese Worte, welche ich rührend zu machen wünschte, aus wahrer Freundschaft, welche ich für Sie fühle.

»Warum habe ich nicht so wie Sie oder wie mein Mann die Geschichte und die Künste studiert! um mit Ihnen würdiger von all dem zu reden, was ich sehe. Aber ich bin nur eine Unwissende; und wenn ich empfunden habe, so geschah es nicht, weil ich denken kann, sondern weil Dinge vorkommen, die so schön sind, daß sie einen jeden entzücken, und daß sie ein Vermögen in uns zu wecken scheinen, welches uns sagt: ›Hier ist Schönheit.‹ Ich schreibe Ihnen aus Florenz, welches, sagt man, die Stadt der Künste ist. Ach! die Natur hat sie auch zum Kinde genommen. Wie oft habe ich an den Ufern des Arno und unter den dichten Schatten der Cascine mich in Gedanken verloren! Dieses erinnerte mich an unsere Spaziergänge bei Sala und bei Verona. Hier ist kein Cirkus; aber wie viele Denkmale reizen die Aufmerksamkeit! Wie viele verschiedene Schulen haben ihre Meisterstücke hieher geschickt! Hier lebt auch die Venus und der ewig jugendliche Apollo; wirklich kann man sagen, daß sie leben; so rein sind sie, so jung, so liebenswürdig! Weil ich selbst nichts zu sagen weiß, muß ich Ihnen dasjenige zurückgeben, was mein Mann sagt: daß die Venus schön ist; und gleichwohl fühlt man, daß, wenn ein Frauenzimmer so wäre wie diese, die andern nicht eifersüchtig auf sie sein könnten; sie hat so ganz die Miene, als ob sie sich nicht kenne, als ob sie über sich selbst erstaune; ihre Scham ist ihr Schleier; etwas Himmlisches schwebt auf ihren Formen; und sie macht schüchtern, indem sie Nachsicht zu fordern scheint. – Ich bin in der berühmten Galerie des Großherzogs gewesen; ich habe dort die Madonna della Seggiola von Raffael gesehen; meine Blicke labten sich an ihrer erhabenen Schönheit; welche himmlische Liebe erfüllt ihre reinen Gesichtszüge! Eine heilige Ehrfurcht, ein sanftes Entzücken bemächtigte sich meines Herzens.

»Nicht weit von ihr sah ich ein Gemälde von einem wenig bekannten Meister; es war eine Wiege und ein ihr zur Seite sitzendes junges Frauenzimmer. Plötzlich kam mich das Weinen an; ich dachte an meinen Sohn und an das süße Glück, womit ich mich so oft in Gedanken beschäftigt hatte; ich erinnerte mich an jene Wiege, wohin ich ihn nur zweimal zum Einschlafen gelegt habe, an jene Wiege, welche ich mir so wonnevoll geschildert hatte, bald erleuchtet von dem ersten Strahl der Sonne und mein Kind schlafend, bald mich selbst, wie ich mich dem Schlafe entriß und einige sanfte Worte über ihn hinlispelte, um ihn einzuschläfern, und ich dachte bei mir: ›O, mein kleiner Adolph! du fielst von meinem Schoß wie eine Blume, die nur zwei Morgen grüßte; und du fielst in den Sarg, und meine Augen werden dich nicht mehr lächeln sehen!‹ – und ich zog mich in die Öffnung eines Fensters zurück, wo ich reichlich geweint habe, indem ich meine Tränen zu verbergen suchte. Mein Mann, welcher dazu kam, wollte mich trösten. Sie wissen, wie viele Gewalt dieses so liebenswürdige, so vortreffliche Wesen über mich hat; aber meine Betrübnis hat mich darum nicht weniger zu dem Andenken an Sie, an Ihre unermüdliche Geduld zurückgeführt. O, wie suchten Sie immer meinen Kummer zu stillen! Wie sprachen Sie immer mit mir von meinem Adolph! Ich habe nichts vergessen, Gustav. Ich sehe noch, wie Sie auf dem Lido meinen trocknen Schmerz in schwermütige Tränen verwandelten und bei dem Grabe meines Sohnes die Rosen pflückten, welche Sie hingepflanzt hatten; jene Blumen, welche so oft für das Glück bestimmt sind, erschienen mir tausend Mal schöner, selbst wegen des traurigen Abstandes zwischen ihrer Schönheit und dem Tode; so verschönert alles der Gedanke, welcher die Seele rührt!

»Jene teuren und traurigen Erinnerungen erregten bei mir den Wunsch, sie festzuhalten, sie nachmals unvergänglich zu machen und sie, wenn ich einmal Venedig und den Ort verlasse, wo mein Adolph schlummert, in ein Land mitzunehmen, wo sie mich lebhaft an den Lido erinnern sollen.

»Mein Mann wünschte seit langer Zeit mein Bild zu haben, und zwar von der berühmten Angelika; und ich glaubte, daß so ein Bild, wie mir der Gedanke dazu vorschwebte, unsre beiden Absichten vereinigen könnte. Mein Einfall glückte zur Verwunderung; urteilen Sie selbst. Ist es nicht Valérie, wie sie oft auf dem Lido saß, wenn das Meer sich in der Ferne brach wie an der Küste, wo ich in meiner Kindheit spielte; der Himmel voll Dünste; das rosenfarbene Abendgewölb, in welchem ich die junge Seele meines Sohns zu sehen glaubte; jener Stein, welcher seine reizende, aber jetzt – leider! aufgelösete Gestalt deckt, und jene so traurige Weide, welche ihr Haupt senkt, als ob sie meinen Schmerz fühlte, und jene Geißkleebeeren, welche im Herabfallen den Stein des Todes liebkosen; und im Hintergrunde jene alte Abtei, wo heilige Jungfrauen wohnen, welche niemals Mütter sein werden, deren Stimmen uns wie Engelsmusik zutönte! – Ist dieses nicht das treue Gemälde jenes Orts der innigsten Betrübnis? Noch etwas fehlt daran, nämlich der Freund, welcher Valérie tröstete und sie bei ihrem dumpfen Schmerz nicht verließ; dieser Freund ist Gustav. Kann er sie für undankbar halten, daß sie ihn vergessen hätte? Valérie konnte nicht ihn selbst auf das Gemälde setzen; aber gleichwohl steht er darauf, er wird sich darin erkennen. Er erinnere sich an den fünfzehnten November, wo ich allein zum Lido gegangen war, wo in düsterer Trauer meine Augen auf Adolphs Grab geheftet blieben; Gustav eilte herzu; er brachte ein junges Baumstämmchen, welches er neben diesen Ort pflanzen wollte; er hatte auch spanischen Flieder in sein Taschentuch gebunden; er wußte, wie sehr ich diese flüchtige und sanfte Blume liebte; und seine Sorgfalt hatte einige selbst der Jahreszeit abgelockt, welche sie fast immer verweigert; ihr Wohlgeruch weckte mich aus meinem düstern Hinbrüten; ich sah, daß Gustav sich so glücklich fühlte, mir einige bringen zu können, daß ich mich nicht enthalten konnte, ihm zuzulächeln, um ihm dafür zu danken; und Gustav wird in dem Gemälde, neben dem Orte, wo ich sitze, ein zugeknüpftes Taschentuch wiederfinden, aus welchem Fliederblumen fallen, und seinen Namen auf dem Taschentuche gezeichnet.

»Auch schicke ich Ihnen eine sehr schöne Tafel von carrarischem Marmor, rosenfarbig wie die Jugend und schwarz geadert wie das Leben; lassen Sie diese auf das Grab meines Sohnes legen; sie hat bloß diese einfache Inschrift: ›Hier schläft Adolph von M... den doppelten Schlaf der Unschuld und des Todes.‹

»Ich schicke Ihnen ferner junge Gesträuche, welche ich in der Villa Medici gefunden habe, welche aus den südlichen Inseln kommen und später blühen als jene, welche wir bereits haben; wenn man sie während des Winters mit Vorsicht bedeckt, werden sie nicht umkommen, und wir werden noch Blumen haben, wenn die andern abgefallen sein werden.

»Mein Mann wird von Rom aus an Sie schreiben; er schickt Ihnen zwei Ansichten von Volpato. Lassen Sie mein Bild in dem kleinen gelben Saale aufhängen, wo wir den Tee zu trinken pflegen.«

Nun, Ernst, was sagst Du zu diesem bezaubernden Briefe? welcher für mich so berauschend und gleichwohl so rein ist! Ich wäre der Verworfenste unter den Menschen, wenn ich an Valérie anders als mit der tiefsten Ehrfurcht dächte. Wie rührend ist dieser Brief! Wie schön ist Valériens Seele! Valériens, welche meine Schwester, meine Freundin zu sein mich würdigt! Und wie niedrig müßte derjenige sein, dessen Leidenschaft nicht ehrerbietig vor diesem Engel verweilte, welcher nur für die Tugend und für die mütterliche Zärtlichkeit zu leben scheint! –

Dreiunddreissigster Brief.

Venedig, am …

Ich habe meine Gesundheit wieder; wenigstens befinde ich mich besser. Ich beschäftige mich mit meinen Pflichten, und kein Tag vergeht mir, an dem ich nicht selbst große Vergnügungen zählen sollte. An jedem Morgen besuche ich das Gemälde; ich weide mich an dieser süßen Betrachtung; ich finde Valérie wieder; es ist mir in jenen Stunden der Liebe und des Aberglaubens, als ob sie mich sähe, als ob sie mir beföhle, mich nicht einem schändlichen Müßiggang, einer feigen Mutlosigkeit zu überlassen – und ich arbeite.

Jenes Haus, welches mir so traurig vorkam, seitdem sie abgereist ist, ist wieder eine herrliche Wohnung geworden, seitdem ich oft in dem gelben Saale allein bin; die Ähnlichkeit des Gemäldes ist auffallend; es sind durchaus ihre Gesichtszüge, es ist der Ausdruck ihrer Seele, es sind ihre Formen. Es begegnet mir bisweilen, daß ich mit ihr spreche, daß ich ihr Rechenschaft ablege von dem, was ich getan habe. Oft kehre ich zum Lido zurück. Ich habe die Stauden gepflanzt, welche sie mir geschickt hat; ich habe auch den Stein auf Adolphs Grab legen lassen.

Gestern blieb ich sehr spät auf dem Lido; ich sah den Mond aufgehen. Ich setzte mich an das Ufer des Meers; ich überblickte langsam jenen ganzen Zeitraum, welcher mein Leben umfaßt, seitdem ich Valérie kenne; ich versetzte mich wieder in jene Abende, wo wir beisammen saßen und das vertrocknete Schilf um uns herum murmeln hörten; wo der Mond einen ungewissen und blassen Schein auf die Wellen und auf die Nachen der Fischer warf; wo sein schüchterner Glanz zitternd zwischen den Blättern einiger alten Maulbeerbäume hervorwankte, wie meine Worte zitternd auf meine Lippen kamen, und ich mit Valérie von einer andern Liebe sprach. Jetzt stimmten auch die Töchter der heiligen Theresia geweihte Gesänge an; und jene bloß dem Himmel gewidmeten Stimmen, welche ruhig bis zu uns gelangten, beschworen den Sturm meines Innern so, wie ehemals der göttliche Gesetzgeber der Christen den Sturm des Meeres beschwor und den Wellen zu schweigen gebot.

Vielleicht sollte ich nicht so an Valérie denken und vermittelst aller der Gegenstände, welche sie mir vergegenwärtigen, immer wieder auf sie zurückkommen; ich fühle es wohl; es ist nicht ratsam, die Ruhe auf solchen gefährlichen Wegen zu suchen.

Aber kommt nicht endlich alles darauf an, daß ich mich selbst wiederfinde? Und ehe ich das Vergangene in die Tiefe der Vergessenheit senke, muß ich nicht zuvor Kräfte zu erlangen suchen? Wenn ich täglich nur einen einzigen Schritt täte! wenn ich mich gewöhnen könnte, sie ruhig zu lieben! Ja, ich verspreche es Dir, Ernst; ich will diesen Schritt tun, welcher, indem er mich von ihr entfernt, mich ihr nähern und mich ihrer Achtung und der Deinigen würdig machen wird. –

VIERUNDDREISSIGSTER BRIEF.
Ernst an Gustav.

H..., am 26. Januar.

Ich bin in Schonen, lieber Gustav; ich habe Stockholm verlassen; und um nach Haus zurückzukehren, habe ich meinen Weg über Deine Güter genommen. Ich habe die Reise mit der äußersten Geschwindigkeit gemacht, welche die Jahreszeit verstattet; mein Schlitten flog über den Schnee hin. Aber ach! warum konnte diese schnelle Bewegung mich nicht Dir nähern? Seit fast zwei Monaten weiß ich nicht, was Du machst; und dies vermehrt noch den Kummer über Deine Abwesenheit. Überdem weiß ich, wie sehr Valériens Abreise Dich betrübt hat. Armer Freund! was machst Du? Ach! vergebens frage ich die um mich herum erstarrte Natur; selbst mein Herz, mein von Freundschaft glühendes Herz, antwortet mir nicht, wenn ich es über Dein Schicksal befrage; es läßt mich irgend etwas Trauriges und sogar Finsteres ahnden. Gustav, Gustav, Du erschreckst mich oft! Gern möchte ich abreisen, Dich sehen, mich über Dein Schicksal beruhigen. Teurer Freund, ich fühle es, ich kann nicht mehr ohne Dich leben; ich werde kommen, um Dich jenen traurigen Orten zu entreißen. Du weißt es, unter jenem Schein von Ruhe trägt Dein Freund ein gefühlvolles Herz in seinem Busen; und vielleicht ist es eben diese Empfindsamkeit, welche in der Freundschaft etwas gefunden hat, was die Bedürfnisse meines Herzens sanft befriedigt.

Ich werde meinen Brief morgen fortsetzen; ich werde Dir aus der Burg Deiner Ahnen schreiben; und da ich nicht bei Dir sein kann, will ich die Orte besuchen, welche Zeugen unsrer ersten Vergnügungen waren.

Ich schreibe an Dich aus Deinem eigenen Zimmer, welches ich öffnen ließ, und in welchem ich noch tausend Dinge von Dir gefunden habe; ich habe alles betrachtet; Deine Flinte, Deine Bücher; es war mir, als ob ich, bei allen diesen Gegenständen, allein in der Welt wäre.

Ich durchblätterte einen Deiner Lieblingsphilosophen; er sprach von Mut, er lehrte den Kummer ertragen; aber mich tröstete er nicht; ich habe ihn dort gelassen; hernach öffnete ich die Türe, welche nach der Terrasse zu führt; ich ging hinaus. Die Nacht war hell und sehr kalt; Tausende von Sternen funkelten am Himmel. Ich bedachte, wie oft wir zusammen spazierengegangen waren, den Blick nach dem Himmel gerichtet, ohne an die Kälte zu denken; wie wir unter den Gestirnen die Krone der Ariadne suchten, deren Liebe und deren Unglück Dich so sehr rührten, und den Polarstern und Castor und Pollux, welche sich liebten wie wir; ihre Freundschaft wurde durch die Fabel verewigt; die unsrige, sagten wir uns, soll es auch werden, weil nichts von dem, was groß und schön ist, umkommt. Ich erinnerte mich an unsere Unterredungen, und ich fühlte mein Herz beruhigt. Die Natur allein vereinigt mit ihrer Größe auch jene Stille, welche sich immer mitteilt, da hingegen die schönsten Werke der Kunst uns ermüden, wenn sie uns nichts als die Geschichte der Menschen zeigen.

Ich ging in Dein Zimmer zurück; wie sehr war ich gerührt, Gustav, als ich in Deinem offnen Schreibpulte ein Denkmal Deiner Wohltätigkeit, ein Bruchstück von einem Briefe fand; ich schreibe es ab, damit Dein durch Kummer verwelktes Herz auf einige Augenblicke sanft ruhen könne.*

Gustav, diese Zeilen erweichten mich vollends; ein unbeschreibliches Bedürfnis, Dich an mein Herz zu drücken, welches Dich so sehr zu lieben weiß, stürzte mich in eine Unruhe, welche ich nicht stillen konnte – weil sie durch alles an diesem Orte vermehrt wurde, welcher von Deinem Andenken so voll ist. Ich ging in den großen Schloßhof hinunter; ich durchzog jene weiten Gänge, welche durch unsere und unsrer Gesellschafter Spiele so belebt waren und jetzt so öde und stumm sind; ich kam bei dem Fuchskäfig vorbei, und ich erinnerte mich, als ich diese Tiere sah, an den Tag, wo durch meine Unvorsichtigkeit der eine von ihnen Dich gefährlich verwundete. Ich faßte die Stäbe des Gitters, und ich sah, wie sie unruhig hin- und herliefen. Hektor, jener schöne, treue dänische Hund, kam herbei, sah mich, und drehte sich um mich herum, zum Zeichen, daß er mich erkenne; ich faßte seine breiten Ohren; ich liebkosete ihn, weil ich bedachte, daß er Dich liebte, daß er Dich gewiß nicht vergessen hatte; und plötzlich fuhr mir ein Gedanke, worüber Du lachen wirst, in den Kopf; ich lief in Dein Zimmer, wo ich noch eine Deiner Jagdkleidungen gesehen hatte; ich brachte sie dem Hektor und ließ sie von ihm beriechen; ich glaubte zu bemerken, daß dieser gute Hund Dich erkannte. Soviel ist gewiß, daß er seine Pfoten auf das Kleid legte, mit dem Schwanz wedelte und alle Äußerungen einer Freude blicken ließ, in welche er manche klagende Töne mischte. Dieser Anblick rührte mich so sehr, daß ich den Kopf dieses Tiers gegen meine Brust drückte und fühlte, wie meine Tränen flossen.

* Dieses Bruchstück hat sich nicht gefunden.

Lebe wohl, Gustav! ich gehe nach der Pfarre von..., von wo ich Dir in einigen Tagen schreiben werde.

Ich bin auf der Pfarre gewesen; ich habe unsern ehrwürdigen Freund wiedergesehen, den alten Pfarrer, und seine reizenden Töchter. Solltest Du es glauben? Helene verheiratet sich morgen, und ich habe versprochen, bei ihrer Hochzeit gegenwärtig zu sein. Ich kam abends um sechs Uhr an dieses friedliche Haus; ein weiter Gesichtskreis von Schnee war hinlänglich erleuchtet, um mich zu leiten; denn es war schon Nacht, als ich abfuhr. Mein Schlitten durchschnitt die Luft; die Lichter auf der Pfarre waren meine Wegweiser; und ich nahm meinen Lauf über den See, wo junge Lerchenbäume mir den Weg anzeigten, welchem ich folgen mußte; denn Du weißt, wie gefährlich dieser See wegen der Quellen ist, welche sich darin befinden, und welche machen, daß er nicht überall gleichmäßig zufriert. Die Stille der Nacht und dieser gefesselten Gewässer ließen mich jeden Tritt der Pferde hören und den Schellenklang anderer Pferde von Bauern, welche nach den Dörfern zurückkehren, bis zu mir gelangen; von Zeit zu Zeit mischte sich das rauhe und einsame Geheul einiger Wölfe in dem benachbarten Walde darein; einen sah ich vor meinem Schlitten vorübergehen. Er stand in einiger Entfernung still; aber er wagte es nicht, mich anzugreifen.

Als ich auf die Pfarre kam, sah ich eine Menge von Schlitten unter dem Schuppen neben dem Hause, mit großen Bärenfellen, welche sie bedeckten, und welche mich vermuten ließen, daß sie keinen Bauern zugehörten; ich fand den Gang sehr erleuchtet, mit einem feinen und weißen Sande bestreut und mit Zweigen von Lerchenbäumen und wohlriechenden Kräutern übersäet. Ich hatte kaum Zeit, meine ungeheure Wildschur abzunehmen, als die Türe sich öffnete und mich eine zahlreiche Gesellschaft sehen ließ. Der alte Pfarrer empfing mich mit einer rührenden Herzlichkeit; er freute sich sehr, mich wiederzusehen. Helenens jüngere Schwester reichte mir selbstgemachte Liköre und getrocknete Früchte; und der Greis machte mich hernach mit einem jungen Menschen von gutem Ansehen bekannt, indem er zu mir sagte: »Hier sehen Sie meinen zukünftigen Schwiegersohn; morgen heiratet er Helenen.« Bei diesen Worten fühlte ich einiges Herzklopfen. Du weißt, wie sehr mir die junge Helene gefiel. Ich war nahe daran, sie zu lieben; und der Gedanke, daß meine Mutter niemals eine Verbindung zwischen ihr und mir genehmigen würde, gab mir Kraft, sogleich ein Gefühl zu bekämpfen, welches nur Entwicklung verlangte. Die Vernunft hatte mir geboten, ihr zu entsagen; aber in diesem Augenblicke traten alle jene liebenswürdigen Erinnerungen wieder vor mein Gedächtnis, und lebhaft erinnerte ich mich wieder an jenen Sommer, welchen ich ganz mir ihr verbracht hatte.

Helene näherte sich mir auf Befehl ihres Vaters; sie begrüßte mich zum zweiten Mal und mit mehr Schüchternheit als zuerst. Der Greis ließ Malagawein bringen, welchen man in einen silbernen Becher goß, um mich nach dem Gebrauch auf die Gesundheit des künftigen Ehepaars trinken zu lassen. Um auch der Gewohnheit zu folgen, setzte Helene diesen Becher an ihre Lippen; hernach reichte sie mir ihn mit gesenktem Blicke. Ich errötete, Gustav, ich errötete außerordentlich. Ich erinnerte mich, daß ehemals, wenn ich bei der Tafel neben Helene saß, und der nämliche Becher herumging, meine Lippen die Spur der ihrigen suchten; jetzt gebot mir alles ein entgegengesetztes Betragen. Meine junge Freundin bemerkte es; und ich sah, wie jene so reine Stirn sich ebenfalls mit Röte deckte. Eiligst ging ich hinaus und machte einige Umgänge in dem kleinen Garten, wo ich noch Bäume sah, welche wir zusammen gepflanzt hatten. Der Mond war aufgegangen; ich war wieder still geworden wie er; ich freuete mich, daß ich Helenens Herz nicht durch eine Leidenschaft beunruhigt hatte, welche sehr schmerzhaft hätte durchkreuzt werden können, und daß ich nicht zugleich meine Mutter betrübt hatte; ich setzte mir aus Helenens Glückseligkeit, welche ich bereits als frohe Gattin und Mutter sah, eine Reihe von Bildern zusammen, welche mich über meinen Verlust trösteten.

Lebe wohl, Gustav! Warum bist Du nicht hier? mitten unter diesen ungezwungenen und stillen Auftritten! oder warum bin ich nicht in Deiner Nähe, um Deine Übel zu mildern? –

Fünfunddreissigster Brief.

Venedig, am ...

Dieser Tag ist ein Tag des Glücks für Deinen Freund.

Ich habe Deinen Brief erhalten, Ernst; und zu eben dieser Zeit, als ich einen vom Grafen erhielt. Es war, als ob die Freundschaft diesen Tag gewählt hatte, um ihn mit allen ihren Wohltaten zu verschönern. Und wenn Dein Herz mich nach Schweden zurückführte, mitten unter so viele Gemälde, mit welchen sich Erinnerungen an das Vaterland und an noch teurere Gefühle verwebten, so versetzte der Graf auf seiner Seite mich unter jene wundervollen Schöpfungen des Geistes, mitten unter jene alten Denkmale, aus welchen die Geschichte ganz lebendig hervorzutreten scheint, um uns nochmals zu erzählen, was andere Jahrhunderte gesehen haben. Ernst, Du mußt meine Gefühle mit mir teilen; und ich schicke Dir Bruchstücke aus den Stellen, welche mir die wichtigsten waren. Ich will die Stelle nicht berühren, welche die standhafte Zärtlichkeit des Grafen schildert; du wirst sehen, wie er mich beurteilt, und wie ich von ihm geliebt werde.

Bruchstück des Briefs vom Grafen an Gustav.

»Ich weiß nicht, wo ich anfangen soll, Gustav. Mitten unter so vielen Schönheiten bleibt meine Seele unentschieden; sie wünschte, Dich überall hinzuführen, Dich teilnehmen zu lassen an allen ihren Freuden und wenigstens Deiner Einbildungskraft einige Entwürfe von jenen Gemälden darzubieten, welche Du nicht mit mir sehen wolltest.

»Aber, wie kann ich Dir ausdrücken, was ich bewundere? wie von diesem Lieblingsland der Natur sprechen? von diesem immer jugendlichen, immer geschmückten Lande, mitten unter den alten Trümmern, welche es bedecken! Du weißt es; zweimal Mutter der Künste, empfing das stolze Italien nicht bloß die prächtigen Erbeutungen der Welt; herrlich auch auf seiner Seite gab es der Welt neue Wunder und neue Meisterwerke zurück. Seine Denkmale sahen die Jahrhunderte vorübergehen, die Nationen verschwinden, die Geschlechter aussterben; und ihre stumme Größe wird noch lange Zeit zu künftigen Generationen sprechen.

»Die Zeit verzehrte jene Generationen, welche uns in Erstaunen setzten; die starken Gedanken, die männlichen Tugenden des alten Roms und seine wilde Größe, alles ist verschwunden; die bloße Erinnerung schwebt stille über diesen Gefilden; bald nennt sie große Namen; bald rügt sie strafbare Asche; sie zeichnet riesenhafte Auftritte, wo Triumph und Tod, Feste und Schmerzen, Macht und Sklaverei sich vermischen; jene Auftritte, wo Rom Gesetze gab, über das Weltall herrschte und durch seine Siege selbst zugrunde ging.

»Dann pflegt der Reisende so gern über die Trümmer der Welt nachzusinnen; aber müde, den Staub der Eroberer zu befragen, auf welchem er noch immer soviel Elend lasten zu sehen glaubt, sucht er in stillen Gebüschen oder bei einem durch die Religion errichteten, tröstenden Denkmale die Reste von jenen Männern, welche in dem Jahrhundert der Medici Italien einen neuen Glanz gaben, welche mit ihren Brüdern eine einfache und himmlische Sprache redeten. Wir glauben sie zu sehen, wie sie die Künste heiligen, um die Seele zu erheben, sie einem reinern Glück zu nähern, wie sie mit Zittern versuchen, die geheiligten Schönheiten darzustellen, von welchen sie entzückt waren.

»Die Malerei, die Dichtkunst und die Musik erschienen Hand in Hand wie die Grazien, um die Sterblichen nochmals zu bezaubern; aber nicht wie in der Fabel in Verbindung mit törichten Ungereimtheiten. Diese keuschen und reizenden Schwestern hatten himmlische Züge mitgebracht; indem sie der Erde zulächelten, blickten sie zum Himmel auf; und dann widmeten sich die Künste einer geläuterten, ernsthaften, aber tröstenden Religion, welche den Menschen die Tugenden gab, die ihr Glück ausmachen.

»Hier erhoben sich auch ein Dante und ein Michelangelo wie Propheten, welche den ganzen Glanz der katholischen Religion verkündigten. Der erste sang seine pomphaften und schwärmerischen Verse, welche uns mit Schrecken füllen; da hingegen der andere mit einer wilden Anmut, welche kein Gesetz anerkennt außer jenem, welches sie selbst schuf, jene großen und kühnen Formen aus sich entzwang, welche er mit einer ernsthaften Schönheit bekleidete; er vertieft sich in die Geheimnisse der Religion; er erschöpft die Macht des Schreckens; er gibt der Zeit Flügel und läßt endlich der erstaunten Kunst seine Wunder des Jüngsten Gerichts.

»Aber wie sehr liebe ich hauptsächlich sein Genie, wenn er sich in jener großen Geistesschöpfung ausspricht, in jenem Tempel, dessen Unermeßlichkeit Gedanken über Gedanken hervorruft, und welchen ein ganzes Jahrhundert langsam erbaute! Felsen wurden der Natur entrissen; kalte Steinbrüche wurden verheert; unzählige Hände haben gearbeitet, um jene Steine zu vereinigen, und sind selbst erstarrt; aber wo ist derjenige, welcher diesem allen einen Gedanken anhauchte? welcher jenen prächtigen Säulen gebot, sich zu erheben? welcher das Gesetz für jene ungeheure Kuppel fand und sie seinem kühnen Gedanken folgen lehrte? welcher jenen unglaublichen Traum durch eine fromme Kunst und durch die Hülfe jener Priester, deren Haupt die dreifache Krone schmückte, zur Wirklichkeit brachte? Aber ach! auch er ist nicht mehr, der Urheber dieser Wunder; und gleich ihm erhoben sich auch die Päpste langsam von ihren geheiligten Sitzen; sie legten ihre Tiara ab und kamen unter deine Gewölbe, erhabenes Denkmal, majestätischer Tempel des heiligen Petrus! Du, der du, erschaffen von Menschen, das Geschlecht deiner Schöpfer aussterben sahst, und der du noch Jahrhunderte hindurch die Geschlechtsfolgen sich unter deinen Dächern fromm wirst beugen sehen. (Tieck.)

»Du siehst, Gustav, wie sehr ich mich habe hinreißen lassen; und wie viele Dinge sind gleichwohl noch, von welchen ich mit Dir zu reden wünschte.

»Folge mir. Sieh', gleich daneben schlummern ehrsüchtige Cäsaren; und bei ihnen wachen demütige Jungfrauen, welche allem entsagt haben; sieh', unter dem Bogen dieses Triumphators spinnt in aller Stille die Spinne ihr Gewebe. An dem Fuße jenes Kapitols, wo so viele Reiche ihr Ende fanden, habe ich den Titus Livius gelesen; und an demselben Gestade, wo ich Capri betrachtete, las ich so gern den Tacitus und sah, wie der furchtbare Tiberius durch eine gerechte Strafe der Vorsehung sein eignes Unglück schmiedete, indem er andern Unglück bereitete, wie er an den Senat schrieb, er sei der beklagenswerteste der Menschen.

»Doch, wir wollen die Verbrechen der Römer vergessen; betrachten wollen wir von eben diesem Ufer jene grünenden und mit ewiger Jugend geschmückten Inseln und den Vesuv, welcher an eben diesem Meerbusen donnert, auf welchem wir uns ruhig nach Posillipo fahren lassen. Wie gern sehe ich in einiger Entfernung in diesem Lande der Fabeln neben der Höhle, wo die Sibylle weissagte, jenes Kloster, aus welchem ein armer Mönch tritt und umhergeht, um die Tugend zu predigen und ihre Belohnung zu weissagen!

»Wie gern verweilte ich in jenen Tälern, auf welche der Himmel mit Freude zu blicken scheint, und wo mein Fuß oft gegen einen Grabstein stößt! Gebüsche von Tibur, liebenswürdiges Tivoli, Gärten, wo Cicero seinen Gedanken nachging, Pfade, welchen Plinius folgte, wenn er die Natur beobachtete! mit welcher Wollust sah ich mich in eurer Mitte! Ach! ihr wenigstens werdet immer ein Eigentum Italiens bleiben, und der Reisende wird eure Spuren aufsuchen und sie wiederfinden.

»Aber ihr, Meisterstücke, welche meine verzauberten Sinne oft andächtig beschauen, wo noch Menschen leben, welche wir nicht genug bewundern, ihr könnt diesen Himmel verlassen wie Gefangene, welche weit von ihrem mütterlichen Boden abgeführt werden; ein neuer Alexander kann die Welt in Erstaunen setzen und seinen Triumph mit euren prächtigen Spolien bereichern; glücklich ist dann derjenige, welcher euch hier gesehen hat – hier, wo ihr durch die Religion eingegeben wurdet, und wo die Religion euch mit ihrem Gepränge umringte! glücklich dann, wer euch in jenen Tempeln gesehen hat, wo die demütige und wandelnde Andacht und die stolze Macht sich vor euch hinwarfen!

»Wenn man die Verklärung, die heilige Cäcilie, das Abendmahl von Domenichino von hier wegnimmt, wo will man diese Gemälde aufstellen? Wie prächtig auch der Palast oder das Gebäude sein mag, welches für sie bestimmt ist, immer wird ihre Wirkung vernichtet. In der Tiefe eines Kartäuserklosters, erfüllt von Furcht und Schrecken, muß man einen heiligen Bruno sehen und nicht neben einer mit Rosen geschmückten Stirne. Und jene so reinen Jungfrauen, welche göttliche Züge und Seelen hatten, welche nur den Himmel kannten, wird man sie ohne Betrübnis neben Szenen einer weltlichen und unreinen Liebe sehen können?

»Und auch ihr, Kinder Griechenlands, Geschlecht von Halbgöttern, bezaubernde Muster der Kunst – ihr, die ihr bei eurem Abschiede von Griechenland nur den Boden vertauschtet, ohne den Himmel zu vertauschen – verlasset niemals dieses zweite Vaterland, wo die Erinnerungen an das erste sich so lebhaft abgeprägt haben! Hier, unter den lichten Hallen oder auch unter dem schönern Gewölbe eines reinen Himmels wenden sich eure Blicke noch immer gegen Attika oder gegen das fabelreiche Sizilien. Sollet ihr eure Stirnen unter dicken Mauern und mitten in einem fremden Lande verbergen können? Ihr, in diesen Gebüschen verstreute Nymphen, solltet ihr neben gefesselten Strömen leben? Und auch ihr, Grazien, die ihr nicht bekleidet seid, die ihr es nicht sein könnet, was würde in jenen rauhen Gegenden aus euch werden?

»Du mußt es mir Dank wissen, mein Freund, daß ich Dir einen so langen Brief geschrieben habe; denn hier ist nicht das Land, wo man schreiben muß; und ich benutze jede Minute, um Erinnerungen zu sammeln. Überdem hast Du mir beinahe das Recht gegeben, mit Dir zu hadern, wenn ich es nicht weit süßer fände, Dich zu lieben, so wie Du bist. Gleichwohl muß ich, Gustav, mit Dir von Dir selbst reden; es soll heute nicht geschehen, aber bei der ersten Gelegenheit. Du erschreckst mich bisweilen, und zwar deswegen, weil Du Dein Alter überschritten hast. Gustav, Gustav, es ist nicht gut, sich vor dem Leben wie vor einem Feinde zurückzuziehen, mit welchem wir uns zu schlagen und uns auszusöhnen gleich tief unter unsrer Würde finden. Woher denn jene düsteren Vorurteile? jenes Mißtrauen gegen das Glück? Lieber würde ich Dich Fehler machen sehen; Deine Seele würde mich über alle diejenigen beruhigen, welche Dir wirklich gefährlich sein können. Du bist durchaus das Gegenteil von den meisten Jünglingen, welche die Jugend für alles halten, und welche glauben, daß diese schönen Jahre mit ihren lebhaften Farben und mit ihrem Rausch uns gegeben wären, um uns das Langweilige und Widrige der folgenden Jahre zu verbergen, da wir hingegen, wenn wir das Leben genauer kennten, sehen würden, daß, wenn wir uns seiner würdig machen, es kein trauriges Geschenk ist, keine bittre Frucht unter einer süßen und glänzenden Schale. Aber ich erspare längere Betrachtungen für einen andern Brief. Ich wünschte, Gustav, daß Deine Jugend wie ein schöner Säulengang wäre, welcher zu einer noch schönern Ordnung der Baukunst führen muß. Ich wünschte Dich, Gustav, nicht immer glücklich – es ist nur allzu heilsam, es nicht immer zu sein – aber Dich mit der Glückseligkeit Deiner Jugend und mit ihren schönen Fehlern zu sehen. Aus uns selbst müssen wir unser Glück schöpfen; uns kommt es zu, alles den andern zu geben, selbst wenn wir viel von ihnen zu empfangen glauben; reich sein heißt, des Vermögens zu genießen fähig sein, in sich selbst etwas haben, welches mehr wert ist als alles, was die Menschen geben können.

»Der Ungebildete beklage sich über zerstörte Täuschungen; für den höhern Menschen gibt es eine unveränderliche Wirklichkeit; und ich lache, wenn ich sehe, wie jener erniedrigte Haufen sich Güter wünscht, welcher er nicht zu geben weiß, und deren bloße Last ihn erdrücken würde.

»Du hingegen, Gustav, Du bist gemacht, selbst in Deiner Betrübnis Genuß zu finden und Dir in Deiner Kraft zu behagen. Anstatt Betrübnis sollte ich Widerwärtigkeiten sagen, Hindernisse, welchen man zu viel im Leben einräumt, welche die Vorsehung uns zuschickt, damit wir lernen kämpfen, sie zu besiegen, sie unter unsern Füßen zu sehen, indem unsre Blicke einen stolzen Gesichtskreis umfassen.

»Große Leiden sind selten, und sie empfindet nicht jeder, wer will. Ich versprach Deinem sterbenden Vater, Dein Freund zu sein; ich drückte Dich an mein Herz, und mein Herz nahm Dich zum Sohn an; ich legte Valériens Hand in die Deinige als die Hand einer Schwester, deren Stimme und deren Blicke Dein Leben angenehm machen sollten; oder vielmehr, ich stellte Euch zur Seite jene sanften Tugenden in der Gewißheit, daß Du sie ehren würdest, daß ihre höhere Gewalt Dich von allem entfernen würde, was ihnen nicht ähnlich wäre, und daß mein Glück Dir ein ähnliches Glück liebenswert machen würde. Soll ich Dir es sagen? ich finde Dich wild, an ein finsteres Leben gewöhnt; Du bist zu weit entfernt von jenen sanften Gefühlen, welche die Anmut des Lebens ausmachen, und welche, indem sie unsre Empfindsamkeit und unsre Tugenden zusammenschmelzen, uns ebensosehr gegen unbegrenzte Leidenschaften wie gegen eine schimpfliche Erniedrigung schützen.

»Gustav, möchte ich mich nicht getäuscht haben! möchtest Du so auf dem Pfade des Lebens wandeln, daß Du Deine Seele sich vergrößern merktest und alles sähest, was es Liebenswürdiges hat! möchten Deine letzten Blicke auf meine Asche fallen und sie segnen!« –

SECHSUNDDREISSIGSTER BRIEF.

Venedig, am ...

Du erinnerst Dich, Ernst, an jenen sonderbaren Vorfall, dessen Erfolg ich Dir nicht beschrieben habe, wovon ich aber vor sechs Monaten mit Dir gesprochen hatte; an jene Bianca, welche mich durch ihre wundervolle Ähnlichkeit mit der Gräfin so lebhaft gerührt hatte. Ich habe einige Erkundigungen über sie eingezogen; ich erfuhr, sie sei die Tochter eines armen Komponisten, welcher durch Verfertigung schlechter Opern verarmt war; er sei tot, und sie lebt mit einer alten Tante; alle beide sprächen niemand, und Bianca sei das Patenkind der Herzogin von M..., welche sich das Vergnügen mache, ihre Reize durch einen geschmackvollen Anzug zu erhöhen; sie habe sie in den Stand gesetzt, sich Talente zu erwerben; und Bianca, sagt man, wäre eine sehr gute Tonkünstlerin. Ich sprach damals von ihr mit Valérie; wir wollten sie besuchen, aber vergebens; und ich vergaß sie darüber. Als ich vor einigen Tagen, abends gegen sechs Uhr, von der Sankt-Georgen-Insel zurückkam, ging ich an dem slavonischen Ufer zurück unter den nämlichen Fenstern, wo ich schon einmal verweilt hatte; meine Ohren wurden von einer entzückenden Melodie überrascht. Anfangs konnte ich nicht begreifen, was diese Wirkung auf mich hervorbrachte; hernach erinnerte ich mich an eine Romanze, welche Valérie oft zu singen pflegte. Ich verweilte und überließ meine Sinne und mein Herz jenem stummen Entzücken, welches nur solchen Seelen bekannt sein kann, in welchen die Liebe gewohnt hat. Als ich mich allmählich erinnerte, daß es eben hier war, wo ich vor mehrern Monaten Bianca gesehen hatte, glaubte ich, daß sie es sein könnte, welche sang; und ich wünschte außerordentlich, sie zu sehen, mir Valérien recht lebhaft vorzustellen; denn diese sonderbare Bianca hat nicht nur in der Gestalt viel Ähnlichkeit mit der Gräfin; sie hat auch viel von ihrer Stimme.

Nach mehreren Versuchen, deren Erzählung zu lang sein würde, kam ich bis zu ihr; ich sah sie einen Augenblick, und zwar nicht ohne Unruhe. Sie hat von Valérie fast alles, was sich von ihrer Seele trennen läßt; es fehlt ihr bloß ihre Anmut – jener Ausdruck, welcher ohne Aufhören jene tiefe und erhabene Seele verrät und so gefährlich für diejenigen wird, welche zu lieben wissen.

Biancas Tante nahm mich sehr wohl auf so wie sie selbst. Ich hatte Gelegenheit, ihr einige Dienste bei einem Manne zu leisten, welchen ich gut kannte; und ich kam öfters hin, um sie zu besuchen; ich führte sie verschiedene Male in das Schauspiel, welches beiden viel Vergnügen machte. Es war mir recht gelungen, daß ich mich vergessen, daß ich selbst mein Dasein verjüngen konnte, um mich aus jener gefährlichen Einöde herauszureißen, welche Valérie bewohnt.

Ich merkte wohl, daß ihr Bild mich verfolgte; aber mitten in diesem Kreis neuer Gewohnheiten, in welche ich mich zu werfen suchte, in jenen elenden, schlecht erleuchteten Zimmern, in jenen finstern Logen, wohin Personen sich vergraben, welche nichts auszeichnet, bei dem Anblick jener Manieren, welche der Phantasie alles rauben, jenes ängstliche Streben, für etwas gehalten zu werden, mitten unter jenem erzwungenen Gelächter, jenem Wispern, worin die Koketterie solcher Leute besteht, welche sich dadurch dem guten Ton zu nähern glauben – mitten unter diesem allen entferne ich Valérie so weit wie möglich; es ist, als ob ich mich schämte, ihr Bild mit Auftritten zu verbinden, welche so wenig für sie gemacht sind; und ich denke oft an jene großen Ungleichheiten, welche aus den verschiedenen Abstufungen der Gesellschaft entstehen.

Was überhaupt den Rang auszeichnet, ist weder das Gold noch die Üppigkeit; es ist eine gewisse Feinheit in dem Betragen, etwas Ruhiges, natürlich Edles, ohne ängstliche Berechnung und ohne Zwang, wobei man jedem seinen Platz anweiset und immer auf dem seinigen bleibt.

Wie es auch damit sei, Ernst, und wiewohl meine Seele nur desto lebhafter auf Valérie zurückkommt, je mehr ich mich von ihr zu entfernen bemüht bin wie ein Zweig, welchen man mit Gewalt von dem Stamm entfernen will, immer mit desto größerer Heftigkeit dahin zurückschnellt – wie dem auch sei, so merke ich, daß Bianca bisweilen einen lebhaften Eindruck auf meine Sinne macht. Es ist nichts von jener himmlischen Unruhe, welches mein ganzes Wesen zusammenmischt, und mich den Himmel ahnden läßt, als wenn die Erde soviel Glückseligkeit nicht fassen könnte; es ist eine flüchtige Flamme, welche nicht brennt, welche nichts Verzehrendes hat, und welche ich Verlangen nennen würde, wenn ich nicht so gut wüßte, was Verlangen heißt.

Bisweilen begegnet es mir, daß ich Bianca lange betrachte; und wenn einer ihrer Gesichtszüge oder irgend etwas von ihrem Wuchs mich an Valérie erinnert, so suche ich dann sie selbst zu vergessen und alles zu entfernen, was meine Täuschung stören könnte. Ich glaube, daß jene Augenblicke, wo ich hundert Meilen von Bianca entfernt bin, sie glauben lassen, ich liebe sie: ich lächle dann, als ob es sehr leicht wäre, eine Liebe einzuflößen!

Es ist mit Biancas Stimme wie mit ihren Gesichtszügen; sie hat einige Töne von Valérie, aber keine ihrer Biegungen; und woher sollte sie diese Biegungen genommen haben? jene Belehrungen, welche die Seele gibt, welche man empfängt, ohne es gewahr zu werden, und welche die Vortrefflichkeit des Lehrers beweisen!

Gestern war ich bei Bianca, und weil die Witterung sehr schön war, tat ich ihrer Tante und ihr den Vorschlag, uns Eis geben zu lassen, welches auch geschah. Bianca und ich, wir machten einen Spaziergang; sie sprach mit mir von der Herzogin, von ihrem Vater, von dem Verlangen, welches sie gehabt hatte, auf das phönizische Theater zu gehen, von dem Vergnügen, welches ihr die Bälle machten, und wie gern sie jene großen geputzten Damen sähe. Während dieser ganzen Erzählung hörte ich nicht sehr aufmerksam zu, bis sie sich bückte, um ein Veilchen zu pflücken; indem sie es nahm, verjagte sie einen großen Schmetterling, welcher neben mir vorbeiflog. Plötzlich erwachten in mir eine Menge von Gedanken, Erinnerungen, welche lange Zeit geschlafen hatten; lebhaft erinnerte ich mich an unsern Eintritt in Italien, an jenen Begräbnisplatz, an die Etsch, an den Sphinx und an einige Züge aus Valériens Kindheit, welche so verschieden waren von jenen, welche ich eben gehört hatte. Ich wurde so nachdenkend, daß Bianca mir darüber Vorwürfe machte; dann bestrebte ich mich, äußerst lebhaft zu erscheinen, und ich erlaubte mir sogar einige kleine sehr unschuldige Freiheiten, welche nicht abgewiesen wurden; und dies hielt mich zurück, anstatt mich kühn zu machen. Ich begreife mich selbst nicht; bisweilen bin ich so seltsam, so sonderbar! Schämen würde ich mich, Ernst, von allen diesen Dingen mit Dir zu reden, wenn ich im Grunde mir nicht sagte, daß ich Deine Freundschaft ebenso wie Deine Geduld mißbrauchen kann. Dieser Gedanke ist mir süß; und dann arbeite ich für einen Zweck, welchen Du billigest; muß ich nicht meine Vernunft wiederzufinden suchen? Suchen? was weiß ich? Doch weiter.

Als ich sah, daß Bianca nicht wußte, was sie von dem allen, was sie sah, denken sollte, und als ich selbst immer verlegener wurde, tat ich ihr den Vorschlag zu einem Spaziergange am Wasser; ich rief die Gondelführer, und wir fuhren ab mit Erlaubnis ihrer Tante, welche zu Hause bleiben wollte, um eine Arbeit zu vollenden.

Bianca setzte sich in die Gondel; die Ruder fingen an, uns sanft fortzubewegen. Es war mir, als ob sie mich mit Teilnahme, aber ohne Schüchternheit betrachtete. Plötzlich faßte sie meine Hand und sagte zu mir: »Non avete mai amato?« Ich weiß nicht, warum diese Worte mich so beunruhigten; das Blut stieg mir nach dem Kopfe, mir klopfte das Herz; ich hatte keine Kraft weder zu sprechen noch auch diese Frage flüchtig aufzunehmen; ich lächelte schwermütig, indem ich zu gleicher Zeit merkte, daß meine Augen sich mit Tränen füllten. Ich sah Bianca erröten, und ihr Gesicht Freude ausdrücken.

Dieses sonderbare Verständnis bekümmerte mich; und ich machte mir Vorwürfe darüber, daß ich dazu Gelegenheit gegeben hatte. Plötzlich stand ich auf und beschloß, sie nicht mehr zu sehen; auch dachte ich bei mir, daß ich vermeiden müßte, irgendeinen Eindruck bei ihr hervorzubringen, und wenn es auch nicht Liebe wäre; selbst wenn ich sie für unfähig halten sollte, Liebe zu empfinden; die geringste Teilnahme, die geringste falsche Hoffnung konnte ihr schaden.

Ich ging an das äußerste Ende der Gondel. Bianca rief mich zurück und sagte zu mir: »Siete matto; perché non state qui?«

Ich merkte, daß meine Lage wieder bedenklich wurde, und ich suchte mich herauszuziehen.

»Bianca«, sagte ich zu ihr, indem ich ihre Hand faßte, »machen Sie mir das Vergnügen und singen Sie ›T'amo più della vita‹.« Dieses war Valériens Romanze. Ich stützte meinen Kopf so, daß meine Augen über den weiten Gesichtskreis hingleiteten und in der Ferne die Tiroler Alpen erreichten, welche wir zusammen bestiegen hatten.

Bianca war entweder wirklich gerührt, oder sie erschien mir wenigstens so; sie sang auf eine leidenschaftliche Art, welche mich ergriff; ihre Stimme drang in alle meine Sinne; ich empfand eine angenehme Unruhe, ein Bedürfnis, der Beklemmung meiner Brust Luft zu machen. In diesem Augenblick erhoben die Gondelführer ein Geschrei, um eine andere Gondel zu begrüßen. Unwillkürlich erhob ich die Augen; ich sah den Lido von fern; und so, wie die Stimmen der Sirenen die Gefährten des Odysseus verzauberten, ebenso fühlte ich mich verzaubert! Valérie schien mir an dem Ufer zu sein; ein brennendes Verlangen nach ihrer Gegenwart bemächtigte sich meines Herzens. Ich wagte nicht, die Arme auszustrecken, um Bianca nicht in Erstaunen zu setzen; aber in Gedanken streckte ich sie aus; ich rief ihr mit leiser Stimme: ich lechzte; ich verschmachtete; und weil ich meine ganze Dürftigkeit fühlte, dachte ich bei mir: »Niemals wirst du sie in deinen Armen halten!« Auch durch Biancas Töne erweicht, durch die Worte ›Lasciami morir!‹ füllten sich meine Augen mit Tränen.

Sie hörte auf, zu singen! sie näherte sich mir; hernach sagte sie zu mir: »Ich kann Sie nicht begreifen; Sie sind ein sehr schwermütiger Jüngling! Sind denn alle so in Ihrem Vaterlande? In diesem Falle sehe ich, daß es besser ist, in Italien zu bleiben.«

Und weil sie glaubte, ich könnte beleidigt sein, weil ich ihr nicht antwortete, nahm sie ihr Taschentuch, trocknete mir die Augen, blies darauf, damit sie nicht rot aussähen, und sagte zu mir: »Das tue ich, damit meine Tante nicht sehen soll, daß Sie geweint haben. – Ach!« fuhr sie fort, »Sie müssen nicht traurig sein, ich bitte Sie darum.« Sie legte auf diese Worte einen liebkosenden Akzent, welcher mich rührte.

»Nein«, sagte ich zu ihr, »Bianca! ich werde mich bemühen, es nicht zu sein; aber es ist eine Krankheit, von welcher Sie nichts begreifen.«

»Sind Sie krank?« sagte sie zu mir, indem sie mich mit ihrem Blicke zu fragen schien.

»Meine Seele ist es sehr!« erwiderte ich.

»O! in diesem Falle will ich Sie sehr geschwind heilen; wir wollen oft in die Komödie gehen, um zu lachen; ich will mich ebenfalls bemühen, Sie zu erheitern.«

Ich lächelte.

»Ja«, fuhr sie fort, »wir wollen an nichts denken, als uns zu vergnügen und immer beisammen zu sein.«

Sie hatte meine Hand wieder gefaßt.

»Bianca«, sagte ich ganz verlegen, »ich möchte Sie um eine Gefälligkeit bitten.« Ich wußte noch nicht, was ich von ihr erbitten wollte; aber ich hatte meine Hand zurückgezogen, und ich tat es, um etwas zu sagen. Wir näherten uns dem Garten; die Tante erwartete uns schon am Ufer; sie hatte nur noch Zeit, mir zu sagen: »Ich werde gern alles tun, was Sie von mir verlangen werden.« Ich führte beide zurück.

Am folgenden Tage war ich zweifelhaft, ob ich wieder zu Bianca gehen sollte; mehrere Ursachen hielten mich zurück; eine Art von Zauber, welchen die Langweiligkeit zerstreute, in welche ich so oft verfiel, und die Furcht, dieses gute Mädchen zu beleidigen, führte mich wieder zu ihr. Ich fand sie allein; kaum sah sie mich, mußte ich mich zu ihr setzen und nach der Gewohnheit der Venezianer Kaffee trinken; alsdann sagte sie zu mir: »Aber sagen Sie mir, worin besteht denn das Vergnügen, welches ich Ihnen machen soll?«

Sie hatte sich mir vertraulich genähert; ich war sehr in Verlegenheit; ich hatte nicht mehr daran gedacht und war auf gar keine Antwort vorbereitet; ich wartete auf eine zweite Frage, welche schnell auf die erste folgte.

»Bianca«, sagte ich, »streuen Sie nicht mehr soviel Puder auf Ihr Gesicht; es verdirbt ganz Ihre Haut.«

»Wie?« rief sie, indem sie in ein Lachen ausbrach, »um mir weiter nichts zu sagen, hatten Sie vierundzwanzig Stunden Bedenkzeit nötig?«

Ich fühlte ganz das Lächerliche meiner Lage; sie fuhr fort: »Übrigens ist es hier unter den Frauenzimmern von einigem Ton gebräuchlich, daß sie etwas Puder auftragen; haben Sie es nicht bemerkt?«

»Ja«, sagte ich, indem ich mich wieder gesammelt hatte, »aber Sie haben es nicht nötig; Sie sind ohnehin weiß.«

Sie lächelte und erwiderte: »Nun gut! weil Ihnen dies Vergnügen macht, und weil man einer kranken Seele nicht zuwider sein muß«, fuhr sie mit Lächeln fort, »so verspreche ich Ihnen, keinen mehr aufzutragen. Aber es ist unmöglich«, sagte sie, indem sie mich zu erraten suchte, »es ist unmöglich, daß Sie weiter nichts von mir hätten verlangen wollen.«

Aus dem Akzent, welchen Sie auf diese Worte legte, sah ich wohl, daß ich mich nicht so ungeschickt als das erste Mal aus der Sache ziehen müßte. Ich sah sie mit unverwandtem Blick an und sagte zu ihr: »Ja, Bianca! ich habe noch eine Bitte an Sie; versprechen Sie mir, daß Sie in mein Verlangen einwilligen wollen?«

»Ja«, erwiderte sie, »wenn es, wenn es keine Sünde ist, welche mein Schutzheiliger mir verbietet.« Zu gleicher Zeit zeigte sie mir einen kleinen heiligen Antonius in Öl gemalt, welcher neben dem Kamin hing.

»Beruhigen Sie sich!« war meine Antwort; und eiligst ging ich hinaus; ich ging in eines der schönsten Kaufgewölbe, um einen sehr schönen blauen Shawl zu kaufen wie jener, welchen Valérie trägt, und welchen sie fast immer um hat. Ich kam zur Bianca zurück, welche noch allein war; man hatte Lichter hereingebracht und die Fenstervorhänge heruntergelassen; sie erwartete mich.

»Nun, hier bin ich«, sagte ich zu ihr, »sind Sie noch immer geneigt, meine Bitte mir zu bewilligen?«

»Ja!« erwiderte sie.

»Nun, so setzen Sie sich dorthin.« Sie tat es.

»Erlauben Sie, daß ich diesen Blumenkranz abnehme; lassen Sie mich Ihre Haare ganz einfach zurückschlagen; sie sind so schön – und wirklich fühlten sie sich wie Seide an – sie steht Ihnen so wohl, diese Unordnung, zum Glück haben Sie keinen Puder in Ihren Haaren wie auf Ihrem Gesicht.«

»Aber was soll das bedeuten?« fragte Bianca ganz erstaunt.

»Ach! Sie haben mir versprochen, zu tun, was ich von Ihnen verlangen würde; halten Sie Wort.«

»Nun?«

»Nun, ich muß noch dieses farbige Tuch abnehmen; Ihr Gewand muß ganz weiß sein.«

Und ich ordnete ihr Gewand so, daß es in langen Falten sanft bis zur Erde hinabfloß; hernach zog ich den blauen Shawl hervor, und warf ihn nachlässig über ihre Schultern. »Jetzt sind wir fertig«, sagte ich, »und jetzt, Bianca, erlauben Sie, daß ich mich Ihnen gegenübersetze.«

Ich stellte die Lichter so, daß sie ihren Schatten gegen mich warfen und sie nur schwach erleuchteten; auf diese Art suchte ich so künstlich wie möglich, eine Täuschung hervorzubringen, aber eine Täuschung voll entzückender Wonne.

»Jetzt, Bianca, noch eine einzige Bitte.« Sie lächelte und hob die Schultern.

»Singen Sie die gestrige Romanze!« Sie fing an.

»Etwas sanfter.« Sie tat es.

O! Ernst, ich hatte einige ganz bezaubernde Augenblicke! ich glaubte, sie zu sehen; ich schloß die Augen halb, um etwas undeutlicher zu sehen; und jene Haare, jener Wuchs, jener Shawl, jener Kopf, welchen ich sie gebeten hatte, etwas zu neigen, alles erschien mir wie bei Valérie. Meine Phantasie stieg zu einer unglaublichen Höhe; die Wirklichkeit war verschwunden; das Vergangene lebte wieder auf, umhüllte mich; die Stimme, welche ich hörte, schickte mir die Töne der Liebe zu; ich war außer mir; ich schauderte, ich glühte abwechselnd. Ich begegnete einem Blicke Biancas, welcher mir leidenschaftlich vorkam; ich stürzte auf sie, um sie in meine Arme zu fassen; meine Raserei ging so weit, daß ich sie Valérie nannte. In diesem Augenblick wurde an die Türe geklopft; ich sah eine große, ziemlich schlecht gekleidete Mannsperson hereintreten.

»Ach! Du bist es, Angelo«, sagte Bianca, indem sie aufstand und ihm entgegenlief. Zu gleicher Zeit warf sie ihren Shawl ab, nahm ihren Blumenkranz wieder, setzte ihn wieder auf ihren Kopf und sagte zu mir: »Das ist mein Schwager.« All dies folgte Schlag auf Schlag und ließ mir Zeit, mich wieder zu sammeln. Es war mir, als träte ich aus einer Wolke heraus, als erwachte ich aus jenen leichten Träumen, welche uns zweimal das nämliche Glück erleben lassen, indem sie uns das bereits Genossene zurückzaubern – und als ob ich jetzt nichts weiter als eine frostige Komödie sähe; Bianca stand jetzt vor mir wie eine Marionette, welche von meiner Seelenstimmung nichts ahndete und welche in der Atmosphäre einer brennenden Leidenschaft nicht einmal der geringsten Ansteckung fähig war.

Ich mußte über sie lachen, als ich sie durch das Zimmer hüpfen und bald wieder neben mir sah; ich ging hinaus; ich lief längs dem Kai in meine Wohnung, und nicht eher, als bis ich abwechselnd Frost und Hitze verspürte, erinnerte ich mich, das Fieber gehabt zu haben. –

(Mehrere Briefe und unter andern diejenigen, welche die Rückkehr des Grafen und der Valérie nach Venedig melden, sind verlorengegangen.)

VALÉRIE

ODER BRIEFE GUSTAVS VON LINAR
AN ERNST VON G…

Zweiter Teil

SIEBENUNDDREISSIGSTER BRIEF.

Von der Brenta, am ...

Wie kann er aber selbst mich in den Abgrund stoßen? dieser vortreffliche Mann! Hat er Valérie nicht geliebt? Liebt er sie nicht mehr? Hat er die Wirkungen der Liebe vergessen? Kann man ungestraft ihre Reize sehen, wenn sie mich mit solcher Sicherheit bei ihr läßt? wenn sie mir ihre gefährlichsten Reize unter dem Schleier der strengsten Keuschheit zeigt? Sie weiß nicht, daß meine Phantasie sich dasjenige malt, was sie mir verbirgt; sie weiß nicht, wie viele Reize sie hat; denn sie kennt sich selbst nicht; aber er! er! noch heute! kaum hatte er zu Mittage gespeist, ging er nach Venedig und sagte mir ausdrücklich, ich möchte nicht ausgehen, weil die Gräfin allein zurückbliebe. Sie war ein wenig unpaß; ich habe sie nicht gesehen; ich ging aus.

Von der Brenta, am ...

Ich bin in Verzweiflung, Ernst; die fürchterlichsten Gefühle durchschüttern mich; dennoch will ich an Dich schreiben; es wird ohne Ordnung, ohne Zusammenhang sein; höre! Gestern hatte ich Valérie nicht gesehen; ich war zufrieden über die Gewalt, welche ich über mich selbst erhalten hatte; und mein trauriger Sieg verschaffte mir einige Augenblicke der Ruhe; ich liebte noch jenen vortrefflichen Wohltäter; heute fühle ich, daß meine Liebe mich zu dem niedrigsten unter allen Menschen macht. Der Graf schien unzufrieden mit mir; er tadelte mich wegen meiner wilden Laune; er hat mir ausdrücklich befohlen, mit Valérie zurückzubleiben, er ist in Geschäften nach Venedig zurückgekehrt; ich bin bei ihr gewesen; ich habe ihre Befehle eingeholt, indem ich ihr sagte, daß ich vom Grafen geschickt wäre; sie sagte mir, ich möchte in zwei Stunden wieder kommen und ihr Clarissa mitbringen. Wir lasen darin zwanzig Seiten; gegen Abend stand sie auf; sie bat mich, ihre Gondel zu bestellen; weil sie sich viel besser fühlte, wollte sie ihrem Gemahl entgegenfahren, welcher, wie sie sagte, ganz erstaunt sein würde, wenn er sie mitten in den Wellen fände – sie, welche so sehr das Wasser fürchtete; sie befahl mir, sie zu begleiten, und legte ein leichtes Gewand an, indes ich weggegangen war, um Marie zu suchen; wir fanden die Gondel auf der Brenta, und wir fuhren ab, bezaubert von der Gelindigkeit der Luft. Bei dem Glück sich besser zu befinden, überließ sich Valérie mit Entzücken den Reizen dieses schönen Abends.

Der Mond erhob sich bereits, und lange dichte Strahlen eines blassen Lichtes fielen auf Valériens blasse Wangen durch die Glasscheiben der Gondel; sie hatte sich gelegt; Marie hielt ihre reizenden Füße auf ihren Knien; ihr Kopf lehnte sich gegen die Glasscheiben ihrer Gondel; sie sang sanft eine Romanze, und die von ihr geflüsterten Worte der Liebe standen im Einklang mit den Wellen, mit dem Geräusch der Ruder und mit dem Lispeln der Pappelblätter. – O, Ernst! was wurde aus mir in diesem Augenblicke! Wie schädlich ist mir diese Luft des berauschenden Italiens! sie tötet mich; sie tötet sogar den Willen zum Guten. Wo seid ihr, Schonens Nebel! kalte Gestade des Meers, welches mich werden sah; weht mir euren Eishauch zu, daß er das schimpfliche Feuer lösche, welches mich verzehrt! Wo bist du, altes Schloß meiner Ahnen, wo ich so oft bei den Rüstungen meiner Vorfahren schwur, der Ehre treu zu sein! wo in meiner schwachen Jugend mein Herz für die Tugend klopfte, und einer vielgeliebten Mutter versprach, immer ihre Stimme zu hören. Fühlte ich mich denn nicht damals für diese Tugend geboren, welche ich jetzt niederträchtig verlasse? – Ja, Ernst! sterben muß ich, oder ... Ich wage mich nicht weiter; ich wage nicht, die Tiefe jenes Abgrunds von Frevel zu messen. Warum, warum stürzt mich alles in die Finsternisse des Lasters? Sie vor allem, warum gibt sie mich der doppelten Strafe der unglücklichen Liebe und der Gewissensunruhe preis? Wenn ich noch für einen Augenblick meines Lebens glücklich sein könnte! Aber nein; sie wird mich niemals lieben! und ich bin ein Verbrecher und werde als Verbrecher sterben.

Ich weiß nicht, was ich Dir schreibe; mein Kopf wird immer verwirrter; die Nacht umringt mich; die Luft hat sich abgekühlt; alles ist still; sie schläft; und ich, ich allein, ich wache mit meinem Gewissen! Der gestrige Abend hat mich vollends unglücklich gemacht; ihre Stimme, ihre unglückliche Stimme hat mein Unglück vollendet.

Warum singt sie so, wenn sie nicht liebt? Woher hat sie jene Töne genommen? Es ist nicht bloß die Natur, welche diese lehrt, es sind die Leidenschaften. Sie singt niemals; sie hat das Singen nicht gelernt; sondern ihre Seele schuf ihr eine zärtliche Stimme, welche bisweilen so schwermutsvoll zärtlich ist. Ich Unglücklicher! ich tadle sie sogar wegen jener Empfindsamkeit, ohne welche sie nur ein gewöhnliches Weib sein würde, wegen jener Empfindsamkeit, welche sie Lagen ahnden läßt, von deren Kenntnis sie vielleicht weit entfernt ist.

Ich will Dir meine Erzählung vollenden. Wir begegneten dem Grafen an der Einfahrt in die Lagune; der Wind hatte sich erhoben, und das Fahrzeug bekam allmählich eine beschwerliche Bewegung. Ich erstaunte über Valériens Stille. Der Graf war bezaubert, als er sie fand und sich besser befinden sah; aber er sagte uns, er habe einen unangenehmen Eilboten erhalten; er schien nachdenkend. Ich hatte schon bemerkt, daß alsdann die Gräfin niemals mit ihm zu sprechen pflegte. Sie saß neben mir; sie näherte sich meinem Ohr und sagte zu mir: »Wie bange ist mir! vergebens suche ich mich an Herzhaftigkeit zu gewöhnen, um meinem Mann zu gefallen; niemals werde ich mich an das Wasser gewöhnen!« Sie nahm zu gleicher Zeit meine Hand, legte sie auf ihr Herz, und sagte zu mir: »Fühlen Sie, wie es klopft!«

Ganz außer mir und einer Ohnmacht nahe, konnte ich ihr nichts antworten; sondern ich legte dagegen ihre Hand auf mein Herz, welches gewaltsam klopfte. In diesem Augenblick ergriff eine Welle heftig unsre Barke; der Wind blies mit Ungestüm;

Valérie stürzte sich an den Busen ihres Mannes. O, wie fühlte ich damals mein ganzes Nichts! und alles was uns trennte! Der Graf, welcher mit Staatssachen beschäftigt war, beschäftigte sich nur einen Augenblick mit Valérie; er beruhigte sie und sagte ihr, sie sei ein Kind, und seit Menschengedenken sei keine Barke in der Lagune untergegangen. Und gleichwohl lag sie an seinem Busen, er atmete ihren Hauch, ihr Herz schlug gegen das seinige, und er blieb kalt, kalt wie ein Stein! Dieser Gedanke brachte mich in eine Wut, welche ich nicht beschreiben kann. »Wie?« dachte ich bei mir, indem der Sturm, welcher meinen Busen empört, mich zu vernichten droht, »indes ich eine einzige ihrer Liebkosungen mit meinem ganzen Blute erkaufen möchte, empfindet er sein Glück nicht! Und Du, Valérie! ein Band, welches Du in der unvorsichtigen Kindheit knüpftest, eine, von Deinen Eltern gebotene Pflicht fesselt Dich, und verschließt Dir den Himmel, welchen die Liebe für Dich zu schaffen wußte! Ja, Valérie! Du hast noch nichts erkannt, weil Du nichts kennst als jenes Band der Ehe, welches ich verabscheue als jenes laue, matte Gefühl, welches Dein Mann für alles behalten hat, was das Bezauberndste auf der Erde ist, und womit er bezahlt, was er kaufen sollte, wie ich es kaufen würde, wenn...«

Ja, Ernst! das sind die unglücklichen Gedanken, welche mich zum Unglücklichsten und Sträflichsten unter allen Menschen machten. Ich war so beunruhigt, so gefoltert. Ich verabscheute die Liebe, den Grafen und mich selbst mehr als alles andre; und als die Barke in den Kanal einlief und sich dem Gestade näherte, ergriff ich den Augenblick, wo sie dem Ufer nahe war; ich sprang an das Land; denn nicht länger wollte ich meine schrecklichen Gefühle in den engen Raum einer Gondel verschließen; ich hielt mich an den Ästen eines Gebüsches und sah mit Wonne mein Blut von meinen aufgerissenen Händen fließen, welche ich in die Dornen versenkte; eine Art von unerklärbarer Wut verfolgte mich; es vermischte sich damit ein Grad von Wollust; und so sehr ich die Liebkosungen verabscheute, welche Valérie dem Grafen erteilte, fand ich ein Vergnügen darin, sie mir wieder erinnerlich zu machen; ich schuf mir neue; meine Eifersucht gierte nach neuen Qualen; auch merkte ich, daß ich die letzten Bande der Tugend zerriß, indem ich den Grafen zu hassen anfing.

Nun, Ernst, bin ich verworfen, bin ich niederträchtig genug? Ist dieses der Freund, welchen Du anerkanntest? jener Gefährte Deiner Jugend? Wenigstens verberge ich Dir nichts; wenn Du mich zu lieben fortfährst, so nimmst Du Deine Schwachheit aus Dir selbst; ich bin frei von aller Verantwortlichkeit. Schwach wie der Wurm, welchen man zerdrückt, undankbar, überdrüssig des unnützen Lebens, tot für die Tugend – mit einer Hölle in jenem Busen, in welchem alles lebte, was den Menschen erheben kann, bin mir selbst ein Abscheu!

Lebe wohl, Ernst! vermutlich werde ich nicht wieder an Dich schreiben. –

Achtunddreissigster Brief.

Von der Brenta, am ...

Ich bin krank gewesen, Ernst, ziemlich krank, und zwar seit meinem letzten Brief. Du mußt gemerkt haben, wie verwirrt meine Vernunft war. Wie ein Landstreicher trieb ich mich umher, welcher sich selbst mehr als andre flieht; ich irrte ohne Plan, ohne Ruhe, auf dem Felde umher, indem ich die Nächte unter freiem Himmel verbrachte, auch mich am Tage versteckte, das Licht vermied und von einem weit stärkeren Feuer verzehrt wurde, als das Feuer jener brennenden Sonne ist. Zu andern Zeiten, wenn alles schlief, stürzte ich mich in Gewässer, welche unruhig waren wie meine Seele; ich suchte die kältesten Ströme, die wildesten Orte, um von allen Menschen vergessen zu sein; aber alles ist hier lächelnd; alles wird durch die glückliche Natur verschönert; alles erweckt in meinem Herzen das Gefühl ihrer Gegenwart; überall sehe ich sie; sie ist mir nah; das Eismeer müßte zwischen ihre so gefährlichen Reize und zwischen dieses so schwache Herz treten. Schwach? – Nein, nein; sträflich muß man es nennen.

Ich bin sehr krank gewesen. Die Kühle der Nächte, die Folter meines Gewissens, die Schlaflosigkeit – was weiß ich? alles hat meine schon ohnehin geschwächte Gesundheit vernichtet; meine Brust hat es empfunden; ein Fieber, welches von den Ärzten ein Entzündungsfieber genannt wurde, hat mich ergriffen. Wie besorgt waren sie alle beide um mich! Wie tief stieß der Graf in mein Herz den Dolch der Gewissensunruhe! Ich will abreisen; ich will fern von hier leben; ich will fern von ihr sterben. Lebe wohl! –

Neununddreissigster Brief.

Von der Brenta, am ...

Heute zum ersten Male habe ich mein Zimmer verlassen; ich bin in dem Kabinett des Grafen gewesen; er war mit Schreiben beschäftigt; er bemerkte mich nicht. Das Bild meines Vaters, welches sich in diesem Zimmer befindet, zeigte sich mir; ich betrachtete es lange Zeit; ich war sehr bewegt; es war mir, als ob seine Gesichtszüge von Freundschaft lebten, als ob die Gesinnung, welche er gegen den Grafen hatte, als er sich malen ließ, darin atmete, als ob er mir sagte, was ich diesem edelmütigen Freunde schuldig sei, welcher mir noch soviel Zärtlichkeit bezeugte. Ich erinnerte mich an die Stunden, welche er an meinem Bett verbracht hatte, an seine unruhigen Blicke, an seine Bekümmernis, an sein Verlangen, den Grund meiner Seele kennenzulernen, und an die zarte Furcht, welche ihm nicht erlaubte, mich um mein Geheimnis zu befragen; an seine anhaltende und beständige Güte, welche niemals ermüdete; und ich glaubte, ich würde ihn von neuem kränken, wenn ich ihm sagen sollte, daß ich abzureisen entschlossen wäre. Nochmals wendeten sich meine Augen gegen das Bild – »O, mein Vater! mein Vater! wie ist Dein Sohn unglücklich!«

Diese Worte, welche mir entfuhren, welche ich mit leiser Stimme gesprochen zu haben glaubte, hatte der Graf gehört; plötzlich stand er auf, drückte mich in seine Arme und sagte zu mir: »O, mein Sohn! ich soll also niemals Dein Vertrauen besitzen? Du leidest und Du verbirgst mir Dein Übel! Dein Vater war nicht so; er liebte mich stark genug, um meiner Zärtlichkeit gewiß zu sein. Mein lieber Gustav! hast Du nichts von dem Vermögen geerbt, an meine Freundschaft zu glauben? Im Namen dieses Vaters, welcher Dich so sehr liebte, beschwöre ich Dich, mit mir zu sprechen.«

Ich faßte seine Hände mit Ungestüm; ich drückte sie an meinen Busen, und meine Stimme, welche gefesselt war wie meine Zunge, konnte nicht einen einzigen Ton hervorbringen, und meine düstern Blicke waren zur Erde geheftet.

»Mißfällt Dir Deine jetzige Laufbahn?«

Ich schüttelte den Kopf, um »Nein« zu sagen.

»Ist es ein jugendlicher Fehler, dessen Andenken Dich verfolgt? welcher Dir Gewissensunruhe macht?«

Ich bebte, und ließ seine Hände fahren, welche ich immer noch gehalten hatte. Er heftete seinen Blick auf mich mit Unruhe und fragte: »Ist es denn ein unersetzlicher Fehler? Nein«, fuhr er fort, indem er sich sammelte, »nein, Gustav! ich übertreibe ein Unrecht, welches vielleicht von einem andern nicht bemerkt worden wäre; nein«, sagte er, indem er seine Hand auf meinen Busen legte, »dieses Herz hier ist keiner erniedrigenden Gesinnung fähig; Dein Kopf ist lebhaft; Deine Seele ist leidenschaftlich; Du hast etwas Schwermütiges, welches von Deinem Vater kommt, welches mehr in Deinem Blute, als in Deinem Charakter liegt. Gustav! Gustav! öffne mir Deine Seele! Ich nehme zum Zeugen die geheiligte Freundschaft, welche mich noch jetzt mit Deinen Eltern vereinigt; wenn das Schweigen des Todes gebrochen werden könnte, würden sie selbst nicht mit mehrerer Liebe in Dich dringen, ihnen zu sagen, was Dich foltert; sie selbst würden nicht mehr Nachsicht haben.«

Er drückte mich in seine Arme. Hingerissen von so vieler Güte, konnte ich ihm nicht länger widerstehen; ich glaubte, meinen Vater selbst zu hören; ich sank zu seinen Knien hin; vergebens wollte er mich wieder aufheben; ich drückte sie mit einer Art von Verwirrung. Ich war entschlossen, alles zu gestehen; ich suchte nichts mehr als meine ersten Worte, um in so wenige wie möglich, dieses so schreckende Geständnis zusammenzudrängen.

Dieser Augenblick des Schweigens nach meiner Hingerissenheit zeigte ihm deutlich, wieviel mir das Sprechen kostete. Er sagte zu mir mit sanfter schonender Stimme: »Mein Freund, wenn es Dir leichter ist, mit Valérie zu sprechen, so tue es, wenn Du glaubst, daß ihre Gegenwart Dich wieder beruhigen wird; vielleicht erinnere ich Dich lebhafter an Deinen Vater; und dieser Gedanke täuscht Dich wider Deinen Willen; ich werde von ihr erfahren, was Dich foltert.«

Bei diesen Worten war es mir, als ob alle Spannkräfte meiner Seele sich in mein Inneres zurückzogen; alles sagte mir deutlich: »Er vermutet gar nichts, gar nichts von der Wahrheit; er wird nichts erraten; ich werde die Marter leiden, daß ich ihn auf nichts vorbereitet sehe.« Dieser Gedanke erdrückte mich mit seinem ganzen Gewichte; und da ich nicht mehr wußte, weder wie ich sprechen, noch weniger, wie ich mich wegen meines Schweigens entschuldigen sollte, ließ ich geschehen, daß ich auf die Dielen hinfiel, mit einer Art von Betäubung, als ob ich zum Grafen sagte: »Verlassen Sie mich! dieses ist alles, was ich noch zu wünschen habe.«

Der Graf hob mich mit einer Gelassenheit auf, welche mir zuwider war; sie entging mir nicht, selbst mitten in meiner Unruhe.

»Um des Himmels willen!« rief ich nach einer augenblicklichen Stille, »richten Sie mich nicht; glauben Sie, daß ich Ihre Seele zu würdigen weiß; Sie werden einmal alles erfahren; und vielleicht«, setzte ich hinzu, indem ich mit mehr Mut meinen Blick auf ihn heftete, »vielleicht ist der Tag nicht mehr fern, wo ich Kraft haben werde, mit Ihnen zu sprechen; er wird etwas Rührendes haben«, sagte ich, indem ich unwillkürlich seufzte, »und Sie werden mir alles verzeihen; erlauben Sie mir indessen«, ich betrachtete das Bild meines Vaters, um mich durch die Fürbitte zu stärken, »erlauben Sie mir, eine Bitte an Sie zu tun, von welcher meine Ruhe abhängt; lassen Sie mich nach Pisa gehen; die Ärzte raten mir dazu; ich werde Ihnen von dorther schreiben.«

»Unbegreiflicher Jüngling!« sagte der Graf zu mir, »ich kann Dir nichts vorwerfen; und was könnte gleichwohl Dein Schweigen entschuldigen, da Du meine ganze Zärtlichkeit gegen Dich kennst? Aber ich will Dich nicht noch mehr kränken; geh, wenn Du wieder einige Kräfte erlangt haben wirst und suche vorzüglich, ruhiger zurückzukommen.«

Er umarmte mich ... und wir wurden unterbrochen. –

Vierzigster Brief.

Bei Conegliano ...

Ich habe einige Tage allein verbracht, ganz allein, weil ich mich dem Grafen nicht zeigen wollte; ich habe einen Streifzug in die umliegende Gegend gemacht; und ich schreibe Dir aus einem kleinen Dorfe, welches bei Conegliano liegt, ein reizender Ort, aber dessen romantische Lage zu lachend für mich war; ich suchte die Berge; ihre Einöde behagt mir besser.

Hast Du je das Gemurmel unterirdischer Quellen gehört, Ernst? deren dumpfes und schwermütiges Geräusch in dem raschen Getümmel der Tätigkeit verhallt und nicht bemerkt wird; aber am Abend, wenn der Reisende vorübergeht, wenn er müde sich hinsetzt, ehe er den noch übrigen Weg weitergeht, und wenn er, nachdem er sich gesammelt hat, nur die Natur hört, dann trifft es sein Ohr; er läßt seinen Gedanken fahren und sinkt in tiefsinnige Betrachtungen.

Ich bin wie diese verborgenen und ungekannten Quellen, welche keines Menschen Durst löschen, und welche nur Schwermut erregen; ich trage in mir einen Stoff, welcher mich verzehrt; man geht neben mir vorbei, ohne mich zu verstehen, und ich tauge zu nichts, Ernst.

Wo ist sie, jene Zeit, da mein Herz, jünger noch als meine Phantasie, den Dichtern glich, welche in einem kleinen Raume eine ganze Welt erblicken? wo ein Widerhall in mir auf jede hörbare Stimme antwortete! wo etwas in mir war, womit ich ganze Tage anfüllen konnte! Das Leben erschien mir wie eine Blume, aus welcher langsam eine stolze Frucht hervortrat; und jetzt ist es mir, als ob alle meine Tage hinter mir wie Blätter herabfielen, welche gegen das Ende des Herbstes fallen. Alles um mich herum ist erbleicht; und die Jahre meiner Zukunft türmen sich wie Felsen übereinander, ohne daß die Flügel der Hoffnung und der Phantasie mir hinüberhelfen. Wie? hätte ich denn mit einer einzigen Erschütterung, mit einem einzigen Stoße mein Dasein erschöpft? Man sagt, das Herz des Menschen sei so veränderlich, daß eine Neigung durch eine andere verdrängt wird, daß eine Leidenschaft sich kaum erhebt, wenn sie schon ihre Nebenkämpferin sich folgen sieht. Bin ich denn besser? oder bin ich nur anders? Ich habe so viele vorübergehende Schmerzen gesehen, daß ich oft bei mir dachte: »Unsere Schmerzen sind auf den Sand geschrieben; und der Wind des Frühlings findet nicht mehr die Spuren des Herbstes.« Es gibt, möchte ich sagen, vorzüglichere Seelen; fast möchte ich es glauben; Seelen, welche fähiger sind, sich ganz und gar mit einem einzigen Gedanken zu beschäftigen; sie haben das Vorrecht, glücklicher und elender zu sein. Aber bewundre, Ernst, jene Vorsehung, welche ihnen lange, unauslöschliche Erinnerungen an ihr Glück zu lassen weiß und sie im Sturm verschwinden läßt. Und auch ich, Ernst, ein Kind des Sturms, auch ich werde im Sturme verschwinden, ich fühle es; eine Ahndung, welche ich wie einen Freund aufnehme, sagt es mir; ich fühlte es gestern, als ich auf einem Spaziergange mit starken Schritten an einem Abgrunde hinging. Ich betrachtete die entwurzelten Bäume, die herabrollenden Steine und die Gewässer, welche sich ohne Ruhe in die Mitte der Felsen stürzten; ich sah einen Mandelbaum, welcher wie ein Verbannter erschien in einer für ihn zu starken Natur; dennoch hatte er Blüten getragen, welche der Wind eine nach der andern in die Tiefe hinabwehte; und ich verweilte und betrachtete dieses Bild der Zerstörung, ohne Traurigkeit zu fühlen; ich versank in eine tiefe Betäubung; und ich sah, als ich erwachte, daß ich selbst mehrere Zweige des jungen Mandelbaums abgestreift und einen großen Teil seiner Blüten in den Abgrund geworfen hatte.

Ernst, es ist nicht gut, daß der Mensch allein sei. Erhabene Wahrheit, wie fühlt dich mein Herz! Wie überdenke ich jene Worte in meinem Elende und in meiner traurigen Einsamkeit! Wie pflege ich ihr Bild dort aufzustellen, nicht als meine Gefährtin – dieses wäre zu große Glückseligkeit –, sondern wie sie bisweilen zu mir kommt und mir hilft, das Leben zu ertragen, und mich mit Mut die Last jener elenden und matten Tage wieder ergreifen lehrt.

Oft dachte ich, die Menschen gingen durch die Liebe hindurch, wie sie durch die Jahre ihrer Jugend hindurchgehen – sie vergäßen sie, wie man ein Fest vergißt, und daß eine andere Liebe, die Liebe zur Ehre, welcher man den Namen Ruhm gibt, die ganze Seele erfüllte. Und auch ich träumte bisweilen vom Ruhme in jenen schönen Jahren, wo mein Schlaf durch keine Tage des Überdrusses und der Betrübnis gestört wurde, und wo meine Träume so schön waren; ich dachte mir den Ruhm wie die Liebe, wie er sich durch alles, was schön ist, vergrößert, und alles, was groß ist, in sich trägt. Derjenige, welchen ich mir träumte, beschäftigte sich mit dem Glück aller und jeder so, wie die Liebe sich mit dem Glück eines einzigen beschäftigt; er suchte, zu rühren, ohne in Erstaunen setzen zu wollen; er war Tugend für den, welcher ihn in seinem Innern trug, ehe die Menschen ihn Ruhm genannt hatten, und ehe der Gang der Begebenheiten seine schönen Entwürfe befördert hatten. Aber was hat der Ruhm gemein mit jener kleinen Ehrsucht des Haufens? mit jener elenden Anmaßung, sich für etwas zu halten, weil man sich zerarbeitet? So wenige waren bestimmt, für die Menschheit gerechnet zu werden, in Jahrhunderten zu leben, mit ihrem Übergewicht wie mit ihrem Schatten einherzuschreiten und alle Blicke zu zwingen, sich zu beugen! Es gibt einen verborgenen, aber wonnevollen Ruhm, von welchem niemand spricht; mein Herz klopfte für ihn tausend und aber tausend Mal; er bemächtigte sich eines jeden meiner Tage; er machte daraus ein prächtiges Gewebe; ich schuf mir eine Gesellschafterin; ich hatte einen Freund; ich liebte nicht bloß die Tugend, ich liebte auch die Menschen. Alles ist vorbei; ich vermag nichts mehr, weder für mich noch für andere.

Ich fühle es; ich selbst habe mich auf die Klippe geworfen, an welcher ich gescheitert bin. Ich erinnere mich an jene Tage, wo ich mein Schicksal ahndete, und wo der Freund, welcher uns alle begleitet, mich wegen der Gefahr warnte. Damals mußte ich fliehen; und ich blieb zurück; ich fühlte, daß ich sie nicht lieben sollte; und ich wollte die Liebe versuchen, wie die Kinder, ohne Überlegung und ohne Vorsicht, das Leben versuchen, und an nichts denken als an Genuß; ich fühlte, daß ihr Blick, daß ihre Stimme, daß vorzüglich ihre Seele Gift für mich war; und ich wollte es kosten und innehalten, wenn es Zeit sein würde. Unsinniger! es war nicht mehr Zeit! Und gleichwohl, Ernst, ist die Liebe, welche ich fühle, groß wie der wahre Ruhm; sie würde dazu fähig machen; eine einzige ihrer Begeisterungen würde auf die Herrschaft über die Welt Verzicht tun lassen; sie ist das Glück, welches die blinden Menschen unter tausend Gestalten aufsuchen; sie lebt mit der Tugend; sie ist schön wie sie, aber sie ist die Jugend derselben; und diejenigen, welche durch ein seltenes Zusammentreffen der Umstände das Geschenk vom Himmel erhielten, daß ihre Tage in dieser Liebe hingleiteten, müssen die Besten unter den Menschen sein.

Ernst, ich glaube, Du wirst von diesem Briefe nichts verstehen; ich lasse meine Gedanken umherschweifen; ich vermische das Vergangene, das Gegenwärtige; meine Gedanken sind wie ein altes Erbgut, welches man erst in Ordnung bringen muß. Aber ich werde nichts mehr ordnen; ich werde mein Leben meinem himmlischen Vater wiedergeben; ich werde zu ihm sagen: »Vergib, o, mein Gott! wenn ich es nicht besser benutzte; gib mir den Frieden, welchen ich auf der Erde nicht finden konnte!

Mein Vater! du, der du lauter Güte bist, du wirst mir einen Tropfen jener reinen und göttlichen Glückseligkeit geben, wovon du ein Meer in deinen Händen hast; du wirst aus meinem Herzen die Unruhe und den Sturm der Leidenschaft entfernen, wie du mit einem Worte den Sturm entfernst, welcher das Meer empört hat; aber laß mir, mein Gott! laß mir Valériens Andenken, wie man bei dem Abendrauch die Bäume und die Quelle und das Dach sieht, bei welchem man das Leben anfing, und wovon unsre irrenden Schritte und unsre Tage voll Überdruß uns entfernt hatten!« –

Einundvierzigster Brief.

Von der Brenta, am ...

Ich bin seit etlichen Tagen wieder zurückgekommen; ich habe sie alle beide wiedergesehen. Mein Entschluß ist gefaßt, er ist unwiderruflich; ich will abreisen; ich bin zu unglücklich. Er verkennt mich, er hält mich für undankbar; er kann nicht in mein Herz hinabsteigen und dort meine Qualen lesen; er kann mich nicht begreifen, indem er in mir nichts als beständige Widersprüche sieht. Der Schmerz in meinen Gesichtszügen, der Überdruß des Lebens, welchen er nur zu sehr bei mir bemerkt hat, alles läßt ihn vermuten, daß ich unter dem Einfluß eines finsteren, vielleicht gehässigen Charakters stehe. Vergebens suchte er mich zum Glück zurückzuführen; aller Schein ist wider mich; ich verwerfe jedes Mittel, welches er mir anbietet, um mich zu zerstreuen; und niemals erwidere ich seine Zärtlichkeit durch mein Zutrauen. Ich sehe, daß ich der Valérie Kummer verursache, welche sich über meine Lage betrübt. Ich muß sie also verlassen!

Die Liebe und die Freundschaft verstoßen mich, die eine wie die andere; ich verletze sie beide. Sollte ich denn niemals gerechtfertigt werden? Ach! ich würde zufrieden sterben, wenn ein einziges Mal Valérie nur eine Träne des Mitleidens vergösse und bei sich dächte: »Er liebte mich zu sehr für seine Ruhe!«

Ja! Einmal – heißt das nicht, Ernst, wenn ich nicht mehr sein werde, wird sie es erfahren? Auch er wird erfahren, daß ich ihn liebte; daß die Freundschaft mich nicht undankbar fand. Einmal wird alles entschleiert sein, wenn ich in die Wohnung der Ruhe hinabgestiegen sein werde; dahin, von wo aus Schrecken zu den andern spricht; wo aber derjenige, welcher es einflößt, die Leidenschaften und die Schmerzen hinter sich zurückgelassen hat. – Erschrick nicht, Ernst! niemals werde ich mein Leben antasten; niemals werde ich jenes Wesen beleidigen, welches meine Tage zählte und mir während einer so langen Zeit ein so reines Glück gewährte. – O, mein Freund! ich bin sehr strafwürdig, da ich mich einer Leidenschaft überließ, welche mich verzehren mußte! Aber ich sterbe wenigstens mit Liebe für die Tugend und für die heilige Wahrheit; ich werde nicht den Himmel wegen meines Unglücks anklagen, wie so viele meinesgleichen tun; ich werde, ohne mich zu beschweren, die Strafe leiden, deren Urheber ich war, und welche ich liebe, wiewohl sie mich tötet; ich werde leiden, aber ich werde hernach schlafen; ich werde der Stimme des Ewigen entgegengehen, belastet mit vielen Fehlern, aber durch keinen Selbstmord gebrandmarkt. Ich werde euch nicht erschrecken, teure und tugendhafte Wesen, o, meine Eltern! euch, die ihr über meiner Wiege Tränen und Freude vergosset! ich werde euch nicht durch den furchtbaren Gedanken schrecken, daß ich jenes schöne Geschenk des Lebens von mir wegwarf, welches mir zu geben Gott euch vergönnte, und welches ihr noch so treulich durch unschuldige Vergnügungen, durch schönen Unterricht, durch große Hoffnungen verschönertet. Ich segne euch dafür, daß ihr meinem Herzen die heiligen Lehren einer Religion einprägtet, welche ich im Glücke liebenswürdig fand, welche mir im Unglücke noch notwendiger wird, welche mir den Mut zum Leiden gibt, an dem kalten Ufer des abgeflossenen Lebens, am Rande jenes dunkeln Pfades, welchen jeder betreten muß. Was bleibt dem übrig, welcher nichts geglaubt hat? Vergebens wendet sich sein Blick nach der

Vergangenheit; er kann sie nicht wieder anfangen; auch hat er nicht jene wundervollen Flügel der Hoffnung, welche ihn der Zukunft entgegenführen. So können die stärksten, die tröstendsten Gedanken des Menschen ihn am Rande des Grabes nicht einwiegen! –

Zweiundvierzigster Brief.

Von der Brenta, am ...

Ich habe einen schrecklichen Abend verbracht! Kaum habe ich Kraft zum Atmen. Gleichwohl kann ich nicht ruhig bleiben; mein ganzes Blut ist in Bewegung; ich muß Dir schreiben. Ich habe ihr gesagt, daß ich abreisen würde; sie war darüber gerührt, sehr gerührt, Ernst. Wir speisten mittags allein; der Graf war weggegangen. Ich fühlte mich kränker als gewöhnlich; sie bemerkte es; sie fand mich so blaß; sie beunruhigte sich wegen eines Hustens, welchen ich seit einiger Zeit habe, und welchen ich den Folgen meiner letzten Krankheit zuschreibe. Ich nahm hiervon Anlaß, ihr zu sagen, daß die Bäder in Pisa mir nötig sein würden; man hat mir wirklich dazu geraten. Sie betrachtete mich mit Teilnahme und sagte zu mir: »Was wollen Sie in Pisa machen? Sie werden dort allein sein, ganz allein; und Sie wissen, wie sehr Sie schon hier sich einer Einsamkeit überlassen, welche für Sie nicht anders als gefährlich sein kann.«

Wir waren von der Tafel aufgestanden, und ich war mit ihr in den Saal gegangen.

»Verreisen Sie nicht, Gustav«, sagte sie zu mir, »Sie sind zu krank, um allein sein zu können; Sie haben Freundschaft nötig; und wo finden Sie deren mehr als hier?«

Indem sie dieses sagte, sah ich Tränen in ihren Augen; ich hielt meine Hände über mein Gesicht und wollte ihr die tiefe Rührung verbergen, welche ihre Worte mir verursachten.

»Nicht wahr?« fuhr sie fort, »Sie verreisen nicht?« Ich blickte sie an und sagte: »Wenn Sie wüßten, wie unglücklich ich bin! wie sträflich ich bin«, setzte ich mit leiser Stimme hinzu, »so würden Sie mir niemals zureden, ich solle bleiben.«

Zum ersten Mal las ich Verwirrung in ihren Augen; es war mir, als sähe ich sie erröten. Mit einer bewegten Stimme sagte sie zu mir: »So reisen sie denn! Aber werden Sie wieder Herr über sich; vertreiben Sie aus Ihrer Seele die unglückliche …« Sie hielt inne. »Kommen sie hernach zurück, um das Glück zu genießen, welches Ihrer in Zukunft wartet.«

»Glück?« sagte ich, »für mich kann keins mehr vorhanden sein!« Ich ging mit großen Schritten auf und ab; die Unruhe, welche ich fühlte, der schreckliche Gedanke, sie vielleicht auf immer zu verlassen, verscheuchte meine Vernunft; ich mußte ihr Schrecken verursachen. Fürchtete Sie ein Geständnis, welches sie endlich erraten konnte? – Sie stand auf; sie klingelte; ich trat an das Fenster, damit der hereingetretene Kammerdiener mich nicht sähe. Sie fragte ihn mit veränderter Stimme: »Wo ist Marie? Sagt ihr, sie soll mir ihre Arbeit und Werkzeug mitbringen; wir wollen gemeinschaftlich arbeiten; Sie, Gustav, werden mir etwas vorlesen.« Ich antwortete nichts.

»Gustav!« wiederholte sie, als der Kammerdiener hinausgegangen war, »sind Sie ruhiger?«

»Ich bin es völlig«, erwiderte ich, indem ich meiner Stimme Gewalt antat, und mich ihr näherte. Sie erhob ein Geschrei. »Was fehlt Ihnen? Gustav! Blut?« Und ihr Schrecken hinderte ihre Sprache. Wirklich blutete mir die Stirne. Es hatte mich so angegriffen, als sie Marie rief, ich war so bekümmert über jene Art von Mißtrauen, daß ich, indem sie diesen Befehl gab, meinen Kopf heftig gegen das Fenster stieß und mich verwundete.

»Ihre Blässe, Ihre Blicke, Ihre Stimme, alles ist zerreißend. O, Gustav, o mein teurer Freund!« fuhr sie fort, indem sie ihr Taschentuch auf meine Stirne legte und meine Hände faßte, »erschrecken Sie mich nicht so!«

»So zeigen Sie mir denn nicht mehr jene«, (Mißtrauen wollte ich nicht sagen, ich wagte nicht, nur zu gestehen, daß sie mich

erriete), »jene Kälte!« sagte ich, »Valérie, bedenken Sie, daß ich Sie verlasse, und auf immer!«
»Woher kommen Ihnen diese traurigen Gedanken?«
»Von hier kommen sie!« sagte ich, indem ich auf mein Herz zeigte, »und sie täuschen mich nicht; verweigern Sie mir daher nicht noch einige Augenblicke!«
Und ich fiel auf die Knie; ich umarmte ihre Füße; sie bückte sich, und das Bild des Grafen entschlüpfte ihrem Busen... Ich weiß nicht mehr, was mir begegnete; die heftige Bewegung, welche ich empfand, hatte das Blut aus meiner Wunde zum Fließen gebracht; und die schreckliche Erschütterung, welche ich in diesem Augenblick fühlte, wo ich ihr vielleicht gesagt haben würde, daß ich sie liebte, machte, daß ich mich übel befand. – Als ich wieder zu mir kam, sah ich wie die Gräfin und Marie ihre Sorgfalt an mich verschwendeten; sie ließen mich flüchtige Salze einatmen; sie hatten nicht gewagt, irgend jemand zu rufen. Mein Kopf war gegen einen Armstuhl gelehnt, welchen sie umgestürzt hatten; Valérie lag auf den Knien neben mir, hielt an meine Stirn ihr Taschentuch, mit Köllner-Wasser angefeuchtet, und eine meiner Hände war in den ihrigen. Ich sah sie betäubt an, bis ihre Tränen, welche auf mich herab flossen, mich aus diesem Zustande rissen. Ich stand auf; ich wollte mit ihr sprechen; sie beschwor mich, ich möchte schweigen; sie legte ihre Hand auf meinen Mund; ich mußte mich in einen Armstuhl setzen, und sie setzte sich neben mich. – »Valérie!« rief ich, und wollte ihr für ihre Sorgfalt danken, welche ich zu bemerken anfing; denn ich besann mich jetzt, daß ich mich übel befunden hatte. Sie gab mir ein Zeichen, ich möchte schweigen.
»Wenn Sie sprechen«, sagte sie, »so muß ich Sie verlassen.«
Ich versprach, ihr zu gehorchen. Sie reichte mir die Hand mit einem Engelsblick voll Güte und Mitleid; und als sie sah, daß ich sprechen wollte, fügte sie hinzu: »Ich verlange durchaus, daß Sie nichts sagen, und daß Sie sich beruhigen.«
Sie setzte sich an das Piano; hier sang sie eine Arie aus der Oper von Bianchi, deren Worte, aus dem Italienischen übersetzt, folgenden Inhalt haben: »Gib seiner Seele, gib ihr die Ruhe wie-

der; sein Herz ist rein, aber verirrt.« Ich hörte Tränen in ihrer Stimme, wenn man so sagen kann. Endlich wurde sie von ihren Tränen überwältigt und warf ihr Haupt auf ihren Armstuhl zurück. Ich war aufgestanden; und anstatt ihr mit Entzücken den Freudentaumel zu bezeugen, in welchem ich schwebte, als ich glaubte, daß sie mich erraten habe und mich beklage, hemmte mich ein heiliges und ehrfurchtsvolles Zittern, welches ihr Betrübnis in mir erregte. Wenn sie sich wegen ihrer übertriebenen Empfindsamkeit Vorwürfe machte, wenn sie, von einem zu lebhaften Mitleid gefoltert, mehr als irgendein anderes Weib litt, soll ich ihr Leben mit Schmerz und Vorwürfen belasten? Aber bald, hingerissen von der Gewalt meiner Leidenschaft, alles vergessend, den Rest meiner Zukunft in jenen kurzen und entzückenden Augenblick zusammendrängend, wo ich ihr sagen würde: »Ich liebe Dich, Valérie; ich sterbe, um mich dafür zu strafen!«

Bald hernach stürzte ich hin zu ihren Knien, welche ich krampfhaft umschloß. Sie betrachtete mich mit einer Miene, welche mich schaudernd machte, mit einer Miene, welche mein sträfliches Geständnis auf meinen Lippen zurückhielt.

»Stehen Sie auf, Gustav«, sagte sie zu mir, »oder Sie zwingen mich, Sie zu verlassen.«

»Nein, nein!« rief ich, »Sie werden mich nicht verlassen! Betrachten Sie mich, Valérie! sehen Sie diese verlöschten Augen, diese traurige Blässe, diese beklommene Brust, in welcher schon Tod ist, und verstoßen Sie mich hernach ohne Mitleid; schließen Sie über mir jenes Grab, in welches ich schon bis zur Hälfte hinabgestiegen bin! Sie werden gleichwohl mein letztes Seufzen hören; überall, Valérie, wird es Sie verfolgen.«

»Was wollen Sie, daß ich tun soll?« fragte sie, indem sie ihre Hände rang, »meine Freundschaft vermag nichts; mein Mitleid kann Sie nicht beruhigen; Ihr sinnloses Schwärmen beunruhigt mich, schreckt mich, zerreißt mich – ich merke, ja, ich merke, daß ich nicht die Vertraute einer Leidenschaft sein darf, welche...« Sie hielt inne. »Gustav«, sagte sie zu mir, mit einem Ton unaussprechlicher Güte, »nicht mich mußte man zur Vertrauten wählen; ihn, ihn, jenen achtungswürdigen Mann, ihn, welcher hienieden die Stelle Ihres Vaters einnimmt. Warum verhinderten Sie mich, mit ihm zu sprechen? Konnten Sie ihn fürchten?« Sie entband sein Bild. »Betrachten Sie es, nehmen Sie es, Gustav; es ist unmöglich, daß diese Züge, welche der Tugend angehören, Ihre Seele nicht beruhigen sollten.«

Ich stieß mit der Hand das Bild zurück und rief in düsterer Verzweiflung: »Ich verdiene sein Mitleid nicht.« Ich blickte sie an; Tod war in meiner Seele; meine Vernunft war nur zurückgekehrt, um mir zu zeigen, daß Valérie mich nicht verstanden hatte oder mich nicht verstehen wollte; und die schrecklichsten Gefühle waren in mir, und beunruhigten mich.

»Blicken Sie mich nicht so an, Gustav, mein Bruder, mein Freund!«

Diese so süßen Namen retteten mich. Ich lag noch immer zu ihren Knien; ich verbarg mein Haupt in ihrem Gewande und weinte bitterlich. Sie nannte mich mit sanfter Stimme; ihre Augen waren mit Tränen angefüllt; ihre Blicke waren gegen den Himmel gerichtet; ihre langen Haare waren auseinandergefallen und flossen über ihre Knie herab.

»Valérie!« sagte ich zu ihr, »noch einen einzigen Augenblick! Im Namen Adolphs, Adolphs, welchen ich sehr mit Ihnen beweint habe«, bei diesen Worten flossen ihr die Tränen, »flehe ich Sie, meine Bitte zu erhören!«

Sie machte ein Zeichen, als ob Sie mir »Ja« sagen wollte.

»Nun gut! Denken Sie sich für einen Augenblick, daß Sie das Weib wären, welches ich liebe, welches ich liebe, wie keine Zunge es ausdrücken kann; sie erwidert meine Liebe nicht; Sie dürfen daher kein Bedenken haben. Ich werde Ihnen nichts sagen; ich will Ihnen ihren Namen aufschreiben; und man wird Ihnen nach meinem Tode, diesen Namen einhändigen, welcher, so lange als ich lebe, nicht aus meinem Herzen kommen soll. Valérie, versprechen Sie mir, wenn meine ewige Ruhe Ihnen teuer ist, versprechen Sie mir, bisweilen an diesen Augenblick zu denken und mich, wenn ich nicht mehr sein werde, derjenigen zu nennen, für welche ich sterbe, mir ihre Verzeihung zu bewirken, eine Träne über meinem Grabe zu vergießen. Noch einen Augenblick, Valérie; es ist vielleicht zum letzten Male in meinem Leben, daß ich mit Ihnen rede.«

Dieser schreckliche Gedanken erstarrte mein Blut; mein Haupt sank auf ihre Knie, ein Angstschweiß, welcher von meiner Stirne floß, mischte sich in meine bittern Tränen; aber ich empfand eine geheime Wollust, als ich merkte, daß ihre Haare meine Tränen aufnahmen, und daß die ihrigen auf mein Haupt fielen; sie drückte es mit ihren Händen und richtete es hernach auf.

»Gustav!« sprach sie zu mir mit einem feierlichen Tone, »ich verspreche Ihnen, niemals diesen Augenblick zu vergessen; aber Sie, versprechen auch Sie mir, niemals wieder von dieser Leidenschaft mit mir zu reden, mir nicht wieder diesen Wahnsinn zu zeigen; besiegen Sie sich; schonen Sie Ihre Gesundheit; erhalten Sie Ihr Leben, welches nicht Ihnen gehört, und welches Sie der Tugend und Ihren Freunden schuldig sind.«

Ihre Stimme wankte; sie reichte mir die Hände und sagte: »Valérie wird immer Ihre Schwester, Ihre Freundin sein; ja, Gustav, noch lange sollen Sie das Glück genießen, welches Adolphs Mutter Ihnen so innig wünscht.«

Sie erhob meine Hände mit den ihrigen gegen den Himmel, und schickte den rührendsten Blick dahin. – »Sie sind ein Engel!« sagte ich zu ihr, mit einem von Schmerz zerwühlten Herzen und nachgiebig gegen ihre höhere Macht, welche mir ruhig zu scheinen gebot. »Verlassen Sie mich niemals!«

Sie wollte ihre Haare wieder in Ordnung bringen.

»Denken Sie bisweilen«, sagte ich, mit gefaltenen Händen, »denken Sie bisweilen, wenn Sie diese Haare berühren, an die bittern Tränen des unglücklichen Gustavs!« Sie seufzte tief. Sie hatte sich dem Fenster genähert; sie öffnete es. Der Tag neigte sich. Unsere Blicke irrten lange Zeit, ohne uns etwas zu sagen, über den Wolken, welche der Wind jagte, und welche einander folgten wie die stürmenden Gefühle in meiner Seele an diesem Tage einander gefolgt waren. Es war kalt für die Jahreszeit; der Wind, welcher über die mit Schnee bedeckten Berge gestrichen war, wehte mit Heftigkeit; er schüttelte die Bäume, welche vor dem Fenster standen, und Blätter fielen neben uns nieder. Ich bebte; ein schwermütiger Gedanke erinnerte mich an die Blumen des Begräbnisplatzes, welche Valérie deckten, und an jene Blätter, welche den Herbst verkündigten und am Abend meines Lebens herabfielen.

Dieser Tag war der letzte, welchen ich bei ihr verbrachte; ich war entschlossen, abzureisen; ich fühlte es; ich hatte auf immer Abschied von ihr und vom Glück genommen! Ich wunderte mich über meine Stille; nichts beunruhigte mich mehr; das Leben und dessen Hoffnungen lagen hinter mir; aber mit mir nahm ich in das neue Vaterland, welches ich nun bald bewohnen sollte, das zarte Gefühl für Valérie; sie war meine Schwester, meine beste Freundin hienieden; darüber war ich sicher. Verzeihe, Ernst, verzeihe! Um die Weiber für die Ungerechtigkeiten der Männer zu entschädigen, gab ihnen der Himmel das Vermögen, stärker zu lieben. Ich hatte ihr Zartgefühl nie gekränkt; ich hatte selbst nie gewünscht, daß sie mir gehören möchte. Wenn ich, von einer wilden Leidenschaft hingerissen, im Begriffe gewesen war, sie ihr zu gestehen, so geschah es nicht im geringsten mit dem Gedanken, daß sie dieselbe erwidern könne. Hatte ich nicht selbst, einige Augenblicke ausgenommen, welche an einen unwillkürlichen Wahnsinn grenzten, immer noch empfunden, daß der Graf ihrer würdiger sei als ich? Hatte ich jemals diesen Freund um sie beneidet? – Dieses waren meine Gedanken; und wenn ich vor diesem Abend nicht so stark die Notwendigkeit gefühlt hätte, mich von ihr zu entfernen, wenn mein Entschluß mir nicht durch eine so heilige Pflicht geboten worden wäre, ich glaube, ich würde geblieben sein; so ruhig war ich und so gefaßt; so entfernt war ich von jenen stürmischen Bewegungen, welche mich so unglücklich gemacht hatten!

Valérie unterbrach endlich die Stille. »Sie werden uns schreiben; wir werden alles erfahren, was Sie machen werden; auch werden Sie für Ihre Gesundheit gehörig sorgen; nicht wahr? Gustav!« Und sie legten ihre Hand auf meinen Arm. Marie ging bei dem Fenster vorüber, und sagte: »Es ist sehr kalt, gnädige Frau Gräfin; Sie sind zu leicht gekleidet.« Zu gleicher Zeit gab sie ihr einen Strauß Orangenblüten; Valérie teilte ihn; sie gab mir die Hälfte davon und seufzte. – »Niemand wird von jetzt an«, sagte sie, »sich der Blumen auf dem Lido so annehmen, wie Sie es getan hatten; dieser Umstand wird es für mich traurig machen, allein dahin zu gehen.« Ihre Stimme veränderte sich; eiligst stand sie auf und ging nach der Türe zu ihrem Zimmer; sie reichte mir die Hand; ich drückte meine Lippen darauf.

»Lebe wohl, Valérie! Lebe wohl, auf sehr lange Zeit! O, Valérie, noch einen Blick, einen einzigen! oder ich muß glauben, daß ich Sie nirgends wiederfinden werde!«

Wirklich verfolgte mich eine abergläubische Angst. Sie blickte auf mich; und ich sah die Tränen, welche sie mir zu verbergen gesucht hatte; sie wollte lächeln.

»Leben Sie wohl, Gustav! ich nehme nicht Abschied von Ihnen; ich habe Ihnen noch tausend Dinge zu sagen.«

Sie zog die Türe nach sich, und ich fiel in einen Armstuhl, erschreckt von diesem Geräusch, als ob das Weltall vernichtet wäre. Ich weiß nicht, wie lange ich in diesem Zustande blieb; nur auf die wiederholten Schläge einer Penduluhr, welche mir ankündigte, daß es spät wäre, stand ich auf; das tiefste Dunkel umringte mich. Ich hatte nur in dem ersten Augenblicke gelitten, als die Türe sich schloß. Ich erwachte wie aus einem Traume; ich fühlte mich ermüdet; ich ging in den Hof hinab, um mein Zimmer zu erreichen. Im Vorbeigehen bemerkte ich Licht in dem Wagenschuppen; und ich sah, daß einer der Hausbedienten eine Kutsche reinigte; er pfiff gelassen bei der Arbeit. Ich verweilte; ich betrachtete ihn. Es war mein Wagen, welchen man hergeschafft hatte. Mir klopfte das Herz; meine Ruhe und meine Betäubung verschwanden eine wie die andere; ich wurde nicht mehr durch Valériens Anblick gehalten. Die unglückliche Liebe ist in Gegenwart des geliebten Gegenstandes minder unglücklich; sie hüllt sich in jenen Zauber der Gegenwart; ihre Leiden haben Reiz; sie werden bemerkt. Aber jetzt ergriff mich der ganze Schmerz der Trennung; ich fühlte eine Schwäche, als ich jenen Wagen betrachtete, welcher mich weit von ihr wegführen sollte! sogar dieser Mensch, welcher so gelassen pfiff, mußte mir zuwider werden; ich beneidete seine Ruhe; es war mir, als spottete er der schrecklichen Qual, welche mich peinigte. Ich lief zu meinem Zimmer; ich warf mich auf den Boden, indem ich mit dem Kopfe auf die Diele stieß und seufzend Valériens Name wiederholte. »Ach!« dachte ich bei mir, »ach! sie wird mich also niemals mehr hören!« Erich, der alte Erich trat herein. Es war nicht das erste Mal, daß er mich in diesem gewaltsamen Zustande gesehen hatte; er schalt mich. Ich warf mich zum Schein auf mein Bett, um ihn loszuwerden; ich verbrachte mehrere Stunden in der heftigsten Unruhe; und ich beschloß an Dich zu schreiben. Ich fand in meinem Kopfe alle die traurigen Lagen des heutigen Tages wieder; dieses beruhigte mich; es ist so süß, wenigstens einen Begriff von der Unruhe geben zu können, welche uns zerstört! Und wenn ich bedenke, daß mein Ernst, der Beste der Freunde, der Gefühlvollste unter den Menschen, mich beklagen wird, bitte ich den Himmel, ihn für den Zauber zu belohnen, welchen dieser Gedanke in mein verwelktes Herz gießt. –

Früh um fünf Uhr.

Ich habe sie wiedergesehen, Ernst! ich habe sie noch einmal gesehen, und zwar auf eine der sonderbarsten Veranlassungen, in dieser nämlichen Nacht! Nicht wahr? das begreifst Du nicht? Nachdem ich Dir geschrieben hatte, brachte ich alles in Ordnung, was ich noch zu berichtigen hatte. Ich hatte der Marie und einigen Personen im Hause ein kleines Geschenk bestimmt; ich hatte einen Brief für den Grafen gesiegelt, einen sehr rührenden Brief, worin ich ihn wegen aller der Fehler, welche ich gegen ihn begangen haben möchte, um Verzeihung bat; ich bat ihn, mir meine schnelle Abreise zu vergeben; ich sagte ihm, ich hoffte, mich einst in seinen Augen über alle meine Sonderbarkeiten zu rechtfertigen; ich beschwor ihn, mich immer zu lieben, indem ich ihm sagte, daß ich ohne diese Freundschaft sehr elend sein würde. Nachdem ich endlich alles geordnet hatte, setzte ich mich auf einen Stuhl, ganz gekleidet, während ich die Stunde meiner Abreise erwartete und fürchtete; aber fest entschlossen zu dieser Abreise, welche ich als das einzige Ende meiner Qualen betrachtete.

Ich war in jenem fürchterlichen Zustande von Angst und Beklemmung, welcher sich zu schwer schildern läßt, als ich eines der mir gegenüber befindlichen Fenster so stark erleuchtet sah, daß ich etwas Außerordentliches vermuten mußte; es war ein von einer jungen Italienerin bewohntes Zimmer, welche seit kurzem im Hause war und hier schlief, um in der Nähe von Valérie zu sein, deren Schlafzimmer nur durch ein Kabinett von jenem entfernt war. Ich eile fort, ich fliege über den Hof, ich renne die Treppe hinan; alles schlief noch; ich öffne die Tür; ich sehe die junge Giovanna, ganz gekleidet, an einem Tische eingeschlafen, und neben ihr ihr Bett, dessen Vorhänge ganz in Flammen standen. Sie erwachte nicht; sie hatte den festen Schlaf, welchen man mit sechzehn Jahren hat, wenn man noch frei ist von jeder unglücklichen Leidenschaft. Ich öffne die Fenster, um den Rauch hinauszulassen; ich reiße die Vorhänge herunter; zum Glück hatte sich Valérie in diesem Zimmer gebadet; ich lösche das Feuer mit dem Wasser aus der Badewanne, indem ich so wenig Geräusch machte wie möglich. Ich befürchtete, Giovanna möchte aufwachen und ein Geschrei erheben, welches von der Gräfin gehört werden könnte; daher weckte ich sie sanft und zeigte ihr die Folgen ihrer Unvorsichtigkeit. Sie fing an zu weinen, indem sie sagte, sie wäre eben jetzt erst eingeschlummert; sie hätte an ihre Mutter geschrieben und hernach das Licht neben das Bett gestellt, um sich niederzulegen; und sie begreife gar nicht, wie sie an diesem Tische eingeschlafen wäre. Indem sie sprach, lösche ich vollends das Feuer, welches bereits die Matratzen ergriffen hatte; ich gehe nach dem kleinen Gange, um mich zu versichern, ob der Rauch nicht dahin gedrungen wäre. Kaum hatte ich den Fuß in diesen Gang gesetzt, bemächtigte sich meiner Seele ein unüberwindliches Verlangen, noch auf einen Augenblick Valérie zu sehen; ich hatte ihre Tür halb offen gesehen. »Sie schläft«, dachte ich bei mir, »niemand wird es jemals erfahren, wenn Giovanna es nicht weiß; ich will sie noch einmal sehen; ich will an der Pforte des Heiligtums verweilen, welches ich wie Valériens Seele verehre.« Es bedurfte nur eines Mittels, um auf einige Augenblicke die junge Italienerin zu entfernen; dies gelang mir. Ich nähere mich mit Zittern dem Gange; ich verweile, erschreckt von dem fürchterlichen Gedanken, daß Valérie erwachen könnte. Ich will wieder umkehren, aber mein Verlangen, sie zu sehen, war so heftig! – Ich verlasse sie vielleicht auf immer! Ach! ich will ihr noch einmal sagen, daß sie es ist, welche ich liebe! Wenn Valérie mich sieht, werde ich ihren Unwillen nicht ertragen; ich werde einen Dolch in mein Herz stoßen!« Mein verwirrter Kopf zeigte mir dunkel dieses Verbrechen und zugleich ihr Bild. Ich schleiche mich in das Zimmer; es war von einem Nachtlicht hinlänglich erleuchtet, um mir Valérie eingeschlafen zu zeigen; die Keuschheit wachte noch neben ihr; sie war bescheiden in eine Decke gehüllt, welche weiß und rein war wie sie. Mit Entzükken betrachtete ich ihre reizenden Züge; ihr Gesicht war gegen mich gekehrt; aber ich sah es nur etwas undeutlich. Ich bat sie um Verzeihung wegen meines Verbrechens; ich sprach zu ihr in Worten der leidenschaftlichsten Liebe. Ein Traum schien sie zu beunruhigen. Wie wurde mir! O! bezaubernder Augenblick! in welchen Rausch versenktest du mich! Sie sprach den Namen: »Gustav!« Ich stürzte gegen ihr Bett; der Teppich dämmte meine taumelnden Tritte. Ich war im Begriff, mit meinen Küssen ihre reizende Füße zu decken, hinzuknien vor diese Bett, welches meinen Verstand verwirrte, als sie plötzlich jenes andere Wort aussprach, welches mein Schicksal endigen muß. Sie sprach mit einer unglücklichen Stimme: »Der Tod!« und sie wendete sich nach der andern Seite. – »Der Tod!« erwiderte ich, »leider! ja, nur der Tod bleibt mir übrig! Du träumst von meinem Schicksale, o, Valérie!« sagte ich mit leiser Stimme; sanft warf ich mich auf meine Knie und sprach: »Nimm mein letztes Lebewohl; denk' an mich; denke bisweilen an den unglücklichen Gustav; und in Deinen Träumen wenigstens sag' ihm, daß er Dir nicht gleichgültig ist!« Ich sah ihre Gesichtszüge nicht; eine ihrer Hände war außer ihrem Bette; ich berührte sie leicht mit meinen Lippen und ich fühlte noch ihren Ring. »Und auch dir, du, der du mich auf immer von ihr trennst, auch dir gebe ich den Kuß des Friedens; ich segne dich, wiewohl du mir das Grab öffnest.« Und meine Tränen bedeckten ihre Hand. »Du vereinigst sie mit dem Mann, welchen ich zu lieben nicht aufhören werde, welcher sie glücklich macht; ich segne dich!« Und ich stand auf, beruhigt durch diese Kraftäußerung. – »Noch einen Blick, Valérie! einen Blick auf Dich! noch einmal laß mich diese Züge meinem Herzen eindrücken! mitnehmen will ich dieses sanfte Bild Deiner Ruhe, Deines schuldlosen Schlafs, um mich zur Tugend zu ermuntern, wenn ich fern von Dir sein werde!«

Ich ergriff das Nachtlicht; ich näherte mich dem Bett. O! sanftes und himmlisches Bild von Jungfräulichkeit und Reinheit! Ihre Hand war immer außer dem Bette; die andere lag unter einer ihrer Wangen so, wie Kinder schlafen; diese Wange war rot, da hingegen die andere nach meiner Seite blaß war – Bild des Traums, dessen Hälfte mir so süß erschien, da hingegen die andere Hälfte so unglücksvoll war. Ihre Bettlaken verhüllten sie bis an ihren Hals; und ihre Gestalt, rein wie ein Engel, verriet sich nur wie sie, leicht und durch den Schleier der Bescheidenheit. O! Valérie! wie wächst die Liebe bei diesen zauberischen Banden, womit die Bescheidenheit und die sittliche Reinheit sie umschlingen! Niemals würde die verführerischste Unordnung mich so sehr beunruhigt, niemals würde sie mein ganzes Wesen mit einer so süßen Wollust erfüllt haben! Wie vergötterte ich dich! Gestorben wäre ich für einen einzigen der reizendsten Küsse, welche ich deinen matt scheinenden Lippen entwand hätte! Ja, traurig erschienst du, Valérie; und ich wurde darüber nur desto trunkner! Ich konnte mich von dir entfernen! Ich habe dich verehrt, o, Valérie! rechne mir diesen erhabenen Mut für etwas an; er vernichtet alle meine Fehler!

Bald war es mir, als hörte ich die Tritte der jungen Italienerin; ich ging ihr entgegen; ich stürzte mich in den Hof, in den Garten; ich versuchte zu atmen, mich zu beruhigen; der Tag fing an zu grauen; der kühle Morgenwind hatte sich erhoben; ein goldner Saum lief längs dem Gesichtskreis hin gegen Osten und verkündigte die Morgenröte. Die während der Nacht geschlossenen Blätter der Akazie öffneten sich allmählich; zahme und im Hause gefütterte Adler traten aus ihren Höhlen; die Vögel erhoben sich in die Lüfte, und junge Mütter verließen ihre Nester. Alle diese Bilder umringten mich; alle schilderten mir das Leben, welches überall wieder anfing, und welches in mir erlosch. Ich setzte mich auf die Stufen der Treppe, welche nach dem Garten führt; die Lerchen flatterten über meinem Haupte, und ihr so munterer, so fröhlicher Gesang entriß mir Tränen; ich war so schwach, so beklemmt; meine Brust schien zu glühen, aber mein Leib schauderte, und meine Lippen bebten. Ich versuchte, einen Augenblick zu ruhen; aber vergebens. Ich verweilte einige Zeit auf diesen Stufen, welche wir so oft zusammen hinabgestiegen waren. Endlich stand ich auf; und als ich an dem Saale vorbeiging, wo wir gestern gewesen waren, wollte ich die Arie mitnehmen, welche Valérie gesungen hatte. Es war völlig Tag; und das so rührende Duett aus Romeo und Julia fiel mir in die Hände. Alles mußte sich also vereinigen, um jene Auftritte von Schmerz und Sehnsucht meinem Herzen einzugraben. Und dieses Stück der Tonkunst erinnerte mich ganz vollkommen an die Trennung, welche mir so schrecklich war. Selbst der Gesang der Lerchen erinnerte mich an jenen herzzerreißenden Augenblick, wo Romeo und Julia einander verlassen. Ich verweilte von der Last eines düsteren Kummers überwältigt, und ich schleppte mich in mein Zimmer, aus welchem ich Dir noch schreibe. Ich wage nicht, Dir die verborgene Hoffnung meines Herzens zu bekennen! Sollte ihr denn immer unbekannt bleiben, was ich leide. Schrecklich wäre es für mich, wenn keine Spur von diesen Schmerzen auf der Erde zurückbleiben sollte! Wenigstens hinterlasse ich, indem ich Dir schreibe, ein Denkmal, welches mich überleben wird. Du wirst meine Briefe aufbewahren; wer weiß, ob nicht ein Umstand, welchen keiner von uns voraussehen kann, sie ihr einmal bekanntmachen dürfte? Mein Freund, dieser Gedanke, wie unwahrscheinlich er auch sein mag, belebt mich, indem ich an Dich schreibe und verhindert, daß ich der Last der Ermüdung und des Grams, welcher mich verzehrt, nicht unterliege. –

Dreiundvierzigster Brief.
Valérie an ihre Schwester Amalie.

Von der Brenta, am ...

Hast Du alle die Briefe, welche ich Dir seit unserer Trennung schon geschrieben habe, aufmerksam durchgelesen, wirst Du darin eine gewisse sehnsuchtsvolle Schwärmerei finden, mit der ich mich so gerne in die Vergangenheit verliere.

Die Erinnerung an verlebte Freuden ist allemal süßer als der Genuß der gegenwärtigen, an denen wir immer im Vergleich mit jenen, Unvollkommenheiten finden, weil Empfänglichkeit und Jugend, zudem ein unschuldiger Frohsinn den frühern mehr Reiz und Anmut liehen. Leider sind ja unsere spätern Vergnügungen nach dem Maßstabe der Konvenienz berechnet, und die Erkenntnis dieses Unangenehmen führt uns dann unwillkürlich in die Zeiten der zwanglosen Jugend zurück, wo das Herz selbst sich seine Freuden sucht.

Es sind meine seligsten Stunden, wenn ich an die Tage unsrer Kindheit zurückdenke, auf die väterlichen Fluren mich hinversetze, alle meine damaligen Bekannten um mich herum versammle, mit ihnen wieder scherze, tändle und hüpfe und alle Nuancen jenes täglichen Wandels durchgehe. Meine Freuden verjüngen sich dann, und mein erholter Geist bricht im Wohlgefühl in den Freudenruf aus: es war eine schöne Zeit!

Sie war es auch, Amalie! Wir lebten ja bloß für die Freude und hatten keinen andern Gedanken als den, die Reize der herrlichen Schöpfung zu genießen. Nicht daß ich mit meinen dermaligen Verhältnissen unzufrieden wäre, nein! vielmehr erhebt sich mein Geist dankbar zu dem Allgütigen, der mich mit Glücksgütern begabt und gute Menschen zu Begleitern auf meiner Lebensbahn gegeben hat. Oft schon habe ich Dir die vortrefflichen

Eigenschaften, die milde Gemütsart meines teuern Gemahls geschildert, begreife dann ganz mein Glück in seinem Besitz. Mit welcher Zärtlichkeit er für unsern lieben Gustav besorgt ist, wie ängstlich er nach der Ursache seines Kummers forscht und wie schonend und großmütig er es unterläßt, ihm das Geheimnis abzuzwingen.

Amalie! immer wird es mir deutlicher, daß ich selbst der Gegenstand von Gustavs Jammer bin. Ich habe Dir von dieser Vermutung schon einmal etwas geschrieben, jetzt scheint sich diese mehr und mehr zu bestätigen. Urteile selbst, teure Schwester, ob ich nicht vollen Grund zu einer solchen Besorgnis habe.

Gustav hat uns verlassen. Unter dem Vorwande nach Pisa in die Bäder zu gehen, hat er sich von uns getrennt. Was soll er in Pisa? Kann er hoffen, dort von einer Gemütskrankheit geheilt zu werden, da der Trost zweier freundschaftlichen Herzen ihn nicht zu beruhigen vermochte? Wer wird sich dort mit aufrichtiger Teilnahme an ihn schließen und ihn trösten? – Nein, nein! es ist viel anders; ich habe sein Betragen gegen mich genau beobachtet und glaube es fest, daß ich die unschuldige Ursache seiner Verirrung bin. Er flieht mich, weil er zu tugendhaft ist, durch meinen Umgang seiner Leidenschaft Nahrung zu geben, und diese bis zur Sträflichkeit emporwachsen zu lassen. Ist es nicht so, teure Schwester! ist es nicht klar und deutlich? Der Edle opfert sich selbst auf, um nicht unwillkürlich der Störer unsrer Ehe zu werden. Er flieht, um sich mit seinem Gefühl nicht zu verraten, das ihn niederdrückt, und das seinem guten Herzen die Last eines sträflichen Bewußtseins aufbürdet. Er flieht, um ungesehen jammern, unbemerkt hinwelken zu können.

Fassest Du es nun, warum ich mich jetzt so gerne der Tage meiner frühen Jugend erinnere? Siehst Du ihn bei diesem Gedanken nicht auch unter der Zahl unsrer Bekannten, den Angeber unsrer Vergnügungen, den Liebling unsers frohen Zirkels?

Der Jüngling war damals schon so schön und so tugendhaft, jetzt ist er zum Muster eines gebildeten, moralischen Menschen gediehen und stirbt in der schönsten Blüte ab. O! ich war ihm so gut, und er so zutraulich gegen mich. Mich langweilten die

Stunden, die ich ohne seiner Gesellschaft verbrachte, und an seiner Seite schwanden mir die süßesten Augenblicke wie ein schöner Traum; bei ihm tat ich oft einen Blick voll Beklemmung in die Zukunft, gleich als ob meine Seele die kommende Angst geahnet hätte.

Habt Ihr andern nicht oft selbst über unser vertrautes Verhältnis gescherzt und uns gescholten, wenn wir uns von Euch zu trennen suchten und viel lieber einsam lustwandelten? Ich hörte Euer Schmollen gern und schmiegte mich an den guten Jüngling an, wenn dessen Wangen erröteten. Unsre Eltern lächelten, wenn sie uns Arm in Arm sahen, nur der unverhoffte Tod meines Vaters konnte das schöne freundschaftliche Verhältnis trennen. Meiner Mutter Wille band mich an meinen Gemahl, dessen Tugenden ich schätzte, und der meiner Liebe würdig war. Die jugendlichen Träume verschwanden, ein neues glückliches Leben blühte mir auf, und siehe da! ein feindliches Geschick warf den unglücklichen Jüngling meiner friedlichen Bestimmung wieder entgegen. – Ich! die ich sonst seine zärtliche Freundin gewesen bin, ward nun seine Mutter. Ich gefiel mir selbst in dieser Lage, denn ich wurde seiner Gegenwart froh, weil er das Drittblatt unsrer glücklichen Vereinigung ausfüllte. O Amalie! du hättest es sehen sollen, wie warm und zärtlich ihn mein Gemahl aufnahm, welche Rechte er ihm einräumte und wie vielvertrauend er mich als seine Schwester in seinen Arm legte.

Er hat sich nicht getäuscht Amalie! er kannte vortrefflich das Herz derjenigen, deren Edelmute er seine Ruhe anvertraute. Wir waren im reinsten Gefühl einer heiligen Freundschaft glücklich. Ach! warum mußte er diese frohe häusliche Stille stören! warum mußten jene Empfindungen in seinem Herzen zur vollen Stärke aufwachen, die in frühern Jahren bei ihm vielleicht nur im Keime lagen. Hätte ich ihn doch nie wiedergesehen, wenn meine Ahnung mich nicht täuscht, wenn meine Besorgnis eintrifft, daß ich es bin, die er liebt!

Unseliger Augenblick, der mich ihm im Ideale seiner regen sehnsuchtsvollen Denkkraft zeigte, der ihm nur in mir Vorzüge sehen ließ, die seine Leidenschaft merken konnten! Warum fiel sein Blick nicht auf einen vielleicht würdigern Gegenstand, bei dem seine Gefühle Teilnahme finden könnten? Warum mußte ich es sein, die dem von seinem drangvollen Herzen geschaffenen Bilde entsprach? – O Amalie! es ist sehr schmeichelhaft für ein Weib, von einem Manne, den es schätzt, geliebt zu werden; allein wenn diese Empfindung zur glühenden Leidenschaft aufwächst, schafft sie tötende Bekümmernis. Verdamme mich nicht, denn ich trage keine Schuld dabei. Jetzt, jetzt wünschte ich, daß er mich hassen sollte. Kränkend würde mich seine Verachtung schmerzen, aber ich litte ja denn für ihn, für ihn, der nun für mich leidet! – Sieh! schon dieser Gedanke müßte mich trösten, und seine wiedererhaltene Ruhe würde mich gewiß vollkommen beruhigen.

Sein wachsender Kummer war meiner Bemerkung nicht entgangen, und immer besorgte ich den traurigen Umstand, der mir nun gewisser wird. Ich säumte nicht, seinem verirrten Herzen zur Hilfe zu eilen; ich borgte meinem Benehmen Leichtsinn, meinem ganzen Wesen den Anstrich von Flattersinn und Unbestand, stellte mich in ein häßliches Licht verschiedener Untugenden und wagte sogar gegen meinen Gemahl hie und da einen kleinen Unwillen in Ausbruch kommen zu lassen, um in Gustavs Beurteilung zu verlieren, um seinem heftigen Gefühl schnell einen Damm zu setzen. Alle meine Bemühungen waren fruchtlos, Gustavs Achtung gegen mich bleib immer die nämliche und seine schwermütige Gemütsstimmung dieselbe.

Oft zweifelte ich, ob ich ihn recht beurteilte, und zweifelte noch immer, so lange er bei uns war. Aber als er uns endlich seinen Entschluß, nach Pisa zu gehen, entdeckte, als er von mir den Abschied nahm, da schwand aller Zweifel, und eine drohende Stimme rief mir zu: »Du bist die Mörderin seiner Ruhe.«

Ich kann es Dir nicht beschreiben, welche Unruhe mich ergriff, als er mir bestimmt sagte, daß er verreisen werde. Ich bat ihn mit Tränen – ja ich schäme mich nicht dieser freundschaftlichen zärtlichen Teilnahme – sich dem verschlossenen Grame zu entreißen; ich erinnerte ihn an die väterliche Liebe meines Gemahls gegen ihn und drang in ihn, sich diesem achtungswürdigen Manne zu vertrauen, in seinen freundschaftlichen Armen Trost zu suchen. In der leidenschaftlichen Heftigkeit, worin ich schwebte, zog ich das Bildnis des Grafen aus meiner Brust hervor und rief: »Betrachten Sie es Gustav! es ist unmöglich, daß diese Züge, welche nur der Tugend angehören können, Ihre Seele nicht beruhigen sollten!«

Guter Gott! wie veränderte sich sein ganzes Wesen bei diesem Antrage. Er stieß mir das Bild mit vorgestrecktem Arme zurück und antwortete mit einem fürchterlichen, verzweifelnden Blicke, daß er das Mitleid meines Gemahls nicht verdiene!

Lag in diesem Ausdrucke nicht die deutliche Erklärung, daß sein sträfliches Bewußtsein ihn zurückhalte, sein Geheimnis zu entdecken? Er lag zu meinen Knien; seine Tränen benetzten meine Hände; ach Amalie! ich fühlte mich sehr schwach, ich fühlte mich in der teilnehmendsten Stimmung, seine Leiden auf mich zu nehmen. – »Denken Sie sich für einen Augenblick, daß Sie das Weib wären, welches ich liebe, wie keine Zunge es ausdrükken kann«, schluchzte er flehend; »versprechen Sie mir, bisweilen an diesen Augenblick zu denken und, wenn ich nicht mehr sein werde, eine Träne über meinem Grabe zu vergießen.«

Ich erschrak heftig, denn ich konnte ihn nicht zur vollkommenen Erklärung zulassen, ich durfte es nicht wissen, daß ich der Gegenstand seiner Leiden sei; denn ich hätte seine Empfindung nicht billigen, ihn nicht trösten können. Kalter Ernst würde dann an die Stelle des gefälligen Trostes getreten sein, und die Verachtung seiner sträflichen Liebe hätte uns nicht nur auf immer getrennt, sondern seinen Trübsinn bis zum Selbsthasse gebracht. Mit Mühe hielt ich den Erguß seiner Gefühle zurück. Endlich, als der heftigste Drang der Wehmut mein Herz überströmte, entschlüpfte ich schnell nach einem rührenden Lebewohl!

Amalie! ich werde ihn vielleicht nicht wiedersehen, seit zwei Tagen ist er fort. Mir ist so sonderbar, so unbestimmt zu Mute, als wäre mein Geist von mir abwesend und schwebte im Wirkungskreise des Entfernten herum. Ob er wohl schreiben wird! ob er in Pisa seine Gesundheit wiedererlangt, ob er dann wieder zurückkehrt! Ich bin so beklommen, daß ich ihm mit Sehnsucht nacheilen würde, um mich zu überzeugen, was mit ihm vorgehe, wie er sich befinde. Überall verfolgt mich seine Gestalt, ich gehe mit rotgeweinten Augen umher, vermag nicht, die Zärtlichkeit meines Gemahls zu erwidern, und höre gern seinen Trost, wenn dieser Edle mit Zuversicht von Gustavs Wiedergenesung spricht.

Erkläre es mir, warum ich ihn wieder zu mir zurückwünsche, warum meine Besorgnis um ihn jetzt desto heftiger wird, da er abwesend ist. Wenn es nicht die ängstigende Ungewißheit seines Befindens ist, kenne ich mich selbst nicht aus und beginne für mein eigenes Herz zu zittern.

Nein Amalie, nein! das war eine häßliche Vermutung, erzeugt von der Vollkraft meines empfindsamen Herzens. Ich liebe meinen würdigen, großmütigen Gemahl, ich schätze seine anerkannten Tugenden und werde ihm nie von meiner reinen Liebe zu ihm etwas entziehen. Nein, nein Amalie! welche einen solchen Mann besitzt, als der Graf ist, kann in ihrer Pflicht nicht wanken. Ich beurteile mich falsch, gewiß, ich täusche mich selbst; es ist bloß Mitleid, Teilnahme für den Unglücklichen, und die Besorgnis von eigener Schuld an dessen Leiden erhebt jene Empfindungen bis zu einem Schwunge von Schwärmerei. Man weint ja oft mit in die Klagen eines fremden Jammers, wer wird mir nun das zärtliche Gefühl für meinen teuern Jugendfreund verargen, wer kann mich eines sträflichen Vergehens zeihen, wenn ich um den weine, der für mich leidet, für mich dem Grabe zuwelkt!

O meine Schwester! ich wäre untröstlich, wenn Gustav sterben sollte. Womit könnte ich dann mein Herz beruhigen? Müßte nicht seine bleiche Schattengestalt mich überall durch alle meine Freuden verfolgen? Wäre ich es nicht, durch die der hoffnungsvolle Jüngling so frühzeitig der Welt entrissen wurde? Gib mir Gewißheit, daß ich es nicht bin, die er liebt, und ich will dann jauchzen wie der Glückliche, der unverhofft aus Mörderhänden gerettet wird; ich will jauchzen wie ein Kind, das lang gewünschten Freuden entgegengeht!

Vierundvierzigster Brief.
Valérie an ihre Schwester.

Von der Brenta, am ...

Er schreibt nicht Amalie! ach, wie sehr bekümmert ist mein Herz! welche Unruhe verfolgt mich selbst in den fürchterlichsten Träumen. Auch Erich, der ihn begleitet, und der mir das heiligste Versprechen leistete, von Zeit zu Zeit mir von dem Unglücklichen Nachricht zu geben, schreibt nicht. Was soll ich davon denken – ist er tot, liegt er krank oder ist er weit weggeflohen, um nie wieder etwas von sich hören zu lassen? Das wäre grausam, das wäre unverzeihliche Vergessenheit meines freundschaftlichen teilnehmenden Herzens, das von namenlosen Vorstellungen seines Jammers zerrissen wird. Wo mag er sein, was soll dieses planmäßige Stillschweigen bedeuten? Undankbar ist er nicht – nein, nein; ich erliege dem fürchterlichen Gedanken, daß er tot sei. O Amalie! kannst Du es fühlen, welcher Schmerz mich ängstigt! kannst Du es Dir denken, wie freudenlos jetzt mein Leben ist, seit er sich von uns entfernt hat! Ich besehe mich täglich im Spiegel, meine Wangen werden blässer, meine Augen matter, und eine zunehmende Schwäche bemächtigt sich aller meiner Glieder. Siehe! dann und wann bemächtigt sich meiner der stille verborgne Wunsch, daß ich früher sterben möchte als er, und da tritt seine abgewelkte Gestalt vor meine Seele, gehüllt in ein Leichentuch, schwebend wie der Schatten eines Verklärten, und ich rufe im heftigen Entsetzen: »Er ist tot!«

Meine Blumen sind verwelkt, die er gepflanzt hatte, als er zugleich auf dem Lido Adolphs Grab bekränzte. Sind sie mit ihm abgestorben, oder habe ich es vergessen, ihrer zu pflegen? Ich weiß es selbst nicht, denn ich lebe bloß wie im Traume; um mich dreht sich alles mechanisch herum, und mich deucht es, als schwärmte ich in den Fluren unsrer väterlichen Heimat herum, nur wenn ich meinen Gemahl umarme, ist es mir, als ob ich den trauten herzlichen Jugendfreund umarmte.

»O mein Gemahl!« wollte ich jüngst an seinem Herzen rufen, und es entschlüpfte mir Gustavs Name. Er sah mich bedeutend an; ich erschrak, denn ich war auf dem Punkte, des Grafen Empfindlichkeit zu beleidigen. Ich sah bescheidenen Ernst in seinem Gesicht, und er sprach mit nachdrucksvoller Stimme: »Valérie! vergiß Dich selbst nicht, Dein Freund ist Deines Mitleids und Deiner Teilnahme würdig, allein laß die Stimmung Deines Gemüts nicht gefährlich werden, damit der größte Jammer am Ende nicht auf mich zurückfalle.«

Dies war das erste Mal, wo er so mit mir sprach. Mich ergriff es mit innerer Kälte, ich sank an seine Brust und weinte laut. »Nein, nein edelmütiger Gemahl!« rief ich, »Du sollst nie Ursache erhalten, mich je einer Verirrung schuldig zu geben, ich fühle es, daß ich für die große Teilnahme an dem Jammer des Unglücklichen Deine Vorwürfe verdiente, aber ich habe das Zutrauen zu Deiner milden Denkungsart, daß Du mir diese Tränen nicht verargen wirst, sie sind ja um einen guten Menschen geweint, der auch Dein Freund ist, der auch Deine Liebe besitzt.«

»Valérie! ich schätze Dein weiches Gefühl!« sprach mein Gemahl gütig und schonend, und ich verhehlte ihm nichts von meinen Besorgnissen, schilderte ihm meine Angst und beschrieb ihm meine furchtbaren Träume. Er versprach mir, sich nach dem Entflohenen in Pisa zu erkundigen. Ach Amalie! mit welcher Angst harre ich der Nachricht von ihm entgegen. Er ist ja mein Bruder; trug mir mein Gemahl nicht selbst auf, seine liebevolle Schwester zu sein? –

Fünfundvierzigster Brief.
Valérie an ihre Schwester.

Von der Brenta, am …

Ich habe Nachrichten von Gustav erhalten, Nachrichten, die mein Innerstes erschütterten. Er lebt, aber sein Leben ist das Leben eines Eingekerkerten, der getrennt von allen Freuden der Welt langsam abstirbt. Eine düstere Flamme in einer heiligen Halle, die kaum ihr eigenes Gefäß beleuchtet. Amalie! kann der Geist des Menschen zu einer solchen Kraftlosigkeit ermatten, um seiner eigenen Bestimmung zu vergessen und sich einem wüsten berauschenden Schlummer zu ergeben!

O ja! ich fühle es selbst, wie leicht diese wirkende Kraft im Menschen dem äußern Drange unterliegt; ich will munter sein, ich will hüpfen und singe und bleibe plötzlich im sinnlosen Hinstarren stehen, denke nichts oder falle auf meine Knie nieder und dünke mich auf dem Lido auf meines Adolphs Grabe zu sein. Dann erhebt sich ein Denkstein auf dem begrasten Hügel, ich lese darauf mit goldener Schrift den Namen: »Gustav« und springe hastig auf. Ist er tot? frage ich jeden, der mir nahe kömmt, und mein Herz seufzet: ach ja, er ist für die Welt verloren.

Es ist ein großes Unglück, für die Welt verloren zu sein, liebe Schwester! man ist dann ein leichter, steuerloser Nachen auf dem hohen Meere, mit dem jede leichtfertige Welle ihr loses Spiel treibt. Man paßt nicht mehr zum Ganzen der geordneten Schöpfung, fühlt sich als ein entbehrliches Glied aus der großen Kette des menschlichen Wirkens verstoßen und wird sich selbst zur Last, da man sogar das kleine Plätzchen, worauf man steht, zwecklos tritt. O! dem einmal der Tod zum Ziele geworden ist, dessen Herz erkaltet schon vom Gefühle zur teilnehmenden Geseligkeit, dessen Seele beherrscht der friedliche Dämon der Unempfänglichkeit für jeden Trost. Aller Hoffnung entrissen, ist dann der Übergang zur Verzweiflung kurz.

Erich hat mir geschrieben. Gustav hält sich jetzt in der Kartause in B... auf, ohne Anstalt zur weitern Reise nach Pisa zu machen. Also war die Notwendigkeit, Bäder brauchen zu müssen, nur ein Vorwand, um sich entfernen zu können; so flieht der Unglückliche wirklich, um uns seinen Jammer zu verbergen. Amalie! wohin führt ihn seine entsetzliche Leidenschaft – in die Mauer der Einsamkeit, nicht um Andacht zu üben, sondern für seinen schrecklichen Menschenhaß Gelegenheit und Nahrung zu suchen. Denke dir den halb verzweifelnden Jüngling in der traurigen Gesellschaft einsamer Menschen, die der Welt entsagt haben. Kann dieses seiner zerrütteten Gemütsstimmung zuträglich sein? wird er nicht noch mehr Stoff finden, mit sich selbst zu grollen und sich der Kleinmut ganz zu ergeben? Amalie! Gustav in einer Kartause; vielleicht mit dem entsetzlichen Gedanken, sich mit diesen, von allen Freuden der Welt abgesonderten Menschen zu verbrüdern, auf ewig der Wiederkehr in die Arme der Freundschaft zu entsagen, hinabzusteigen in das gemauerte Grab, um langsam unter unzähligen Martern dem Tode in die Arme zu sinken.

O! wäre ich nie geboren worden, teure Schwester! so würde dieser gute unglückliche Jüngling jetzt nicht so schrecklich leiden. Wie pocht mir das beunruhigte Herz, wie verfolgt mich der wütende Gedanke, daß ich das unglückliche Geschöpf bin, welches ihn um seine Erdenseligkeit gebracht hat. Gab die Natur bei meinem Werden mir die Bestimmung, gute Menschen mit mir selbst unschuldig ins Verderben zu stürzen? Ich leide durch den Jammer des edlen Menschen, und mein sanfter schonender Gemahl leidet durch mich. Gustav, der arme Gustav ist der Verzweiflung nahe, denn er sucht sich für seinen verschlossenen Jammer eine Freistätte, um sich gänzlich den Augen der Welt zu entziehen. Ich ahne seinen fürchterlichen Entschluß, ich wünschte hineilen zu können, um ihn dem gänzlichen Verderben zu entreißen, ihn trösten, an mein teilnehmendes Herz zu drücken und ihm zu beteuern, daß ich gegen sein Gefühl nicht gleichgültig bin, daß meine Liebe…

Amalie! was sagte ich da? warum fährt es mir wie ein scharfer Stich durch das Herz? mein Gemahl! mein milder edelmütiger Mann! darf ich das Gefühl nicht ausdrücken, welches mich zur innigsten Teilnahme gegen den Unglücklichen hinreißt? darf ich nicht sagen, daß ich ihn liebe, den Freund meiner Jugend, den zärtlichen Gespielen meiner Kindheit, ihn, das duldsame Opfer seiner leidenschaftlichen Neigung für mich? Ja, ich liebe ihn, den Vertrauten meiner unschuldigsten Freude, meine Liebe ist glühend und heftig, aber rein wie die Liebe der zärtlichen Schwester für ihren unglücklichen Bruder. O! könnte ich es ihm schildern, wie unendlich elend er mich durch seinen Jammer macht; könnte ich ihm die Angst malen, die mein Herz bedrängt. Er würde sich dann überzeugen, daß auch ich für ihn leide, ach Amalie! daß mein Wohl von seinem Wohl, meine Ruhe von seiner Ruhe abhänge!

Amalie! entdecke das niemandem, was ich Dir hier anvertraut habe – doch nein! sage es allen meinen Bekannten, mein Gewissen schweigt dazu, der Ewige schuf uns ja zur Menschenliebe, und Gustav ist nach meinem teuern Gemahl mir der nächste. Weh dem menschlichen Herzen, das aus seinen Empfindungen Geheimnisse machen muß; wo bleibt dann der Trost der Schuldlosigkeit? Die ganze Welt soll es wissen, daß ich die schwere Last von Gustavs Leiden gerne auf mich nehmen würde. Er wird sterben! Ach Amalie! welch ein schrecklicher Gedanke! Barmherziger Lenker der menschlichen Schicksale, hast du mir noch eine Gnade deiner unendlichen Güte zugedacht, so lasse mich nicht Gustavs Tod erfahren; nein! laß mich für ihn sterben. Mit Wollust will ich das brechende Auge schließen, und betend noch die letzten Worte stammeln: Herr! deine Güte ist unermeßlich!

Ich wollte ihm schreiben, mein Gemahl hat es mir aufgetragen. »Der Trost von einem weiblichen Herzen sei wirksamer für das Gefühl!« sagte er. Ich begann wohl zwanzigmal und endete keinen Brief. Entweder flossen die Ausdrücke viel zu kaltmütig oder viel zu verratend aus meiner Feder. Beides war wider meinen

Zweck. Ich wollte ihn trösten, ohne durch die Entdeckung meiner glühenden Teilnahme für ihn, den Unglücklichen, in seiner Leidenschaft zu bestärken. Ich konnte nicht schreiben, und mein Gemahl mußte dieses Geschäft selbst übernehmen. Viel lieber hätte ich es gesehen, wenn der Graf nach B... gefahren wäre, um ihn in unsre Arme zurückzubringen, aber er behauptete, die Einsamkeit und zugleich die abgesonderte Gesellschaft frommer Menschen könnten viel zu seiner Beruhigung beitragen, und es wäre sehr ratsam, ihn eine Zeit den eigenen Lenkungen seines Gefühls und Dranges zu überlassen. O Schwester! wohin wird dieser fürchterliche Drang seines Herzens ihn lenken? Eine lebhafte Einbildungskraft vergrößert allemal die Empfindung unsers Unglücks, und Gustav denkt sehr lebhaft, Du kennst ihn aus den Zeiten unsers jugendlichen Umgangs. Warum sind diese schönen Zeiten uns so schnell entflohen?

Ich weine oft, aber diese milden Tränen erleichtern mir die drückende Last meines Kummers. Ich weiß es sehr gut, daß Gustav auch weint. –

Sechsundvierzigster Brief.
Gustav an Ernst.

Aus der Kartause in B...

Hier – ja, hier, in einem finsteren Winkel, aus welchem die Leidenschaften und die törichten Unruhen dieser Welt verbannt sind, hier wollte ich versuchen, ob ich ruhen könnte. Ich erhielt ein Zimmer in einem Hause, von wo man die Ansicht des Klosters hat.

Ich fühle mich ruhiger, Ernst, seitdem ich den Entschluß gefaßt habe, alles von mir zu entfernen, was auf diese unsinnige Liebe Bezug hat. Ich will, wenn es möglich ist, die letzten Tage dieses so stürmischen Daseins retten; und da ich sie nicht in

Stille zubringen kann, will ich sie wenigstens mit ruhiger Ergebung ausfüllen.

Wie klein erscheine ich mir selbst, mitten in diesem Bezirke, welcher den erhabensten Tugenden gewidmet ist. Die Gedanken an die Liebe erscheinen mir wie ein Verbrechen, hier, wo alle Sinne gefesselt sind; wo die erlaubtesten Vergnügungen der Welt sich zu zeigen nicht wagen; wo die von den natürlichsten Banden befreite Seele sich nur die strengsten Pflichten zu lieben erlaubt.

Eben jetzt habe ich das Leben eines Heiligen gelesen, welches ich in dem Schranke meines Zimmers gefunden hatte. Dieser Heilige war Mensch gewesen; er war Mensch geblieben; er hatte gelitten; weit weg von sich hatte er die Begierden dieser Welt gebannt, nachdem er sie mit Mut bekämpft hatte; er hatte sich in seinem Herzen eine Einsamkeit gebildet, wo er mit Gott lebte; er liebte das Leben nicht, aber er rief nicht den Tod; er hatte aus seinen Gedanken alle Bilder der Jugend verwiesen und zwischen sie und die Jahre seiner Einsamkeit die Reue gestellt; er glaubte bisweilen, sich von den Engeln rufen zu hören, wenn er in den Nächten mit entblößten Füßen in den weiten Hallen seines Klosters wandelte; wenn er es gewagt hätte, er hätte zu sterben gewünscht; täglich arbeitete er an seinem Grabe, während er mit Freuden dachte, daß er der Erde nichts als seinen Staub vermachen würde; und er hoffte, aber mit Zittern, daß seine Seele in den Himmel eingehen würde; er lebte in dieser Kartause im Jahre 1715; er starb, oder vielmehr, er verschwand, so sanft war sein Tod; mit Tränen benetzte man seine sterbliche Hülle; und jeder glaubte, sein Dasein getrübt zu sehen, weil die sanfte Heiterkeit, der tröstende Blick, die wohlwollende Güte des Vaters Hieronymus der Erde entzogen war.

Und wir, Ernst, schämen wir uns nicht, von unsern Schmerzen, von unsern Kämpfen, von unsern Tugenden zu reden?

Seit langer Zeit wünschte ich diese Kartause zu sehen, jenem ernsthaften Gedanken des heiligen Bruno, dem heiligen Dunkel und dem Stillschweigen gewidmet, welches wie ein tiefes Geheimnis auf diesen Höhen verborgen liegt. Dort leben Menschen, welche man Schwärmer nennt; welche aber täglich andern Menschen Gutes tun; welche ein unbebautes Erdreich umgestalteten, es mit Beweisen ihres Fleißes deckten, mit nützlichen Werkstätten besetzten und die Stille mit den Segnungen des Armen ausfüllten. Welcher erhabene und rührende Gedanke! Dreihundert Kartäuser zu sehen, welche das heiligste Leben führen, diese so geräumigen Kreuzgänge anfüllen, ihre schwermütigen Blicke erheben, bloß um diejenigen zu segnen, welche sie antreffen, in allen ihren Bewegungen die tiefste Ruhe äußern, durch ihre Züge, durch ihre Stimme, welche durch keine Unruhe jemals gestört wird, zu allen Menschen sagen, daß sie bloß für jenen großen Gott leben, welcher in der Welt vergessen, in ihrer Einöde angebetet wird! O, wie wird die Seele gerührt! Wie durchdringend ist sie, die Stimme der Religion, welche, sich dorthin geflüchtet hat, welche in den Waldstrom hinab rauscht und in den Wipfeln des Waldes säuselt, welche von der Höhe des steilen Felsen spricht, wo man den heiligen Bruno selbst zu sehen glaubt, wie er seine Kapelle gründet und über seine strenge Gesetzgebung nachdenkt! O, wie gut kannte er das Herz des Menschen, welcher sich in Ergötzlichkeit abmattet und durch Schmerzen lernt, sich anzuschließen; des Menschen, welcher mehr verlangt als Vergnügen, und jene großen, jene tiefen Gefühle sucht, die aus dem Schoße der Gottheit strömen, und den Sterblichen ganz und gar in die Gedanken der Ewigkeit zurückführen!

Unmöglich läßt sich beschreiben, was ich empfand; ich war glücklich bei Tränen und tiefer Demut; hin warf ich mich vor jenem so großen Wesen, welches diesen prächtigen Auftritten der Natur das Dasein gab, welches den Gestalten der Welt abwechselnd Majestät und lächelnde Milde einprägte, welches auch den Menschen rief, damit er empfinden und noch mehr zu empfinden wünschen sollte, welches jene heißen und zarten Seelen bildete und ihnen alle seine Geheimnisse anvertraute, welche flüchtigen Menschen unbekannt bleiben! »Wie viele Stimmen«, dachte ich bei mir, »erstarben in dieser Wüste! Wie viele Seufzer sind über jenen begrenzten Gesichtskreis hinausgeschickt worden! – dahin, wo der Unendliche wohnt!«

Ich sah jene Gesichtszüge, wo Schwermut ihren Sitz hatte, wo die Hoffnung die Stürme überlebt hatte, um Heiterkeit zu verbreiten; ich sah, wie sie ihren ruhigen Ausdruck behielten, mitten in den Veränderungen der Jahreszeiten und der Natur; jene verwelkten Hände falteten sich am Fuße jener Kreuze, welche die Andacht in der Wüste aufgestellt hatte. Dort beugten sich vom Alter ermüdete Knie; dort flossen Tränen, welche bisweilen der trockene Wind des düsteren Winters trocknete; hier flüsterte ein frommer Widerhall die Schmerzen und die Hoffnungen des Christen zurück; und in größerer Ferne, auf jenem unfruchtbaren, von der Natur verlassenen Felsen, wo alles tot ist, wo alles kalt ist wie das Herz des Ungläubigen, durch jene über den Strom hängende Dornen, in der Mitte jener leblosen Höhen, welche nichts als schwarze Gewitterwolken rollen sehen, dort rief vielleicht die lange, die unaussprechliche Gewissensfolter ihr Opfer; von ihr bezeichnet, konnte es ihr nicht entgehen; es kam mit gesenkter Stirn, mit umwölkten Auge, mit gefurchten Antlitz; es kam, und sein zerrissener Busen zerschmetterte sich an dem Steine; und seine sterbende Stimme bekannte leise diesem kalten Steine irgendeinen unbekannten Frevel.

Wieviel habe ich hier erlebt, Ernst! wieviel habe ich hier gedacht! Gestern sah ich hier ein Gewitter; der Donner durchlief mit seiner schrecklichen Stimme alle diese Berge, wiederholte sich, rasselte und brach mit Wut hervor; die schweigenden Gewölbe bebten; ich sah den Totenacker mit schwarzen Finsternissen bedeckt; der verdunkelte Himmel ließ kaum alle jene Gräber sehen, in welchen so viele Tote schliefen. Ich ging an der Kapelle vorbei, wohin man sie vor ihrer Beerdigung setzte, wo der von ihnen selbst verfertigte Sarg sich über ihnen schloß; es war mir, als hörte ich jenen schwermütigen Gesang der Mönche, jene heiligen Lieder, welche sie zur Vergessenheit der Erde führten. Ich überließ mich mit Wonne dem heiligen Beben und schickte meine Gedanken zurück.

Mitten unter diesen schrecklichen und rührenden Auftritten entblößte sich der Himmel von seinen düstern Wolken; die Sonne erschien wieder und belauschte durch die veralteten Fensterscheiben hin diese Kapelle des Todes; die Inschriften des Begräbnisplatzes zeigten sich wieder bei ihrer Klarheit; und das durch den Regen gesenkte hohe Gras richtete sich wieder empor. Ein Vogel, ermüdet durch die Winde, welche ihn wahrscheinlich bis auf diese Höhen getrieben hatten, fiel auf diesen Totenacker nieder. »So«, dachte ich, »verirrt sich vielleicht in der Blütenzeit bisweilen eine Nachtigall; vergebens sucht sie eine Rose, jung wie sie, oder das Gebüsch, welches sie trägt; aber die Blume der Liebe ist aus diesen Gegenden verwiesen wie die Liebe selbst; der Sänger der Wollust setzt sich auf ein Grab und seufzet seine Zärtlichkeit auf dem Gebiete des Todes. O, vielleicht deckt dieser Stein ein Herz, welches auch einen Frühling hatte; ehe es jener Gottheit diente, welche seine Seele mit heiligem Abscheu gegen die Welt erfüllte, verehrte es sie als den Gott, welcher die Liebe schuf und sie der Erde schenkte; aber bald, wie der von den Winden gejagte Vogel, herumgetrieben von dem Sturme der Leidenschaften, flüchtete er sich auf diese Höhen; und, müde des Lebens, wollte er die Ewigkeit anfangen, indem er alles vergaß, was zur Welt gehörte.«

Ernst, Ernst! kein Ort auf der Erde ist dieser traurigen Leidenschaft unzugänglich; hier, hier sogar, wo alles sie verdammen, wo alles sie zurückscheuchen sollte, auch hier weiß sie ihre Schlachtopfer zu finden und sie durch alle ihre Foltern zu schleppen. Vergebens will die strenge Natur der Liebe Furcht einjagen und sie durch ihre Rauhigkeit und Härte zurückstoßen; vergebens erhebt die drohende Religion überall heilige Gehege; vergebens ruft sie die Reue, das Fasten, die Bilder des Todes, die Qualen der Hölle zu Hülfe; vergebens reden die Gräber und öffnen sich von allen Seiten; vergebens ist der fühllose Stein von dem frommen Verse belebt, welcher dem Menschen die lange Belohnung der Tugend predigt. Der Pilger eines kurzen Augenblicks kann über sie nicht triumphieren; auch hier wird er von jener furchtbaren Macht erreicht; auch hier teilt er sein flüchtiges Dasein zwischen unnützen Gewissensvorwürfen und vergeblichen Entschlüssen; er streitet mit dem Tode; der düstern Natur, seinem durch Enthaltsamkeit abgemergelten Körper, der drohenden Ewigkeit kämpft er ein Gefühl ab, welches zugleich die Wonne und die Geißel seines Lebens ist; er wirft einen langen und schmerzhaften Blick auf traurige Verirrungen; er bebt, er beunruhigt sich und bewahrt in seiner Erinnerung ein sträfliches Vergnügen, welches er noch liebt, welches er in seinem Busen nährt.

Höre! Ernst und zittre. Gestern machte ich einen Spaziergang, oder ich durchlief vielmehr mit ungleichen Tritten die Gegend der Kartause; der Mond verhüllte mit seinem schwermutsvollen Schleier das Kloster, die Bäume und den Totenacker; bloß die Eule unterbrach durch ihr Geschrei die Stille der Nacht. Ein Kreuz zeigte sich meinem Blicke; es stand auf einer Höhe, welche ich erklettert hatte. Ich setzte mich; ich betrachtete eine lange Zeit den Himmel und den Abendstern, welchen ich so oft von dem Hause aus gesehen hatte, welches ich mit Valérie bewohnte. Seufzer machten mich aufmerksam; ich stand auf; ich sah neben dem Kreuze und halb durch einen Baum verborgen einen Mönch, welcher mit dem Gesicht gegen die Erde gestreckt lag; seine klagende Stimme, seine zerreißenden Töne wagten vielleicht nicht, sich zu dem Sitz des Friedens zu erheben; die Erde verschlang sie. Mein Herz erbebte; ich glaubte, allzu bekannte Übel wiederzufinden. Ich wagte es nicht, ihn zu unterbrechen; aber ich weinte über ihn, indem ich mich selbst vergaß.

Sein langes Schweigen erschreckte mich. Ich wagte es, mich ihm zu nähern; ich richtete ihn auf. Der Mond erleuchtete sein blasses Gesicht; seine verwelkten Gesichtszüge waren noch jung; auch war es seine Stimme. Anfangs betrachtete er mich, als wenn er aus einem Traume käme; hernach sagte er zu mir: »Wer bist Du? leidest Du auch?« Ich drückte ihn an meinen Busen, und meine Tränen fielen auf seine abgezehrten Wangen.

»Du weinst«, sagte er, »Du bist gefühlvoll. Ich danke Dir!« setzte er mit einer ruhigen Stimme hinzu. Sein Blick schreckte mich; seine Gebärde, seine Unruhe waren mir auffallend und standen im Widerspruch mit seiner Stimme, welche seiner Seele fremd zu sein schien, und welche sich von seiner Betrübnis getrennt zu haben schien. Ich fragte ihn, wer er wäre.

»Wer ich bin?« sagte er, indem er sich an irgend etwas erinnern zu wollen schien. Hernach zeigte er mir seine Kleidung. »Ich bin ein Unglücklicher! Meine Geschichte ist kurz. Ich bin Felix. Man hatte mir diesen Namen gegeben; man wollte gern glauben, daß ich glücklich sein würde; in Spanien war es, wo man dieses glaubte; aber«, fuhr er fort, indem er den Kopf schüttelte, und schwer seufzte, »man hat sich getäuscht; das Glück konnte dort nicht wohnen; die Bösen haben mich dort getötet!« und er schlug an sein Herz auf eine Art, welche mich zerriß.

»Was hat man Ihnen denn Böses getan?« fragte ich.

»O! davon darf ich nicht reden; hier muß man vergessen«, erwiderte er, indem er das Kreuz anblickte, und seine Hände faltete. »Alles muß man hier vergessen; denn man muß verzeihen.« Er wollte weggehen; ich hielt ihn zurück. »Was willst Du von mir?« sagte er, »es ist spät; und wenn der Morgen kommt, muß ich in den Chor gehen; und muß ich vorher nicht schlafen? Du weißt nicht, wie glücklich ich dann bisweilen bin! O, sehr glücklich! Dann sehe ich die Ebenen von Valencia, Hecken von Granatblüten – aber dies ist nicht alles; das ist noch nicht mein größtes Glück«, fuhr er fort, indem er sich gegen mein Ohr neigte, »ich wage nicht, mit Dir von Laura zu reden«, er bebte, »sie ist nicht tot in meinen Träumen; aber wenn ich wache, ist sie tot.« Ein langer Seufzer entfloh seiner gepreßten Brust.

O, Ernst! ich beklage mich nicht mehr; mein Schmerz verweilte vor einem tausendmal schrecklicheren Kummer. – »Du lebst«, rief ich, »Du lebst, Valérie! O, Himmel, erhalte sie; erhalte auch meine Vernunft, um Dich zu segnen!« Hernach wendete ich mich wieder gegen den unglücklichen Felix und drückte ihn in meine Arme; stumm vor übermäßigem Mitleid fand ich keinen Ton, kein Wort, welches seines Unglücks würdig gewesen wäre.

»Sage es keinem, ich bitte Dich darum, daß ich mit Dir von Laura gesprochen habe; hier ist es eine große Sünde; täglich wollte ich sie büßen; aber ich liebe wider meinen Willen; und wenn ich an den Himmel, an das Paradies denken will, denke ich, daß Laura dort ist; und wenn ich des Nachts hieher komme – denn seitdem ich hier bin... Du weißt wohl, wie...«, sagte er, indem er auf seinen Kopf zeigte, »wie man mir alles erlaubt; ich gehe aus dem Kloster durch diese kleine Tür; ich habe einen Schlüssel; denn ich fürchte, die Brüder in ihrem Schlafe zu stören; ich weine... das ist ein Ärgernis... Doch ja, was wollte ich Dir denn sagen?« – »Wenn Sie nachts hieher kämen, Felix, sagten Sie.« – »Richtig! ja! Nachts! der Wind, die Bäume, das rollende Wasser, alles scheint mir ihren Namen zu sagen; es ist mir, als ob alles schön sein würde, wenn sie da wäre; ich würde sie an meinen brennenden Busen drücken; sie würde nicht frieren; und das Laub sollte uns das Kloster verbergen; denn in der Mitte des Klosters würde ich nicht wagen, sie zu lieben; ich habe so oft an dem Fuße der Altäre versprochen, sie zu vergessen! aber«, sagte er mit einem langen Seufzer, »ich kann es nicht!« – »Du kannst es nicht!« wiederholte ich und seufzte. Ein kalter Schweiß benetzte meinen Körper; ich fügte sein Unglück zu dem meinigen hinzu; ich war wie vernichtet. – »Höre«, sagte er zu mir, »werde kein Kartäuser; gehe weit weg; gehe nach Spanien; aber liebe nicht! Die Religion hat recht, wenn sie uns verbietet, einen einzigen Gegenstand so zu lieben, mehr als den Himmel, mehr als das Leben, mehr als alles. Lebe wohl«, fuhr er fort, »liebe nicht! Wenn Du wüßtest, wie unglücklich man ist! Man hatte es mir wohl gesagt, als es dazu noch Zeit war, und ich hörte nicht!«

Ich weiß nicht mehr, was er mir sagte; mein Kopf schwindelte; ich weiß, daß er in sein Kloster zurückging, daß der Morgen mich noch am Fuße des Kreuzes antraf, daß mein Wirt mir sagte, der Bruder Felix würde von dem ganzen Kloster geliebt, er tue niemanden etwas zuleide, der Superior, ein sanfter und vortrefflicher Mann, erlaube ihm, bei Nacht zu spazieren, seitdem er den Verstand verloren habe, und er habe ihn verloren, weil eine junge Spanierin, welche er liebte, gestorben wäre. Seine Schwermut hatte ihn in diese Einsamkeit versetzt, weil er Laura nicht erhalten konnte, deren Eltern sie gezwungen hatten, Nonne zu werden; er hat erfahren, daß sie nicht mehr lebt; und sein Verstand ist völlig zerrüttet.

Ich gehe, Ernst; dieser Aufenthalt behagt mir nicht länger; überall zeigt sich mir der unglückliche Felix. –

Siebenundvierzigster Brief.

Pietra-Mala, am …

Ich schreibe Dir, wiewohl ich so schwach bin, daß ich kaum außer dem Bette bleiben kann. Ich habe zehn Stunden in demselben zugebracht, aber ohne dadurch mehr Kraft erhalten zu haben; das Fieber überfiel mich wieder; ich leide viel an der Brust. Ich kam gestern noch bei Tage hieher, in die Mitte der Apenninen. Die Lage von Pietra-Mala ist fast wild. Dieser Flecken ist in Schlünden von Gebirgen versteckt; aber ich liebe diesen Ort, welcher von der ganzen Welt vergessen zu sein scheint. Ich bin seit kurzer Zeit hier, und schon habe ich hier gute Leute gesehen. Ernst, ich werde einige Tage hierbleiben, vielleicht einige Wochen. Ha! ist es nicht gleichgültig, an welchem Orte ich Tage hinschleppe, welche Valérie nicht mehr sieht?

Wenn ich nur fern von ihr bin, und wenn ich den Grafen nicht mehr durch diese Liebe beschimpfe, welche ich verbergen muß. Hier wenigstens werde ich frei sein; meine Blicke, meine Stimme, meine Einsamkeit, alles wird ganz mein sein; niemand wird mich beobachten.

Unglücklicher! welches traurige Vorrecht forderst du, welches elende Glück bleibt dir übrig! O! Valérie! ich werde also dein Mitleid nicht wiedersehen? es war so gütig! so zärtlich!

Abends, um 6 Uhr.

Ich bin einige Stunden ohne Fieber gewesen! ich machte einen langsamen Spaziergang; ich atmete freier; die Luft ist so rein in diesen Bergen! Ich besuchte ein kleines Haus, welches meinem Wirt gehört, und welches mir sehr gefällt. Ein Strom, zerstörend wie die Leidenschaft, welche mich verzehrt, hat neben dem Hause hohe Fichten und uralte Ahornbäume umgerissen; diese an dem entgegengesetzten Ufer entwurzelten Bäume begegnen sich in ihrem Falle und scheinen sich zu nähern, um über dem Waldstrom eine Brücke zu bilden, auf welcher ein weißer Schaum hintreibt, der über diesen geängstigten Gewässern aufwallt. Ich verweilte am Ufer dieses Stroms und betrachtete einige Krähen, welche, eine nach der andern, über diese gestürzten Bäume hin flogen, und deren klägliches Geschrei für den Zustand meiner Seele paßte. –

GUSTAVS TAGEBUCH.
Pietra-Mala, am ...

Ernst, für Dich fange ich dieses Tagebuch an; aber wenn ich leide, kann ich Dir nur einige Zeilen schreiben.

Dieses Haus, welches ich jetzt bewohne, behagt mir sehr. Ich freue mich recht, daß ich hier verweilt bin; ich werde hierbleiben, bis ich mich besser befinde. Besser? ach! täusche Dich nicht! Aber was sollte ich in Pisa machen? Konnte ich jenen Blicken eines müßigen Haufens entgehen, welcher immer mit seinen Vergnügungen beschäftigt, gleichwohl noch begierig ist, jedes Geheimnis zu durchdringen, und jede Absonderung für unverzeihlich hält.

Erich lag mir an, an den Grafen M... zu schreiben. Ich tat es und beteuerte ihm, daß ich sehr ruhig bin, und daß ich einige Tage nach Pisa reisen werde. Dies dürfte aber kaum so bald geschehen, weil es mir hier sehr wohl gefällt.

Hier scheint die Natur mich zu beklagen und über mich zu weinen. Sie nahm mich in ihren Schoß auf und als treue Freundin verwahrte sie meine traurigen Geheimnisse. Warum sollte ich also mich wegen des Orts quälen, wo ich einige Tage verbringen werde? Herumirrend wie Ödipus, suche ich wie er nur ein Grab; dazu gehört so wenig Raum.

Mein Aufenthalt hier paßt für meinen traurigen Zustand; dieser schwermütige und wilde Ort ist für die unglückliche Liebe gemacht. Ich verweile ganze Stunden an dem Ufer dieses Stromes; ich erklettere mühsam einen Berg, von wo ich die Aussicht nach der Lombardei habe; und wenn ich in der Ferne jenen Gesichtskreis sehe, welcher Venedig deckt, ist mir, als ob ich eine Gnade vom Himmel erhalten hätte.

Ich habe einige Lieblingsschriftsteller bei mir; ich habe die Oden von Klopstock, Gray, Racine; ich lese wenig; aber sie tragen meine Gedanken und Ahndungen jenseits des Lebens hinaus und entreißen mich so dieser Erde, wo mir Valérie fehlt.

Es ist hier ein Jüngling, ein Verwandter von meinem Wirt, welcher sehr gut das Pianoforte spielt. Heute hörte ich jene Arie, welche ihre Stimme mir in das Herz gegraben hat; jene Arie, welche sie zum Weinen über den unglücklichen Gustav brachte. Beklage mich nicht, Ernst; der Schmerz ohne Gewissensunruhe führt Schwermut bei sich, deren Tränen nicht ohne Wollust sind.

Ich ging an dem Flecken vorbei und machte einen Spaziergang auf der Heerstraße. Ich begegnete einem Matrosen in Pilgrimskleidung. Um sein Gewissen zu besänftigen, hatte dieser Mensch ein Gelübde getan, nach Loreto zu gehen. Er hatte in seiner Jugend einen leidenschaftlichen Hang zur See gehabt und wie Robinson seine Eltern verlassen, ungeachtet ihres Verbots. Er machte mir ein rührendes Gemälde von seinem Kummer und mit einer Wahrheit, welche nicht zu verkennen war. Er sagte mir, wie er, nachdem er eine Stelle auf einem Schiffe erhalte hatte, welches nach Ostindien segelte, mitten in der Wonne, welche er über seine Reise empfand, des Nachts aufgewacht sei und seine Mutter im Traum zu sehen geglaubt habe, welche ihm Vorwürfe wegen seiner Abreise machte; er sei alsdann auf das Verdeck gelaufen, wo es ihm vorgekommen sei, als ob die Wellen sich beklagten, als wenn die Stimme seiner Mutter bis zu ihm gelangte; und als sich ein Sturm erhob, konnte er nicht arbeiten, weil er aus allen Leibeskräften zitterte, und weil er glaubte, er werde vielleicht, mit dem Fluch seiner Eltern belastet, umkommen. Damals hatte er dem Himmel versprochen, eine Wallfahrt nach Loreto zu machen, wenn er seine Mutter wiedersehen und ihre Verzeihung erhalten könnte. Hernach fuhr er fort und sagte mir, er habe während zehn Jahren nicht in sein Vaterland zurückkehren können; endlich habe er die Reede von Genua gesehen; er habe geglaubt, vor Freude sterben zu müssen, als er jenes Land wiedererblickte, welches er mit brennender Ungeduld verlassen hatte.

Ernst, wie zeigt sich hier ganz der Mensch! seine Begierden, seine Unruhen, seine Fehler und hernach jene unvermeidliche Betrübnis, welche Gewissensbiß heißt, und welche ihn zur Wahrheit zurückführt. So muß er Erfahrung kaufen; nicht anders mag er sie erwerben; bezahlt muß sie werden, damit sie ihm ganz angehöre.

Der arme Matrose! Während er mit mir redete, hatte ich ihn aufrichtig beklagt; aber gelächelt hatte ich vor Mitleid, als ich sah, daß er seine Wallfahrt zu seinen besten Handlungen rechnete. Und hernach tadelte ich mich selbst wegen meines Stolzes und dachte bei mir: »Die Menschen sind so klein; und gleichwohl verwerfen sie so viele Dinge als zu niedrig für sie! Gott ist so groß und nichts verliert sich vor ihm! Jede Bewegung, jeder tugendhafte Gedanke sogar entfaltet sich vor seinen Blicken; gezählt hat er jede löbliche Absicht, jede löbliche Gesinnung seiner Geschöpfe wie jedes Klopfen ihres Herzens; er gebietet dem Leben, stille zu stehen, und dem Guten, zu wachsen, und für Jahrhunderte zu gedeihen. O! Gott der Barmherzigkeit!« dachte ich, »du zählst auch die Schritte des armen Matrosen, welchen die kindliche Liebe veranlaßt, mitten durch die Dornen der Apenninen und unter dem brennenden Himmel seines Vaterlandes zu wallfahrten.«

Wenn ich in dem Tale eine schüchterne Blume erblicke, welche mit ihren Wohlgerüchen hinstirbt, und welche nicht gesehen worden ist, wenn ich den seltenen Gesang des einsamen Vogels höre, welcher stirbt, und keine Spuren zurückläßt, wenn ich bedenke, daß ich sterben kann, wie diese, alsdann bin ich unglücklich! Eine schmerzhafte Unruhe, ein Bedürfnis, von ihr beweint zu werden, ergreift mich. Ich höre bisweilen das Schreien der Hirten, welche die Ziegen auf den Bergen sammeln und sie zählen; neulich hörte ich einen wehklagen, weil seine Lieblingsziege ihm fehlte, und weil er fürchtete, sie möchte in den Abgrund gestürzt sein; und ich dachte, daß bald diejenigen, welche mich liebten, wenn sie die Glückseligkeiten ihres Lebens zählen, mit einem Seufzer sagen würden: »Der arme Gustav! er fehlt uns! er ist in die tiefe Nacht des Todes versunken!«

Ich bin nicht immer so unglücklich, wie Du glauben könntest; ich habe nötig, Dich zu trösten, Ernst; es ist mir, als fühlte ich die Tränen, welch ich Dir verursache. Nicht jeder Augenblick fällt traurig auf mein Herz; oft finden sich Ruheplätze, Zwischenräume, wo eine Art von Rührung, ein unsteter Traum, welcher nicht ohne Reiz ist, mich einwiegt.

Welches ist denn nun jene unversiegbare Quelle von Glück, welche sich in dem Menschen findet, dessen Herz der Natur treu geblieben ist? Was ist jener unbegreifliche und entzückende Hauch, welcher in erhabener Mischung mit dem sittlichen Triebe und mit den Geheimnissen unserer großen Bestimmung uns jene unbegrenzte und süße Unruhe macht, jenes Bedürfnis nach Glück, welches in der Jugend bisweilen dessen Stelle vertritt, und endlich jene unbergreifliche Bezauberung, welche an nichts Bestimmtem haftet, und welche selbst durch das Unglück nicht verbannt werden kann?

Ich wandele in diesen von Lavendel und Geißblatt durchdufteten Bergen und sage bei mir: »In diesen höchst verborgenen Einöden, in diesen äußerst unzugänglichen Freistätten schmückt sich die noch anmutige, immer schöne Natur für das Glück und für die Liebe; Millionen Geschöpfe lebten und leben noch auf diesen zarten und weichen Blättern, und fühlen die unzählbaren Freuden, welche das Leben und die Liebe gemeinschaftlich geben; und wenn der Mensch, der stolze Günstling der Macht, welche ihn an das Licht rief, wenn der stolze und gefühlvolle Mensch bis hieher dringt, schön durch Jugend, glücklich durch Liebe, im Gepränge der Hoffnungen, in dem Rausche erlaubter Wünsche. O! welches Paradies findet er hier! sein Herz wird zugleich von allen sanften Gefühlen erschüttert, durchbebt, seine Blicke werden sich mit einem sanften Stolze gegen das Firmament erheben und sich mit Entzücken auf seine Gesellschafterin herabsenken! Macht des Himmels! was behältst du denn für deine Auserwählten?«

Ich bin zu diesen nämlichen Orten zurückgekehrt, Ernst! ich bin dahin zurückgekehrt; ich habe einen Jüngling gesehen, welcher von Glück ganz außer sich zu sein schien. Neben ihm war eine junge, schlanke, niedliche Person; eine ihrer Hände lag auf der Schulter des Jünglings; alle beide waren einfach, aber geschmackvoll bekleidet. Ich betrachtete sie, während ich hinter einem Gebüsch stand; ich war über einem mir bekannten Fußsteg hinabgekommen; und es war mir, als ob ich den Traum meiner gestrigen Gedanken träumte. Sie sprachen, aber ich verstand sie nicht. Sie wandelten; sie setzten sich; es war, als kämen sie, diesen Orten einen glücklichen Zeitpunkt zu verkünden, welchen sie kennen und sehr lieben müssen. Sie erhoben zusammen ihre Hände gegen den Himmel; sie trockneten Tränen ab; sie umarmten sich. Ach! nur die Unschuld kann so lieben! Engelsruhe blickte aus ihrem Entzücken. »Niemals werde ich so die vergötterte Schönheit umarmen, das durch Leidenschaft und Unglück für mich erwählte Weib!« so dachte ich, »O, Valérie! wenn meine durch verzehrende Glut verwelkten Lippen sich den Deinigen zu nähern wagten, diese seltenen, leidenschaftlichen Tränen, welche meine langwierige Betrübnis ausdrücken, in Tränen des Glücks verwandelt würden und auf Deine Augenlider fielen, wenn unsre Herzen, eins an das andere geschmiegt, sich ungestüm antworteten. O! dann, ja, ich fühle es, dann, wenn ich vor Glück stürbe, würde das Geschrei der Verzweiflung sich mit der Stimme der Wonne vermischen, und die häßliche Gestalt des Lasters würde neben die Engelserscheinung treten!« Es ist also nicht möglich, es gibt kein Mittel, zu jener Glückseligkeit zu gelangen, welche bloß meiner Phantasie offenbart wurde! Zu der schuldlosen Glückseligkeit! Ach! ein Augenblick, ein einziger Augenblick, allmächtiger Gott! du, welchem nichts unmöglich ist, und ich wollte hernach tropfenweise das Blut zurückgeben, welches meine Adern zu sprengen droht, in welchem die Flammen der Begierden strömen und mich verzehren!

Ernst, ich war auf die Knie gefallen; meine Haare waren vom Schweiß genetzt; eine schreckliche Beklemmung beengte meinen Busen; von tödlicher Kälte starrten meine Arme. Ich wollte aufstehen; aber niedergedrückt von Schwäche, fiel ich zurück; ich legte mich mit dem Gesicht gegen die Erde, und suchte mich zu beruhigen. Ich gestehe es Dir, es war ein Augenblick, wo ich den Geist aufzugeben hoffte; ich atmete die Feuchtigkeit der Erde, welche ein leichter Regen vor kurzem erfrischt hatte; und dieser Geruch, welcher gewöhnlich so wonnevoll ist, erregte in mir nur traurige Ahndungen.

Gleichwohl suchten meine vertrockneten Lippen und meine Brust sich zu erfrischen; und der Trieb des Lebens wirkte, ohne daß ich es merkte, in dem Augenblicke sogar, wo ich dem Tode rief, wo ich ihn wünschte. In diesem Augenblicke vermischten die Liebenden ihre Stimmen und sangen eine jener zärtlichen Melodien, welche in Italien so leicht wiederholt werden. Ich hörte sie, indem ich die Augen schloß, und mich ganz jener Zerstreuung überlassen wollte, welche sich mitten in meinen Qualen mir darbot. Diese von glücklichen Stimmen gesungene Musik stärkte mich; ich konnte aufstehen. Ich sah sie sich mir nähern; es war mir auffallend, wiewohl ich sie in der Nähe zu sehen wünschte. »Nein, nein«, sagte ich bei mir, »auch das Glück ist ein Heiligtum; er ist so schön, dieser flüchtige Augenblick, dieses entzückende Aufblitzen des Lebens, wo alles Bezauberung ist! Ich will nicht vermischen das Bild des Todes und die Trauer meiner verwelkten Blicke mit ihrer unschuldigen und lebhaften Freude; sie würden vor mir zurücktreten wie vor einer unglücklichen Ahndung; sie würden das Unglück des Lebens auf meinem Gesichte lesen; und meine durch Leiden entstellte, verfallne Jugend würde ihnen sagen: ›Dies tut die Liebe‹.«

Ich verbarg mich in dichtem Gebüsch; sie gingen vorüber. Ich ging langsam an den Ort, wo sie gesessen hatten; ich mischte meine Schwermut in die Szenen ihres Glücks; lange betrachtete ich diesen Platz, welcher jetzt dem einsamen Nachdenken überlassen war; und ich dachte an jenes Gemälde von Poussin, wo jugendliche Liebhaber, in dem Rausche ihres Glücks, Gräber mit Füßen treten, welche sie bald selbst verschlingen werden.

Ich habe erfahren, daß die jungen Leute, welche ich so glücklich gesehen hatte, gestern getrauet worden wären. Ernst, ich hatte es Dir wohl gesagt; es galt jener Liebe, welche Leben bringt.

Heute bin ich mit dem Tage aufgestanden. Ich hatte eine so starke Beklemmung verspürt, daß ich glaubte, die Morgenluft würde mir das Atmen erleichtern. Es ist hier ein Hügel, welcher mit hohen Tannen bedeckt ist, in deren Mitte sich eine Quelle befindet; mehrere Kinder hatten sich dort versammelt. Ich wollte ihre Spiele nicht stören. Die schlaflose Nacht hatte mich ermüdet; ich schlummerte ein. Es war mir, als sähe ich einen Pfad in diesem nämlichen Gehölz, und Valérie sich mir nähern. Meine Seele war entzückt; aber ich fühlte mich an diesen Platz gefesselt. Die frischen und kühlen Winde stritten sich um ihren weißen Schleier; der Efeu schien ihren zarten Fuß umstricken zu wollen. Schon war sie nahe bei der Quelle; sie hob eins der Kinder in die Höhe; sie umarmte es. Ich machte eine Bewegung, als ob ich zu ihr fliegen wollte; ich erwachte; und ich sah, daß es nur ein Traum war; aber mein Blut war erfrischt, Tränen des Glücks schwebten noch auf meinen feuchten Augenliedern. Ich wollte das jüngste Kind in meine Arme nehmen; und weil ich Valériens Hauch nicht atmen konnte, wollte ich etwas von der Ruhe dieses Kindes einatmen. Wie schön sind sie, jene Wesen, welche nichts ahnden! Wie liebe ich jene Augen, wo noch die Zukunft mit ihren traurigen Unruhen schläft; – jene Augen, welche uns ansehen, ohne uns zu verstehen, und welche uns gleichwohl sagen, daß sie uns wohl wollen!

Ich muß oft an diesen Hügel zurückkehren; ich muß diese Kinder gewöhnen, dahin zurückzukehren; ich muß einen Platz erhalten, welcher mir gehört, und bei welchem sie spielen sollen, indem sie zu einander sagen: »Hier war unser Freund! Wie freuten wir uns, wenn wir ihn sahen, ehe er verschwand!«

Ich habe mich in der Quelle gesehen, ich weiß nicht wie, und ich erschrak über meine Blässe, über meine leidende Miene. Sonderbar ist es, daß meine Krankheit mir kein Entsetzen verursacht, und daß ihre Wirkungen mich vor Furcht nicht zurückbeben lassen. Ich huste viel; mein letzter Anfall hat den Rest meiner Kräfte erschöpft. Nur eins bedaure ich, guter Ernst; nämlich, daß ich Dir mit diesen Blicken, welche Worte sind, mit diesen Tönen, welche nur der zärtlichsten Freundschaft angehören, nicht sagen kann, daß Du mir teuer bist! – Teuer? wie schwach ist dieser Ausdruck für so viele Schulden!

Lebe wohl, Ernst. Wie mich dieses Wort erschüttert! Es ist mir, als verließe ich das Leben mit diesem Worte! Ich hatte so oft an den Tod gedacht, und die Ruhe hatte mir so süß geschienen! Wir werden uns wiedersehen, vielgeliebter Freund! Freund, würdig dieses Namens! erstes Glück meines Lebens, ehe ich jene kannte, für welche ich nicht leben kann! für welche ich sterbe!

Erich wird dieses Tagebuch mit andern Papieren Dir zukommen lassen. Ich lege damit einen Brief an Valérie dazu; ich wage es nicht, ihr ihn zu schicken. Du sollst ihn lesen, Ernst; und wenn Du einst glaubst, daß sie ihn lesen kann, werde ich Dir mehr als alles schuldig sein, was Du bereits für mich getan hast. Dieser Gedanke versüßt meinen Tod. Lebe glücklich, mein Ernst! –

Achtundvierzigster Brief.
Gustav an Valérie.

Noch einmal also kann ich mit Ihnen reden, Valérie! aber nicht mehr von einer andern Liebe; ich kann Sie nicht mehr täuschen. Sie werden mir Ihr Mitleid nicht versagen; Sie werden mich ohne Zorn lesen. Bedenken Sie, daß ich, schon hingestreckt in den Sarg durch den Kummer, welcher mich tötet, mich noch einmal aufrichte, um Ihnen ein langes Lebewohl zu sagen. Kann man, wenn man das Leben verläßt, wenn man von einem tödlichen Streiche verwundet ist, kann man alsdann noch daran denken, die Wahrheit zu verfälschen? mit dem letzten Ton der Stimme noch Lügen zu sagen? Diese Stimme sagt Ihnen endlich, daß Sie es waren, welche ich liebte! Ach! wenden Sie nicht von mir ab jene Augen, welchen der Ausdruck aller Tugenden anvertraut war! Beklagen Sie mich! Ich habe alle Foltern gelitten, ich habe den Becher aller Schmerzen geleert, um meine grausame Verirrung zu büßen; bis zum Tod bekämpft habe ich jene Leidenschaft, welche von allen verworfen wird; und noch jetzt ist sie da, um mich in jene traurige Wohnung zu begleiten, von welcher die gewöhnliche Liebe zurückschaudert. O, Valérie! Sie können mir sie nicht länger verbieten!

Beklagen Sie mich nicht. Weinen werden Sie über mich; nicht wahr? edelmütige Frau! englische Güte! Sie werden über mich weinen? Nein, ich wünschte nicht, Sie nicht geliebt zu haben. Ach! verzeihe, Valérie! verzeihe! Deine Unschuld war mir immer heilig; ich liebte Dich wie mein Leben. Wenn ich mir bisweilen eine für die Erde zu hohe Glückseligkeit zu träumen wagte, so war es, indem ich mich in jene Zeit zurückdachte, wo Du frei warst, wo Deine Blicke hätten auf mich fallen können; aber niemals, nein, niemals werde ich ein Glück wünschen, welches dem Edelstein der Menschen entzogen worden wäre. Valérie, ich sah ihn von Dir geliebt, und ich empfand alle Gewissensunruhe des Verbrechens. – Valérie, habe ich genug gelitten?

Aber ich bin Deiner nicht unwürdig, himmlische Schönheit! Nein, nein; jene Leidenschaft konnte mir untersagt sein und gleichwohl mich erheben. Wenn ich in einer Welt auftreten mußte, welche ich floh, wie oft sah ich die Blicke eines höhnenden Mitleids auf mich fallen! Man beklagte mich wie einen Unsinnigen, welcher der irdischen Freuden unwürdig wäre, weil er sie nicht aufsuchte.

Jene Menschen, die das Glück, welches aus reinen Gefühlen besteht, für ein Unding halten, sahen mich an wie einen grämlichen Tadel, welcher ungelegen kommt; Laster würden sie mir verziehen haben; aber sie verziehen es mir nicht, daß ich einer Sache, welche sie so sehr schätzten, keinen Wert beilegte. Vermögen, Geburt, diese für sie so glänzenden Geschenke, hielten sie für alles.

O, Valérie! wie dürftig wäre ich bei allen diesen Gütern gewesen, ohne dieses Herz, welches zu einem unerschöpflichen Glück geschaffen war, und welches die Liebe zerstört hat! Wie oft befand ich mich, wenn ich einsam und bloß in dieses Herz verschlossen war, mitten im Leiden weit glücklicher als jene, welche sich nichts zu versagen wußten und in nichts einen Genuß fanden, welche jedem Vergnügen nachjagten und es verschwinden sahen, wenn sie es erreicht hatten. O, Valérie! mit Stolz fühlte ich damals die Schläge dieses Herzens, welches Dich so sehr zu lieben wußte!

Valérie! fliehen sollte ich Dich; ich habe mir selbst diese Übel bereitet, unter welchen ich jetzt erliege. Aber wenn ich Dir nicht jene Tage entreißen konnte, welche die Liebe verzehrt hat, wenn ich jenen Gott beleidigt habe, welcher Dich nach seinem Bilde schuf, bete für mich; sprich bisweilen am Fuß der Altäre oder in dem weiten Bezirk jener Natur, welche Du liebst, sprich den Namen Gustav aus, dessen Vernunft durch Deine Reize und durch Deine Tugenden zerrüttet wurde.

Vorzüglich, himmlisches Weib, mache Dir keine Vorwürfe; glaube nicht, daß Du imstande gewesen wärst, mich vor dieser traurigen Leidenschaft zu bewahren. Ich kenne Deine so zarte und so empfindsame Seele, welche sich Qualen schafft, welche ihre Vollkommenheit beweisen; mache Dir keine Vorwürfe. Ich liebte Dich so, wie ich atmete, ohne mir Rechenschaft zu geben über das, was ich tat. Du warst das Leben meiner Seele; lange Zeit hatte sie nach Dir geschmachtet; und als ich Dich sah, sah ich nur Dein Ebenbild; ich sah nur jenes Bildnis, welches ich in meinem Herzen getragen, in meinen Träumen gesehen, in allen Auftritten der Natur, in allen Schöpfungen meiner jugendlichen und glühenden Phantasie bemerkt hatte. Ich liebte Dich ohne Maß, Valérie! Deine Reize verzehrten mich; und mich trennte die Liebe von den Tagen der Jugend, wie ein heftiger Sturm bisweilen die Jahreszeiten scheidet.

Lebe wohl, Valérie, lebe wohl! Meine letzten Blicke werden sich gegen die Lombardei wenden. Vielleicht bebst Du, vielleicht wandelt Dein Fuß einmal über den Boden hin, welcher diesen so bestürmten Busen decken wird. Keine Blumen werden ihn schmücken wie Adolphs Grab; Blumen gehören der Unschuld; sondern in dem Wipfel der hohen Tannen wird der Wind brausen wie die Wogen des Meers am Lido; und schwermutsvolle Töne werden von den Bergen herabsteigen, sich mit den Erinnerungen an den Lido vermischen; und Deine Stimme wird Gustavs Namen mit dem Namen Deines Adolphs zugleich aussprechen; Du wirst ihn neben mir zu sehen glauben und Deine Arme werden sich gegen uns ausstrecken. O, gönne mir die rührende Güte Deines Mitleids! Lebe wohl, meine Valérie! Du bist die meinige kraft der Allmacht jenes Gefühls, welches kein Wesen wie ich empfinden konnte.

Lebe wohl. Mein Herz schlägt und steht abwechselnd. Lebet glücklich, alle beide; ich sterbe, indem ich Euch liebe. –

Neunundvierzigster Brief.
Ernst an den Grafen von M...

In der schrecklichen Angst, welche ich fühle, beruhigt mich der einzige Gedanke, mein Brief könne noch zu rechter Zeit an Sie gelangen; und die Hoffnung, daß die nämliche Freundschaft, welche die Tage des Vaters von Gustav verschönerte, über diesen Unglücklichen wachen und ihn dem von ihm selbst gegrabenen Abgrunde, welcher ihn unfehlbar verschlingen muß, entreißen wird. O, Herr Graf, unaussprechlich ist's, was ich leide, wenn ich an Gustavs Übel denke! an die unglückliche Lage des ersten und des teuersten meiner Freunde! Ich zittre bisweilen vor Besorgnis, es möchte zu spät sein, ihn zu retten; ich versinke alsdann in eine Betäubung von Schmerz, welche mich beunruhigt und mir die Kraft zum Denken nimmt. Mein Brief verrät nur zu sehr die Unordnung meiner Gedanken.

Ich habe mehrere Briefe von Gustav zu gleicher Zeit erhalten; sie waren durch den Sund aufgehalten worden. Ich sehe darin nur allzu deutlich den traurigen Zustand meines Freundes. Er hat Venedig verlassen. Ich bin nicht blind in Hinsicht auf seine Betrübnis oder auf seine Gesundheit; und ich bin sehr unglücklich. Warum habe ich Ihnen nicht eher geschrieben? Da ich Ihre großmütige Seele kenne, warum fürchtete ich gegen die Behutsamkeit, gegen die Freundschaft zu verstoßen? Warum habe ich die Tage des besten, des liebenswürdigsten unter den Menschen in Gefahr gesetzt? Ich weiß nicht, was ich schreibe. Lesen Sie, lesen Sie Gustavs Briefe. Ich sende einen meiner Verwandten an Sie ab, auf welchen ich rechnen kann; er geht, ohne sich aufzuhalten, nach Venedig; er wird Ihnen mehrere Briefe einhändigen; sie werden Ihnen seinen traurigen Zustand schildern; sie werden Ihnen jene erhabene und zarte Seele zeigen, welche von einer schrecklichen Leidenschaft ergriffen wurde, ungeachtet aller ihrer Bestrebungen und Kämpfe. Wenn Sie diese Briefe gelesen haben werden, werde ich ruhiger sein. Ach! was könnte ich von Ihnen erbitten, wozu Ihr Herz Ihnen nicht schon geraten hätte? Wer wird mit größerer Zärtlichkeit über diesen Unglücklichen wachen als Sie? da Sie immer ein zärtlicher Vater für ihn waren! Wer wird besser zu finden wissen, was für ihn paßt wie Sie? dessen Seele ebenso gefühlvoll als aufgeklärt ist! Sie werden sehen, daß sein quälendster Kummer daher kam, weil er gegen Sie undankbar erschien. Sein kranker Kopf vergrößerte ihm sein Unrecht. Seine schreckliche Lage nötigte ihn zum Schweigen. Er leidet, weil er allen Anschein des Mißtrauens wider sich hat, und weil er fühllos gegen Ihre Freundschaft zu sein schien; er leidet, weil er Sie beleidigt zu haben glaubt durch jene unwillkürliche Liebe für jenen so sanften, so reinen Gegenstand, für jenes reizende Weib, den Preis Ihrer Tugenden.

O, Herr Graf! ich wünschte Ihnen mit einem Mal alles zu zeigen, wodurch Gustav auf Entschuldigung und Teilnahme Anspruch machen kann. Ich vergesse, daß Sie ihn ebensosehr lieben wie ich. Warum kann ich nicht zu ihm fliegen! zu Ihnen fliegen, großmütiger Mann! Aber mich hält eine Mutter zurück, die so krank ist, daß ich nicht daran denken kann, mich in diesem Augenblick von ihr zu entfernen. Sobald ihr Zustand durch meine Abwesenheit nicht leiden wird – und ich hoffe, daß dieses bald geschehen dürfte – so reise ich nach Italien. Möchte ich Gustav wiederfinden! Ich weiß nicht, warum so schwarze Ahndungen mich bisweilen beunruhigen; nichts kann ausdrücken, was ich alsdann empfinde. Ach! ich werde nicht ruhig sein, als bis ich ihn wieder hieher zurückgebracht habe; hieher, wo alles die Erinnerungen seiner Kindheit in seiner Seele aufregen wird, und wo er vielleicht etwas von der Ruhe seiner ersten Jahre atmen wird!

Ich endige meinen Brief. Ich habe nicht nötig, Sie zu bitten, den Baron von Boysen, meinen Verwandten, mit Güte aufzunehmen; es ist ein zuverlässiger schätzbarer junger Mann.

Nehmen Sie, Herr Graf, die Versicherungen meiner Hochachtung an. Geruhen Sie, die Unordnung meines Briefes zu entschuldigen; an Ihre Seele richte ich ihn; und ich habe darin nicht die Förmlichkeiten beobachtet, welche mir durch den strengen Anstand vorgeschrieben wurden. Geruhen Sie, meine Empfehlungen der Frau Gräfin zu Füßen zu legen, und mir zu erlauben, daß ich mit der schuldigen Hochachtung gegen Sie die aufrichtigste Ergebenheit verbinde. – Ich habe die Ehre usf.

Fünfzigster Brief.
Der Graf an Ernst.

Ich verliere keinen Augenblick, um Ihnen zu antworten. Der Baron von Boysen ist angekommen; er hat mir Ihren Brief und das Päckchen eingehändigt, welches die Erzählung von Gustavs Unglück und Tugenden enthält. – Der Unglückliche! wieviel hat er gelitten! Mein Herz zerriß, als ich jene traurigen Zeilen las, als ich alle seine betrübten Tage überdachte. O, wie sehr habe ich mir wegen meiner unglücklichen Unvorsichtigkeit Vorwürfe gemacht! Seitdem ich die Quelle seines Kummers kenne, scheint meine Zuneigung durch meine Ungerechtigkeiten selbst zugenommen zu haben; und ich zittre vor den Gefahren, welchen er sich überlassen hat; denn ich kenne jetzt den ganzen Einfluß, welchen eine so heftige Leidenschaft auf sein Herz haben muß. Ich reise nach Pietra-Mala. Er selbst hat uns geschrieben und beteuert, daß er ruhiger zu werden beginne. Ich machte in der vorigen Woche mit Valérie eine Spazierfahrt zum Lido. Sie kennen das schwermütige Interesse, welches uns an diesen Ort fesselt. Die Erinnerung an unsern jungen Freund mischte sich in unsere Unterhaltungen, und ich sah Valérie außerordentlich gerührt. Einige Worte, welche ihr entfuhren, weckten meine Neugierde und bald meine ganze Teilnahme; ich bestand darauf, sie sollte mit mir zu reden fortfahren. Sie warf sich an meinen Busen; ich fühlte ihre Tränen; ich zitterte; ein stummer Schrecken erstarrte meine Zunge.

»O, mein Gemahl, er hat mir immer gesagt, es sei in Schweden, was er liebe.«

»Nun gut«, erwiderte ich, »wenn es in Schweden ist...«

Sie ließ mich nicht ausreden; und mit einem Blicke, welcher den ganzen Schmerz einer so guten Seele ausdrückte, setzte sie hinzu: »Schweigen ist sträflich, wenn es auch gefährlich werden kann. Mein Gemahl, ich fürchte selbst die unschuldige und unglückliche Ursache von Gustavs Zustande zu sein. Ich habe darüber keine Gewißheit; aber ich habe Vermutungen; ich habe deren viele.« Sie umarmte mich. »O, mein Gemahl! wie muß er gelitten haben! er, der so gefühlvoll ist! Von welchen Qualen muß er zerrissen worden sein! er, welcher sich über die geringsten Fehler Vorwürfe machte!«

Jetzt war es, als ob ein dicker Schleier von meinen Augen fiel. Valérie legte mir Rechenschaft über alles ab, was ihr jene Vermutungen gegeben haben konnte; und im Namen unsers Glücks beschwor sie mich, diesen Unglücklichen aufzusuchen und mich ganz mit ihm zu beschäftigen.

Valérie sagte mir, mit welcher tugendhaften Gewandtheit Gustav ihr glaublich zu machen gewußt habe, daß er ein Frauenzimmer in Schweden liebe; und nicht eher als am Ende seines Aufenthalts habe sie zu bemerken geglaubt, daß sie selbst der Gegenstand dieser Leidenschaft wäre, ohne jedoch eine völlige Gewißheit darüber zu haben; sie habe seitdem mit mir davon reden wollen, überzeugt, daß meine Freundschaft für Gustav mich in meinem Herzen die Maßregeln finden lassen würde, welche für seine Lage paßten; aber eine außerordentliche Schüchternheit habe sie zurückgehalten. Es kam ihr so außerordentlich vor, setzte sie hinzu, daß sie eine Leidenschaft eingeflößt haben sollte, daß sie niemals gewagt hatte, mir zu sagen, sie glaube dies. Diese sanfte und bescheidene Seele weiß nichts von ihrer ganzen Macht, wie Sie sehen; und sie macht sich jetzt Vorwürfe darüber, daß sie ihre Pflicht der Furcht, lächerlich zu erscheinen, aufgeopfert habe; gleichwohl fühlt sie recht gut, daß man Gustav abreisen lassen mußte, und daß die Abwesenheit das wahre Hülfsmittel wider sein Übel ist.

Ich wollte Ihnen all dies umständlich melden, Ihnen, dem Freund Gustavs, und folglich dem unsrigen. Ach! indem ich Ihnen Valériens Charakter entwickle, indem ich Ihnen zeige, wie sehr sie mein Glück macht und mir selbst immer neue Tugenden entdeckt, warum nun mußte ich dabei auf jene schrecklichen Umstände zurückkommen, welche mir das Unglück des Wesens schildern, das ich nächst ihr am meisten liebe!

In zwei Tagen reise ich ab. Ich werde Ihnen schreiben, sobald ich in Pietra-Mala sein werde. Mein Herz wird von düsteren Gedanken beunruhigt; ich weiß nicht, warum sie mich jetzt gerade so bestürmen. Ich habe Gustav krank und verändert gesehen; aber bei zweiundzwanzig Jahren und bei einer starken Leibesbeschaffenheit wird man nicht gleich unruhig.

Wie sehne ich mich, Sie zu sehen, und Gustav bei Ihnen zu treffen! bei Ihnen, der Sie die ersten Ergießungen dieses so sehr für die Freundschaft gebildeten Herzens aufnahmen!

Genehmigen Sie die Äußerungen der Gefühle, welche Sie einflößen; und wenn mein Brief nicht alles ausdrückt, was ich Ihnen gern sagen möchte, so sagen Sie sich, daß man, um so mit Ihnen von Gustav und von Valérie und von mir selbst zu reden, ich Sie sehr schätzen, und ich darf es wohl sagen, Sie lieben müsse.

Ich habe die Ehre, usf.

Einundfünfzigster Brief.
Valérie an ihre Schwester.

Weine mit mir, teure Schwester! mein Jammer ist gewiß, mein Unglück grenzenlos. Ich stehe auf dem Scheideweg meiner vergnügtern Lebenshälfte, sehe rückwärts mit bitterer Erinnerung die frohern Zeiten in weiter Ferne fliehen und vorwärts die Furien der Verzweiflung vor mir hertanzen, ihre drohenden Fakkeln schwingen, ihre gräßlichen Blicke mich behohnlachen und spottend mit neidischer Schadenfreude auf mein furchtbares Grab hindeuten!

Amalie! das menschliche Schicksal hat sich viele Bitterkeiten vorbehalten, um uns jeden Genuß der kleinsten Freude hundertfach zu vergällen; ich fühle es, daß das Leben auf diesem Scheideweg seinen Wert verliert, und daß man den Glücklichern bemitleiden kann, der Reiz in seinem Dasein zu finden glaubt. Ach! für mich hat dasselbe keine Lockung mehr; ich habe mich mit meinem undankbaren Verhängnis entzweit und blicke mit Haß auf die Stunde zurück, die mich werden ließ.

Verzeihe mir diesen Ausdruck meines entsetzlichen Gefühls, das mein Herz den zartern Banden meiner sanften Empfindung gänzlich entrissen hat; ich bin nicht mehr jene gutmütige Valérie, ich dulde zwar, aber in meiner Brust wütet es, wie ein Sturm glühender Leidenschaften, mein Geist glaubt eine Welt umspannen zu können, und dennoch bin ich so schwach, daß ich mein Zimmer nicht verlassen darf. – Amalie! werde ich wohl einst wieder in den Kreis geselliger Lebensfreuden eintreten? kaum; denn auch er reift für den Sarg; er, der mir die Ruhe meines Herzens, den Frieden meiner Seele geraubt hat.

Ich habe mich nicht betrogen; meine fürchterlichsten Ahndungen sind nun in Erfüllung übergegangen, und der Zweifel, der vordem mein Herz dann und wann zum Troste lenkte, ist nun geschwunden. Da stehe ich nun am Rande des fürchterlichsten Abgrundes, aus dessen Tiefe mir Gustav die Hand reicht. Ich werde ihm folgen, ich habe keinen Rückweg, unendlicher Jammer wird mich ihm nachstürzen lassen.

Es ist heraus, das fürchterlichste Geheimnis, dessen Vermutung meine Brust so schmerzlich bedrängt. Es ist entdeckt, daß ich der unglückliche Gegenstand bin, den Gustav liebt, für den er stirbt. Amalie! wie hart fällt mir die drückende Last dieser Gewißheit! Ernst, Gustavs Freund, der zärtliche Gefährte unsrer Jugend, hat an meinen Gemahl geschrieben und ihm Gustavs Briefe übersandt, worunter sich auch einer an mich befand, ein Brief, in letzter fassungsfähigeren Aufwallung seiner leidenschaftlichen Phantasie geschrieben. O, Schwester! wie schildere ich Dir meinen Schmerz, wie das Entsetzen meines guten edlen Gemahls!

Hingerissen von Wehmut fiel ich an seine Brust und flehte ihn an um Rettung seines unglücklichen Freundes. Ich hatte ihm meine Vermutungen schon früher mitgeteilt, jetzt verhehlte ich ihm nicht mein glühendes Gefühl der Teilnahme für den Bejammernswürdigen. – »Ich liebe ihn!« rief ich im Übermaß meines Jammers, »ich liebe unaussprechlich den trauten Jugendfreund, der für mich stirbt, und ich fühle es, daß sein frühzeitiger Tod mich unvermeidlich ins Verderben ziehen wird. O, mein Gemahl! ich flehe zu Ihrem beispiellosen Edelmute, ich spreche Ihr sanftes mildes Herz an; verdammen Sie nicht ihn, nicht mich. Beherzigen Sie die Standhaftigkeit, mit der der Unglückliche, trotz der Verirrung seines Herzens, der Tugend treu blieb; seien Sie überzeugt, daß auch Ihre zärtliche Gemahlin nie der Pflichten vergessen wird, welche sie ihrem edlen Gemahl schuldig ist. Reine Liebe ist ja kein Verbrechen!«

Der Graf umarmte mich, und seine Augen wurden feucht. »Wozu machen Sie mir diese Vorstellung Valérie?« sprach der Gute, »halten Sie mich für fähig, in Ihre und meines Freundes Redlichkeit Mißtrauen zu setzen, oder können Sie glauben, daß ich je ein reines Gefühl mißbilligen werde, welches den schönen Bund der Freundschaft ehrt und für die edle Empfindung Ihres

Herzens spricht? Auch ich liebe ja den Unglücklichen, dessen Wiedergenesung mit meinem Leben zu erkaufen ich mich vielleicht entschließen könnte. O! warum war er nicht offenherziger, nicht aufrichtiger gegen seinen innigsten Freund, gegen seinen zweiten Vater, dessen Belehrung, dessen freundschaftliche Teilnahme ihn gewiß dem Kleinmute entrissen und für die Freuden der Welt wieder gerettet hätte! Fassen Sie Mut, Valérie! ängstigen Sie sich nicht mit Besorgnissen für Ihren Freund. Ich reise sogleich nach Pietra-Mala, um den Unglücklichen zu trösten und mit seinem Herzen wieder auszusöhnen.«

Er reiste ab. Ach! daß er bald mit guter Botschaft wiederkäme, oder daß er mir Nachrichten schreibe, Nachrichten, die mein Herz beruhigten. Sieh! ich bin Dir so tändelnd wie ein Kind geworden. Man sagt mir, ich sei krank, auch hat mir der Graf einen Arzt zugeordnet, der mich die größte Zeit meinen Betrachtungen entzieht. Ich sehe ihn nicht gerne, wenn er eintritt, denn mir gefällt die Einsamkeit weit besser. Er sagt, ich sollte mir Beschäftigung verschaffen, um mich zu zerstreuen und einer möglichen Gemütskrankheit vorzubeugen. Ich fühle nichts als Schwäche, ein unnennbares Feuer, welches meine innere Kraft verzehrt, und mich oft zu einem unbedeutenden Gegenstand hinzaubert, mich im Entsetzen über eine Kleinigkeit erhält. Oft werde ich halbe Tage lang im Bette zurückgehalten, und der böse Wunsch entreißt sich meiner bedrängten Seele, es möchte mein Sterbebette sein. Vermag ich es denn im Zimmer herumzuwanken, so sehe ich Stück für Stück Gustavs Zeichnungen an oder schleiche zum Pianoforte und versuche die Arien zu spielen, die er gerne gehört hatte. Vergebliche Mühe! meine Finger scheinen erstarrt zu sein, meine matten Blicke fassen nicht die Deutung der Noten.

An nichts, Amalie! an nichts in der Welt kann ich mich erholen. Mein Zimmer deucht mir ein Gefängnis zu sein, das ich nicht mehr verlassen soll. Sagen mir das nicht die traurigen Mienen meiner Diener? Keiner wagt es, mir frei ins Gesicht zu sehen, jeder gibt mir nur zitternd halbe Antwort, und als ich gestern mein Mädchen fragte, warum es mich immer so traurig betrachte, küßte es mir laut weinend die Hand und sprach: »Ach gnädige Gräfin! wenn Sie doch bald wieder gesund würden!«

Ich bin also wirklich krank, liebe Amalie! und ich kann Dir versichern, daß das mir sehr gleichgültig ist. Zuweilen, wenn ich den Gedanken verfolge, daß ich wohl bald sterben könnte, wird dies mein Lieblingsgedanke, und ich fühle eine gewisse Lust dabei, früher als Gustav zu sterben.

Seit ich die Gewißheit von Gustavs Leidenschaft gegen mich erhalten habe, martert mich eine unbeschreibliche Unruhe. Ich lag meinem Gemahl hart an, mich auf die Reise nach Pietra-Mala mitzunehmen, aber er wollte das durchaus nicht zulassen.

»Die allzu starke Bewegung würde Dein Wiedergenesen verhindern«, sagte er, »auch könnte Dein Anblick den Unglücklichen zu sehr erschüttern und seinem ohnehin entkräfteten Zustande desto gefährlicher werden. Besser, daß ich ihn vorläufig auf Deine freundschaftliche Neigung vorbereite und ihm versichere, daß Du trotz der Entdeckung seiner Leidenschaft dennoch Dein zartes teilnehmendes Gefühl für ihn erhalten hast. Seinen Kummer erschwert bloß das Geheimnisvolle, und freundschaftliche teilnehmende Mitteilung unsrer gegenseitigen Empfindungen wird ihm die Last desselben gewiß erleichtern.«

Ich mußte zurückbleiben. Ach! wie wird er den guten Jüngling finden?

Es war Abend; ich entfernte unter mancherlei Vorwande meine Leute, um zu versuchen, ob ich eine mäßige Bewegung erleiden könnte. Ich wollte auf diesen Fall meinem Gemahl auch wider seinen Willen nachreisen. Ich schlich mich leise in den Garten hinab. An der Mauer wankte ich fort bis an die Türe, wo ich kraftlos zusammensank und von dem Gärtnerburschen auf mein Zimmer zurückgebracht wurde.

Nun bleibe ich nie allein; der Arzt wollte mir nicht einmal das Schreiben zulassen, allein ich pochte und trotzte, und es fiel mir wirklich schwer, diesen Brief aufzusetzen.

Nimm ihn wie er ist, Amalie! vielleicht ist er der letzte. Jetzt wird es mir fühlbarer, daß ich krank bin. O! es ist ja mein Wunsch, seinen Tod nicht zu überleben.

Zweiundfünfzigster Brief.
Graf von M… an Ernst von G…

Pietra-Mala, am 23. November.

Unsere Ahndungen waren nur zu sehr gegründet! Gustavs Schweigen hing mit seinem grausamen Zustande zusammen. Seit vierzehn Tagen leidet er an einem verzehrenden Fieber; es ist von einer Gedankenirre begleitet, welche an jedem Abend zu der nämlichen Stunde eintritt, und welche den Kranken hindert, die mindeste Ruhe zu genießen.

Ich bin vorgestern Abend hier angekommen und bei einem kleinen Gasthofe in diesem Flecken abgestiegen; von dort begab ich mich zu Gustav, wo Erich mich mit vieler Freude ankommen sah. Ich fand diesen Greis so verändert, daß schon dieser Umstand mir alles sagte, was unser Freund gelitten hatte. Mein Herz schlug gewaltsam, als ich ihn fragte, wie es mit Gustav stehe.

»Leider! ist er seit vierzehn Tagen sehr krank«, gab er mir zur Antwort, »und eben in diesem Augenblicke ist die Geistesabwesenheit wieder eingetreten, wie alle Abende.«

Ich befürchtete, er möchte mich erkennen, und diese Überraschung möchte ihn zu sehr erschüttern; aber der Arzt, welcher zugegen war, sagte mir, ich könnte hineingehen, und er würde mich nicht erkennen. Wie soll ich Ihnen schildern, was ich empfand, als ich mich diesem Bette des Schmerzens näherte, als ich jene so rührenden Gesichtszüge durch Leiden so entstellt sah! Die heftigste Unruhe war in seinen Mienen; seine bedrängte Brust war unbedeckt; und ich schauderte, als ich seine abgezehrte Gestalt betrachtete. Seine Hände lagen abwechselnd über seinem Haupte, wo er zu leiden schien, und fielen wieder auf sein Bett zurück. Er betrachtete mich mit verstörten Augen, aber ohne das geringste Befremden zu äußern. Ich setzte mich neben sein Bett und überließ mich meiner Betrübnis; sie war außerordentlich. Unnötig ist es, daß ich Ihnen alles sage, was ich empfand; Sie müssen es begreifen.

Der Arzt verlangte selbst von mir, ich möchte einen seiner Kollegen aus Bologna kommen lassen, welches nicht weit von hier ist; er nannte mir einen Mann, welcher Ruf hat, und welchen er gut kennt. Sogleich fertigte ich einen Eilboten ab, um ihn zu bitten, zu uns zu kommen.

Ich verlasse Sie, um ein wenig auszuruhen. Ich habe aus Gustavs Zimmer an Sie geschrieben. Ich habe mich lange Zeit mit Erich über seine hiesige Lebensart unterhalten; er sagte mir, er schriebe täglich an Sie.

Am 24. November.

Beklagen Sie mich; ich leide mehr als jemals unter einem Unfalle, welcher die Vorwürfe noch vermehrt, welche ich mir mache, und den Schmerz, welchen ich empfinde. Ich habe Gustaven den ganzen Tag nach dem Abend, wo ich ankam, nicht gesehen, wo seine Gedankenverwirrung ihn hinderte, mich zu erkennen. Weil der Arzt befürchtete, es möchte ihm eine zu lebhafte Erschütterung machen, hatte er mir geraten, diesen Tag hingehen zu lassen, an welchem er mehr litt als gewöhnlich. Traurig verbrachte ich die Stunden mit Streifereien in der Gegend von Gustavs Wohnung; ich sagte bei mir: »Hier hat er gelitten, indem ich mich so schwach mit ihm beschäftigte, als ich ihn nicht in Gefahr glaubte, als ich ihn beschuldigte, er überließe sich einer wilden und wunderlichen Laune. O, traurige Wahrheit, welche man nicht genug wiederholen kann! Wir wissen uns nur um Dinge zu beunruhigen, welche unserer Bekümmernisse nicht wert sind. Und ich, der ich mich bisweilen für weiser zu halten wagte, habe ich nicht hundert Mal an Gustavs Beförderung gedacht? ihm eine wichtigere Stelle zu verschaffen? Ich dachte an seine Zukunft; und ich vernachlässigte den Augenblick, von welchem vielleicht sein ganzes Geschick abhing!«

Dieses waren die traurigen Bemerkungen, welche ich auf meinen Streifereien an diesen einsamen Orten machte, diesen Zeugen von Gustavs Schmerzen. Ich wußte, daß er sie oft besucht hatte; ich verweilte an den Orten, deren Lagen mir am meisten auffielen; und ich sagte zu mir: »Hier verweilte auch er; hier war es vielleicht, wo diese für die Schönheiten der Natur so gefühlvolle Seele auf einen Augenblick seinen ermüdeten Schmerz vergessen konnte!«

Gegen Abend kam ich zurück; und ich benutzte die Augenblicke, welche ich noch fern von Gustav zu verbringen hatte, um an Valérie mit aller möglichen Schonung zu schreiben, um sie nicht allzu sehr wegen der Lage des Kranken zu erschrecken, und sie gleichwohl auf die Gefahr vorzubereiten, in welcher er sich befindet.

Das Phantasieren trat nicht wie gewöhnlich ein; anstatt dessen fand sich eine Schläfrigkeit ein, welche eine Ruhe bewirkte, wovon man Vorteile für den Kranken vermuten konnte. Es war zehn Uhr abends. Ich setzte mich hinter eine spanische Wand, von wo ich ihn beobachten konnte, ohne von ihm gesehen zu werden. Der Arzt sagte, er würde gegen Mitternacht wieder kommen, um während des übrigen Teils der Nacht bei ihm zu wachen. Weil der arme Erich sehr ermüdet war, nötigte ich ihn, einige Augenblicke auszuruhen; ich für meinen Teil blieb in traurigen Gedanken vertieft zurück.

Der Kranke schien tief zu schlafen. Ermüdet von der scharfen Bergluft und von meinen Streifzügen, schlief ich für einen Augenblick ein. Aus diesem leichten Schlummer riß mich ein Geräusch, wovon ich aufwachte, es war eine Türe des Zimmers, welche man mit Gewalt zugemacht hatte. Ich stehe auf; denken Sie sich mein Erstaunen, als ich sah, daß Gustav nicht in seinem Bette war. Erschrocken und überzeugt, daß er es war, welcher diese Türe so zugeworfen hatte, und daß er in seiner Fieberhitze entronnen war, lief ich sogleich wie ein Unsinniger und suchte ihn auf dem nächsten Gange. Erich, welcher wie ich erwacht war, folgte mir. Unser Schrecken wuchs, als wir ihn nicht fanden. Endlich sehe ich eine kleine Tür halb offen, welche nach dem Garten führte; ich stürzte hinaus, und rufe Gustav mit starkem Geschrei. Der Mond erleuchtete schwach den Garten. Ich höre einige Seufzer; ich bebe vor Angst und Schrecken; ich eile zu einem Brunnen, welcher neben einem Denkmale lag; ich finde Gustav, welcher seinen Kopf in das Wasser des Beckens tauchte, und schmerzlich wehklagte. Kaum hatte ich ihn in meine Arme gefaßt, sank er in Ohnmacht. Schrecklicher Augenblick! ich glaubte, er habe den Geist aufgegeben. Das Bettuch, welches er nach sich geschleppt hatte, umhüllte ihn wie ein Leichentuch; das kalte Wasser, welches von seinen Haaren abfloß, benetzte meine Brust, an welche sein Kopf sich lehnte; der Zeiger schlug langsam Mitternacht; der Mond, kalt und still wie der Tod, warf lange Schatten, welche Schreckbildern glichen; und der an seine Hütte gekettete Hund stieß ein fürchterliches Geheul aus, welches das Entsetzen noch vermehrte, wovon meine Seele ergriffen war.

Ich führe, oder vielmehr ich schleppe Gustav zurück, weil ich kaum mich selbst halten konnte; wir legen ihn auf sein Bett. Der Arzt kommt. Ergriffen von einem allgemeinen Zittern, meine Hand auf dem Herzen des Unglücklichen, erwartete ich die Hoffnung; ich hatte keine mehr; ich rief einem einzigen Schlage seines Herzens, um von dem Himmel einen zweiten zu erflehen. – »Könnte ich doch«, sagte ich bei mir, »könnte ich doch ihn noch einmal in meine Arme schließen! ihm sagen, wie teuer er mir ist!« Endlich folgten ruhigere Augenblicke auf jenen Augenblick des Schreckens, währenddessen ich mir Vorwürfe selbst über jenen unwillkürlichen Schlaf machte, welcher dem Kranken erlaubt hatte, sein Bett zu verlassen. Der Puls wurde wiederhergestellt; seine Augen öffneten sich. Anfangs erkannte er mich nicht. Er hatte sich an meinen Busen gelehnt; ich hielt seinen Kopf. Er fragte, was vorgegangen wäre; der Arzt sagte ihm, er wäre, in einem Anfalle von seiner Fieberhitze, aus seinem Zimmer entkommen. Er erinnerte sich an nichts. Er verlangte Tee.

Während man ihm diesen bereitete, sagte mir der Arzt ins Ohr, ich möchte mich entfernen. Ich wollte seinen Kopf auf das Kissen legen; aber ohne etwas zu sagen, hielt er mich bei der

Hand zurück, um die Lage nicht zu verändern; ich blieb. Man hatte die Lichter entfernt; die tiefste Stille herrschte um uns herum. Er seufzete tief; ich drückte ihn an mein Herz und seufzte auch; er schien es nicht zu bemerken und sprach mit leiser Stimme Valériens Namen. – »Valérie!« wiederholte ich mit Rührung, und Tränen fielen von meinen Augen auf sein Gesicht. Jetzt wendete er sich gegen mich, drückte schwach meine Hand und sagte: »Wer sind Sie, daß Sie mich beklagen?«

»O, mein Sohn, mein Freund!« sagte ich zu ihm, »erkennst Du mich nicht? Ist jemand auf Erden, welcher Dich stärker liebt?«

Bei diesen Worten, bei den Tönen meiner Stimme, welcher ich keine Gewalt mehr antat, erkannte er mich; er befreite sich aus meinen Armen mit einer unglaublichen Lebhaftigkeit; und indem er seinen Kopf auf das Kissen fallen läßt, deckt er sein Gesicht mit seinen Händen und ruft: »Unglücklicher Gustav!«

Ich umarme ihn, indem ich ihn mit meinen Tränen benetze.

»Sie lieben mich also noch?« fragte er, »ach! ist mir nichts entfallen? Habe ich nicht eine lange Geistesabwesenheit gehabt? Wie kommen Sie hieher? Sie?« fragte er mich mit einem zerreißenden Tone, »Sie? Valériens Gatte!«

»Teurer Gustav, beruhigen Sie sich; ich weiß alles; ich beklage Sie; ich liebe Sie; ich würde mein Leben für Sie hingeben.« Jetzt überließ er sich der Zärtlichkeit und selbst der Freude; er sagte mir, er würde zufrieden sterben, wenn ich ihn noch liebte, er fragte mich, was ich damit sagen wollte, als ich ihm versicherte, daß ich alles wüßte. Vergebens wollte ich eine Erklärung zurückhalten, welche ihn zu sehr angreifen mußte; ich mußte seinen dringenden Bitten nachgeben, ich mußte ihm sagen, daß Sie an mich geschrieben hatten. O, wie vielen Dank wußte er seinem Ernst wegen dieses glücklichen Gedankens! Ich verbarg ihm, daß Valérie unterrichtet wäre; ich sagte ihm, daß sie von seiner Krankheit wisse, und daß sie mich geschickt habe. Er hob die Hände gegen den Himmel, aber ohne zu reden. – »Ist dieses ein Traum?« rief er endlich, »ist dieses ein Traum? Wie? Sie verzeihen mir? Sie wissen um meine unglückliche Liebe und Sie verzeihen mir!« Jetzt wollte er fortfahren, und mir seine Kämpfe, seine Leiden schildern; ich bewies ihm, daß schon seine Briefe mir alles gesagt hätten. Er warf sich an meinen Busen und rief nochmals: »Ich sterbe zufrieden; Sie verzeihen mir!« Diese Erklärung, welche wegen der durch sie bewirkten Erschütterung beunruhigend sein mußte, war für ihn nicht anders als wohltätig; er schien sich von einer schrecklichen Last erledigt zu haben. Mit Vergnügen nahm er den Tee zu sich, welchen man ihm gebracht hatte.

Als der Paroxysmus ganz vorüber war, sein Kopf weniger litt, seine Brust minder beklemmt war, ließ alles uns eine beträchtliche Besserung hoffen; aber leider! verschwand bald diese Hoffnung; das Fieber zeigte sich wieder mit einer schrecklichen Verstärkung. Die Wirkung jenes kalten Wassers und der Nachtluft äußerte sich nur allzu sehr; der Husten wurde so bedenklich, daß wir fürchteten, er möchte bei einem solchen Anfalle unterliegen.

Hier haben Sie den Bericht von der gestrigen schrecklichen Nacht. Heute ist er so matt, daß er nicht ein einziges Wort vorbringen kann; aber er betrachtet mich oft mit Zärtlichkeit; er legt die Hand auf mein Herz, um mir seine Erkenntlichkeit zu bezeigen; und er versucht zu lächeln. O, wie krank macht er mich! wie leide ich!

Am 25. November.

Am heutigen Morgen trat ich in sein Zimmer; er hatte eine Stunde lang geschlafen; er befand sich etwas besser. Ich setzte mich traurig an sein Bett; er bemerkte Tränen in meinen Augen. Ich sagte nichts; ich betrachtete ihn mit Betrübnis.

»Weinen Sie nicht über mich«, sagte er, »mein würdiger Freund! Warum sollten sich diejenigen betrüben, welche mich lieben? Haben Sie nicht wie ich jene großen Gedanken, welche sich an eine unermeßliche Zukunft knüpfen? Ist denn dieses Leben alles für Sie wie für den Ungläubigen? Ich fühle, daß ich etwas in mir trage und mit mir nehme, was Leben gibt, selbst wenn diese Augen geschlossen sein werden.« Und er öffnete seinen großen schwarzen Augen, welche von Schmerz gesenkt waren, und blickte gegen den Himmel. – »Ich sterbe jung; ich habe es immer gewünscht; ich sterbe jung; und ich habe viel geliebt. Mein Vater! mein teurer Lehrer!« setzte er hinzu, indem er mich mit einem Zauber von unaussprechlicher Schwermut ansah. »Haben Sie mich nicht oft belehrt, das Leben zu gebrauchen? Und glauben Sie nicht, daß ich in diesem Zeitraume von zweiundzwanzig Jahren manche Tage und Stunden gehabt habe, welche soviel wert waren als ein langes Dasein?«

Er legte sich zurück, als ob er Atem holen wollte; ich hörte ihn keuchen; aber er suchte mir seine Beklemmung zu verbergen. Erich hatte das Wachslicht weggenommen, welches Gustavs geschwächte Augen angriff; es blieb eine kleine Lampe zurück.

»Sie will verlöschen«, rief er lebhaft, »verhindern Sie es; sie darf noch nicht verlöschen.« Er seufzte. O, wie zerriß mich dieser Seufzer!

»Der Tag ist noch fern«, sagte er zu mir, wahrscheinlich um mir zu verbergen, was er empfunden hatte; »wie viel Uhr ist es?« Ich ließ meine Uhr schlagen. »Fünf Uhr! Ich wünschte ein wenig zu schlafen; aber ich fühlte, daß ich es nicht können werde. O, mein Freund!« setzte er hinzu, indem er sich auf seinen Arm stützte, »wie viele Güter hat das Leben, deren Wert wir gar nicht oder nur schwach zu würdigen wissen! Wie oft habe ich neun Stunden hintereinander geschlafen!«

»Sie schläft jetzt; glauben Sie es nicht?« sagte er zu mir, »sie hat den Schlaf der Gesundheit und des Glücks; und vielleicht sind ihre Gedanken mit Ihnen beschäftigt, würdiger Freund! O, möchte sie lange Zeit ruhig schlafen! und auch Sie!« Er drückte mir die Hand.

»Nein!« antwortete ich, »sie kann nicht ruhig sein; sie weiß, daß der Freund ihres Glücks, der Freund ihres reinen und gefühlvollen Herzens leidet.«

»Ach, mein Freund! ich möchte weder ihren Schlaf noch ihr Herz beunruhigen; nein, nein; bloß einige Tränen; und eine einzige jener langen Erinnerungen, welche das ganze Leben hindurch dauern; aber ohne es zu zerreißen – und denjenigen Ehre machen, welche ihrer fähig sind.« Er weinte sanft.

Ich legte meine Arme um seinen Hals; ich umarmte ihn; er legte sich an meinen Busen; ich saß an seinem Bette. Er verweilte lange Zeit, ohne zu sprechen; und ich bemerkte an einer gewissen Bewegung eines ruhigeren und gleichförmigeren Atmens, daß er eingeschlafen war.

Ich fühlte einen Zauber, als ich diesen Unglücklichen einige Augenblicke der Ruhe genießen sah; ich hielt meinen Atem zurück. So schlummerte er eine halbe Stunde.

Ich habe einige Tage verbracht, ohne an Sie zu schreiben. Mutlos, niedergeschlagen und aus der schrecklichsten Furcht in Augenblicke der Hoffnung versetzt, muß ich mich diesen überlassen, um nicht selbst zu unterliegen. Es geht mit ihm besser; er hustet weniger. Der Arzt sagte, seine Leibesbeschaffenheit müsse eine der stärksten sein, da er nach einem Fieber und nach einer Gedankenverwirrung von vierzehn Tagen sich so befinden könne.

Man sieht, daß bloß seine Brust ihn aufreibt; selbst seine Jugend vermehrt die Gefahr; sein Blut ist so lebhaft. Er wollte in den Garten getragen sein; wir gaben es nicht zu; es war heute zu kalt.

Am ... November, früh um 7 Uhr.

Ich fahre fort in meiner traurigen Erzählung. Ich halte es für Pflicht, jeden Augenblick der Vergessenheit zu entreißen, welcher allein – leider! uns in Zukunft etwas von unserm gemeinschaftlichen Freunde sagen kann; und ich zeichne gewissenhaft jede Wort, jeden Umstand dieser traurigen Auftritte auf

Wie schwer ist es, die Leiden der Seele zu behandeln! Auf wie vielen Wegen gelangt man dahin, wenn man weit entfernt zu sein glaubt, sie zu verwunden! Als ich heute in Gustavs Zimmer trat, hatte man die Fenster geöffnet, um die Luft seines Zimmers zu erneuern; er schien sich ziemlich wohl zu befinden; und ich fürchtete seinen Husten, welcher bei dem geringsten Reiz wieder kommt. Weil ich Bücher auf einem Tische sah, tat ich ihm den Vorschlag, ihm etwas vorzulesen, indem ich ihn fragte, ob er eine vorzügliche Lieblingslektüre habe? Er antwortete mir; er wünschte etwas aus dem Englischen zu hören; und weil Thomsons Jahreszeiten mir in die Hand kamen, öffnete ich das Buch; und ohne daran zu denken, machte ich den Anfang mit jenen schönen Versen, deren Inhalt folgender ist: »O, glücklich sie! die glücklichsten ihrer Art! deren sanftes ...«

Ein ersticktes Geschrei von Gustav machte mich zittern.

»Was fehlt Dir?« rief ich; und das Buch fiel mir aus den Händen. – »Ich leide; sehr leide ich hier!« sagte er, indem er auf seine Brust zeigte; er schloß die Augen und verbarg seinen Kopf in das Kissen, um nicht mit mir sprechen zu müssen. Ein geheimer Instinkt sagte mir, daß ich ihm wehgetan hatte. Ich näherte mich dem Fenster; und jenes so getreue Gemälde einer glücklichen Vereinigung, welche Thomson so herrlich geschildert hatte, trat wieder in mein Gedächtnis und rührte mich lebhaft.

Am ... November.

Er verlangte, daß wir ihn in den Garten tragen sollten, um die Sonne untergehen zu sehen und reine Luft zu atmen, welche ihn immer beruhigte. Man setzte ihn in einen Armstuhl. Er schien jene Augenblicke zu genießen, wo die Natur schwermütig um uns die letzten Farben des sich schließenden Tages zu verbreiten schien. Schön war dieser Tag gewesen wie Gustavs Jugend. Meine Augen verfolgten die Abstufungen des Lichts und fielen unwillkürlich bald auf den Gesichtskreis, bald auf ihn. Er schien mich zu erraten; er faßte meine Hand und sagte: »Wie schön ist die Natur! welche Ruhe verbreitet sie über mein ganzes Wesen! Niemals würde ich sie so geliebt haben, wenn ich nicht das Unglück kennengelernt hätte.« Er blickte auf mich mit einer rührenden Heiterkeit. »Wie hat sie mich getröstet, diese so erhabene

Natur! Gleich der Religion hat auch sie Geheimnisse, welche sie nur dem starken Schmerz offenbart. Mein würdiger Freund!« fuhr er fort, als er sah, daß ich sehr gerührt war; »süß ist es, in ihrem Schoß auszuruhen! Beklagen Sie mich nicht!«

In diesem Augenblick wurde mir ein Päckchen mit Briefen eingehändigt, welche der Eilbote eben jetzt gebracht hatte. Gustav erkannte Valériens Handschrift; mit Ungestüm richtete er sich auf; aber sogleich fiel er, geschwächt durch die Anstrengung, wieder zurück; traurig lächelte er.

»Denken Sie sich meinen Wahnsinn!« sagte er, »ich glaubte, der Eilbote könnte auch an mich etwas gebracht haben, und ich wollte es ihm abfordern.«

»Gewiß hat Valérie gegen mich Deiner erwähnt; wir wollen zurückgehen«, sagte ich zu ihm.

»O! lesen Sie! lesen Sie!« – »Nein, es geschieht nicht, wenn Du Dich dieser gewaltsamen Unruhe überlässest.« Er sagte nichts; sondern, indem er die Hand auf sein Herz legte, zeigte er mir, daß er das Klopfen desselben zurückhielte.

Wir gingen zurück. Er wollte sich nicht legen; er setzte sich auf sein Bett, lehnte sich gegen den einen Pfeiler und faltete die Hände, um mich zu bitten, ich möchte lesen. Valérie schrieb wirklich an mich über unsern unglücklichen Freund; sie schmachte, sagte sie, in einer Betrübnis, welche sie keinem anvertrauen könnte, welche ihre Tage durch schwarze Ahndungen beunruhigte; sie beklagte sich über ihre Trennung von mir; sie fragte nach tausend Umständen, die Gustav betrafen, und jammerte über dieses unglückliche Schlachtopfer einer so traurigen Liebe.

Ich wagte nicht, diesen Brief unserem Freund vorzulesen; ich fürchtete mich, ihm zu zeigen, daß Valérie sein trauriges Geheimnis kenne. – »Was macht sie?« frage er mich ängstlich.

»Sie leidet, und tut Gelübde für Dich.« – »Sie leidet!« wiederholte er, »o! wenn sie alles wüßte!« Er hielt inne, erhob schüchtern seine Augen gegen mich; ich senkte die meinigen. – »Mein Vater!« rief er mit einem zerreißenden Tone, indem er seine bittenden Hände gegen mich ausstreckte. »Mein Vater! versprechen

Sie mir, daß sie einmal erfahren soll, daß ich für sie sterbe!« Seine Stimme rührte mich so sehr, sie erinnerte mich so lebhaft an die Stimme meines Freundes, seines Vaters, daß ich, von dem zärtlichsten Mitleid hingerissen, zu ihm sagte: »Sie weiß alles.«

»Sie weiß alles?« wiederholte er wie im Rausch und stürzte sich zu meinen Füßen. Vergebens wollte ich ihn wieder aufrichten; er umschloß meine Knie; er wiederholte: »Sie weiß alles! ich sterbe zufrieden; sie wird meinen Tod beweinen. O, mein würdiger Freund! erlauben Sie ihr diese frommen Tränen. Freund meines Vaters! mein Wohltäter! noch eine, nur noch eine Bitte! Valérie wird Ihnen Söhne schenken; der Himmel wird Sie nochmals Vater werden lassen, um Sie für alles das zu belohnen, was Sie für mich getan haben; einer ihrer Söhne heiße Gustav; er führe meinen Namen; Valérie spreche oft diesen Namen aus; das sanfte Gefühl der mütterlichen Zärtlichkeit vermische sich mit meinem Andenken; und so vereinige sich Glück und Mitleid.«

»Beruhige Dich, lieber Gustav«, sagte ich, indem ich ihn aufrichtete und mit Zärtlichkeit umarmte; »alles was ich für meinen angenommenen Sohn, für den Sohn meines besten Freundes tun kann, das werde ich tun.« Er hatte sich wieder vor mir auf die Knie geworfen; seine Freude gab ihm eine außerordentliche Kraft; seine so bleichen Wangen hatten sich gefärbt; seine verlöschten Augen funkelten noch einmal, wie in den Tagen der Gesundheit; und die Leidenschaft kämpfte mit dem Tod auf diesem bezaubernden Gesichte, welches die Natur mit ihrem himmlischsten Ausdruck auszeichnete.

»Ich bin glücklich«, sagte er zu mir, indem er meine Hände von meinen Augen wegzog, welche die schmerzhaften Tränen verbargen, die ich zurückzuhalten suchte. »Ich bin glücklich; weinen Sie nicht; durchlaufen Sie mit mir alles das Gute, was ich gekannt habe; und alles dasjenige, was mir noch übrig ist. Die Natur versetzt bisweilen auf die Erde solche Seelen, welche sie mit Vorliebe heißer und zarter bildete als andre; sie gesellt ihnen die Phantasie zu und läßt sie in einem kurzen Zeitraum alle Wohltaten, alle Glückseligkeiten des Daseins genießen. Ist es daher nicht ein Glück, jung zu sterben? begabt mit allen

Kräften des Herzens? alles in die Ewigkeit mitzunehmen, ehe alles verwelkt ist? Sind sie glücklicher, jene Menschen, vor welchen das Leben sich zurückzieht wie ein zum Zahlen unfähiger Schuldner, welcher nichts abgetragen hat. Mir gab sie alles; noch höre ich die Stimme dieser vielgeliebten Mutter, meiner Schwester, meines Ernsts; jene zauberischen Töne, welche mich beim Eintritte in das Leben empfingen, hallen noch in meinen Ohren nach; keiner täuschte mich in diesen ersten und letzten Tagen. So übernahm die Natur und die Freundschaft die Sorge für das Glück meiner Jugend; so gelangte ich... Verzeihen Sie!« sagte er mit einem langen Seufzer, »weil ich Ihnen mein Herz öffne, müssen Sie freilich sie darin finden, sie... So gelangte ich zu jenem Gefühl«, fuhr er mit leiserer Stimme fort, »dessen Schmerzen mehr wert sind als die Bezauberungen dessen, was die Menschen Liebe nennen. Ein Blitzstrahl einer andern Welt hat mich verzehrt; aber er hat mich nicht welk gemacht!«

Hier hielt er inne, verbarg sein Gesicht in meinem Busen; hernach sagte er: »Ich habe den Traum meiner Jugend bei mir vorübergehen sehen, bekleidet mit der Gestalt eines Engels; er lächelte mir; ich streckte die Arme nach ihm aus; die Tugend trat zwischen Valérie und mich und zeigte mir den Himmel, wo kein Sturm ist.« Hier fiel er in ein tiefes Nachsinnen; hernach setzte er mit Entzücken hinzu: »Aber Valériens Bedauern wird durch mein Grab dringen; die Stimme der Freundschaft wird mich in schwermütigen Nächten rufen und ihr Geist wird ihre rührenden Töne bis zu mir tragen. Bin ich also nicht glücklich? ich, der ich ein reines Herz mitnehme? und Tränen, welche mich segnen? Ach, mein Vater! die Menschen nennen jene reichlicher begabten Seelen schwärmerisch, welche bloß von demjenigen leben wollen, was dem Leben Ehre macht; und die Begeisterung erscheint ihnen bloß wie ein gefährliches Fieber, da sie doch nichts anders als eine Offenbarung ist, welche den vorzüglicheren Seelen zuteil wird, ein göttlicher Funke, welcher das erleuchtet, was für den großen Haufen dunkel und verborgen ist; ein ausgesuchtes Gefühl der höchsten Schönheiten, welche die Seele glücklicher machen, indem sie dadurch besser wird. Ich, ich nehme alles mit mir, was nur Großes und Tröstendes zu denken ist; nicht jene, welche an den Glückseligkeiten des Lebens vorübergehen wie vor einem Rätsel, daß sie nicht begreifen, welche mit ihrer Selbstsucht und mit ihrer kleinen Denkungsart vor den kleinen Leidenschaften verweilen. Die Toren! sie wagen es nicht, den Himmel um Glück zu bitten; von der Erde verlangen sie Vergnügungen; und der Himmel und die Erde enterben sie alle beide.«

Erschrocken über die Heftigkeit, mit welcher Gustav zu mir gesprochen hatte, und aus Besorgnis, er möchte die wenige ihm noch übrig gebliebene Kraft erschöpft haben, hatte ich vergeblich versucht, ihn einzuhalten. Selbst hingerissen von seiner Begeisterung, von dieser erhabenen Enthüllung einer der seltensten, ausgezeichnetsten Seelen, hatte ich mich jener so rührenden Bewunderung überlassen, welche uns entzückt und erhebt; ich fühlte ihn an meinem Herzen; seine Brust war in Bewegung; das Atmen wurde ihm beschwerlich; seine Wangen glühten; sein Kopf fiel an meinen Busen. Ich glaubte, er suchte auszuruhen; er war in Ohnmacht gesunken; und diese lange Ohnmacht versetzte mich in den furchtbarsten Schrecken; dieser Augenblick war einer der folterndsten in meinem Leben. Mein Entsetzen wuchs wegen eines Umstandes, welcher es schrecklich machen mußte. Während ich Gustav wieder zu sich bringen suchte, ließ sich die Sterbeglocke in einem benachbarten Kloster hören; wahrscheinlich war es für einen von den Mönchen, welcher ebenfalls mit dem Tode kämpfte. Dieses traurige und klägliche Geläute senkte Todesangst in die Tiefen meines Wesens, und meine Stirne war mit kaltem Schweiße benetzt.

Endlich kam Gustav wieder zum Leben. Man hatte den Arzt aufgesucht; der Puls verschwand unter meiner Hand; die traurigste Blässe deckte seine Gesichtszüge; er konnte nichts mehr zu sich nehmen. Welche Vorwürfe machte ich mir, daß ich ihn zu sprechen veranlaßt hatte! Aber bei diesen schrecklichen Krankheiten vermischt sich das Leben so sehr mit dem Tode, daß man beständig durch Hoffnungen getäuscht wird. Ich hatte ihn für weit stärker gehalten, als er sein konnte. Ich verließ ihn nicht; endlich, früh um fünf Uhr, schlief er ein; und jetzt verließ ich ihn. Ich schreibe Ihnen diese Umstände, nachdem ich einige Augenblicke geruht habe.

Da ich in dieser Nacht sah, daß er nicht schlafen konnte, und ihn aus seinen tiefen Gedankenträumen zu reißen wünschte, tat ich ihm den Vorschlag, ich wollte ihm aus dem Tagebuch seiner Mutter vorlesen, welches ich unter seinen Papieren gefunden habe, so hoffte ich, seine düsteren Gedanken auf eine angenehmere Zeit zurückzuführen. Ein Stück, welches ich davon gelesen hatte, hatte mir eine gute Handlung von Gustav gezeigt; es war eine doppelt tröstende Erinnerung in diesem traurigen Zeitpunkte. Er äußerte gegen mich den Wunsch, daß dieses Tagebuch Ihnen eingehändigt würde; und daher will ich es hier beifügen. Wie sehr liebt er diese so liebenswürdige Mutter! Wie sehr hat der Gedanke an sie seine Leiden gemildert! Ich sah, wie er sich nach ihr hinsehnte, in jene Gegenden der Ruhe, welchen er entgegenstrebt. –

Bruchstücke aus einem Tagebuch von Gustavs Mutter.

Du ruhst auf meinem Schoße; du lebst, mein Sohn; du, welchen meine stolzesten Hoffnungen verehren; meine ganze Seele faßt kaum das Glück der Mutterschaft! Und diese so reinen, so schönen Tage einer glücklichen Verbindung sind noch reiner, noch schöner geworden.

O, Weiber! wie schön ist eure Bestimmung! Das ganze Weltall ist nicht geräumig genug für die Männer; sie nehmen ihre unruhigen Wünsche überall mit, sie wollen es mit ihrem Namen erfüllen; sie opfern ihre Tage; sie verschwenden das Leben; es ist immer außer ihnen.

Und wir! wie schön ist unsre ungekannte Bestimmung, welche nichts sucht als die Blicke des Himmels! Wie reich begabte er unsre mutvollen und zugleich gefühlvollen Herzen! dieses Herz, welches dem Schmerze und dem Tode trotzt und sich einem Lächeln hingibt. Göttliche Kraft! Du ließest uns die Liebe; und unter tausend Gestalten bezaubert die Liebe unsre Tage! Wir lieben, wenn wir unsre Augen dem Lichte öffnen; und wir geben unsre ganze Seele zuerst einer Mutter, hernach einer Freundin, immer den Unglücklichen. So gelangen wir von Vergnügungen zu Vergnügungen bis zu dem Zauber einer andern Liebe; und all dies machte uns nur noch besser mit der Pflicht bekannt, für welche wir geschaffen wurden. Wonne meines Lebens! teurer Gustav! so bin ich denn auch Mutter! Meine Augen können nicht müde werden, dich zu betrachten; tausend Hoffnungen folgen einander und beschäftigen meinen ganzen Tag, und selbst meine Träume. Ich warte auf deinen ersten Blick; wenn du erwachst, lausche ich auf dein erstes Lächeln.

Ich träume schon von der Zeit, wo du mich erkennen wirst, wo du alle deine kleinen Gedanken, deine Bedürfnisse, deine Neigungen, deine Wahl, alles auf mich beziehen wirst.

Ich trug dich zur Kirche, Gustav; ich dankte dem Gott des Weltalls, welcher dich mir schenkte; ich schwor – nein, ich versprach – und niemals wurde ein Versprechen mit dieser Wärme gegeben – ich versprach, meine Pflichten gegen dich zu erfüllen. Ich hielt dich in meinen Armen; ich war stolz und demütig; ich war Mutter. Ich war so reich! Wie sollte ich dieses Herz nicht fühlen, welches auf dich stolz war, mein Gustav! Aber ich war auch demütig. Was hatte ich getan, um dieses so große Glück zu verdienen?

Ich legte dich auf jenen Altar, wo die Kirche meine Verbindung mit deinem Vater geweiht hatte; ich kam in das Schloß zurück, umringt von unsern Vasallen; ihre Blicke segneten dich, denn sie lieben deinen Vater, und ich versprach in deinem Namen, daß du sie einmal lieben würdest.

Und als ich allein war, ging ich mit dir auf die lange Galerie, wo die Gemälde deiner Ahnen hängen; und noch schwach, denn es waren erst einige Wochen seit dem Tage verflossen, wo ich litt und mit soviel Wonne meine Schmerzen vergaß, setzte ich mich neben einem Bündel von Waffen; dein edler Großvater hatte sie in den Kriegen für das Vaterland verherrlicht. Ehemals erregten sie bei mir Furcht, aber jetzt dachte ich, der Tag würde kommen, wo deine jugendlichen Hände sie gleichfalls erheben würden, und wo ein heißer und erhabener Mut dich beleben sollte. Hernach durchlief ich diese Galerie, und zeigte dich im Freudentaumel deinen Ahnen, gleich als ob sie mich sähen; und ich blieb vor demjenigen stehen, von welchem auch du ein Abkömmling bist, welcher Gott und seinen Königen so treu diente; und indem ich dich mit Stolz in die Höhe hob, sprach ich zu dem Helden: »Blick' auf meinen Gustav; er wird dir zu gleichen suchen.« –

Heute hast du zwei Jahre verlebt; teurer Gustav. Dein Vater ist, nach einer Abwesenheit von mehrern Monaten, gestern von Stockholm zurückgekommen; mit welcher Freude sahen wir uns wieder! Er verlangte dich zu sehen; ich sagte ihm, du schliefest; und ich führte ihn in den Saal. Ich suchte ihn für einen Augenblick zu beschäftigen; aber ich konnte ihm meine unruhige Freude und meine Erwartung nicht verbergen; zwanzig Mal sah ich nach der Tür. Wir saßen neben dem großen Ofen, dessen alte Malerei du so gern sahst. Endlich öffnete sich die Türe; und zum ersten Mahl tratst du in der Kleidung deines Geschlechts herein; und diese so schöne Tracht unserer Nation stand dir zum Entzücken schön. Du warst beim Hereintreten unentschlossen, ob du weitergehen solltest; du glaubtest einen Fremden zu sehen. Ich hatte deinetwegen Furcht; hernach tatest du einige Schritte, und die Freude kehrte zu mir zurück. Die Weite, welche du durchlaufen hattest, welche deinem Vater zeigen sollte, daß du gehen konntest, ich maß sie mit Herzklopfen, als ob sie die ganze Laufbahn des Lebens wäre; ich zitterte für dich; ich hatte alles unter deinen Tritten wegnehmen lassen; ich ermunterte dich mit meinem Lächeln; ich rief dir zu. Ich hatte hinter meinem Kleide einige neue Spielsachen halb versteckt; du sahst sie, du verdoppeltest deine Bemühungen.

Dein Vater konnte kaum an sich halten; er wollte immer auf dich zu fahren; ich hielt ihn zurück. Endlich liefst du fast; und als du uns nahe warst, betrachtetest du ihn von oben bis unten; und du warfst dich in meine Arme. O, entzückender Augenblick! Uns alle drei, dich, deinen Vater und mich, umschloß ein einziges Band, und seine Tränen flossen, und du gingst von einem zum andern wie ein liebenswürdiges Versprechen, uns immer zu lieben. O, mein Sohn, welches Glück empfand ich, als ich es schrieb! Ich werde es oft lesen und werde es dich oft lesen lassen. –

Heute bei der Mittagstafel sprach man von einem rührenden Zuge, welcher während irgendeines deutschen Krieges vorgefallen war. Der Magistrat einer belagerten und zur Plünderung bestimmten Stadt hatte alle Mütter vor dem Rathause versammeln lassen und ihnen anbefohlen, alle ihre Kinder vom siebenten bis zum zwölften Jahr mitzubringen und in Trauer zu kleiden. Diese rührende Schar von jungen Bürgern, und vielleicht von Schlachtopfern, sollte den Feind um Schonung anflehen. Die Verzweiflung dieser Mütter, das Geräusch der Waffen, das Geschrei der Feinde, alles schilderte sich in deinen Gesichtszügen, Gustav; deine jugendliche Phantasie zeigte dir alles. Endlich stehst du von der Tafel auf; du eilst in meine Arme, du blickst auf mich mit Stolz und Zärtlichkeit und sagst zu mir: »Mama, ich bin sieben Jahre alt; ich würde auch bei dem Feinde gewesen sein, und ich würde ihn für Dich gebeten haben!«

Gustav! lebt wohl eine glücklichere Mutter? –

Gustav, du hast heute eine heldenhafte Handlung begangen; und du bist erst zwölf Jahre alt!

Ein armes Kind aus dem Dorfe, welches neben dem Flusse gespielt hatte, war von dem Strome fortgerissen worden. Gustav machte einen Spaziergang in der anliegenden Gegend; er war vor kurzem krank gewesen; er war schwach und konnte kaum schwimmen. Er eilt herbei, stürzt hin und faßt das Kind in dem Augenblicke, wo es wieder über dem Wasser zum Vorschein kommt; weil es ihm aber an Kraft fehlte, und er das Kind nicht loslassen wollte, rief er um Hülfe. Glücklicherweise hatte man ihn gesehen. O, mein Gott! was wäre sonst aus mir geworden! Man brachte sie alle beide wieder zurück; Gustav hatte eine lange Ohnmacht davon bekommen. Als er die Augen öffnete, war sein erstes Geschrei nach dem Kinde; er weinte vor Freude; er umarmte es; er gab ihm, was er hatte, um es seiner Mutter zu bringen; er ging nicht selbst hin; er war so verschämt über seine Wohltat. –

Wie anziehend ist die Freundschaft, welche Gustav mit Ernst verbindet! Nur die schönen Seelen lieben sich so. Wir saßen am Rande des großen Teichs; die beiden Freunde waren unter einem Baume; sie lasen zusammen den Homer; ihre jungen Herzen entbrannten; es war ein begeisternder Zauber bei diesem Auftritte. Jene reichen Gemälde einer so starken Phantasie, jene Gefühle, welche für alle Jahrhunderte und für alle Zeiten sind, und welche auf diese so reinen Herzen einen Eindruck machten, versetzten sie abwechselnd unter den Himmel des Morgenlandes und führten sie in den Zauberkreis ihrer Neigung zurück. –

Ernst und Gustav beschäftigen sich eifrig mit der Botanik. Ich glaube, wenn Linné kein Schwede gewesen wäre, sie würden diese Beschäftigung minder lieben. Wie glücklich sind sie! Wie schön ist jenes dichterische Alter der Jugend, wo man Anforderungen auf Glück an alles macht, was vorhanden ist, und wo alles einem antwortet! Doch zeigt sich in Gustavs Charakter etwas Leidenschaftliches, was mich bisweilen beunruhiget. –

Gustav ist fünfzehn Jahre alt. Ich betrachtete ihn mit der Zärtlichkeit, welche alles erraten will; und ich empfand eine Art von Schrecken; ich weiß nicht, worauf es sich gründet. Gustav, mit allen edlen Tugenden vom Himmel begabt, Gustav, von allen geliebt – Gustav endlich, welcher die Güter der Natur und des Vorurteils zu seinem Anteile erhielt, hatte er nicht alles, was Glückseligkeit verspricht? Und gleichwohl fühle ich, daß seine Seele zu denen gehört, welche nicht über die Erde hingleiten, ohne jene großen Stürme kennenzulernen, welche nur allzu oft nichts als Trümmer zurücklassen. Etwas so Zärtliches, so Schwermütiges scheint um seine großen schwarzen Augen zu schweben, um seine langen, bisweilen gesenkten Wimpern umher zu irren! Er hat nicht mehr jene unruhige Regsamkeit der Kindheit; er hat seine Pferde, die Blumen seiner Kräutersammlung verlassen; er spaziert oft allein, viel mit Ossian, welchen er fast auswendig weiß. Ein besonderes Gemisch von kriegerischer Begeisterung und von einer langen Fühllosigkeit, welche sich langen Gedankenträumen hingibt, versetzt ihn abwechselnd aus einer unbegrenzten Lebhaftigkeit in eine Traurigkeit, welche Tränen vergießen läßt. Gestern kam er von einem seiner einsamen Spaziergänge zurück; ich rief ihn zu mir.

»Gustav«, sagte ich zu ihm, »Du bist jetzt allzu oft allein.«

»Nein, meine Mutter, niemals bin ich weniger allein gewesen«, und er errötete.

»Wer ist denn bei Dir, mein Sohn, auf Deinen einsamen Streifereien?«

Er zog den Ossian hervor, und sagte mit einer leidenschaftlichen Miene: »Die Helden, die Natur und ...«

»Und? mein Sohn!« Er stotterte; ich umarmte ihn. »Habe ich Dein Zutrauen verloren?« Er umarmte mich mit Entzücken.

»Nein, nein!« Hernach setzte er mit leiser Stimme hinzu: »Ich war mit einem reizenden Ideale beschäftigt: ich habe es niemals gesehen und sehe es gleichwohl; mein Herz klopft; meine Wangen glühen; ich rufe es; sie ist schüchtern und jung wie ich; aber sie ist besser.«

»Mein Sohn«, sagte ich mit zarter und ernsthafter Stimme, »Du mußt Dich nicht solchen Träumen so überlassen, welche zur Liebe bereiten, und welche die Kraft benehmen, sie zu bekämpfen; bedenke, wieviel Zeit noch vergehen wird, ehe Du Dir erlauben kannst, zu lieben, Dir eine Gefährtin zu wählen; und wer weiß, ob Du für die glückliche Liebe leben wirst!«

»Aber, meine Mutter, haben Sie mich nicht belehrt, die Tugend zu lieben?«

Ich lächelte, und schüttelte den Kopf, als ob ich ihm sagen wollte: »Dies ist nicht so leicht wie Du denkst!«

»Ja, liebe Mama, die Tugend erschreckt mich nicht mehr, seitdem sie Ihre Gesichtszüge angenommen hat. Sie bringen Platons Idee bei mir zur Wirklichkeit, welcher glaubte, daß, wenn die

Tugend sich sichtbar machte, man ihr nicht länger widerstehen können würde; das Weib, welches meine Gefährtin werden soll, muß Ihnen gleich sein, wenn es meine ganze Seele haben soll.«

Ich lächelte wieder. – »O, wie könnte ich lieben! weit, weit über die Grenze des Lebens; und ich würde sie zwingen, mich ebenso zu lieben; man widersteht demjenigen nicht, was ich hier im Herzen habe; etwas so Leidenschaftliches!« sagte er, indem er seufzte und bebte; und nach einer Stille von einem Augenblick setzte er hinzu: »Einer unserer außerordentlichsten und berühmtesten Männer, Swedenborg, glaubte, daß Wesen, welche sich hienieden sehr, sehr geliebt hätten, sich nach ihrem Tode vereinigten und zusammen nur einen einzigen Engel bildeten; dies ist ein schöner Gedanke, nicht wahr? Mama!« –

In der Ferne erhellt sich vor mir deine Zukunft mein Sohn; und ihr Licht feindet mich nicht an. Der wilde Strahl der Sonne entfaltet nach und nach die Blüte des Blumenkrauts, und das Herz erglüht in sanfter Harmonie gleicher Gefühle. – Valérie ist eine schönes gutes und frommes Mädchen. Sei es, daß sie das Urbild von dem Ideale ist, das du dir arglos von der Tugend machtest; wäre ich ein Mahler, ich würde diese Gottheit mit ihrer Gestalt beleben.

Valérie liebt dich, und ich verarge ihr die Neigung nicht, die sie zu dir trägt. Du besitzest ja Vorzüge, die vollkommen deinem ganzen Wesen die Kraft geben, auf ein weiches weibliches Herz zu wirken. Liebst du sie auch, mein teurer Sohn? soll ich die Anhänglichkeit, mit der du ihren Umgang so eifrig fortsetzest, meiner Vermutung zum Grunde unterlegen, so sehe ich mit Entzükken der unschuldigen Vereinigung eurer edlen Herzen zu. Wie du so eifrig für ihr Vergnügen besorgt bist, wie so unbefangen und fröhlich sie jede arbeitslose Viertelstunde deiner Unterhaltung opfert! Sollte man nicht sagen, daß gleiche Denkungsart auch unzertrennlich gemacht habe? Immer bist du da, wo Valérie ist, immer hüpft die muntere Valérie um dich herum; und wenn ihr euch beide aus dem gesellschaftlichen Zirkel verloren habt, finde ich euch gewiß in irgendeiner Laube des Parks oder auf dem Pavillon des Schlosses an jener Seite, wo die Aussicht über blühende Fluren zu dem Schneegebirge führt.

Es war Abend, als ich und dein Vater euch beide jüngst im Garten belauschten. Ihr saßet auf einer Rasenbank, und du lasest dem empfindsamen Mädchen aus einem Buche vor. Valérie weinte. »Sei nicht traurig, Valérie!« tröstetest du die Gute, »das, was Du soeben gehört hast, ist ja bloß Erdichtung, und ich halte bloß dafür, daß es in der wirklichen Welt nicht halb so böse zugeht, wie wir es in Bildern sehen. Die Menschen sind von Natur alle gut, auch dächte ich, daß es von den Dichtern verdienstlicher wäre, wenn sie unsre empfängliche Seele von Anschauung des Bösen soviel als möglich entfernten und unser Herz lieber mit Darstellungen des Guten und des Glücks der Welt nicht nur erfreuten, sondern uns dadurch zugleich zur Nachahmung aneiferten. Unangenehme Empfindungen zu erregen, verdient wohl keinen Dank!«

Dein Vater lächelte beifällig über deine Bemerkung, denn sie zeigte deine weiche, gutmütige Denkungsart im reinen ungetrübten Spiegel. Mir pochte das Herz von Liebe zu Dir.

»In der Tat!« sagte dein Vater, als wir aus unserm Hinterhalte hervortraten, »man findet euch überall beisammen, und ihr pflegt eines so vertrauten Umgangs, als hätte man euch schon für Braut und Bräutigam erklärt.« Valérie küßte uns hochrot und verlegen die Hände. »Nicht böse Mühmchen!« fuhr dein Vater fort, »es ist nicht gemeint, um euch in eurer Freundschaft zu stören. Gute Menschen sollen einander hold sein, darüber muß sich die ganze Welt freuen, den bösen Neid ausgenommen. Tugendhafte Neigung ist ein Gefühl des Himmels, und was nicht ist, kann sich in der Zeit entfalten.«

Wir haben noch diesen Tag mit Valériens Eltern gesprochen; sie sind mit unsern Wünschen einverstanden und verkennen keineswegs deinen Wert, mein Gustav! Wenn einst holde Kinder auf deinem väterlichen Schoße tändeln werden, und du liest an Valériens Seite diese Blätter, erinnere dich an deine gute Eltern, wie zärtlich sie schon in deiner frühen Jugend für das Glück deines Herzens gesorgt haben. –

Hier endete das Tagebuch, und Sie allein können sich denken, wie viele Leiden es mir wegen der schrecklichen Vergleichungen verursachte, welche ich anstellte. Jene glänzenden Hoffnungen, welche an einem Sarge scheiterten, jene so liebenswürdige Mutter, welche das Unglück zu ahnden schien, welches wir vor Augen haben, und jener so reine, so edle, so gefühlvolle Charakter, welcher alle Versprechungen der Jugend gehalten hat!

Es gibt keinen Ausdruck für alles, was ich empfand. Er, er hörte mich mit einer Stille, welche ich für unmöglich gehalten haben würde. Zwanzig Mal wollte ich inne halten, weil es mir leid tat, daß ich nicht hinlänglich vorausgesehen hatte, was in dieser Erzählung allzu Trauriges vorkam; er beschwor mich, aber mit Ruhe, ich möchte fortfahren.

Bisweilen schien es, als ob er sich in jene Auftritte seines jugendlichen Alters zu vergegenwärtigen strebte; er schob tiefsinnig von seiner Stirne die Haare, welche ihm hinderlich zu sein schienen; und die Blässe seiner Stirne tat mir weh. Als ich ihm dieses Stelle vorgelesen hatte, wo von Homer die Rede ist, richtete er sich auf und faltete seine Hände, ohne etwas zu sagen; eine Freude, welche ungeachtet seiner verwelkten Gesichtszüge immer noch schön war, strahlte auf seinem Gesicht; langsam sprach er Ihren Namen aus; hernach setzte er hinzu: »O, wie gut erinnere ich mich an all dies! O, süße Freuden meiner Kindheit! ihr erscheint also noch einmal, um euch auf meinem Grabe niederzulassen!«

Bei der Stelle, wo von der Kräuterkunde die Rede ist, welche sie beide liebten, sagte er gelassen und mit einem Seufzer: »Liebhabereien würzen das Leben, aber die Leidenschaften zerstören es.« Als es aber zu der Erinnerung an jenen Tag kam, wo seine Mutter ihn umarmte, wo er ihr die Tugend zu lieben versprach, da weinte er bitterlich; er streckte die Arme aus, als ob er sie noch erreichen könnte; und indem er seine Stirne mit seinen Händen bedeckte, sagte er mit einer erstickten Stimme: »Verzeihe mir, teurer Schatten! geheiligter Schatten! daß ich Deine prophetische Stimme nicht genug befolgt habe; ich habe sehr gelitten!«

Er ist sehr schlecht; der Arzt hofft nichts; meine niedergeschlagene Seele überläßt sich einer tödlichen Betrübnis. Wenn Sie nur hiehierkommen könnten! Wenn er nur noch ein einziges Mal seinen Ernst sehen könnte, welchen er so sehr liebt! Ach, Ihre Tränen werden nur auf die Erde fallen, welche bald den tugendhaftesten, den liebenswürdigsten unter den Menschen dekken wird.

Ich fand heute Erich bei ihm. Dieser Greis spricht nichts; er weint nicht; auch seine Tränen sind versiegt; er hat deren so viele vergossen; Sie wissen, wie sehr er Gustav liebt, dessen Jugend unter seinen Augen aufwuchs. Wie nachteilig wird der Schmerz diesem Alter! Die Tränen der Jugend sind ein Frühlingstraum, welcher verdunstet und die Blumen verschönert, welche er besucht hat; aber der Kummer des Greises ist wie der düstere Herbststurm, welcher die Blätter abschlägt und den Baum selbst verwüstet. Mit abgehärmten, von Jahren und Leiden gefurchten Wangen, saß Erich an Gustavs Bette; seine grauen Haare vermischten sich mit den Runzeln seiner Stirne; seine Hände zitterten; seine trüben Augen befragten Gustavs Gesichtszüge; er hielt ein offenes Kästchen; es waren einige Briefe darin; ich sah einen an seine Schwester, einen andern an Valérie; er errötete, als er sah, daß ich ihn bemerkte; ich umarmte ihn.

»Lesen Sie hier«, sagte er zu mir, »dieser Brief ist der erste, welchen ich an sie schrieb, und aus meinem Grabe unterzeichne ich ihn.« – »Nein, nein«, rief ich mit der lebhaftesten Betrübnis, »Du wirst nicht sterben, Du sollst leben, Du sollst genesen; die Zeit wird die Spuren einer stürmischen Leidenschaft verlöschen; Valérie hat eine Schwester, welche ihr sehr ähnlich ist; Du sollst sie erhalten, und wir alle werden glücklich sein.« Traurig schüttelte er den Kopf; er vertraute mir ein Paket, welches seine letzten Verfügungen enthielt. Er zog das Bild seiner Mutter hervor, drückte es an seine Lippen und legte es an sein Herz.

»Hier muß es bleiben!« sagte er.

Er übergab mir ein Malteserkreuz, um es dem Orden des heiligen Johannes zurückzuliefern, dessen Haupt der Prinz Ferdinand ist. Er hatte es einen Augenblick betrachtet.

»Mein Vater hat es lange Zeit getragen«, sagte er zu mir, »und bei seinem Tode verlangte es der König für mich, damit dieses Ehrenzeichen im dem Linarischen Hause bleiben sollte.«

Ein Greis, ein aus Frankreich verwiesener Geistlicher, welcher in einem Kloster neben diesem Hause eine Zuflucht gefunden hatte, besuchte den kranken Gustav. Er war ihm oft begegnet und hatte in seiner Seele den Schmerz gelesen, welcher ihn verzehrte. Er hatte bisweilen mit ihm gesprochen, hatte ihn beklagt, ohne ihm sein Geheimnis ablocken zu wollen, und hatte ihm auch von seinem Vaterlande erzählt. So hatte sich zwischen ihnen ein Band geknüpft, welches allen beiden teuer war.

Er näherte sich Gustavs Bette; und ich bemerkte die Veränderung seiner Gesichtszüge, als er die äußerste Blässe und die Beklemmung des Kranken sah. Gustav reichte ihm seine Hand und mit der andern zeigte er auf seine Brust, um ihm zu sagen, daß er nicht mit ihm reden könne; er versuchte zu lächeln, um ihm zu danken.

Der Greis legte still zwei Nelken auf Gustavs Bett, indem er zu ihm sagte: »Es sind die letzten aus meinem Garten; ich selbst habe sie gezogen.«

Hernach faltete er seine zitternden Hände, legte sie auf seine Brust und blickte lange auf Gustav, ohne zu sprechen; nur sah ich zwei Tränen sich langsam von seinen Augenwimpern lösen; es schien, als ob die Natur, welche in diesem Alter nichts verlieren will, sie wider seinen Willen zurückhielt. Auch Gustav hatte diese Tränen bemerkt; denn ein Sonnenstrahl erhellte das ehrwürdige Haupt des Pfarrers.

»Betrüben Sie sich nicht über mich«, sagte Gustav mit leiser Stimme zu ihm, »ich glaube an ein Glück, welches größer ist als alles, was die Erde geben kann.« Er blickte zum Himmel und setzte hinzu: »Beten Sie für mich, Apostel Jesu Christi; Sie, der Sie ihm gedient, und ihn nicht beleidigt haben.«

Der Greis antwortete ihm: »Ich bin nur ein armer Sünder.« Er nahm ein Kreuz, welches er auf den Tisch neben das Bett gelegt hatte, und reichte es Gustav, welcher es mit seinem matten Händen nahm und an seine Lippen brachte, indem er seinen Kopf neigte; hernach gab er es zurück, indem er andächtig seine Augen gegen den Himmel erhob; er faltete seine Hände und sagte: »O, Heiland und Wohltäter der Menschen! es sind mehrere Wohnungen in deines Vaters Hause; so hast du gesagt; gib mir auch eine Stätte, o, du, der du die Liebe warst! Siehe nicht auf mein Leben; sieh' auf dies Herz, welches sehr liebte und litt.« Der heilige Mann war neben Gustavs Bett auf die Knie gefallen; und vertieft in ein heißes Gebet, vergaß er die Erde der Menschen; er war in dem Himmel.

Die große Glocke des Klosters fing an zu ertönen; sie verkündigte den Anfang der Messe. Es war ein hoher Festtag; alle Glocken der umliegenden Gegend vereinigten sich mit jener; zwei Chorknaben traten in das Zimmer, um dem Greis zu melden, daß man ihn erwarte. Er war bereits aufgestanden und hatte seine ehrwürdigen Hände auf das Haupt unsers Freundes gelegt; er wendete sich wieder gegen mich, da ich, als stummer Zeuge dieses Auftritts, meinen Tränen freien Lauf ließ, und fragte mich, ob man nicht daran dächte, dem Kranken die Sakramente reichen zu lassen.

»Ich erwarte mit jedem Augenblicke«, sagte ich, »unsern Beichtvater, welcher von Venedig kommen soll; der junge Graf von Linar«, setzte ich hinzu, »ist nicht katholisch.«

»Nicht katholisch?« rief der Greis mit einem schmerzhaften Tone; und indem ihm ein Seufzer entfuhr, welcher ihn schmerzte, wie ich sah, sagte er: »Aber ich habe ihn bei der Messe gesehen; ich sah ihn zu Gott mit Inbrunst beten.«

»Wir glauben, sagte ich, daß der Vater aller Menschen überall angerufen werden kann; und da, wo wir unseresgleichen finden, vermischen wir unsre Bitten, unsre Danksagungen mit den ihrigen; waltet die nämliche Barmherzigkeit nicht über alle diejenigen, welche das nämliche Elend haben?«

Er seufzte; seine Religion und die Güte seiner Seele kämpften miteinander.

»Vortrefflicher Mann, Sie, die Sie nur segnen wollen«, sagte ich, »ich sehe, wieviel es diesem Herzen kosten würde, uns zu verdammen; derjenige, welchem Sie nachzuahmen suchen, derjenige, welcher sagte: ›Kommet her zu mir alle, die ihr mühselig und beladen seid‹, ist noch tausend- und abertausendmal gütiger gegen die Menschen.«

Er blickte auf Gustav; Erich trocknete sein blasses Gesicht, auf welchem Schweißtropfen standen. Der Pfarrer hob seine Hände gegen den Himmel und sagte: »Gottes Barmherzigkeit ist größer als der Sand am Meer!« Hernach ging er langsam hinaus, wendete seinen Kopf zurück und segnete an der Türe den Kranken.

Nachts um zwei Uhr.

Er fragte mich, ob ich den Platz kennte, an welchem er beerdigt sein wollte; ich konnte ihm bloß durch ein verneinendes Zeichen mit dem Kopfe antworten. Ich litt schrecklich; er merkte es. Er hatte seinen völligen Verstand. Ich mußte mich ihm nähern; und er bat mich mit einer schwachen Stimme, ich möchte die nötigen Anordnungen machen, daß er auf einem benachbarten Hügel beerdigt werden könnte, von wo man die Aussicht nach der Lombardei hat; er ist mit hohen Tannen besetzt. Er hatte eine Summe vermacht, um alle armen Mütter dieses Fleckens zu unterstützen, und um ihnen zur Erziehung ihrer Kinder behülflich zu sein. Er wollte, daß jährlich, an dem Tage seiner Beerdigung, diese Kinder zu seinem Grabe kämen; daß man ihnen diesen einsamen Ort liebenswürdig machte, wo eine Quelle des reinsten Wassers fließt. Es macht ihm Freude, wenn er denkt, daß die schuldlosen Geschöpfe diesen Ort lieben werden, wo er die Ruhe finden wird. Ich habe ihm versprochen, seinen Willen zu erfüllen.

Der Arzt aus Bologna ist angekommen; er findet ihn sehr schlecht; er glaubt nicht, daß er noch vier Tage leben könne.

O! welche schreckliche Nacht habe ich verbracht. Ich besuchte den Hügel, wie ich es ihm versprochen hatte. Es wehte ein ungestümer Wind; eine Wolke von Zugvögeln hatte sich auf den Bäumen niedergelassen; diese Vögel schienen durch ihr eintöniges Geschrei ihren Abschied auszudrücken, indem sie ihre Wanderung anfingen; sie erhoben sich in die Lüfte, wirbelten, senkten sich nochmals hernieder und verschwanden.

Ich habe einen Platz gesehen! es war derjenige, welchen er gewählt hatte; er hat dort gearbeitet; es stand dort ein Baum, dessen Zweige entblättert waren; aber er lebte immer noch und schwang sich gegen den Himmel. Der Spaten, dessen Gustav sich bedient hatte, war an diesem Baum angelehnt; auf seiner rauhen und alten Rinde befand sich diese Inschrift: »Der Wanderer, welcher an deinem Fuße schlummern wird, bedarf nicht mehr deines Schattens; aber deine Blätter werden auf den Ort fallen, wo er ruhen wird, und werden dem Vorübergehenden sagen, daß alles vergeht.«

Als ich wieder zu Gustav gekommen war, hatte er mit vieler Mühe einige Zeilen zu Ende geschrieben; er übergab sie mir. Ich konnte sie nicht entziffern; er hatte es vorausgesehen und sagte sie mir vor.

Ich habe die Nacht bei ihm verbracht; er hat oft Ihren Namen ausgesprochen; er rief Ihnen; auch den Namen seiner Schwester hat er ausgesprochen und mir ein Paket für sie eingehändigt, welches geschrieben war, ehe er so krank wurde. Er hat mir sehr empfohlen, Ihnen alles zu übermachen, was an Sie gerichtet wäre, und Ihnen zu sagen, wie sehr er Sie liebte.

Für einen Augenblick schloß er die Augen; hernach öffnete er sie wieder, reichte mir die Hände und sagte mir mit Seufzen: »Ich suchte Valériens Gesichtszüge zusammenzustellen; es wollte mir nicht gelingen; sie sind hier so gut aufbewahrt«, er zeigte auf sein Herz, »aber schon ist meine Phantasie tot, ich konnte keine einzige deutliche Vorstellung von ihren Zügen bekommen; ich wollte Abschied von ihr nehmen; sagen Sie ihr, sagen Sie es ihr, wie sehr ich sie liebte.«

Er faßte meine Hand; er heftete die Augen darauf und sagte: »Diese Hand wird Valérien auf einem blumigen und sanften Wege führen; sie wird immer in der ihrigen sein.« Er verfiel in einen langen Gedankentraum; hernach fragte er mich, zu welcher Stunde sein Vater verschieden sei. Er schlief ein. Eine Stunde später bat er mich, ihm einige Kapitel aus dem Evangelium zu lesen, welches ich an jedem Morgen tue. Der Arzt brachte ihm jetzt einen Trank zur Beruhigung; er entfernte ihn sanft mit der Hand, indem er sagte: »Ich bin ruhig genug, um zu sterben; weiter ist nichts nötig.« Er wendete sich wieder gegen Erich und sagte zu ihm: »Ich danke Euch für alle Eure Bemühungen; ich werde Euch dort unten erwarten, wo wir uns nicht mehr trennen werden.«

Der gute Erich drückte mit Schluchzen Gustavs Hände gegen seine Lippen; und dieser drückte das graue Haupt des Alten an sein Herz.

Am 4. Dezember.

Am heutigen Morgen ließ er mich rufen; er fragte mich, ob ich keine Antwort von dem Beichtvater hätte? und er sagte mir, er sähe es gern, wenn er käme.

»Es wird zu spät«, setzte er hinzu.

»Ich erwarte ihn von einer Minute zur andern«, erwiderte ich.

»Ich bin sehr schwach, mein würdiger Freund«, fuhr er fort.

Hernach sah ich, daß er von Valérie mit mir sprechen wollte; er bedachte sich.

»Hast Du mir etwas zu sagen?« fragte ich ihn.

»Nein, nein; ich muß mir diesen Gegenstand des Gesprächs untersagen; übrigens ist alles in Ordnung; alles ist fertig; und ich bin allzu glücklich, da sie weiß, daß ich für sie sterbe. Verzeihen Sie mir, vortrefflicher und achtungswürdiger Mann! Nicht wahr? Sie haben mir verziehen? Geben Sie mir Ihre Hand; umschließen Sie die meinige; ach! ich habe keine Kraft mehr, um meine Gefühle zu äußern.«

Er hatte Maßregeln genommen, daß die Untertanen auf seinen Gütern so glücklich würden, als sie es durch ihn werden konnten. Das eine Gut, welches an seine Schwester fällt, liegt in Schonen und ist eben dasjenige, wo Sie zusammen einen Teil Ihrer Kindheit verbrachten. Er hat Sie sowie mich zur Ausführung seines letzten Willens ernannt. Mit welcher rührenden Unruhe versicherte er sich, ob seine Verfügungen in meinen Händen wären. Durchaus wollte er noch einmal das versiegelte Paket öffnen, um sich zu überzeugen, daß er Sie nicht vergessen hätte. Oft rief er Ihnen und sagte: »Mein Ernst! mein Ernst! wo bist Du?« Ich habe ihm Ihren Brief gelesen; beruhigen Sie sich; er weiß, daß bloß die Pflicht Sie zurückhalten konnte. Ein ander Mal rief er Valérie und sagte: »Meine Schwester! meine zärtliche Schwester! Du versprachst mir, mich wie einen Bruder zu lieben.«

Er wollte nochmals an Sie schreiben; er hatte keine Kraft dazu. Die beiden ersten Zeilen sind von ihm; das übrige habe ich so geschrieben, wie er mir es vorsagte. Folgendes sind diese Zeilen! ich schicke sie Ihnen nicht; denn ich erwarte Sie.

»Mein Ernst, noch einmal rede ich mit Dir, ehe ich von der Erde verschwinde. Ich habe mein Wort gehalten; ich habe die Versprechungen der Jugend erfüllt und die Schwüre eines reiferen Alters; ich habe Dich geliebt bis zum Tode. Erschrecke nicht bei diesem Worte; der Tod selbst ist nur eine Täuschung; er ist ein neues Leben, welches unter der Zerstörung fortglimmt. Die Freundschaft stirbt nicht; die meinige erwartet die Freundschaft meines Ernst in den unerschütterlichen Wohnungen der Ruhe. O, mein Ernst! könntest Du mir die Augen schließen, meinen letzten Blick in Deinem Herzen bewahren, um Dich in jenen Augenblicken zu trösten, wo Du Dir sagen wirst: Ich werde ihn nicht wiedersehen! Es ist mir, als ob dieser letzte Blick Dir ein unzerstörbares Gefühl geschildert haben würde, welches über alles Vergängliche beruhigen muß.

»Ernst, ich habe Dir ein sehr großes Glück zu verdanken: Du hast mir einen fürchterlichen Schmerz erspart, den Schmerz, zu glauben, daß ich sterben würde, ohne von ihm, von diesem unvergleichlichen Freunde, erkannt worden zu sein. Ach! Bloß die erhabenen Seelen haben auch erhabene Eingebungen! So war die Deinige, als Du ihm meine Briefe schicktest, als Du seiner so erhabenen Seele die Kämpfe, die Schmerzen, die Fehler und die Reue eines Herzens vorlegtest, welches er noch beklagen kann, und welches seine Güte mit einer väterlichen Nachsicht zu umfassen weiß. Und auch sie! der Engel meines Lebens! sie weiß, daß ich sie mit einer Liebe liebte, welche rein war wie sie. Ich sterbe glücklich; unter den rührenden Tönen des Mitleids werde ich einschlafen; ich höre die Töne Deiner Stimme; ich wage es, Valériens Töne damit zu vermischen.

»Lebe wohl, Ernst! lebe glücklich. Nein! Glück ist es nicht, was ich am meisten für Dich wünsche; bewache Deine Seele; das ist ein so großes Gut, daß, wenn Du es auch durch lebhafte Leiden erkaufen müßtest, es nicht teuer genug bezahlt sein würde.

»Lebe wohl, Ernst! Getreuer Freund! Kind der Rechtschaffenheit und der Tugend! ich erwarte Dich!«

Dieses ist jener rührende Brief, dessen Sie so würdig sind; er wurde mir nicht ohne große Unruhe von ihm diktiert; er wurde oft unterbrochen; oft hernach mit Tränen benetzt. Als er ihn überlesen wollte, war er zu sehr geschwächt; aber er wollte ihn berühren, ihn betrachten, weil er für Sie bestimmt war. –

Dreiundfünfzigster Brief.
Valérie an ihre Schwester.

Krächze mein Rabe, krächze! die Stunde hat geschlagen, Vergänglichkeit, die Zerstörerin der Welt, brütet ihre Vernichtung aus, und ich ergreife schaudernd den Pilgerstab des Lebens, um auf der mir gemessenen Bahn den letzten Schritt zu machen. Ich scheue nicht das schreckliche Gesicht des kalten Würgers, ich blicke ihn mit dem Mute der Verzweiflung an und heiße ihn willkommen, denn er zerreißt die drückenden Ketten, die mich an die Leiden der Welt fesseln, und führt mich in den weiten Raum der Ewigkeit, wo ich mit den Freunden meines Herzens vereinigt werde.

Erschrick nicht, Amalie! es ist kein Ausbruch einer ungeordneten Denkkraft, was ich dir da schreibe, es ist das Vorgefühl jener Seligkeit, die mir auf diesem Erdenrunde versagt worden war. Törichte Menschen! die alles in sich selbst und in den Eitelkeiten suchen, welche sie umgeben, ohne zu bedenken, daß dieses Dasein uns den Eingang zu höherer Bestimmung öffnet, deren Wirklichkeit uns alle die Widerwärtigkeiten unsrer eingebildeten Schicksale ersetzt. Was nenne ich Schicksal? soll ich mich härmen, wenn ein böser Traum mir einige angstvolle Stunden verursachte? soll ich auch jene froheren Stunden meines Wachens mit bitterer Rückerinnerung vergiften?

O! wessen Blick scharf genug ist, sich bis zur Ewigkeit zu erheben, der findet Trost in seiner Überzeugung von einer größern Urkraft, und die Kleinigkeiten des irdischen Wirkens zwingen ihm ein mitleidiges Lächeln ab.

Ich habe diese Überzeugung, Amalie! Jener geheiligte Blick vereinigt mich mit dem Wesen, das die Schöpfung schon im Entstehen mit mir verschwistert zu haben scheint. Hier trennt uns der Eigendünkel der kleinlichen Menschheit, des geschäftigen Ameisenhaufens, der in zahllosen Anmaßungen wirkt und wandelt, und dessen schweißbenetzte Arbeit der leichte Tritt des Wanderers zerstört.

Amalie! sie ahmen die großen Werke der Schöpfung nach, diese eingebildeten Toren bauen für Ewigkeiten, ordnen ihre Gewalt unter zwangvolle Gesetze, und ihre Spielwerke wanken unter dem leisesten Drucke eines kleinen Erdbebens, ein Donnerschlag erschüttert sie, ein Blitzstrahl vernichtet Myriaden ihrer Bemühungen. Amalie! wenn dieses kraftlose Spiel ausgespielt sein wird, dann beginnt der große Raum des unermessenen Wirkens, dann trennt kein lächerlicher Hall der Verhältnisse unsre Freuden, und der große Geist breitet den Segen seiner Güte über die Wesen seiner Allmacht, um sie zu heiligen Gefühlen zu versammeln.

Siehst du, teure Schwester! dies ist mein Trost; ist es nicht ein Trost des Himmels, erhebt sich dabei nicht mein Geist über meine Leiden? O! ich fühle es, daß mein Herz entlastet ist, daß ich zu dem Schritte in eine bessere Vollkommenheit bereit bin. Mir ist, als hätte ich schon alles Irdische abgelegt, man sagt mir, ich sei sehr krank, meine Miene sei die Miene des Todes, aber ich finde das ganz anders, ich fühle mich zu einem schönern Leben emporgeschwungen und strecke dem Tode meine Arme freudig entgegen.

Er, dessen Herz für das meinige bricht, er wird sterben; in eben dem Augenblicke vielleicht röchelt sein matter Körper die letzte Kraft aus. Begreifst du den großen Gedanken seines Hinübergehens? Er eilt in den Raum der Seligkeiten, wo Gottes Engel uns vereinigen werden. Dort fesselt unschuldig und gerecht Harmonie unsere Seele; dort dämmet kein Zwang der Verhältnisse den Ausbruch unserer Empfindungen, und die Engel werden teilnehmend auf unsere Vereinigung blicken, unsere Umarmung mit der ihrigen verketten. – Amalie! soll ich mich nicht dieser Seligkeit freuen, soll ich nicht mit Sehnsucht des glücklichen Augenblicks harren, der den Drang meines Herzens zum höchsten Ziele bringt!

Glaube mir, mein Leben ist unzertrennlich an das seinige gekettet, und es scheint mir unmöglich, daß ich seinen Tod überleben könnte. O! verschone mich mit Deinem finstern Blick Amalie! ich weiß, was Du sagen willst, weiß, daß Dein drohender Wink mich an die Pflichten gegen meinen Gemahl erinnert. Nein, nein! ich bin unschuldig! ich liebe ihn, ich schätze den milden vortrefflichen Mann, aber der Fügung des Schicksals kann ich nicht vorgreifen. Der Tod trennt ja alle irdischen Bande; nicht wahr meine Schwester? kann er diesem gebieten, so rette er Gustavs Leben noch! der Dank glücklicher Menschen würde ihm lohnen.

Meine Seele streitet einen grausamen Kampf bei dem Gedanken an mein Dasein und an mein Scheiden. Hier verlasse ich einen edlen würdigen Gemahl, dort erwartet mich der nächste Freund meines Herzens. Soll der Graf nicht glücklich sein, Amalie! soll mein und Gustavs Jammer auch sein Jammer werden? O! es ist entsetzlich! gib mir Vergessenheit guter Gott! damit ich der drückenden Last dieser Leiden nicht erliege.

Gustav weiß nicht, daß ich für ihn leide, daß ich mit ihm zugleich nach demselben Ziele ringe. Der Graf schrieb mir mehrmals, und seine gemäßigten Schilderungen lassen gleichwohl den jammervollen Zustand des Unglücklichen erraten.

O! ich weiß alles besser aus Erichs Nachrichten; er ist dem Tode nahe, alle Hülfe ist vergeblich, und keine menschliche Kunst kann ihn mehr retten.

Mehrmals habe ich an meinen Gemahl geschrieben, mich nach Pietra-Mala reisen zu lassen, um mich von Gustavs Jammer zu überzeugen, ihn durch meine Teilnahme zu trösten. Er wollte das durchaus nicht zugeben, denn er fürchtete für mich und für den Kranken bei unserer Zusammenkunft. Ich soll ihn also im Leben nicht wiedersehen; er soll ohne den Trost meiner reinsten Gegenneigung hinübergehen. – Nein, nein, Amalie! verzeihe mir den kühnen Schritt, zu dem ich mich soeben vorbereitet habe, ich muß hin, muß ihn sehen, an seiner Brust meinen Schmerz ausweinen, seine Klagen auffassen und durch den warmen Erguß verschlossener Empfindungen seinem bedrängten Herzen Linderung bereiten.

Mir träumte jüngst, er starb in meinen Armen; sein letzter Blick lächelte mich an, seine Hand erstarrte in der meinigen, und sein entfliehender Geist nahte schaurig an meinen Wangen vorüber. War das eine Vorbedeutung, teure Schwester? – ja! er soll in meinen Armen sterben, wenn mein brechendes Herz ihn nicht zum neuen Leben weckt. Die Ärzte sollen mich nicht zurückhalten; ich muß hin; ich will meinen Gemahl überraschen und geduldig seinen Zorn tragen, wenn ich nur den Unglücklichen getröstet habe. O! er wird mir vergeben, er hat ja Gefühl und Teilnahme für einen solchen Jammer.

Der Morgen bricht an, während ich Dir dieses schreibe. Ich konnte nicht schlafen, Amalie, meine Gedanken beschäftigten sich mit Dir, denn ich wollte Dir noch diesen, vielleicht den letzten Brief schreiben. Eben sagt mir der Kutscher, daß alles zur Abreise bereit sei. Lebe wohl, liebe gute Schwester! ich fahre nach Pietra-Mala, vielleicht, daß ich von dort nicht wiederkehren werde! –

Vierundfünfzigster Brief.
Der Graf an Ernst.

Machen Sie sich gefaßt, mein Teurer! die Klagen meines bedrängten Herzens aufzunehmen; Sie, der Sie nunmehr der Einzige sind, der mit meinem Schmerze so nahe verwandt ist, und dem ich meine Leiden mitteilen kann.

Verzeihen Sie, wenn ich in ungeordneten Perioden Ihnen eine Schilderung vorstelle, bei der die grausamste Rückerinnerung mich mit schmerzhaften Qualen angreift, und die ich nur dem teuern Freunde meines verewigten Freundes ausmalen kann.

Für uns ist weder Furcht noch Hoffnung mehr da; bloß der Schmerz ist noch übrig und zernagt mein Herz. Der tugendhafte Gustav, mein Sohn, meine Hoffnung ist nicht mehr! Er hat sich zu seinen Vätern versammelt; und seine sturmvollen Tage sind hinabgesunken in die kalten Klüfte der Zerstörung. Ich will die traurige und letzte Pflicht erfüllen, welche ich ihm zu leisten habe; ich will versuchen, die letzten Augenblicke desjenigen lebendig zu erhalten, welcher nicht mehr ist, um sie demjenigen zu schildern, welchen er so sehr liebte. Ich muß inne halten; lassen Sie meine Tränen fließen; lassen Sie die Ihrigen fließen, damit Ihr Herz nicht breche.

Ich hatte einen heftigen Anfall von Fieber und lag in meinem Bette, aller Empfindungen für einige Zeit beraubt; dann war ich ganz dem Schmerz überlassen, welchen ich noch fühle. Ich will Ihnen zu schildern suchen, nicht was ich empfunden habe, sondern was mir noch von der Erinnerung an jenen schrecklichen Augenblick und an das, was ihn angeht, übriggeblieben ist.

Am Tage, welcher auf den folgte, wo er an Sie geschrieben hatte, litt seine Brust und sein Kopf solche Beängstigungen, daß der Arzt befürchtete, er möchte die Nacht nicht überleben. Wir verließen ihn keinen Augenblick. Aber früh um fünf Uhr befand er sich weit besser; er fühlte sich plötzlich ruhiger; die Beklemmung ließ nach; nur seine Hände waren kalt und äußerst erstarrt. Man ließ ihn in laues Wasser legen; diese Empfindung schien ihm zu behagen. Ungefähr um sechs Uhr fragte er mich, den wievielten Tag des Monats wir hätten? Ich sagte ihm, es wäre der achte Dezember.

»Der achte«, wiederholte er, ohne etwas hinzuzufügen. Hernach fragte er mich, ob ich glaubte, daß wir Sonnenschein haben würden? Der Arzt sagte ihm, er glaube es, weil der Himmel während der Nacht sehr rein gewesen wäre. »Das würde mir Vergnügen machen.« Er verlangte Mandelmilch. Um acht Uhr sagte er zu Erich: »Mein Freund, sehen Sie nach dem Wetter; sehen Sie, ob es schön sein wird?« Erich kam zurück und sagte ihm: »Der Nebel steigt, und die Berge zeigen sich; es wird schön Wetter.«

»Ich wünschte sehr«, sagte Gustav, »noch einmal einen schönen Tag auf der Erde zu sehen.« Hernach wendete er sich gegen mich und sagte: »Der Beichtvater kommt nicht; ich werde sterben, ohne die Pflichten der Religion erfüllt zu haben.«

»Mein Freund«, sagte ich zu ihm, »Dein guter Wille wird Dir von demjenigen für Tat angerechnet, vor welchem nichts verloren geht.«

»Ich weiß es«, erwiderte er, indem er seine Hände faltete. Dann wendete er sich nochmals gegen mich und sagte zu mir: »Ich möchte gern aufstehen«, und weil er voraussah, daß ich mich dagegensetzen würde, fuhr er fort: »Ich fühle mich recht wohl; ich möchte Gebrauch davon machen, um zu beten.« Vergebens erwiderte ich, er könne in seinem Bette beten, er sei zu schwach; ich konnte ihn von diesem Gedanken nicht abbringen. Er warf einen Schlafrock um sich; aber kaum hatte er versucht, sich auf seinen Beinen zu halten, nötigte ihn ein Schwindel, sich wieder zu setzen, indem er sich an mich lehnte. Er richtete sich nochmals auf und warf sich langsam auf die Knie, legte seinen Kopf in seine Hände, lehnte sich gegen den Rücken eines Armstuhls und betete mit Inbrunst. Ich hörte einige Worte voll Salbung, welche Frömmigkeit und Reue aus ihm sprachen;

ich hörte meinen und Valériens Namen zugleich aussprechen; er betete für unser Glück. Ich selbst lag neben ihm auf den Knien und wollte für ihn beten; aber ich war zu sehr zerstreut; unzusammenhängende Worte kamen über meine Lippen; ich dachte nur an ihn.

Als er fertig war, und als man ihm geholfen hatte, wieder aufzustehen, sagte er zu uns: »Ich bin ruhig; Friede wohnt in meinem Herzen.« Er lächelte sanft; er wollte nicht wieder entkleidet sein; und so legte er sich wieder. Er bat uns, sein Bett an das Fenster zu rücken, und seinen Kopf so zu legen, daß er gegen Westen sehen könnte. – »Dies ist die Lombardei«, sagte er zu mir, »dort ist es, wo die Sonne untergeht; ich habe sie bei Ihnen und bei ihr recht schön gesehen.« Er ließ sein Bett noch näher an das Fenster bringen. Der Arzt befürchtete einen Luftzug. »Der wird mir nichts schaden!« sagte Gustav, und lächelte traurig. Er bat uns, wir möchten ihm Kissen unterlegen, damit er sitzen könne. Man hatte eine sehr weite Aussicht aus diesem Fenster, von wo man einen großen Teil der apenninischen Bergkette überschauen konnte; die Morgenröte funkelte im Osten; und die Sonne, welche in der Toskana schon aufgegangen war, näherte sich unsern Bergen. Gustav zog die Vorhänge auseinander, wandte sich um und betrachtete dieses herrliche Schauspiel. Mich, der ich alle seine Gedanken verfolgt hatte, mich durchstarrten schreckliche Bilder; ich saß an seinem Bette, und mein Kopf lag in meinen Händen. Er hob die seinigen gegen den Himmel mit einem Blick voll Begeisterung und sagte zu mir: »Lassen wollen wir die Betrübnis demjenigen, für welchen das Leben alles ist, und welcher in die Geheimnisse des Todes nicht eingeweiht ist.«

»Ach!« erwiderte ich, »mich schreckt die Zukunft wider meinen Willen, Gustav!«

»O! wie preise ich den Himmel«, sagte er, »für die Hoffnung und Ruhe, welche sich in meinem Herzen vereinigen und es so heiter machen, wie dieser Tag sein wird. Ja«, fuhr er fort, und seine Gestalt wurde von einem himmlischen Ausdruck belebt, als er den Gesichtskreis betrachtete. »Ja, o mein Gott! die Morgenröte verbürgt die Sonne; ebenso verbürgt uns Ahndung die Unsterblichkeit!« Sanft vergoß er jetzt die beiden letzten Tränen, welche er auf dieser Erde vergossen hat; er sprach nicht mehr. Er bat, man möchte ihm das herrliche Lied von Gellert über die Auferstehung spielen; Berthi spielte es. Er atmete schwer; er hatte fast immer die Augen geschlossen; auf einen Augenblick öffnete er sie, als das Lied geendigt war; er reichte mir die Hand und sah starr gegen Abend. Zwei zahme Holztauben setzten sich auf das Fenstergesims; er machte sie mit der Hand bemerklich.

»Sie wissen nicht, daß der Tod so nahe ist«, sagte er.

Ach! jetzt, jetzt trat der fürchterliche Augenblick ein, der meine Seele entsetzte, und mein Innerstes erschütterte.

»Lebt er, wo ist er? führt mich zu ihm!« hörte ich im Vorzimmer rufen, und plötzlich wurde die Türe aufgerissen, um einer menschlichen Leichengestalt den Weg zu öffnen. Es war ein Frauenzimmer mit wildfliegenden Haaren, mit ungeordnetem Gewande, mit Zügen der Zerstörung in der Miene. Kaum konnte ich meine Valérie in dieser Verzweifelnden erkennen. Ich erschrak heftig, ich eilte auf sie zu; sie riß sich mir aus und stürzte ans Bett des Kranken hin.

Nein, mein Freund! das Hinreißende dieser Minute kann ich Ihnen nicht treu schildern, mein unersetzlicher Jammer würde aus jedem Farbenzuge blicken, den ich da machen wollte. Valériens Stimme weckte den Halbtoten.

»Gustav! Gustav! laß mich mit Dir sterben!« hatte sie gerufen, und ihre Arme umschlossen leidenschaftlich den Kranken, der nicht mehr sprechen konnte, sondern seinen Mund zum gefälligen Lächeln verzog und seine Arme um ihren Hals legte. Heftig arbeitete die Brust des Sterbenden, sein Blick brach, Valérie sank mit einem Schrei des Entsetzens ohnmächtig nieder, und die Leiche des Entseelten glitt starr auf die Kissen zurück.

Mein übermäßiger Schmerz war zwischen der Besorgnis für meine Gemahlin und meinen zärtlichen Freund geteilt. Ich sprang Valérien zu Hülfe, sie war leichenblaß. Erich rief am Bette des Verschiedenen mit heftigem Gefühle: »Er ist tot« – und mich überwältigte in dieser Angst eine vollkommene Besinnungslosigkeit, aus der ich erst in einem Nebenzimmer erwachte, wohin man mich mit meiner Gemahlin gebracht hatte.

Was soll ich Ihnen mehr schreiben, teurer Freund des Verklärten. Fassen Sie ganz meinen Jammer in der trostlosen Klage, daß Valérie dem Unglücklichen nachzufolgen droht. Sie liegt sehr schwach, aber mit einer unbeschreiblichen Ruhe im Bette, die die fürchterlichste Erkaltung ihrer Empfindungen erzeigt. Friedlich reichte sie mir die Hand und bat mich, nicht über sie zu zürnen.

»Mir ist wohl«, sagte sie, »nicht wahr; er ist vorangegangen; und dort, dort werden wir alle wieder vereint werden?«

Sie hielt meine Hand fest in der ihrigen.

»Mein Gemahl!« fuhr sie fort, »wenn ich sterben sollte, erinnern Sie sich nicht mit Widerwillen meines kurzen Lebens. Ach! seien Sie versichert, daß ich nie etwas von der Zärtlichkeit vergab, mit der ich Ihnen ergeben war. Ich liebe Sie, und es wird mir schwer, Sie meinen Jammer mitfühlen zu lassen. Sie sind großmütig, haben Sie Mitleid mit mir in diesen Stunden der Schwäche.«

O! mein Schmerz war unbeschreiblich; ich bat sie, sich zu fassen, und mich durch ihren Verlust nicht vollkommen unglücklich zu machen. Sie wurde ruhiger und ermahnte mich endlich, dem Verstorbenen nachzusehen.

Sie selbst konnte mich schwächehalber nicht begleiten.

Ich fuhr vor Grausen zurück, als ich jenen jungen und stolzen Gustav in dem Sarge liegen sah; ich lehnte mich gegen die Türe; ich war wie in einem Traume, aus welchem ich nicht herauskonnte. Ich trat näher, um ihn nochmals zu betrachten, und entfernte das Tuch, welches seine Gesichtszüge bedeckte; schon hatte ihnen der Tod seine einförmige Ruhe eingegraben. Ich betrachtete ihn lange Zeit, aber ohne Rührung; es war, als ob mein Schmerz vor einem erhabenen Gedanken einhielt, welcher größer als der Schmerz ist; und selbst an diesem Sarge lebte ich gleichsam von der Zukunft. Meine Seele wendete sich an die seinige: »Du durstetest nach der erhabensten Glückseligkeit«, sagte ich zu ihr, »Du hast Deine Lippen von dem Becher des Lebens weggewendet, welcher Deinen Durst nicht löschen konnte; aber jetzt atmest Du das reine Glück derer, welche lebten wie Du lebtest.« Sein Mund hatte die letzten Spuren jener sanften Hingebung beibehalten, welche in seiner Seele herrschte; der Tod hatte ihn weggenommen, ohne ihn mit seinen schrecklichen Händen zu berühren. Neben ihm stand der Tisch, auf welchem alle seine Papiere geordnet waren. Bei diesem Anblick regte sich mein Herz, als ob er noch lebendig wäre. Ich sah alle seine Verfügungen, welche er mit eigner Hand geschrieben hatte; auch seine Uhr lag dort. Ich erinnerte mich, daß er mich gebeten hatte, sie zu tragen; ich nahm sie traurig und schweigend betrachtete ich sie; sie war stehengeblieben. Ich fühlte ein unangenehmes Schaudern; und als ich mich wendete, um mich zu setzen, und einige Kräfte zu sammeln, stieß ich eine von den Wachskerzen um; sie fiel auf Gustavs Brust; ich eilte, sie aufzuheben; und als ich die unveränderliche Ruhe desjenigen sah, welcher hienieden nichts mehr empfinden konnte, stieß ich einen Schrei aus. »O, Gustav!« sagte ich bei mir, »Gustav! Du kannst also nichts mehr fühlen! nichts verstehen! Die seufzende Stimme der Freundschaft hallt vor Dir vorüber und rührt Dich nicht mehr!« Ich legte meine Lippen auf seine eiskalte Stirne: »O, mein Sohn! mein Sohn!« Dies war alles, was ich sagen konnte. Ich blieb unbeweglich; ein langes Lebewohl sagte meine Seele diesem so teuren Gegenstande meiner Zuneigung; und als ich den Sarg schließen wollte, fielen meine Augen auf Gustavs Hand. Er hatte an dem einen Finger den mit seinem Wappen gezierten Ring, nach dem Gebrauch unsers Landes; ich wollte ihm diesen abnehmen; weil ich mich aber hernach besann, daß dieses der letzte Sprößling aus dem berühmten Hause der Linars war, so sagte ich: »Bleib! bleib! und steige mit ihm in die Gruft hinab!« Jetzt flossen meine Tränen; ich legte diese Hand wieder auf die Brust des Toten, und schloß seinen Sarg. –

Bruchstück aus einem Briefe Erichs an Ernst.

»Endlich hat die ewige Vorsehung die beiden Wesen in verklärter Gestalt wieder vereinigt, die das Verhängnis im Menschenleben getrennt hatte. Valérie ist neben Gustav begraben, und ihren Leichenstein vereinigt eine Kette von Totenblumen mit dem Leichensteine des Grafen von Linar.

»Wie sehr Sie seinen Tod betrauert hatte, wissen Sie aus meinen vorhergehenden Briefen. Keine Zerstreuung konnte die Unglückliche beruhigen, die Gustavs blutende Gestalt überallhin verfolgte. Der Graf brachte sie nach Venedig zurück, und ich folgte ihnen, denn sie waren ja meines unvergeßlichen Gustavs Lieblinge gewesen. Ach! ich hatte den Schmerz, auch dieses edle Ehepaar im zehrenden Gram hinwelken zu sehen. Valérie reifte zusehends für das Grab, und der Graf schlich wie eine Schattengestalt umher.

»Als das Frühjahr anbrach, verschlimmerten sich Valériens Gesundheitsumstände. Sie bat ihren Gemahl zudringlich, mit ihr eine Reise nach Pietra-Mala zu machen, um sie noch einmal Gustavs Grab sehen zu lassen, und der Graf konnte nicht widerstehen, die Sehnsucht ihres Herzens zu befriedigen.

»Wir fuhren dahin ab. Noch denselben Tag unsrer Ankunft in Pietra-Mala besuchten wir den buschigen Hügel, wo Gustavs Gebeine moderten. Hier lagen wir alle drei auf unsern Knien und beteten. Valérie schien von dem Leichenstein unzertrennlich zu sein; den gründlichsten Vorstellungen ihres Gemahls gab sie endlich nach, um sich zu erheben.

»›O, mein Gemahl!‹ schluchzte sie am Halse des Grafen, ›nur eine einzige Bitte gewähren sie mir, eine Bitte, deren Erfüllung die Liebe, welche Sie zu mir getragen haben, krönen wird. Vielleicht, daß der Ewige ein frühes Ende mir zugedacht, vielleicht, daß die Stunde der Auflösung schon nahe ist, um uns zeitlebens zu trennen. Dort werden wir uns wiederfinden; nicht wahr, mein Gemahl? aber hier, hier versprechen Sie mir an Gustavs Grabe eine Ruhestätte, um Ihrem verewigten Freunde im Tode den Schatten seiner Freundin zuzuführen.‹ Umsonst bat sie der Graf, ihm ihr Leben zu erhalten; sie seufzte und sprach sehr wehmütig: ›Der Wille des Herrn geschehe!‹

»Von dieser Stunde an verbreitete sich eine sanftmütige Duldung auf ihrem Gesichte, sie sprach wenig, am rührendsten mit ihrem Gemahl, den sie sehr oft vor sich forderte und mit den zärtlichsten Versicherungen ihrer Liebe zu trösten bemüht war.

»Sanft, wie ihr Leben, war auch ihr Tod. Sie verschied in meinen Armen, als der Graf eben die Kirche besucht hatte, um für ihre Rettung zu Gott zu beten.

»Ihre Leiche wurde nächst dem Grabe Gustavs beerdigt. Ich ging täglich mit dem armen, verlassenen Grafen auf den Hügel, wo wir stundenlang uns unsern wehmütigen Betrachtungen überließen. – Jüngst, als ich den Entkräfteten mit vieler Mühe hinaufgeleitet hatte, fand ich noch einen dritten Stein an dem dürren Baumstamme, und las die Inschrift: ›Laßt mich das Drittblatt unsers gemeinschaftlichen Jammers füllen!‹ Untenher stand der Name: Graf von M...

»Mit unbeschreiblichem Schmerz blickte ich den Grafen an: ›Mein Freund!‹ sagte dieser sehr wehmütig, ›ich fühle, daß ich bald diesen Verklärten nachfolgen werde; besorgen Sie es dann, daß ich meinen Lieben beigesellet werde!‹

»Bald, fürchte ich, dürfte dieses geschehen. Dann eile ich nach B... und bete in der stillen Kartause für meine unglücklichen Freunde! –

Ende.

Anmerkungen zum Roman

Seite
3 *Ahndung*: Ahnung.
- *Phantasie*: in der deutschen Übersetzung für das in der französischen Ausgabe gebrauchte Wort »imagination« als Bezeichnung für die verschiedensten Formen der Einbildungskraft.
5 *zeitliche Freundin*: frühere Freundin.
10 *Tasso*: Torquato Tasso (1544–1595), italienischer Dichter. Tasso gilt als der bedeutendste Vertreter der italienischen Renaissance; sein Hauptwerk ist das Versepos *La Gerusalemme liberata* (*Das befreite Jerusalem*).
- *Petrarca*: Francesco Petrarca (1304–1374), italienischer Dichter und Humanist. Er war einer der bedeutendsten Lyriker der italienischen Literatur. Insbesondere mit der vollkommenen Form seiner Sonette wurde seine Dichtung vorbildhaft für die italienische und auch die europäische Liebeslyrik, den so genannten Petrarkismus.
- *Pergolesi*: Giovanni Battista Pergolesi (1710–1736), italienischer Komponist. Hauptmeister der neapolitanischen Schule.
- *Amor*: römische Bezeichnung für Eros, den griechischen Liebesgott, Sohn des Kriegsgottes Ares (Mars) und der Liebesgöttin Aphrodite (Venus).
13 *unpaß*: unpässlich, nicht bei rechter Gesundheit.
15 *Nervenzufall*: nervös krankhafter Anfall.
- *Heerstraße*: breite Landstraße, Straße für das Heer; für den in der französischen Ausgabe gebrauchten Begriff »grand chemin«.
21 *Die Phantasie*: Übersetzung des Titels *L'Imagination* von Jacques Delille (1738–1813), französischer Dichter. *L'Imagination* (*Die Einbildungskraft*) ist eine Art anthologisches Lehrgedicht, das Ursprung, Wesen und Formen der menschlichen Einbildungskraft in acht Gesängen beschreibt. Geschrieben zwischen 1785 und 1795 und in Bruchstücken durch Dichterlesungen oder Teildrucke bekannt geworden, erschien es erst 1806.

22 *Amelie und Volnis*: In Delilles *L'Imagination* heißt das Paar Azélie und Volnis. Ihr Schicksal wird in den letzten 227 Versen des zweiten Gesangs als Beispiel dessen, was die Einbildungskraft zur Liebe beiträgt, erzählt.
- *Streiferei*: Ausflug, Wanderung.
- *Tausendschön*: Gänseblümchen (bellis perennis).
23 *Geringe Verbrechen sind immer Vorläufer der großen*: »Quelques crimes toujours précèdent les grands crimes.« Juliane von Krüdener zitiert hier Vers 1093 aus Jean B. Racines Tragödie *Phèdre* (*Phädra*) von 1677. In der griechischen Mythologie verleumdete Phädra bei ihrem Gatten Theseus ihren Stiefsohn Hippolytos, der ihre Liebe nicht erwiderte, und veranlasste seinen Tod; darauf tötete sie sich selbst. Zu Jean B. Racine vgl. Anm. zu S. 171.
24 *walzen*: Walzer tanzen.
27 *zeihen*: bezichtigen, beschuldigen.
29 *Arnam*: Anspielung auf Achim von Arnims (1781–1831) Nachnamen.
34 *Hollyn*: Anspielung auf Arnims Erstlingswerk *Hollins Liebeleben* von 1801.
- *Elendtier*: Elch.
40 *... war sie mit einem Blütenregen von den benachbarten Pflaumenbäumen bedeckt*: Das Motiv des Blütenregens ist entlehnt aus Petrarcas *Canzoniere*, Gesang 126, Strophe 4: »una pioggia di fior' sovra 'l suo grembo«.
41 *Mamachen*: kosend für Mama.
42 *billig*: in der französischen Ausgabe »raisonnable« (vernünftig, angemessen).
43 *Davide*: Giacomo Davide (1750–1830), italienischer Tenor, berühmt geworden für seine Interpretation des *Stabat Mater* von Giovanni Battista Pergolesi.
- *Banti*: Brigida Giorgi Banti (1756–1806), italienische Sopranistin, bildete mit Davide ein Gesangspaar.
44 *Man müßte mich in die Wellen des baltischen Meeres stürzen, wie Mentor den Telemach hinabstürzte*: Anspielung auf *Les aventures de Télémaque* (*Die Erlebnisse des Telemach*) von

Fénélon (François de Salignac de la Mothe-Fénelon) (1651–1715) aus dem Jahre 1699. Der französische Theologe erzählt in seinem Bildungsroman die Geschichte Telemachs, der sich zusammen mit Mentor, der Verkörperung Minervas (Athenes), auf die Suche nach seinem Vater Odysseus macht. Im 6. Buch kann Mentor Telemach vor seinen Leidenschaften nur retten, indem er ihn ins Meer stürzt.

45 *Theokrit*: griechisch Theokritos (um 310 – ca. 250 v. Chr.), griechischer Dichter. Mit seinem Werk begründete er die bukolische Dichtung.

51 *Kölner-Wasser*: Kölnischwasser.

– *Brenta*: Fluß, entspringt in den Dolomiten und mündet in den Golf von Venedig, rund 170 km lang.

– *Fusina*: Ort an der Mündung der Brenta.

– *Villa Pisani*: heute Villa Nazionale in Strà; fürstlicher Landsitz, errichtet von Alvise Pisani nach seiner Wahl zum Dogen 1735. Das Glanzstück der Ausstattung lieferte Giovanni Battista. Tiepolo 1761/62 mit dem Deckenfresko im großen Saal, dem so genannten »Sala del Ballo« (Ballsaal).

52 *Shawl-Tanz*: eine auf Lady Emma Hamilton zurückgehender »dramatischer« Tanz, der auch von Juliane von Krüdener ausgeübt wurde.

53 *Correggio*: eigentlich Antonio Allegri (um 1489–1534), italienischer Renaissancemaler, dessen bewegte Kompositionen bereits Stilmittel der Barockmalerei vorwegnehmen.

– *... so hätte man glauben mögen, man sähe Shakespeares Schilderung, die Geduld, wie sie dem Schmerz bei einem Grabmahl zulächelt*: Juliane von Krüdener bezieht sich hier auf die Worte der Viola in der vierten Szene des zweiten Aufzugs aus der Komödie *Was ihr wollt* des englischen Dramatikers William Shakespeare (1564–1616): »Mein Fürst! Sie sagte ihre Liebe nie / Und ließ Verheimlichung, wie in der Knospe / Den Wurm, an ihrer Purpurwange nagen. / Sich härmend und in bleicher, welker Schwermut, / Saß sie wie die Geduld auf einer Gruft, / Dem Grame lächelnd. Sagt, war das nicht Liebe?« (Nach der Übersetzung von August Wilhelm von Schlegel).

53 *Mylady Hamilton*: Lady Emma Hamilton (1761–1815), britische Schönheit, heiratete 1791 Sir William Hamilton, den britischen Botschafter im Königreich Neapel; Geliebte des britischen Admirals Horatio Nelson.
- *die verschämte Venus*: Aphrodite von Knido des Praxiteles (4. Jh. v. Chr.), griechischer Bildhauer der Spätklassik. Eine der berühmtesten römischen Kopien ist die so genannte »Venere Capitolina« im Kapitolinischen Museum in Rom.
- *Pinsel eines Raffaels*: Raffael, eigentlich Raffaello Santi oder Sanzio (1483–1520), italienischer Maler und Baumeister; mit Michelangelo und Leonardo da Vinci einer der bedeutendsten Repräsentanten der Hochrenaissance.
54 *Niobe*: in der griechischen Mythologie Tochter des Königs Tantalos. Sie rühmte sich ihres Kinderreichtums. Daraufhin wurden alle ihre Kinder von Apollon und Artemis getötet, sie selbst wurde zu Stein verwandelt.
- *Galatea*: in der griechischen Mythologie eine der 50 Nereiden, die Töchter des Nereus; ihr Geliebter Akis wurde von dem Kyklopen Polyphem erschlagen.
60 *Volero*: italienisierter Name des französischen und seit 1764 in Italien tätigen Landschaftsmalers Pierrre Jacques Volaire (1729 – vor 1802). 1764/69 in Rom, dann in Neapel, wo er sich auf die Darstellung von Vesuvausbrüchen spezialisierte.
- *Kalmus*: acorus calamus; zu den Aronstabgewächsen gehörige Sumpfstaude; eine schon im Altertum bekannte Heilpflanze. Der Wurzelstock dient wegen des würzigen ätherischen Kalmusöls als appetitanregendes Mittel, Likörzusatz.
62 *junge Mädchen, welche in dem Mendikantenkloster erzogen wurden*: Sängerinnen des Frauenchores des Ospedale S. Lazzaro e Mendicanti, eines der vier venezianischen Frauenkonservatorien.
- *Romanze*: fußt auf heiteren, erzählenden, melodiereichen Gesängen von ursprünglich ritterlicher Haltung und besitzt eine mehrhundertjährige Tradition als literarische Musikgattung in Spanien. Französische und deutsche Romanzen erweiterten den Ausdrucksbereich vom Zarten und Schwär-

merischen bis zum Heroisch-Dramatischen und fanden Eingang in Singspiel, Oper und Instrumentalmusik.
- *Couplets*: als Couplet wird ein satirisch-scherzhaftes Lied bezeichnet, dessen Strophen durch Kehrreim verbunden sind.
64 *ahnden*: ahnen.
66 *Galeeren des Senats*: Senat der Republik Venedig, hervorgegangen aus der Gruppe der so genannten Pregadi, der Ratgeber des Dogen. Ihm oblag die Ausarbeitung von Erlassen betreffend den Handelsverkehr, die Entsendung von Gesandtschaften und die Bewegung der Flotten.
- *Tarquinius*: Tarquinius Superbus, siebenter und letzter römischer König (534–510 v. Chr.), wird als Prototyp des Tyrannen dargestellt.
67 *jene Schlünde, welche unaufhörlich den heimlichen Angebern offen stehen*: so die »bocca di leone« oder »bocca della verità« am Dogenpalast in Venedig, in die anonyme Anzeigen zwecks Denunziation geworfen werden konnten.
- *jene fürchterlichen Gefängnisse, ... unter bleiernen Gewölben*: gemeint sind die »Piombi« (Bleikammern) im Dachgeschoss der im 16. Jh. errichteten neuen Gefängnisse, die durch die Seufzerbrücke mit dem Dogenpalast verbunden sind.
- *Tizian*: eigentlich Tiziano Vecellio (um 1488–1576), italienischer Maler, einer der bedeutendsten Vertreter der Hochrenaissance venezianischer Prägung.
- *Paolo Veronese*: eigentlich Paolo Caliari (1528–1588), aus Verona stammender italienischer Maler, repräsentiert mit Tizian und Tintoretto die volle Blüte der Renaissance in der venezianischen Malerei.
- *Tintoretto*: eigentlich Jacopo Robusti (1518–1594), venezianischer Maler des Manierismus, der zu den bedeutendsten Künstlern des späten 16. Jahrhunderts gehörte. Sein Werk war von großem Einfluss auf die Barockmalerei.
- *ein Palladio verschaffte einen unsterblichen Glanz den Palästen der Cornaro, der Pisani*: gemeint sind hier wohl der von dem italienischen Architekten Jacopo Sansovino (1486–1570) für Jacopo Cornaro am Canal Grande erbaute Palazzo Corner,

genannt Ca' Grande (begonnen 1537), sowie der mächtige Palazzo Pisani an der westlichen Langseite des Campo S. Stefano, eine der größten Palastanlagen Venedigs (Grundsteinlegung 1615); von Juliane von Krüdener fälschlicherweise Palladio zugeschrieben. Andrea Palladio (1508–1580), italienischer Baumeister und Architekturtheoretiker, der zu den einflussreichsten Persönlichkeiten der europäischen Architekturgeschichte gehört.

67 *Casino*: Casino oder Ridotto, kleines Appartement, das luxuriös eingerichtet war und zur Unterhaltung in vielfältiger Form diente; Ort des Spiels, aber auch ein intimer Ort zur Ausübung der Konversation in kleinen Kreisen, der politischen Diskussion oder geschäftlichen Treffen.

– *Markusplatz*: Zentrum Venedigs mit der Markuskirche und dem Dogenpalast.

68 *jene Gebäude, wo die Majestät herrscht*: der Dogenpalast mit den Amts- und Empfangsräumen und den Wohngemächern des Dogen, dem Oberhaupt des Stadtstaates Venedig.

– *jene Säulen, auf welchen jene Pferde leben*: die vier Bronzepferde vom Hippodrom in Konstantinopel, von den Venezianern 1204 erbeutet. Sie befinden sich auf der Galerie der Westfassade der Markuskirche.

73 *Ottomane*: gepolsterte Sitzbank, meist lang und niedrig und mit Armlehnen versehen. Die Bezeichnung ist dem Türkischen entlehnt und seit dem späten 18. Jahrhundert in Europa üblich.

74 *Rousseau*: Jean-Jacques Rousseau (1712–1778), französisch-schweizerischer Philosoph und Schriftsteller. Er war eine der zentralen Gestalten der Aufklärung.

– *die Parze, welche alles verheert*: in der griechischen Mythologie die Schicksalsgöttin Atropos, die Unabwendbare, die den Lebensfaden durchschnitt.

76 *Solimena*: Francesco Solimena (1657–1747), italienischer Maler, einer der Hauptmeister der neapolitanischen Spätbarock-Malerei. Beeinflusste in Venedig vor allem Piazzetta und den jungen Tiepolo.

77 *Euphrosyne*: in der griechischen Mythologie eine der drei Göttinnen der Anmut; sie war die Grazie des Frohsinns.
78 *Carracci*: Agostino Carracci (1557–1602) oder Annibale Carracci (1560–1609). Die beiden aus Bologna stammenden Malerbrüder gehörten zu den Wegbereitern des Barock.
79 *Lido*: Lido di Venezia; eine der drei lang gezogenen Sandbänke zwischen der Lagune und dem offenen Meer.
80 *Rialtobrücke*: errichtet 1588–91 mit zwei doppelten Ladenreihen; bis 1854 der einzige Übergang über den Canal Grande.
82 *einhändigen*: aushändigen, übergeben.
86 *Kanal der Giudecca*: Canale della Giudecca; Kanal, der die Insel Giudecca vom Rest der Stadt Venedig trennt.
– *Zendale*: feines und sehr breites Tuch, meist aus Seide, mit dem sich die venezianischen Frauen Kopf und Schultern bedeckten; auch Zendado genannt.
88 *Posillipo*: am Golf von Neapel; Wallfahrtsort der Gebildeten, da dort das Grab des röm. Dichters Vergil (70–19 v.Chr.).
93 *Pinsel der Angelika*: Angelika Kauffmann (1741–1807), Schweizer Malerin und Radiererin. Sie ließ sich 1782 in Rom nieder. Besonders begehrt war sie als Porträtistin. Auch Juliane von Krüdener ließ sich von ihr zusammen mit ihrem Sohn Paul während ihres Romaufenthaltes 1786 portraitieren. Das Gemälde befindet sich heute im Musée National du Louvre, Paris.
94 *Arno*: 240 Kilometer langer Fluss in Italien in der nördlichen Toskana, fließt durch Florenz und mündet westlich von Pisa in das Ligurische Meer.
– *Cascine*: Stadtpark von Florenz, einst die Meierei der großherzoglichen Familie, im 18. Jahrhundert für die Bewohner von Florenz geöffnet.
– *Cirkus*: Pferderennbahn.
95 *Galerie des Großherzogs*: die Galleria Palatina, untergebracht im Palazzo Pitti in Florenz.
– *Madonna della Seggiola*: Raffaels bekannteste Rundkomposition, entstanden 1514/15. Zu Raffael vgl. Anm. zu S. 53.
96 *von der berühmten Angelika*: Vgl. Anm. zu S. 93.

97 *Villa Medici*: Palast in der Viale Trinità dei Monti in Rom, errichtet im 16. Jahrhundert; ging im Jahre 1576 an die Familie Medici über und wurde daraufhin Wohnsitz der Kardinäle aus diesem Geschlecht. Im Jahre 1803 verlegte Napoleon die Französische Akademie dorthin. Der Park der Villa Medici zeichnet sich durch seine prachtvolle Vegetation aus.

— *Volpato*: Giovanni Volpato (1733–1803), Kupferstecher und Radierer, gründete in Rom eine Schule für Kupferstecher.

99 *die Töchter der heiligen Theresia*: die unbeschuhten Karmelitinnen. Der Orden wurde von der spanischen Mystikerin Theresia von Avila (1515–1582) begründet.

— *Schonen*: Provinz im Süden von Schweden.

100 *Ariadne*: in der griechischen Mythologie ist Ariadne die Tochter des Kreterkönigs Minos. Sie liebte Theseus und half ihm aus dem Labyrinth heraus, nachdem er den Minotaurus getötet hatte. Von Theseus auf der Insel Naxos ausgesetzt, wurde sie von Dionysos (Bacchus) aufgefunden, der sie zur Frau nahm.

— *Castor und Pollux*: Castor (Kastor), der Pferdebändiger, und Pollux (Polydeukes), der Faustkämpfer; in der griechischen und römischen Mythologie Zwillingssöhne des Zeus (Dioskuren) und der Leda. In ihren Abenteuern waren die Brüder unzertrennlich, und als Castor von Idas, einem Viehbesitzer, in einem Streit über sein Vieh getötet wurde, war Pollux untröstlich. Da er dafür betete, dass entweder sein Bruder Unsterblichkeit erlange oder er selbst sterbe, vereinigte Zeus die Brüder wieder und erlaubte ihnen, immer zusammen zu sein, und zwar die eine Hälfte der Zeit in der Unterwelt und die andere bei den Göttern auf dem Olymp. Einer späteren Legende zufolge wurden die beiden von Zeus in das Sternbild Zwillinge verwandelt. Castor und Pollux sind die beiden hellsten Sterne im Tierkreis-Sternbild Zwillinge.

102 *Gesichtskreis*: Horizont.

— *Wildschur*: schwerer Reisepelz.

106 *Dante*: Dante Alighieri (1265–1321), italienischer Dichter. Mit seinem nationalsprachlichen, zwischen mittelalterlicher Tradition und Renaissancedenken angesiedelten Gedichtepos *La divina Commedia* (*Die göttliche Komödie*) schuf er eines der bedeutendsten Meisterwerke der Weltliteratur.
- *Michelangelo*: Michelangelo Buonarroti, eigentlich Michelangiolo di Ludovico di Lionardo di Buonarroti Simoni (1475–1564), Florentiner Bildhauer, Maler, Architekt und Dichter.
- *majestätischer Tempel des heiligen Petrus*: Petersdom, Grabeskirche des Apostels Petrus in der Vatikanstadt. 1547 wurde Michelangelo zum Bauleiter der Kirche ernannt. Er führte den Bau in seiner heutigen Form aus und entwarf die Riesenkuppel.
- *(Tieck.)*: Hinweis auf Johann Ludwig Tieck (1773–1853), Schriftsteller und Philologe, einem der bedeutendsten Repräsentanten der deutschen literarischen Romantik. Juliane von Krüdener gibt im 35. Brief ihres Romans eine Zusammenfassung von Kapitel IV und V des ersten Abschnittes der von Ludwig Tieck 1799 herausgegebenen *Phantasien über die Kunst, für Freunde der Kunst*.
107 *Kapitol*: der kleinste der sieben römischen Hügel; in der Antike religiöser und politischer Mittelpunkt der Stadt.
- *Titus Livius*: Livius, vollständiger Name Titus Livius (59 v. Chr. – 17 n. Chr.), römischer Geschichtsschreiber in augusteischer Zeit, dessen historisches Monumentalwerk eine der bedeutendsten Informationsquellen über die frühe römische Geschichte darstellt. Seine *Römische Geschichte* war eine 142 Bücher umfassende Darstellung der Ereignisse seit Gründung der Stadt Rom im Jahre 753 v. Chr. bis zum Jahre 9 v. Chr.
- *Tacitus*: Publius Cornelius Tacitus (um 55 – ca. 115 n. Chr.), römischer Geschichtsschreiber.
- *Tiberius*: eigentlich Tiberius Iulius Caesar Augustus, (42 v. Chr. – 37 n. Chr.), römischer Kaiser (14 – 37 n. Chr.).

107 *neben der Höhle, wo die Sibylle weissagte*: Sibylle, griechisch Sibylla, in der griechischen und römischen Mythologie Bezeichnung für Seherinnen, die, von einem Gott begeistert, in Ekstase zukünftige Ereignisse verkündeten. Hier ist die Sibylle von Cumae gemeint, die ihren Sitz in einer der Höhlen unter den Ruinen des antiken Cumae hatte und die in der römischen Mythologie eine besondere Rolle spielt.
- *Tibur*: antiker Name der italienischen Stadt Tivoli.
- *Tivoli*: das alte Tibur, geht auf vorgeschichtliche Zeit zurück, wurde 380 v. Chr. der römischen Republik einverleibt. Stadt in Italien, in der Region Latium.
- *Cicero*: Marcus Tullius Cicero (106–43 v. Chr.), römischer Staatsmann, Redner, Philosoph und Schriftsteller.
- *Plinius*: Plinius der Ältere (um 23–79 n. Chr.), römischer Historiker und Schriftsteller. Im antiken Europa war er eine anerkannte Autorität auf dem Gebiet der Naturwissenschaften.
- *ein neuer Alexander*: Anspielung auf Napoleon Bonaparte (1769–1821). Er krönte sich 1804 zum Kaiser der Franzosen; 1815 wurde er auf die Insel St. Helena verbannt.

108 *Domenichino*: eigentlich Domenico Zampieri (1581–1641), italienischer Maler, einer der bedeutendsten Meister der Carracci-Schule, lebte meist in Rom. Klassizist, Einfluss auf Poussin. (Sein um 1620 entstandenes Bild der heiligen Cäcilie, der Patronin der Musik, befindet sich im Musée National du Louvre, Paris.)
- *heiligen Bruno*: Bruno von Köln (um 1030–1101), Mönch, Stifter des Kartäuserordens. Er wurde in Köln geboren und studierte in Reims. Unzufrieden mit dem Zeitgeist, der durch Verfall gekennzeichnet war, suchte Bruno zusammen mit sechs Genossen Zuflucht in einem Gebirgstal nördlich von Grenoble. Dort gründete er 1084 den Kartäuserorden.
- *Attika*: Halbinsel im Südosten Mittelgriechenlands in der Ägäis.

111 *Sankt-Georgen-Insel*: Isola di S. Giorgio Maggiore mit der von Palladio 1566 begonnenen gleichnamigen Kirche.

- *an dem slavonischen Ufer*: Riva degli Schiavoni; lange Uferpromenade, entlang des Bacino di San Marco, benannt nach den slawischen Seeleuten aus Dalmatien, die dort ihre Schiffe anlegten und dort Handel trieben.
113 *das phönizische Theater*: Teatro La Fenice; das heute noch bedeutendste Theater der Stadt, wurde als eines der letzten großen Bauprojekte der freien Republik 1790 begonnen und 1792 eingeweiht.
114 *Non avete mai amato?*: Haben Sie nie geliebt?
115 *Siete matto; perché non state qui?*: Sind Sie verrückt; warum bleiben Sie nicht hier?
- *T'amo più della vita*: Ich liebe dich mehr als das Leben.
- *Lasciami morir!*: Lass mich sterben!
- *Odysseus*: Gestalt in der griechischen Mythologie, König von Ithaka und einer der Anführer der griechischen Streitmacht im Trojanischen Krieg. Auf der Heimfahrt von Troja begegneten Odysseus die verschiedensten Abenteuer. Dem verlockenden, aber gefährlichen Gesang der Sirenen entrann Odysseus, indem er seinen Gefährten die Ohren mit Wachs verstopfte und sich selbst an dem Mast seines Schiffes festbinden ließ.
116 *Komödie*: Theater.
117 *heiligen Antonius*: Antonius von Padua (1195–1231), Heiliger, Franziskanermönch, Volksprediger und Kirchenlehrer. Schutzpatron u. a. der Liebenden, der Ehe, der Frauen und Kinder.
124 *Clarissa*: *Clarissa, or the History of a Young Lady* (*Clarissa Harlowe*), in epistolarischer Form geschriebener Roman des englischen Schriftstellers Samuel Richardson (1689–1761) in 7 Bänden, veröffentlicht 1747/48. Richardson gilt als einer der Begründer des modernen englischen Romans.
128 *Kabinett*: ein kleineres Zimmer, ein abgeschlossenes Nebengemach im Unterschied zu den Gesellschaftsräumen.
131 *Conegliano*: italienische Stadt in Venetien, liegt am Fuße der venezianischen Hügel am Fluss Monticano.
133 *… es ist nicht gut, daß der Mensch allein sei*: Genesis 2, 18.

139 *Oper von Bianchi*: vielleicht die Oper *La vendetta di Nino, o sia Semiramide* aus dem Jahre 1794 des italienischen Komponisten Francesco Bianchi (1752–1810).

149 *das so rührende Duett aus Romeo und Julia*: Duett aus der Oper *Guilietta e Romeo*, der bekanntesten Oper des neapolitanischen Komponisten Niccolò [Nicola] Antonio Zingarelli (1752–1837), entstanden 1796 und bis 1830 international aufgeführt. Das Libretto schrieb 1786 der Venezianer Giuseppe Maria Foppa (1760–1845) nach Shakespeares Drama *Romeo und Julia*. Das Duett befindet sich im zweiten Auftritt des dritten Akts: »O Gott, wie bebt mein Innerstes, / von Angst und wilden Schrecken! / Der Trennung Leiden wecken / furchtbare Seelenpein!« (Zitiert aus *Juliette und Romeo. Tragisches Singspiel in drei Akten. Nach dem Italienischen von C. Herklots*. Berlin 1812.)

162 *des Vaters Hieronymus*: Hieronymus, eigentlich Sophronius Eusebius Hieronymus (um 347–420), Kirchenvater und Kirchenlehrer. Sein bedeutendstes Werk ist die *Vulgata*, die Übersetzung der Bibel ins Lateinische.

169 *Pietra-Mala*: Ort an der Futa-Passstraße (57 km von Florenz), bekannt für die nahe gelegenen brennenden Erdgasquellen.

– *Apenninen*: Gebirge in Italien. Die Apenninen erstrecken sich von den Ligurischen Alpen im Nordwesten entlang der gesamten Länge der italienischen Halbinsel.

171 *herumirrend wie Ödipus*: in der griechischen Mythologie König von Theben, Sohn des Laios und der Iokaste, wurde wegen eines Orakelspruches, wonach er seinen Vater töten und seine Mutter heiraten würde, ausgesetzt, dann aber gerettet; tötete, als er erwachsen war, ohne es zu ahnen, im Streit seinen Vater Laios. Er befreite Theben, indem er das Rätsel der Sphinx löste, und erhielt als Lohn den Thron und die Königin, seine Mutter. Als das Geheimnis enthüllt wurde, stach sich Ödipus beide Augen aus und irrte, von Antigone begleitet, in der Fremde umher, bis er auf geheimnisvolle Weise von der Erde entrückt wurde.

- *Oden von Klopstock*: Friedrich Gottlieb Klopstock (1724–1803), deutscher Schriftsteller, einer der bedeutendsten Vertreter der frühen Klassik. Klopstocks bedeutendste lyrische Werke erschienen in den *Oden* (1771), einer Sammlung erhabener Dichtungen in drei Büchern aus den Jahren 1747 bis 1770 zu den Themen Religion, Liebe, Freundschaft, Vaterland und dem Erleben der Natur.
- *Gray*: Thomas Gray (1716–1771), englischer Dichter. Seine bekannteste Dichtung ist die im Jahre 1750 vollendete *Elegy written in a country churchyard* (*Elegie auf einem Dorfkirchhof*).
- *Racine*: Jean B. Racine (1639–1699), französischer Dramatiker. Racine schrieb sieben große Tragödien, die als Meisterwerke der französischen Tragödie gelten. In der Wahl seiner Themen griff er dabei auf Motive der griechischen und römischen Literatur zurück. Vgl. Anm. zu S. 23.
- *Pilgrimskleidung*: Pilgerkleidung.
- *Loreto*: kleine Stadt in Italien, in der Region Marken, unweit der adriatischen Küste. Loreto ist einer der berühmtesten Marienwallfahrtsorte. Die Stadt entstand um die Santa Casa (Heiliges Haus von Nazareth), von der die Legende sagt, dass Engel sie 1291 zuerst nach Fiume (heute Rijeka, Kroatien), 1294 dann nach Loreto getragen haben.
- *Robinson*: Held des 1719 erschienenen Romans *The Life and Strange Surprizing Adventures of Robinson Crusoe* (*Das Leben und die seltsamen Abenteuer des Robinson Crusoe*), dem ersten und berühmtesten Romans des englischen Schriftstellers Daniel Defoe (um 1660–1731).

176 *Poussin*: Nicolas Poussin (1594–1665), französischer Maler. Mit seinen klar gegliederten Gemälden antiker bzw. mythologischer Thematik gilt er als Begründer und bedeutendster Vertreter des französischen Klassizismus im 17. Jahrhundert.

181 *Sund*: Meerenge zwischen Ostsee und Kattegat.

187 *Vorstellung*: Darlegung.

195 *Paroxysmus*: Höhepunkt einer Krankheit, heftiger Anfall.

198 *Thomsons Jahreszeiten*: James Thomson (1700–1748), englischer Dichter, Autor der vierteiligen Dichtung *The Seasons* (*Die vier Jahreszeiten*), (1726–30, überarbeitet 1744). Thomson schuf mit seinem in Blankversen geschriebenen Gedichtzyklus ein einzigartiges Bild von der Natur; für die Idyllen-Literatur von großer Bedeutung.

– *O, glücklich sie! die glücklichsten ihrer Art!*: Frau von Krüdener zitiert aus Thomsons *Spring* (*Frühling*): »But happy they! The happiest of their kind! / Whom gentler stars unite, and in one fate, / Their hearts, their fortunes, and their beings blend.«

207 *Homer*: griechisch Homeros, am Beginn der antiken griechischen Literatur stehender Dichter des 8./7. Jh. v. Chr., als Verfasser der beiden wichtigsten altgriechischen Epen, der *Ilias* und der *Odyssee*, Begründer der ältesten literarischen Gattung.

– *Linné*: Carl von Linné, (1707–1778), schwedischer Naturforscher, der die binäre Nomenklatur zur Klassifizierung der Pflanzen- und Tierarten schuf.

208 *Ossian*: in der schottisch-gälischen Mythologie ein Krieger und Barde aus dem 3. Jahrhundert v. Chr. Der schottische Dichter James Macpherson (1736–1796) behauptete fälschlich, die von ihm geschriebenen *Fragments of Ancient Poetry Collected in the Highlands of Scotland* seien von Ossian. Die Lieder wurden lange Zeit für echt gehalten und hatten große weltliterarische Wirkung. Die düsteren Naturbeschreibungen und der überwiegend melancholische Tonfall dieser Dichtung beeinflussten die Autoren des deutschen Sturm und Drang und inspirierten sie, im ossianischen Stil zu dichten.

– *Platons Idee*: Platon, (um 428 – ca. 347 v. Chr.), griechischer Philosoph und einflussreichster Denker der abendländischen Philosophie.

209 *Swedenborg*: Emanuel von Swedenborg (1688–1772), schwedischer Naturwissenschaftler, Erfinder und Theosoph, nach dessen Ideen sich die theologische Gruppierung der

Swedenborgianer konstituierte. Nach visionären Erlebnissen begann Swedenborg 1745 Theologie zu studieren. In *Arcana Coelestia* (*Himmlische Geheimnisse*), 8 Bde., erschienen 1749–1756, legte er ein religiöses System vor, das sich auf eine allegorische Auslegung der Heiligen Schrift stützt. Darin geht Swedenborg davon aus, dass die christliche Kirche an ihrem Ende steht, und dass eine neue, im Buch der Offenbarungen als Neues Jerusalem prophezeite Kirche an ihre Stelle treten muss.

210 *Mühmchen*: kosend für Muhme; weibliche Seitenverwandte.
212 *Malteserkreuz*: weißes, achtspitzige Kreuz; Zeichen der Mitglieder des Johanniterordens (seit 1530 Malteserorden), geistlicher Ritterorden für die Krankenpflege, 1099 vom Papst bestätigt.
225 *durchstarren*: mit starren Blicken durchdringen.
226 *das herrliche Lied von Gellert über die Auferstehung*: Christian Fürchtegott Gellert (1715–1769), Schriftsteller, einer der bedeutendsten deutschen Vertreter der Aufklärung vor Gotthold Ephraim Lessing. Er gehörte zu den meistgelesenen Autoren des 18. Jahrhunderts. Seine 1757 erschienenen *Geistlichen Oden und Lieder* enthalten drei Osterlieder, die die Auferstehung des Gläubigen mit dem gekreuzigten Christus zum Thema haben.